MAUX D'AMOUR

Marie-Charlotte François

MAUX D'AMOUR

TOME 1

hachette
ROMANS

Couverture : © Studio Hlab
Visuels : © Shutterstock

Cet ouvrage a fait l'objet d'une première édition numérique aux éditions HLAB.

Hachette Livre, 58 rue Jean Bleuzen, 92170 Vanves.

PLAYLIST

Runaway – Aurora
Ceux qui rêvent – Pomme
White Flag – Bishop Briggs
The Night We Met – Lord Huron
No Time to Die – Billie Eilish
All I Want – Kodaline
I Found – Amber Run
Now or Never – Halsey
The Show Must Go On – Queen
Fairytale – Alexander Rybak
Mirror – MC Lil Wayne feat Bruno Mars
Why'd You Only Call Me When You're High ? – Arctic Monkeys
US – James Bay
Boulevard of Broken Dreams – Green Day
Hold On – Chord Overstreet
I Wanna Be Yours – Arctic Monkeys
Atlas : Hearing – Sleeping at Last
Beautiful Crime – Tamer
Go Solo – Tom Rosenthal
Mo Ghile Mear – Mark Waters, Invisible Stars : Choral Works of Ireland and Scotland
Can't Help Falling in Love – Elvis Presley
I Love You – Billie Eilish

À cet amour qui ne prévient pas quand il surgit.
À nos coups de foudre imparfaits.
Aux maux d'amour.

PROLOGUE

Nuit d'ivresse,

Nuit de pécheresse.

Ma tête se renverse, accueillant l'alcool fruité qui coule dans ma gorge, qui chatouille et heurte mon palais comme du miel mélangé au plus acide des citrons.

Quel breuvage doux et amer !

Mes bras, levés au-dessus de ma tête, sous le joug du nectar puissant emplissant mes veines, ne répondent plus à mes ordres correctement. Ils font la sourde oreille, tout comme le reste de mon corps. Mon âme, elle seule, est éveillée, joueuse et avide de cette liberté.

Le tempo de la musique est beaucoup trop rapide et entraînant pour que je n'aie d'autre envie que de danser dans ce salon devenu bien trop petit en engloutissant le plus d'alcool possible.

Les néons installés maladroitement par mes amis dansent sur mon visage aux paupières closes comme un kaléidoscope, passant du bleu au rouge, puis du violet au doré. C'est beau, c'est fou !

Je ne sais pas quelle heure il est, je sais à peine où je suis et qui je suis.

Je suis euphorique, c'est le seul adjectif qui me définit actuellement ; mon nouveau prénom, ivre : Euphorie.

C'est la première fois que j'ébranle autant mes limites, que je flirte autant avec l'obscurité. À tout instant, mes yeux menacent de se fermer pour de bon et mon esprit de sombrer pour se protéger. Je suis à deux doigts du black-out.

Pourtant, je continue de boire, de danser furieusement alors que la plante de mes pieds me fait atrocement souffrir.

Je ne sais pas où sont mes amis, je serais même incapable de prononcer leurs prénoms. Ce n'est pas grave s'ils sont loin de moi, au contraire. Ainsi, ils ne peuvent être témoins de ma débauche.

Je me sens libre, aussi légère qu'un ballon de baudruche. Tout tourne autour de moi comme si le monde gravitait uniquement autour de ma personne.

Au moment où je manque de trébucher, je me rattrape de justesse à un bras qui passait par là, renversant alors le contenu d'un verre sur mes pieds. Je discerne à peine le visage de l'individu, suffisamment, cela dit, pour qu'il me frappe. Je pouffe en me redressant difficilement. La musique me vrille les tympans, si bien que je n'entends pas les mots qu'on m'adresse.

Comment le pourrais-je ?

Mon cerveau est à deux doigts d'exploser dans ma boîte crânienne. À deux doigts de se faire la malle pour me laisser seule dans cette galère.

Lui a été plus prévenant et raisonnable que moi. Et pour cause, il sait ce qui l'attend demain matin.

Je tournoie sur place, en proie à un fou rire nerveux qui remonte tel un serpent le long de ma colonne vertébrale, secouant mon corps de spasmes et meurtrissant mes cordes vocales.

Que c'est bon !

C'est à cet instant-là qu'un bras se glisse le long de mes reins avec la plus grande douceur possible dans ce monde de brutes. Mes yeux sont incapables de distinguer un visage, mon cerveau incapable de les aider en faisant la mise au point.

Je me laisse alors porter pendant plusieurs heures, avant de sombrer définitivement dans les méandres de la dépravation.

D'abord, je discute avec lui. Qui est-il ? Je ne me rappelle déjà plus. Puis, je tourne, une main dans la sienne.

Un.

Je ris à nouveau en heurtant une poitrine.

Deux.

Une main caresse mes cheveux.

Trois.

Je danse encore et encore, accrochée à un corps que je connais à peine.

Quatre.

Je coule, lentement, paisiblement.

Bientôt, mon cerveau n'est plus en mesure, plus en mesure d'enregistrer ce qui suit.

CHAPITRE 1

L'odeur du café qui chatouille mes narines parvient à me réveiller, là où les rais de lumière perçant à travers la fenêtre ont échoué. Échoué, tout comme mon corps dans ces draps doux et soyeux, pareil à une épave.

Lorsque je me redresse, c'est comme si je recevais un coup de massue sur la tête. Des haut-le-cœur prennent en otage mon œsophage. Mes paupières sont si lourdes qu'elles peinent à s'ouvrir alors que tout mon corps crie de douleur, m'accusant de ne pas l'avoir écouté plus tôt afin d'éviter cet état.

Voilà bien longtemps que je n'avais pas autant bu, jusqu'à l'imprudence. Je ne me remémore que quelques bribes de la soirée et me heurte à un trou noir lorsque je tente de savoir comment j'ai terminé au lit, dans cette chambre qu'est la mienne pour une semaine – nous sommes dans une location de vacances à Nice.

Je passe une main sur mon visage, le frottant pour tenter de quitter ce nuage sombre qui m'embrume. Je glisse ensuite mes doigts dans mes cheveux emmêlés en grimaçant. Chacun de mes gestes est douloureux et semble me demander un effort considérable. Pourquoi me suis-je autant lâchée ?

Sous le soleil aveuglant, j'arrive à me redresser. Je tends une main, doigts écartés, la paume face à cette lumière pour tenter d'y faire écran tout en plissant les yeux. C'est alors, le bras déployé devant moi, que je remarque, lentement mais sûrement, que je suis vêtue d'un large tee-shirt dont les manches retombent presque sur mes coudes. Plusieurs questions fusent dans ma tête. Le souci, c'est que je ne me rappelle ni l'avoir enfilé ni l'avoir déjà vu dans ma garde-robe ou dans celle de mes amis. Ma mémoire refuse de me prêter main-forte tandis que je la fouille encore et encore, à la recherche de quelques nouvelles bribes de la soirée de la veille.

Rien.

Excepté cet étrange sentiment de béatitude et de manque qui s'accroche lorsque je repense à hier soir.

C'est de plus en plus bizarre. Je ne me sens pas moi, du moins pas complètement. Les effets de l'alcool, certainement…

Pourquoi ?

J'examine ce tee-shirt tout simple qui recouvre mon corps. Plus aucun doute, je ne l'ai jamais vu. Peut-être mes amis pourront-ils m'éclairer sur ce qui s'est passé. Ils vont aussi probablement bien se moquer de moi. Pitié, j'espère n'avoir rien fait que je puisse regretter ce matin.

De toute manière, je n'ai qu'une façon de le savoir. Je tente de me redresser en prenant appui sur le matelas, mais dès que je pose mes mains à plat, une pointe s'enfonce dans mon auriculaire droit, une vive douleur me saisissant. Je sursaute, geste brusque qui me donne la nausée, avant de me pencher sur le bout de mon doigt. Une goutte de sang y perle. L'esprit plus lent que d'ordinaire, je la regarde couler le long des phalanges pour mourir dans la paume de ma main.

Je baisse les yeux sur ce qui a égratigné ma chair.

Une rose.

Si j'avais pu ouvrir de grands yeux, je l'aurais fait. Ils se seraient ensuite plissés d'incompréhension. Que fait cette rose ici, sur mon lit ?

Doutant de sa réalité, je la prends, laissant ses épines pointues et menaçantes me piquer.

Mais que s'est-il passé hier soir ?

D'abord, ce tee-shirt, puis ça. Mon sang ne fait qu'un tour, même si mon cerveau ne suit pas parfaitement la cadence. Pédaler ainsi dans la semoule commence à me rendre dingue. Mon esprit ne me livre aucun indice, si ce n'est la tonalité d'un rire que j'ai l'impression d'entendre encore et encore.

Je me hais d'autant plus d'avoir perdu le contrôle, je hais les lendemains de soirée où je suis à côté de mes pompes. Espérons que tout ceci ne soit qu'un malentendu et que je n'aie ramené personne dans mon lit qui pourrait s'avérer louche et collant par la suite…

Sérieusement, une rose ? Qui fait ça ?

À moins que ce ne soient mes amis ? Ce n'est absolument pas leur style. Apolline est du genre à piétiner des fleurs, alors que Victoria m'aurait plutôt offert des tulipes. Et ne parlons même pas d'Antoine !

J'ai beau étudier la rose sous tous les angles, ses épines affûtées demeurent les gardiennes de ses nombreux secrets.

Les nerfs torturés et légèrement à fleur de peau, je me décide à me lever.

En traînant les pieds, je tire mon corps lourd en direction des petits bruits du quotidien :

— Oh, mon Dieu, un zombie !

La voix moqueuse d'Antoine m'agresse alors que j'aligne maladroitement mes pas pour faire mon apparition dans la cuisine.

Son exclamation est ponctuée de petits ricanements. Apolline sirote son café en me détaillant des pieds à la tête.

— On a vraiment cru que tu ne survivrais pas.

Je masse ma nuque endolorie, une nouvelle douleur à ajouter à la liste déjà trop longue de mes maux…

— Pourquoi ? C'était une très bonne soirée.

Je feins l'ignorance, peut-être pourrai-je ainsi grappiller les détails qui m'échappent. Il faut prêcher le faux pour savoir le vrai, non ?

Apolline part dans un fou rire alors qu'Antoine hausse les sourcils plusieurs fois.

— Surtout pour toi, ajoute Apo.

Les yeux plissés, je les observe tour à tour avec un air suspicieux.

— Je ne vois pas du tout de quoi vous parlez.

Je les sonde l'un après l'autre. Alors qu'Apo manque de s'étouffer avec sa boisson, Antoine pouffe.

— On ne t'a quasiment pas vue de la soirée, hormis lors de quelques apparitions où, totalement torchée, tu nous racontais que t'avais rencontré quelqu'un d'incroyable et qu'il fallait que tu nous le présentes.

Je redresse vivement la tête. Je la tiens, l'identité de cet inconnu.

— Et je l'ai fait ? je tente naïvement.

Antoine me scrute avant de secouer la tête.

— Non, on ne t'a plus revue après. Je suis passé quand même dans la chambre, vérifier que tu n'étais pas morte à la fin de la soirée. Tu dormais.

Je passe une main sur mon visage.

Merde.

— Seule ? je l'interroge à nouveau.

— Oui, seule, confirme-t-il, intrigué.

Au moins, ça retire une de mes angoisses : je n'ai pas couché avec lui. Et s'il avait essayé ? Et si j'avais subi – sans le savoir – des attouchements ? Je m'en souviendrais, non ? J'aurais peut-être des marques. Or, en dépit du manque de souvenirs, je n'ai pas l'impression d'avoir été brutalisée. Au contraire.

Mes doigts se perdent dans ma longue étendue de cheveux roux complètement emmêlés.

— Tu ne te rappelles pas ? me questionne Apo.

Je secoue lentement la tête, complètement dépassée.

— Tout m'échappe.

Mon amie hausse simplement les épaules.

— C'est con, t'avais l'air de bien l'aimer.

Je soupire faiblement en me servant un café bien noir.

— Étrange, murmure Antoine.

Je grogne un « Je ne te le fais pas dire » alors qu'Apolline, elle, a l'air bien plus emballée.

— Mais non, c'est super excitant ! On ne t'a pas laissé un numéro ? Rien ?

Je me brûle en trempant les lèvres dans mon café. Ça commence bien, aujourd'hui.

Pourtant, il faut à tout prix que je me requinque et sorte de cet état vaseux. Alors, je bois, même si je me brûle la gorge.

— Mieux que ça, je soupire ironiquement.

Apo me fixe, un sourcil en l'air, en me haïssant certainement en son for intérieur d'être aussi énigmatique.

— Je me suis réveillée avec une rose et ce tee-shirt.

Je le pince entre mes deux doigts et le soulève légèrement pour mieux l'examiner. Il n'apparaît vraiment dans aucun de mes souvenirs.

— Sans déconner ? s'étonne Antoine.

— Je vous jure.

Pour ponctuer mes dires, je retourne dans ma chambre chercher l'autre pièce à conviction.

— Je n'y crois pas ! s'exclame Apolline.

Elle me prend immédiatement la rose des mains pour l'observer sous toutes les coutures.

— Je suppose qu'il n'y a pas de petite carte de visite, en déduit Antoine.

Je secoue la tête, dépitée. Pourquoi cette histoire me tracasse-t-elle autant ? C'est vrai, quoi ! Je pourrais simplement la jeter ou la laisser dans ma chambre provisoire sans me poser plus de questions. Pourtant, au fond de moi, ça s'agite, comme chaque fois que je pense à cette soirée. Quelque chose s'éveille et m'empêche d'être indifférente.

— On se croirait dans un film ! s'émerveille Apolline. Bien que la rose soit ringarde à souhait.

Elle affiche une moue de dégoût. Les fleurs, ce n'est vraiment pas son truc.

— Un mauvais film, j'ajoute. Je n'aime pas tous ces mystères.

— De toute façon, tu ne sauras probablement jamais de qui ça vient, sauf si cette personne se manifeste à nouveau.

Je pose mon menton dans mes mains, les coudes posés sur le plan de travail.

— Pas faux.

Étrangement, cette affirmation me rend triste.

— Il aurait pu laisser autre chose, sérieux ! Il est avare en indices, grommelle mon amie.

— Il l'a fait. Il y avait ça dans le salon, ce matin. Un Post-it avec ton nom écrit dessus.

Nous dirigeons tous les trois, comme un seul homme, le regard vers la grande silhouette qui fait son apparition. Victoria. Elle tient entre ses doigts fins un petit livre. Pourtant, ce n'est pas ça qui m'interpelle en premier. Juchée déjà de bon matin sur ses hauts talons, elle affiche une mine triste, ponctuée par deux gros yeux bouffis. Je me redresse en la détaillant plus attentivement. Victoria est ma plus vieille amie, de sorte que je remarque immédiatement quand quelque chose de plus grave qu'une gueule de bois lui arrive.

Je m'empresse de la rejoindre en ignorant totalement ce qu'elle tient.

— Tu as pleuré ?

Ses grands yeux verts se posent sur moi avec douleur. Elle semble prête à s'effondrer à tout moment.

— On ne t'a pas vue de la soirée, s'inquiète Antoine.

Je crois que c'est la goutte d'eau qui fait déborder le vase.

— Je dois aller faire un tour. Excusez-moi.

Elle me fourre avec fermeté le livre dans les mains avant de pivoter et de claquer la porte de cet appartement.

Mais qu'est-ce qui se passe, ce matin ? Les événements semblent s'enchaîner comme dans une série télévisée qui prendrait un tour dramatique.

— Eh ben… soupire Apolline.

— On a des nouvelles d'Owen ? je m'inquiète en me tournant vers eux.

Antoine consulte son portable et tapote dessus rapidement.

— Non, mais il est rentré avec les gars. Aux dernières nouvelles, il va bien.

Owen est un de mes meilleurs amis. C'est aussi celui qui fait battre le cœur de Victoria depuis maintenant cinq ans. Lui doit savoir ce qui se passe.

— Préviens-le qu'il y a un souci avec Victoria.

— C'est comme si c'était fait.

Pendant qu'il tape de nouveau sur son écran, mon estomac se noue. Quelle matinée de dingue ! Et ça n'a pas l'air de vouloir s'arrêter là… Je baisse les yeux sur le livre, complètement larguée. Sur la couverture, simple et aux couleurs chatoyantes, figure le titre *Trouve-moi* en jaune. J'ai beau l'examiner sous tous les angles, il ne me dit rien. Je ne connais même pas l'auteur.

— Qu'est-ce que c'est ? m'interroge Apolline, dévorée par la curiosité.

Je le lui tends, plongée dans l'incompréhension la plus totale. Elle me le prend des mains et caresse la couverture.

— Tu crois que c'est une sorte de message, ce titre ?

Je me pince l'arête du nez alors que mon mal de crâne enfle de plus en plus, au point que j'ai l'impression d'avoir l'esprit enserré dans un étau.

— Je n'en sais rien, je soupire.

— C'est tordu, en tout cas, ajoute Antoine avec une grimace.

C'est un doux euphémisme. Je rêve, il ne peut pas en être autrement. Ou alors, on me fait une mauvaise blague, c'est sûrement ça ! Je ne vois pas d'autre explication. Qui s'amuserait à semer ainsi des indices ? Non, de nos jours, on laisse une carte de visite. Mieux, un numéro.

Je pointe un doigt accusateur sur mes amis.

— C'est vous, pas vrai ?

Ils me fixent tous les deux avec de grands yeux.

— Vous profitez de mon amnésie pour vous moquer de moi, c'est ça ?

Le visage d'Antoine est déformé par l'incompréhension.

— Mais qu'est-ce que tu racontes ?

Apolline, elle, secoue la tête.

— Je comprends que ce soit un délire, mais nous aussi, on s'est mis mal. Jamais on n'aurait été capables de faire ça... Et puis, les fleurs...

Elle contemple la rose avec dégoût. Mes bras retombent le long de mon corps alors que je me sens soudain épuisée mentalement.

— Ça ne peut être que vous, je geins.

— Non, Calypso, tranche mes deux amis en chœur.

Je lève les mains, m'avouant vaincue. Je préfère laisser tomber. Tout ceci me perturbe de bon matin, notre première matinée de vacances dans cet appartement. Je devrais déjà être en train d'enfiler mon maillot de bain, de consulter les brochures touristiques, ou même de peindre au bord de la mer. Au lieu de ça, je commence la journée avec une jolie gueule de bois et un mystère qui torture mon esprit.

Je prends une grande inspiration pour tenter de mettre de l'ordre dans mes idées. Pourquoi mon cerveau refuse-t-il de me livrer l'identité de cet inconnu ? Pourquoi est-ce un souvenir verrouillé à double tour ? Je suis persuadée que j'en sais plus.

Après avoir ôté le livre des mains d'Apolline, je me focalise à nouveau dessus. Il n'est pas très épais. Je le secoue dans l'espoir de débusquer un indice, mais rien n'en tombe. Pourtant, je suis sûre que le titre n'est pas anodin. La rose, le tee-shirt, et maintenant ce livre. Comme celui qui a orchestré tout ceci se sent visiblement l'âme d'un joueur, il ne peut pas l'avoir simplement déposé là par hasard. Je le feuillette alors, une pointe d'excitation pointant au creux de mon ventre.

Bingo !

Alors qu'Apolline se penche au-dessus de mon épaule, je découvre sur une première page vierge une sorte de code couleur.

— Qu'est-ce que ça veut dire ? s'enquiert-elle.

L'ignorant, je passe un doigt sur ce qui semble être des cercles. Il y en a cinq de différentes couleurs tracés l'un en dessous de l'autre d'une main habile. À côté, des chiffres leur sont associés. Le rose est le numéro 1, le bleu est le 2, et ainsi de suite, jusqu'à 5. Je fronce les sourcils en essayant de comprendre. Petite, j'adorais résoudre des énigmes avec mon père. Chaque mois, il s'amusait à en élaborer une pour me l'offrir. J'espère ne pas être trop rouillée, car là, nous avons bel et bien affaire à un code.

— C'est étrange, je murmure.

Je tourne alors vivement les pages suivantes en quête d'autres clefs pour déverrouiller cette porte. Dès le début du texte, il ne me faut pas longtemps pour découvrir que certains numéros de page sont entourés. En fait, il y a cinq numéros entourés, chacun d'une couleur.

C'est quoi, ce délire ?

Il y a le 4, le 25, le 56, le 23 et le 87. Mon esprit fuse à mille à l'heure, bien qu'embué par les vestiges de l'alcool de la veille. Je ne cesse de faire défiler les pages tout en tournant et retournant dans tous les sens les données que m'offre cet ouvrage.

Trouve-moi.

Je vais le faire ! Même si je ne suis pas du tout en état et que me reposer s'avérerait la meilleure option. Au moment où cette pensée émerge, je comprends. Telle une illumination, la solution me vient tout naturellement.

— C'est ça ! je m'exclame en vérifiant ma théorie.

Antoine, peu intéressé jusqu'ici, vient tout près et questionne :

— Qu'est-ce que tu as trouvé ?

Un petit sourire flotte sur mes lèvres. C'est tout bête, en fait. Je présente le livre pour que mes amis puissent mieux le voir.

— Regardez. (Je passe les doigts sur les différents numéros.) Certains sont entourés, et ça, écrit sur la première page, c'est une légende. Le numéro entouré de rose doit être mis en premier, on suit ensuite l'ordre jusqu'à former une suite de cinq numéros qui donne…

— Un numéro de téléphone ! s'exclame Apolline dans mes oreilles.

C'est bien ça ! Ce livre nous offre un numéro de téléphone. Je sais que c'est ce que l'inconnu voulait me livrer.

Trouve-moi.

Je ne sais pas pourquoi j'ai montré autant d'ardeur à la tâche, mais il semblerait que j'aie mis le pied dans quelque chose de plus gros que moi. Et ça commence par ce numéro de téléphone.

Il ne reste plus qu'à déterminer à qui il appartient…

CHAPITRE 2

— Il te suffit d'appeler, et le mystère sera résolu, conclut Apolline.

— Original, ajoute Antoine. Quoiqu'un tantinet audacieux.

Silencieuse, je contemple le livre ouvert en grand devant moi. Dans mon autre main, le petit morceau de papier sur lequel j'ai griffonné le numéro me nargue. Est-ce que j'ai envie d'appeler ? Un pic d'adrénaline se diffuse dans mon corps. Pourtant, je ne bouge pas. C'est trop, de trop bonne heure. Or, l'un de mes pires défauts est de n'avoir jamais su gérer un trop-plein d'émotions, je suis faible.

— Bah tu attends quoi ? Appelle !

Apolline m'encourage d'un petit coup de coude dans les côtes. Malgré l'euphorie, impossible de négliger le fait que j'ignore à qui je pourrais avoir affaire à l'autre bout du fil.

J'avale difficilement ma salive avant de plier le bout de papier en quatre.

— On a toute la journée pour ça ! m'exclamé-je, faussement joyeuse.

— Pardon ?

Apolline s'indigne, les mains sur les hanches, alors que j'abandonne le livre.

— Tu n'as pas envie de savoir ? elle insiste.

Je secoue la tête, bien qu'elle m'assassine presque du regard.

— Allez, quoi ! T'as juste à appeler.

— Apo… tente de l'arrêter Antoine en sifflant entre ses dents.

Sa voix aiguë me vrille les tympans. Tandis qu'Apolline poursuit sur sa lancée, je sens la peur, l'excitation, l'adrénaline mais aussi l'exaspération se mélanger en moi et former une boule habituelle d'angoisse qui enfle jusqu'à me prendre à la gorge.

— Stop, Apo ! je crie, un peu trop fort. Pas maintenant, OK ?

Je reprends mon souffle afin d'essayer de faire redescendre la pression.

— On a toute la journée pour ça.

Je tente un petit sourire pour la convaincre de ne pas insister, mais je doute de mon succès. Elle me connaît, elle aussi, en long, en large et en travers. Elle sait que, avec moi, c'est tout ou rien. Je me perds dans les extrêmes et suis happée facilement par les événements. Il me faut donc du temps pour faire le point, analyser les faits, histoire de digérer cette situation déstabilisante. Même si je dois reconnaître, au fond, que toute cette histoire m'intrigue et que je suis quasiment convaincue que je ne parviendrai pas à faire comme si de rien n'était. Je suis trop curieuse. Et généralement, même l'angoisse ne peut rien contre ça. C'est aussi pour cette raison que je préfère prendre du recul, pour éviter que cette singulière affaire m'obsède et, surtout, qu'elle me submerge. Je ne contrôle pas mes émotions, ce sont elles qui font de moi leur marionnette. Elles ont d'ailleurs tendance à affluer tel un raz de marée en moi.

— OK, c'est toi qui vois, finit par dire Apolline.

Je hoche lentement la tête en serrant dans ma paume le bout de papier. Cet inconnu ne pouvait-il pas se contenter de me laisser son tee-shirt et la rose afin d'éviter toute torture supplémentaire ? Pourquoi ne pas s'être arrêté là ? Pourquoi faire si compliqué ? Et surtout, pourquoi moi ?

Mes ongles s'enfoncent dans ma paume et me blessent tant je serre le poing.

— Je vais aller faire un tour ! j'annonce.

Je colle un sourire enjoué sur mon visage pour mieux dissimuler la houle qui enfle en moi.

— Tu veux que je vienne avec toi ? Tu ne connais même pas la ville, me propose Antoine.

Je balaye l'air de la main.

— Ça va, ne t'en fais pas pour moi ! On a fêté nos vingt ans, je te signale.

Je leur offre un clin d'œil complice qui finit de les rassurer. Je garde bien enfouies en moi toutes mes interrogations naissantes et, surtout, cette sensation étrange qui ne quitte pas mon estomac, celle qui me souffle que c'est bien plus qu'un simple petit jeu.

Je vais aller prendre l'air et découvrir ce que cette ville a à nous offrir. Peut-être que, ainsi, je pourrai canaliser mes émotions et m'aérer l'esprit. Surtout qu'il y a autre chose qui me préoccupe.

Victoria…

Je m'enfuis dans ma chambre en abandonnant Antoine et Apolline. J'entends d'ailleurs celle-ci élaborer déjà mille et une théories, toutes plus folles les unes que les autres. Je crois qu'Antoine risque, lui aussi, de mettre les voiles.

Je m'autorise enfin à desserrer les doigts et découvre, en même temps que le bout de papier enfermé dans ma paume, des petits croissants rouges tracés sur ma peau. Il faut vraiment que je fasse des efforts pour ne pas me laisser envahir.

« *Vous devez apprendre à garder le contrôle, mademoiselle Dupuy. Votre être est comme un bateau. À vous de prendre la barre ou de vous laisser dériver.* »

Voilà ce que me dirait ma psy, et elle aurait raison. Cependant, la barre m'est inaccessible depuis bien des années, un peu comme si une mutinerie se jouait en moi, avec ma peur aux commandes de ce coup d'État.

Je soupire en abandonnant le bout de papier sur la commode. Je risque de me rappeler encore longtemps cette soirée, ce qui est ironique, sachant que tous les détails m'échappent.

Je ricane seule avant d'attraper mon portable et d'envoyer un rapide message à Victoria.

> Où es-tu ?

Je balance mon smartphone sur le lit négligemment. Je lisse ensuite du plat des mains ce tee-shirt beaucoup trop large pour moi. Il est tout simple et, pourtant, si mystérieux. Pourquoi refuser de me livrer tous ses secrets ? Quel genre de personne se trouve derrière tout ceci ? Car même si cette approche originale me fait rosir les joues, tout un tas de questions tourbillonnent dans mon esprit. Pourquoi ça me tombe dessus ? Ai-je franchi des limites dont je ne me souviens pas ? Qui peut bien faire ce genre de trucs ? Cultiver à ce point le goût du mystère ? Et si c'étaient seulement les machinations d'une ou un tordu ?

D'où viens-tu ?

N'y aurait-il pas, par hasard, son nom écrit sur l'étiquette du tee-shirt ? À la manière des petits en primaire dont on marque les vêtements. Ça m'arrangerait, et l'affaire serait réglée. Je passe le vêtement au-dessus de ma tête et, bêtement, je vérifie.

Non, bien sûr que non, il n'y est pas.

Fauteur de troubles ! À cause de toi et de ton fichu propriétaire, me voilà avec de nouvelles préoccupations. Je suis trop entière pour ne pas y prêter attention… Comme si j'avais besoin de ça le premier jour de nos vacances ici !

Je caresse l'étoffe distraitement. Qui pourrait porter cela ? Vu la longueur, un garçon, peut-être ? Mais ce serait nigaud de ma part de raccrocher un vêtement à un genre. Une fille, alors ? Elle serait donc grande ? Je n'en sais rien, tout est flou. Je porte le tissu à mon nez, qui s'emplit alors d'un doux mélange boisé et épicé. Ça sent terriblement bon. Je hume à pleins poumons en espérant qu'un de mes souvenirs se débloque. Rien.

Résignée, je l'envoie valser sur le parquet, laissant mon corps presque nu. En effet, je porte encore mes sous-vêtements de la veille. Je suis ravie de voir que certaines barrières n'ont pas été franchies par un inconnu. Je me débarrasse bien vite du peu de vêtements qu'il me reste pour chasser cet inconfort. À la place, j'enfile une petite robe, avant de planter un chapeau sur ma tête. Je me dépêche d'attraper un sac et d'y fourrer deux trois éléments indispensables, notamment mon matériel d'aquarelle. Peindre me fera le plus grand bien si Victoria ne veut pas de moi. J'ai besoin de pousser mon esprit loin d'ici.

Je file de la résidence à grands pas, accueillant le soleil avec bonheur. Il vient mordre ma peau pâle tapissée de taches de rousseur. Ça me réconforte immédiatement, au point qu'un grand sourire vient se dessiner sur mes lèvres. C'est les vacances, les vraies, et je n'en ai pas pris depuis longtemps. Mon stage de deuxième année de licence ne m'a laissé aucun répit au mois de juillet. Même si ça m'a énormément plu, je dois dire que n'avoir rien à faire de ses journées est bien plus agréable. Antoine a eu une super idée en nous poussant à réserver ici, à Nice. Il faut dire qu'il s'y connaît, lui qui est né dans cette ville et l'a quittée seulement au moment d'entrer à la fac.

Une légère brise rafraîchissante soulève ma robe et me caresse les cuisses. Tout va bien aller. Comment pourrait-il en être autrement ici, dans ce cadre merveilleux ? Un cauchemar ne pourra jamais venir entacher ce rêve éveillé, n'est-ce pas ?

Je tente de m'en convaincre alors que, dans mon sac, une petite sonnerie retentit. Je m'empresse de saisir mon téléphone en espérant que c'est Victoria. C'est elle !

> À la plage. Ils l'appellent la plage des Ponchettes.

Je tape rapidement une réponse avant d'activer mon GPS pour m'y rendre. Je ne sais pas trop ce qui se passe, mais quelque chose me dit que la plage sera parfaite pour aborder ce sujet avec plus de légèreté.

Je traverse alors les arcades du vieux Nice afin de rejoindre la promenade des Anglais, bondée de monde à cette heure-ci. La plage juste à côté, ladite plage des Ponchettes, ne l'est pas moins. Bien que la matinée touche à sa fin, il est assez difficile de trouver un endroit libre sur tous ces galets. Les touristes mélangés aux locaux profitent du soleil resplendissant pour lézarder ou faire trempette. Je regrette définitivement de ne pas avoir pris mon maillot de bain.

Je retire mes sandales avant de poser mes pieds nus sur les galets. Pas de doute, je préfère de loin le sable. Malgré l'inconfort, j'arpente la plage, la main en visière pour tenter de repérer mon amie dans cette masse. Au moment où, m'avouant vaincue, je sors mon portable pour l'appeler, un petit cri se détache des exclamations ambiantes :

— Cal ! Par là !

Je lève le nez et découvre Victoria, assise à même les galets, la main en l'air.

— Alors, c'est là que tu te caches ! je me moque alors qu'elle me fait une petite place.

— On dirait bien.

Son ton est las, dépourvu de ses intonations enjouées habituelles. Elle porte de grosses lunettes noires sur le bout du nez, qui lui mange une grande partie du visage, mais je n'ai pas besoin de ça pour voir que ça ne va toujours pas. Des larmes ont séché sur ses joues et son nez est tout rouge, comme si elle s'était trop mouchée.

— Que t'arrive-t-il, Vic ? Comment tu peux pleurer dans un endroit si beau ?

Elle hausse les épaules.

— C'est atypique, elle souligne.

— Exactement comme tu aimes, je rajoute.

L'ombre d'un sourire flotte sur ses lèvres, mais il disparaît bien vite.

— J'ai fait une connerie, Calypso.

Mes sourcils se froncent instantanément. Là, elle m'inquiète.

— Qu'est-ce que tu veux dire ?

Une grimace de tristesse tord sa bouche tandis que ses yeux, eux, sont emplis de larmes.

— Hier soir, j'ai déconné.

Je n'arrive pas à mettre bout à bout le peu d'informations qu'elle me donne. Je caresse alors son dos pour l'encourager à m'en dire plus. Elle prend une grande inspiration avant de déballer le gros du problème :

— J'ai trompé Owen.

Ma bouche s'ouvre en grand sans que je puisse le contrôler, et ma respiration se bloque sous le poids de cette révélation.

Impossible.

Un sanglot parcourt le corps de mon amie alors qu'elle se prend de nouveau la réalité en pleine face.

— J'ai fait n'importe quoi, Cal.

Sa voix se brise, les larmes recommencent à couler.

— Victoria, calme-toi, essayé-je de l'apaiser, avec ma voix la plus douce.

Elle secoue la tête vigoureusement.

— Tu ne comprends pas. Lui et moi, c'est terminé. Il m'a larguée.

Je suis sous le choc. Victoria et Owen, c'est un peu le couple de référence chez nous, le couple parfait qui tient depuis des années sans afficher la moindre faille. Ils incarnaient l'amour pur, le vrai, l'inatteignable, pour moi qui n'ai jamais vécu d'histoires sérieuses. Je ne pensais pas qu'un jour quelque chose pourrait les séparer.

— Mais comment cela a pu arriver ?

Je tente de faire bonne figure, même si l'incompréhension s'entend clairement dans ma voix. Victoria soulève ses lunettes pour essuyer ses larmes.

— Je ne sais pas. J'avais trop bu, on était en froid, lui et moi. Je n'ai pas apprécié qu'il loge dans l'appartement de ses potes plutôt qu'avec nous. Plutôt qu'avec moi.

Elle entoure son corps de ses longs bras en cherchant ses mots. C'est vrai que, nous aussi, nous avions trouvé bizarre qu'Owen choisisse l'équipe des mecs et, donc, l'appartement familial du cousin d'Antoine. Même ce dernier les a abandonnés pour venir avec nous. Je me souviens qu'Apolline nous avait rassurés en nous disant qu'il voulait profiter de ses copains avant la prochaine année universitaire, on était donc vite passés à autre chose. Apparemment, Victoria n'a pas vu cela de la même manière.

— On s'est disputés super fort, ça a révélé des failles entre nous qu'on ne soupçonnait même pas. J'ai pété un plomb et j'ai couché avec un autre. Owen voulait s'excuser, alors il est venu me trouver, sauf que je n'étais plus seule…

Un nouveau sanglot la fait gémir alors que j'écoute ce récit aberrant sortir de ses lèvres. C'est impossible, pas eux… Je n'arrive pas à le croire.

— Je n'ai aucune excuse, c'est ça, le pire.

Je demeure sans voix, et tant mieux, car je suis d'accord avec elle sur ce coup-là ; l'alcool ne justifie rien. C'est que, en effet, le mal devait être bien plus profond pour qu'ils en arrivent là et que Victoria dépasse les limites.

— Je l'ai perdu, Calypso, totalement perdu.

Je refuse de le croire. Je les revois main dans la main, à parler mariage et bébé, alors que mon principal projet à moi était déjà de dénicher mon propre appartement.

— Ne dis pas ça, Vic, je suis sûre que… Il peut pardonner.

À vrai dire, je n'en suis pas certaine…

— Je l'aime tellement, et je m'en veux, tu n'as même pas idée !

Je serre les dents pour ne pas lâcher que la situation semble mal barrée. Déjà qu'elle a peu d'espoir, je ne vais pas tout ruiner.

Je connais Owen presque aussi bien que Victoria… Je me sens maintenant très bête d'avoir demandé à Antoine de lui envoyer un message. Bien sûr qu'il est au courant, et surtout dans un sale état.

— Calme-toi, je tente. Pleurer n'arrangera rien. Là, tu vas juste nous créer une flaque plus grosse que la mer elle-même.

Je parviens à la faire rire légèrement. Elle retire enfin complètement ses lunettes afin de tamponner ses yeux aussi gros que deux balles de golf.

La situation est délicate mais peut-être pas désespérée. Ils s'aiment tous les deux très fort. Peut-être peut-on en tirer quelque chose. Après tout, si l'amour n'est pas là pour réaliser l'impensable, à quoi servirait-il ?

— Allez, ce qui est fait est fait, déclaré-je. Ce n'est pas joli, je te l'accorde, mais ça appartient au passé. Maintenant, à toi de savoir si tu veux te laisser écraser par le sort ou si tu comptes prendre les choses en main.

Prendre la barre du bateau…

Ma psy serait fière de moi. Dommage que je sache seulement répéter ses conseils et que je sois incapable de les mettre en pratique.

— Je ne peux rien faire, il ne me pardonnera jamais et…

— Mais tu l'aimes ? je la coupe. Tu veux le récupérer ?

— Bien sûr que oui ! elle s'exclame.

Ça me fait un peu moins mal au cœur d'entrevoir, moi aussi, une bribe d'espoir pour eux. Je serais vraiment triste si chacun prenait un chemin différent. Pas là, pas comme ça.

— À la bonne heure ! me réjouis-je. On ne balance pas cinq ans à la poubelle comme ça !

Elle paraît peu convaincue tandis que je me garde bien de lui montrer que je fais semblant de l'être à fond. J'attrape son bras et lui offre mon plus beau sourire.

— T'as quoi à perdre ? Rien. Alors, tu vas bouger tes fesses et réparer ton erreur et, par la même occasion, ton couple avec don Juan.

— Il ne me pardonn…

— Tu te tais, insisté-je. Si tu pars vaincue, c'est sûr que jamais ça ne fonctionnera. Tu l'aimes ? Parfait, c'est à toi de le lui prouver.

Elle m'offre un visage abattu, presque désespéré.

— Ce n'est pas gagné, je te l'accorde. Mais qui ne tente rien n'a rien, non ? Et puis, si vous vous séparez, ça va être chiant avec le bail de l'appart et tout ça, je ricane. Ça t'évitera de la paperasse.

Elle murmure un petit « Ce n'est pas faux » tandis que j'acquiesce de la tête.

— Allez, ma belle, on part à la reconquête d'Owen. Parles-en à Antoine, c'est son ami aussi, il pourra t'aider.

Elle paraît un peu plus rassurée et semble même avoir repris du poil de la bête.

— Tu as raison, c'est à moi de réparer ce que j'ai cassé. C'est aussi ça, l'amour, non ? Réparer au lieu de jeter.

Elle n'a pas tort. Il reste à espérer que ça fonctionne aussi avec les tromperies et que ce n'est pas juste un slogan foireux pour les thérapies de couple.

Je me plonge dans la contemplation de la mer, si calme, si paisible, comparée à nous. Les gens y pataugent gaiement.

— On est quand même les deux seules bombasses à n'avoir pas pris leur maillot de bain à la plage, plaisanté-je pour détendre l'atmosphère.

Victoria laisse échapper un petit rire clair qui me fait chaud au cœur.

— C'est pour ne pas faire de l'ombre aux autres.

— Ça doit être ça, en effet. On est trop gentilles !

Elle passe un bras affectueusement autour de mes épaules pour me serrer contre elle.

— Ça va aller, je lui murmure.

— Je te crois.

J'étends mes jambes et cache mes orteils sous les petits galets, plus inquiète que jamais. Ces vacances qui s'annonçaient parfaites viennent de prendre un étrange départ. J'espère sincèrement que tout va rentrer dans l'ordre et que nos futures préoccupations seront uniquement de savoir dans quel restaurant nous irons manger le soir tous ensemble.

Je soupire silencieusement. Vic semble le remarquer et se focalise immédiatement sur moi.

— Et toi, au fait, c'était quoi, cette histoire de personne mystère ?

Dire que je suis venue ici pour me changer les idées et ne plus y penser !

Je plisse le nez en regardant au loin.

— Je ne sais pas trop.

Je lui raconte alors en détail le début de ma matinée : la rose, le tee-shirt et ce que contenait le livre. Elle paraît ahurie mais aussi extrêmement amusée, ça change de sa mine triste.

— C'est n'importe quoi, elle rit. Il se prend pour James Bond, ou quoi ?

— Crois-moi, j'aurais préféré me souvenir de tout. Ça aurait été bien plus simple… Moins *perturbant* ?

Elle confirme.

— Tu vas appeler ?

Très bonne question. D'un côté, j'en ai envie, afin de poser un nom et des mots sur ce qui m'échappe, de prendre le contrôle et de ne plus rester dans le vague. D'un autre côté, j'ai peur, peur de rompre ce mystère qui enfle et qui prend des proportions démesurées, peur aussi de décevoir l'autre. Je suis nettement moins intéressante quand je suis sobre. Dans les deux cas, c'est la peur qui me dirige, la peur de l'ignorance aussi bien que la peur de la découverte. Me voilà dans de beaux draps…

— Je ne sais pas encore. Il faudrait.

— C'est certain. Dieu seul sait sur qui tu vas tomber.

Et c'est ça, le problème… Que vais-je trouver au bout du fil ?

Elle hausse les épaules en plantant ses lunettes de soleil sur sa tête.

— Peut-être un bel inconnu prêt à t'ouvrir les portes du plaisir.

— Qui sait ? je ricane.

Secrètement, je l'espère. Un peu de piment dans ma vie ne me ferait pas de mal. En vingt ans, il ne s'est jamais rien passé d'extraordinaire côté garçons, c'est assez triste et barbant. Elle a raison, je devrais appeler, il n'y a que de cette manière que j'obtiendrai les réponses à mes questions.

— J'appellerai en rentrant.

— Et tu veux rentrer tout de suite ? me demande Vic.

Je secoue la tête négativement.

— Non, je suis bien ici.

Les exclamations me bercent, autant que le bruit des vagues. Même le cri des mouettes est agréable. Je me sens bien et libre.

— Comme tu voudras. Je t'avoue que, moi non plus, je n'ai pas hâte.

— Je me doute, marmonné-je.

Je la contemple un instant alors que sa mine s'assombrit. Heureusement, elle reprend bien vite contenance et arbore à nouveau un joli sourire. Je crois que notre discussion lui a fait du bien et que l'espoir gagne du terrain dans son cœur, chassant le chagrin. Mais je sais ce qu'elle apprécie encore plus : Victoria aime briller, qu'on l'admire. C'est sa façon à elle de cacher son manque de confiance en elle. Aujourd'hui, j'ai avec moi de quoi lui rendre le sourire.

— Je peux te peindre ?

Bingo !

Un franc sourire éclaire désormais son visage, dévoilant ses dents blanches et contrastant avec ses yeux gonflés.

— Avec plaisir.

Ça va nous faire du bien à toutes les deux de nous plonger dans une bulle hors du temps. Je sors mon petit carnet, ma palette ainsi que mon pinceau. Après quelques crayonnés, je pose enfin les couleurs pour illuminer le visage triste de mon amie et chasser son erreur idiote, comme si celle-ci n'avait jamais existé.

CHAPITRE 3

Je n'ai pas mis longtemps à achever le portrait de Victoria en pleine contemplation de la mer. Pourtant, c'est bien après l'heure du déjeuner que nous nous sommes décidées à rentrer. Je me suis gardée de lui offrir ma peinture, une fois sèche, car j'aimerais l'offrir à Owen, histoire de peut-être ajouter une pierre à l'édifice de leur réconciliation. Je l'espère…

Cette petite excursion m'a rassérénée, j'ai l'impression que la tempête dans mon esprit s'est apaisée et que j'y vois plus clair. Je vais appeler ce numéro et élucider ce mystère dément. C'est le mieux à faire. Je n'ai plus besoin de m'en convaincre, désormais. En prime, je n'ai même plus la gueule de bois, ma migraine m'a laissée tranquille et fini les remontées acides qui chatouillaient mon œsophage.

L'appartement est bien calme lorsque nous arrivons. Un peu de vaisselle sale traîne sur la table du salon alors que sur le grand canapé gît Antoine, endormi. La bouche ouverte, il semble à des années-lumière de nous. Il faut dire aussi que la chaleur de ce rude été est assommante.

— Il dort depuis une heure déjà, chuchote une voix derrière nous.

Je pivote vers Apolline qui, visiblement, sort de la douche. Une serviette entoure son corps tandis qu'elle se tamponne les cheveux avec une autre.

— J'ai tout rangé, ne me remerciez pas, ricane-t-elle.

En effet, l'appartement ressemble moins à un champ de bataille que lorsque je suis partie.

— Ça va, vous ? nous questionne-t-elle ensuite.

D'un petit geste de la main, je leur fais signe de migrer avec moi dans ma chambre. Au moins, là, nous ne troublerons pas le sommeil de notre quatrième mousquetaire.

— Bof, répond Victoria.

Je prends place sur le lit en ignorant le tee-shirt de l'inconnu étendu par terre, à quelques centimètres de mon pied. Apolline maintient difficilement sa serviette en place en s'installant, elle aussi, sur le matelas. D'un regard, elle interroge notre amie qui doit à nouveau déballer sa tragédie. J'ai un pincement au cœur en entendant les tremblements dans sa voix quand elle prononce le nom d'Owen.

Quel gâchis…

Apolline n'en revient pas, comme moi quelques heures plus tôt. Sa bouche s'entrouvre de surprise.

— Merde, siffle-t-elle.

— C'est le cas de le dire ! ricane faussement Vic. Je suis dans une belle merde.

Apo grimace. Je sais très bien ce qu'elle pense de la tromperie. Nos avis ne divergent pas sur le sujet, même si je suis tout de même bien plus indulgente qu'elle.

— Je n'aimerais vraiment pas être à ta place.

— Merci pour ton soutien, Apopo.

Victoria l'assassine du regard. En retour, Apolline s'indigne en haussant les épaules :

— Bah, quoi ! T'es dans une sacrée situation.

C'est un doux euphémisme. Les chances pour qu'Owen lui pardonne dépendent uniquement de son amour fou pour elle, et je dis bien « amour fou », car elle a beau être mon amie et j'ai beau mourir d'envie de les revoir main dans la main, il faut vraiment être fou d'amour pour pardonner une erreur pareille. Dans « fou d'amour », le mot « fou » est pleinement à sa place.

Silencieuse, j'observe distraitement les fins rayons de soleil qui pénètrent à travers la fenêtre pour venir caresser ma peau blanche, la faisant rougir. Je joue avec jusqu'à ce qu'ils illuminent mon avant-bras, là où ma chair tendre et laiteuse est couverte de fines cicatrices parallèles. Le pardon est un acte de faiblesse, rien de plus. Je les couvre de ma main pour ne plus les voir et chasser cette pensée qui appartient à mon passé. À une époque où ces deux superbes filles n'étaient pas encore dans ma vie.

— J'ai juste envie de ne pas y penser maintenant, répond Victoria. J'ai fait une erreur, je le sais, et je compte me rattraper, mais là… Je veux seulement oublier.

Je reprends le fil de la conversation au moment où notre malheureuse amie s'étale de tout son long sur le lit en serrant un oreiller contre sa poitrine.

— À ce propos… entame Apolline en grimaçant.

Je hausse un sourcil, intriguée.

— On a une petite soirée prévue tous ensemble, ce soir… lâche-t-elle.

— Quoi ? s'exclame Vic, complètement abattue.

Oh, oh…

— Ouais, sur la plage, un feu de joie ou je ne sais pas trop quoi, continue Apo. Ce sont les garçons qui ont organisé ça.

Victoria gémit avant de se rouler en boule et de crier dans l'oreiller. On dirait qu'elle risque d'affronter son petit ami beaucoup plus tôt que prévu. Après tout, autant ne pas faire traîner les choses.

— Je ne veux pas, je ne suis pas prête… se lamente-t-elle.

Je caresse son dos affectueusement en tentant de la raisonner :

— On se détend, Vic. Ce n'est peut-être pas plus mal. Au moins, tu ne perds pas de temps et tu lui montres immédiatement que tu éprouves des regrets. Il y a plus de chances qu'il te croie si tu n'attends pas mille ans.

Elle pose sur moi un regard larmoyant.

— Tu penses ?

Je secoue lentement la tête.

— Je n'en sais rien, je suppose juste.

Victoria se remet à pleurnicher dans l'oreiller, faisant perdre patience à Apolline, qui roule théâtralement les yeux. D'une main, elle maintient sa serviette alors que, de l'autre, elle agrippe le bras de la loque qu'est notre amie.

— Il faut prendre tes responsabilités, ma vieille. T'as merdé, maintenant assume ! Il n'y a aucune raison pour que tu ne puisses pas gérer ! Arrête de te lamenter au sujet de quelque chose qui n'est pas encore arrivé. Si ça se trouve, il va te tomber dans les bras, et ce sera du gâteau de le récupérer.

— Je n'en suis pas si sûre…

Là, Apolline est franchement agacée :

— Tu n'en sais rien ! Alors, arrête de pleurer.

Elle essuie les grosses larmes qui roulent sur les joues de notre amie. Apolline a tout d'une force brusque. Le credo de son père, un militaire, prône la dureté, la force de caractère et la franchise. Parfois, elle se montre blessante, j'en conviens, mais c'est en partie grâce à elle que nous nous améliorons chaque jour. Même si ce n'est pas dit avec les formes, le fond s'avère toujours juste. C'est aussi grâce à elle que nous nous tirons des pires situations. Une fois, je l'ai vue terrasser un vigile, perchée sur ses hauts talons. Si je ne l'avais pas connue, je ne l'aurais jamais cru. Au moins, elle, on ne lui marche pas sur les pieds…

— Pourquoi vous vous retrouvez toujours mêlées à des plans foireux ? se plaint-elle.

— Moi, je n'ai rien demandé ! je m'indigne.

Victoria me fusille du regard, et je comprends immédiatement ma boulette. Cela dit, elle est l'artisan de son propre malheur.

— Pardon, m'excusé-je.

Ça valait le coup de lui servir des grands discours dans l'espoir de la réconforter pour finalement l'enfoncer.

T'es vraiment nulle, Calypso.

— Quoi qu'il en soit, t'y es jusqu'au cou.

Je hausse les épaules avant de replacer une mèche de cheveux roux derrière mon oreille.

— Non, je vais appeler, et hop, ce sera réglé.

Apolline plante ses poings sur ses hanches, se fichant désormais que sa serviette tombe ou non. Elle me lance un regard de défi.

— Bah, vas-y, fais-le.

Une lueur de malice flambe dans ses iris marron. Je ne lui ferai pas le plaisir de me défiler. Tout en lui offrant un grand sourire, j'attrape donc mon téléphone ainsi que le petit bout de papier plié en quatre. J'ai l'impression qu'il me brûle les doigts lorsque je le lisse. Je tape le numéro sur le clavier, le cœur battant. Cette histoire est dingue. J'hésite un instant avant d'appuyer sur la petite icône verte pour appeler.

— Allez.

C'est Victoria qui m'encourage maintenant, alors que deux paires d'yeux ne me lâchent pas. Je suis ridicule, ce n'est pas si difficile. Pourquoi je reste enfermée dans la peur ? Des milliers de gens appellent des inconnus chaque jour. Il n'y a qu'à voir le nombre de téléprospecteurs qui me contactent quotidiennement. Bon… Il est vrai qu'eux ne se sont pas réveillés avec le tee-shirt de l'inconnu qu'ils appellent mais…

Mon pouce appuie fermement. Déjà, la première sonnerie retentit.

Bip…

Bip…

Bip…

— Résidence du Soleil, bonjour.

La voix d'un homme d'âge mûr s'élève dans le combiné alors que ma bouche s'entrouvre sans qu'aucun son en sorte. C'est quoi, ce délire ?

— Résidence du Soleil ? chuchote Apolline.

— C'est notre résidence ! précise Vic à voix basse.

Elle a raison. J'aurais passé la nuit avec le concierge de la résidence ? Cette absurdité me donne presque envie de rire. Bien sûr que non, un homme bien plus âgé que nous ne serait pas passé inaperçu à la soirée. Alors, pourquoi ce numéro me renvoie-t-il à notre adresse ?

— Allô ?

L'homme semble s'impatienter à l'autre bout du fil. Mon cerveau fonctionne au ralenti. J'aimerais dire mille choses, mais je parviens uniquement à murmurer :

— Euh, je me suis trompée de numéro, excusez-moi.

Sur ce, sans attendre la réponse de mon interlocuteur, je raccroche, avant de jeter mon téléphone loin de moi, sur le lit, comme s'il venait de me brûler la paume.

— Qu'est-ce que c'est que ce bordel ? j'explose.

— On t'a filé le numéro d'ici ? s'étonne Apolline.

C'est une blague, c'est forcément ça. La personne s'est jouée de moi ! Ma curiosité m'a jetée tout droit dans la gueule du loup pour, au final, que je me ridiculise. À moins que ce ne soit effectivement l'œuvre de celui qui vient de me répondre, et qu'à ce compte-là ce numéro ne soit le bon ?

— Ça rappelle ! s'exclame Vic.

Je lance un coup d'œil méfiant vers l'appareil. En effet, celui-ci affiche le même numéro. Je n'ose pas le toucher. Encore une fois, je me retrouve face à une déferlante d'émotions et de questions qui me submerge.

Apolline décroche sans que j'aie le temps de l'en empêcher :

— Allô ?

Je sens qu'elle est à deux doigts de lui demander des comptes sur un ton très loin d'être poli, mais l'homme la devance :

— Êtes-vous Calypso ?

Les joues de mon amie se teintent de rouge alors que mon cœur est à deux doigts d'exploser. Il connaît mon nom ?! C'est quoi, ce délire ?

— Écoutez-moi bien, sale pervers ! s'emporte Apolline. Comment avez-vous pu rentrer dans notre soirée ? J'espère pour vous que vous n'avez pas osé faire quoi que ce soit de déplacé avec elle ! Ce serait facile de retrouver votre identité et…

— On m'a prévenu qu'elle devait téléphoner et on m'a chargé de lui remettre un paquet qui l'attend à l'accueil.

La voix de l'homme, dure et grave, coupe mon amie dans son élan. Puis, il raccroche, nous laissant complètement sidérées. Qu'est-ce qui vient de se passer ? On lui a remis un paquet pour moi ? Qui ça ? Toujours ce même inconnu ? Mais à quoi il joue, bon sang !

Apolline reste figée, le téléphone toujours dans la main et la bouche ouverte, prête à déballer encore tout un tas de méchancetés. Ce pauvre employé de l'accueil s'est fait insulter sans raison ! La honte m'envahit en même temps que la panique. On se contemple en silence en ayant toutes les trois du mal à assimiler cette conversation. Cette histoire est vraiment tordue. Bon sang, mais qui est derrière tout ça ?

— J'ai fait une connerie, je crois, dit Apolline, rompant le silence.

— On s'est trompées, je murmure.

Victoria secoue la tête.

— Ce n'est pas ce qu'il y a de plus préoccupant. On ne sait toujours pas avec qui tu étais. Pire, quelque chose t'attend en bas.

Je m'étrangle. Tout ça est digne d'un mauvais thriller dans lequel, généralement, l'héroïne ne fait pas long feu.

— Il faut qu'on aille voir, je me surprends à dire.

Elles me dévisagent alors toutes les deux comme si j'avais perdu l'esprit.

— C'est peut-être une bombe ! crie Apo.

Qu'est-ce que je disais ? L'héroïne ne tient jamais longtemps à cause de ses choix débiles.

— Non, intervient Victoria. Si ça en avait été une, ça aurait inquiété le réceptionniste. Avec le plan Vigipirate et tout ça, ils font super gaffe.

Dix points pour Gryffondor, elle n'a pas tort.

— Il faut qu'on y aille, je maintiens.

J'ai besoin de comprendre pourquoi on me mène par le bout du nez. Je refuse de me laisser emporter par cette confusion qui grandit en moi au point de me tétaniser.

— On ne peut pas avoir des vacances comme tout le monde, sérieux ?! se plaint Apo.

Si seulement… Mon estomac est totalement noué. Et si c'était un de mes bourreaux qui ressurgissait du passé pour me faire une mauvaise blague ?

Mais non, ils sont bien loin d'ici.

D'autant que, durant la soirée, je n'ai pas cessé de répéter à mes amis que c'était quelqu'un d'incroyable. Sans oublier que je ne porte aucune trace de blessure ou d'hématome, seulement un sentiment de bien-être quand j'y repense. Ça ne peut pas être plus grave qu'il n'y paraît, c'est impossible. Cette personne m'a couchée et changée alors que j'étais complètement bourrée. Les méchants ne font pas ça, si ?

— File-moi un tee-shirt, ordonne Apo. Je m'habille, et on y va.

Je ne réagis pas assez vite, si bien qu'elle se baisse et attrape le premier truc qui lui passe sous la main, soit le tee-shirt avec lequel je me suis réveillée. Une des pièces du puzzle. Avant qu'elle l'enfile, je le lui arrache des mains.

— N'y touche pas. On ne sait jamais.

Si Victoria appartient à Gryffondor, moi, je fais partie de Serdaigle. Il doit forcément y avoir des empreintes sur ce tee-shirt. S'il s'avère que c'est un coup foireux et que ça tourne mal, on aura une pièce à conviction. Et puis, au fond de moi, mon âme de rêveuse n'a pas envie que ce tissu plein de mystères soit relié à quelqu'un d'autre. C'est moi et moi seule qui le portais, c'est mon énigme, mon inconnu. Je caresse doucement le vêtement avant de le jeter sur le lit. Apolline ne cherche pas à comprendre et fouille dans mon armoire pour me piquer un débardeur qu'elle enfile précipitamment.

Je crois que, toutes les trois, nous n'avons jamais descendu quatre étages aussi rapidement, nous n'avons même pas pris la peine d'attendre l'ascenseur. Bien que chaque pas qui me rapproche de l'accueil soit un supplice, j'y cours, le cœur au bord des lèvres et avec une petite voix dans la tête me mettant en garde.

Apolline arrive la première, un peu mal à l'aise suite à sa discussion avec le réceptionniste qui se tient désormais devant nous.

— Bonjour, murmure-t-elle d'une petite voix.

L'homme, effectivement d'un âge avancé, avec un ventre bedonnant, paraît surpris de se retrouver devant trois jeunes femmes aussi bouleversées que si elles avaient vu un fantôme.

Je m'avance en rassemblant tout le courage dont je dispose.

— On s'est parlé au téléphone, tout à l'heure. Je suis Calypso.

Il nous toise des pieds à la tête en prenant tout de suite une mine moins accueillante.

— Oui, d'ailleurs, commence Apo, pardon pour ce que je vous ai dit. C'était un malentendu.

Il la scrute un instant avant de bougonner :

— Vous avez de la chance que je sois de bonne humeur.

Il disparaît rapidement derrière une porte et revient avec un petit paquet qui est plutôt une enveloppe, qu'il me tend. À peine ai-je saisi l'objet que je l'assaille de questions :

— Vous savez qui vous a donné ça ? Vous connaissez son nom ? Vous l'avez vu ?

Il paraît agacé qu'on l'embête encore plus. Mais ne dit-on pas que le client est roi ? Au prix que nous coûte cette location, il peut se permettre d'être coopératif.

— Je ne suis pas facteur, ma petite dame. C'était un jeune homme, de votre âge, je pense. Figurez-vous qu'il ne m'a pas laissé sa carte de visite, se moque-t-il.

À moi non plus, il ne m'en a pas laissé. C'est ça, le souci, mais cette enveloppe en contient peut-être une. Un jeune homme… Tout ça est de plus en plus intrigant. Qui est-il ? Et surtout, que me veut-il ?

— Merci, je termine.

Pas la peine de s'éterniser davantage, il ne nous en dira pas plus.

— Encore désolée.

Il grommelle un « c'est ça » alors que nous effectuons le chemin inverse, mais cette fois, nettement plus lentement. Je soupèse l'enveloppe. Je suis à la fois impatiente de découvrir son contenu et terrorisée. Et si elle ne contenait rien ? Au point où nous en sommes, ça ne m'étonnerait même plus.

Quand nous rentrons, Antoine est réveillé et semble totalement paumé.

— Vous revenez d'où ?

— Mon pauvre, t'as loupé plusieurs chapitres, se moque Victoria.

Moi, je n'ai pas le cœur à plaisanter. Mes yeux sont obnubilés par cette enveloppe sur laquelle n'est inscrit aucun nom, aucune adresse. Un leurre, encore une fois, j'en suis sûre. Peut-être devrais-je appeler la police, les prévenir que quelque chose de louche se joue chez nous. Ils me riraient au nez. Après tout, tout ça n'a l'air que d'une vaste blague.

— Ouvre, me presse Apo.

J'hésite en tournant l'enveloppe sous tous les angles. Je l'observe sous la lumière sans rien apercevoir. Cependant, au toucher, je sens qu'il y a quelque chose, qu'elle renferme un secret. Un bourdonnement dû au stress emplit mes oreilles, si bien que j'entends à peine le rapide résumé que mes amies font à Antoine.

De mon ongle, je décolle le rabat de l'enveloppe très lentement. Je le soulève précautionneusement en hésitant à fourrer la main dedans. Mes doigts tremblent alors que je me décide enfin. Je les glisse à l'intérieur, sous le regard médusé des trois autres. En rencontrant du papier, je suis, au premier abord, presque déçue, mais lorsque je dévoile finalement ce qui se cache là, je tombe des nues.

Ce qui m'apparaît en premier est un polaroïd, un simple cliché sombre. Alors que j'espérais qu'il me révélerait enfin le visage de ce jeune homme, je suis encore face à un mur. En effet, sur la photo, seul le mien est visible. J'ai l'air d'être suspendue à un cou, bien que j'ignore à qui il appartient. J'affiche un grand sourire et des yeux fous, presque enflammés, tournés vers l'inconnu qui, je le sais maintenant, s'accorde au masculin. On voit bien que je suis totalement ivre, mes joues sont presque aussi colorées que mes cheveux flamboyants. Je suis ivre, si bien qu'un bras protecteur passé autour de ma taille semble me soutenir. Un bout de lui, l'unique partie de son corps exposée. Un bras fort et puissant posé sur moi, une peau lisse et sans taches.

Mais qui es-tu ?

Sur cette photo, mon sourire est bien plus grand que ce que j'ai l'habitude de fournir au quotidien. Pourquoi me transmettre ça ? C'est quoi ? Un simple cliché qui signifie « c'était sympa, voici un souvenir, et à jamais » ? Quel est le but ?

Je m'abîme les yeux à force de détailler le contour de chaque élément, en vain. Je n'y trouve rien d'intéressant, si ce n'est l'image que je renvoie. Je suis au centre, en gros plan, c'est tout. Je retourne le cliché, au cas où quelques mots y seraient notés. Rien. De rage, je laisse tomber la photo et plonge à nouveau la main dans l'enveloppe pour sortir ce qu'il reste. Un bout de papier.

Dessus sont griffonnés quelques mots, d'une écriture légère et penchée. Peut-être une déclaration écrite ? Pourtant, lorsque je lis le message, je n'y comprends rien :

« Lorsque l'Ange se teinte de rose,
Tout en haut de la colline,
Grandiose,
Le château dans ses nuances violines,
S'accompagne de sa grue,
Gardienne de ses secrets,
Nikaïa ne s'avoue pas vaincue
Et ne demande qu'à être trouvée. »

Une strophe. Quatre rimes alternées. Et aucun sens.

Je murmure les derniers vers en tentant de leur trouver une signification. Je ne comprends rien, c'est du charabia. Des mots entrelacés qui me refusent leur accès. Aucun ne me parle. Au contraire, ça me plonge encore plus dans le flou et m'emplit encore plus de questions.

— Ça ne veut rien dire, marmonne Apolline. Je n'y comprends rien.

— Moi non plus, je confesse.

Je relis encore et encore les vers soigneusement écrits, de cette calligraphie si singulière. Bien que le sens de ces mots m'échappe, je ne peux m'empêcher de les trouver beaux. Ils glissent sur ma langue avec une réelle suavité, comme du miel. Ces vers touchent au plus profond mon âme d'artiste. C'est forcément quelqu'un de bien pour aimer les belles choses comme la poésie. Comment pourrais-je toutefois en être certaine ?

— Fais voir, intervient Antoine en s'approchant.

Je tends le petit bout de papier à mon ami. Il le lit à son tour, les sourcils plus froncés que jamais. Je vois ses yeux parcourir le poème encore et encore, puis ses lèvres prononcer les mots tout bas.

— Tu crois que c'est encore un code ? me questionne Victoria.

Je n'en ai aucune idée. Je ne connais rien de l'homme qui a organisé tout cela. Son poème a-t-il un but, hormis celui de me faire découvrir ses talents d'auteur ? J'en doute, mais…

— Regarde, lance soudain Apolline.

Elle retourne le polaroïd et me le tend. Je l'attrape du bout des doigts. Il y a, là aussi, quelque chose d'écrit :

— « Calypso, j'espère que tu aimes les énigmes », je lis à voix haute.

Les énigmes ? Ces rimes constituent bien un nouveau code.

— Qu'est-ce que tu crois que ça veut dire ? m'interroge Apo.

Je jette un coup d'œil à Antoine, le regard perdu dans le vide. Il murmure pour lui-même :

— L'Ange. La colline. Le château. Nikaïa.

— Tu penses qu'il cherche à te faire deviner quelque chose ? s'empresse d'ajouter Victoria.

Les filles, tout comme moi, ont le cerveau qui fume sous tout un tas d'hypothèses toutes plus farfelues les unes que les autres.

— Pas quelque chose, intervient Antoine.

Les yeux écarquillés, il nous fixe tour à tour. On dirait qu'il vient d'avoir la révélation de l'année. Sa bouche s'entrouvre alors qu'il brandit le papier.

— Ce poème décrit un lieu : la colline du château.

Il le pose avant de nous expliquer en surlignant chaque mot de son doigt.

— « Lorsque l'Ange se teinte de rose, tout en haut de la colline, grandiose, le château dans ses nuances violines », cite-t-il. Il y a un endroit à Nice qui s'appelle « la colline du château ». Depuis le sommet, on jouit d'une vue sur la baie des Anges, et quand le soleil se couche, ça offre un merveilleux spectacle.

Je me mords la lèvre inférieure, happée par ses explications, explications que nous n'aurions absolument pas pu trouver, nous, simples vacancières.

— « Nikaïa ne s'avoue pas vaincue et ne demande qu'à être trouvée. » Nikaïa, c'est le nom que l'on donnait à Nice durant l'Antiquité. On trouve encore des vestiges de cette période tout en haut de la colline. Par contre, la grue, je ne sais pas. Peut-être est-ce quelque chose qui se trouve sur place. Peut-être y a-t-il des travaux.

Apolline détaille Antoine d'un œil admiratif.

— Qui aurait cru que tu étais un puits de science, toi ? le nargue-t-elle.

Il roule les yeux, faussement vexé.

— Figure-toi, madame, que j'ai grandi ici, que je connais donc chaque recoin comme ma poche ainsi que les histoires qui vont avec.

Il bombe le torse, fier d'avoir décrypté ce code.

— Félicitations, admet Apo.

Je saisis le papier entre mon pouce et mon index en retenant ma respiration. C'est dingue. Surréaliste, même ! Je n'arrive pas à y croire, mon cerveau refuse d'imaginer que quelqu'un que je ne connais pas puisse se donner autant de mal. C'est tordu et terriblement excitant. Et le plus terrifiant, au-delà de l'inconnu, c'est que ça me charme. Mon goût pour l'atypique prend le dessus, et je reste bouche bée face à tant de complexité pour… moi ?

Au même moment, une petite alarme se met à clignoter dans ma tête pour m'avertir d'un potentiel danger.

— Est-ce un rendez-vous ? je demande.

Antoine hausse les épaules alors qu'Apolline se gratte la joue.

— Il n'y a qu'un moyen de le savoir…

— Il faut que tu y ailles, complète Vic.

Je fronce les sourcils en jetant cette fois-ci un coup d'œil au polaroïd. Qui se trouve au bout de ce bras ? Qui fait naître un aussi grand sourire sur mon visage ? Dois-je y aller ? Est-ce que ma raison doit prendre le pas sur mon envie ? J'ai vécu tellement de choses dans ma vie que j'ai appris à me méfier de tout et de n'importe quoi. Pourtant, j'ai aussi appris durant mes années les plus sombres que la vie vaut la peine d'être vécue et que chaque opportunité est bonne à saisir. Mais de là à négliger le danger…

— Et si c'était… un piège ? je grimace.

Apolline part dans un petit rire avant de secouer la tête.

— On n'est pas dans un film. Certes, c'est un peu *creepy*, mais on t'accompagnera, de loin. Comme ça, tu ne risqueras rien.

Je pèse le pour et le contre en mâchouillant frénétiquement l'intérieur de ma joue. Je relis, à travers les mèches rousses qui me tombent devant les yeux, cette étrange invitation. J'ai horreur de ce qui laisse un goût d'inachevé. Il faut que je sache ce qui s'est passé lors de cette soirée et qui nourrit ces étranges idées qui ne cessent de piquer ma curiosité. L'instigateur y met beaucoup du sien, au point que je me sens flattée de faire l'objet de tant de mystères. C'est excitant, cette infime soif d'aventures que je n'ai jamais connue. Ce sentiment d'être au centre d'une intrigue.

— D'accord, approuvé-je. On va faire ça. On va y aller pour le coucher de soleil.

Je hoche lentement la tête, comme pour me convaincre. Des milliers de bulles de champagne explosent au creux de mon ventre en un merveilleux bouquet final. Un petit rire nerveux m'échappe. Nous sommes partis en vacances pour décompresser suite à cette année de folie. Et nous voilà, l'esprit fougueux, en quête de nouvelles aventures, de nouvelles galères. Que demander de plus ? Je n'ai rien à perdre. Mes amis seront là pour moi en cas de mauvaise rencontre. Tous les feux sont au vert.

— C'est un peu bizarre, marmonne tout de même Victoria.

Apolline hausse les épaules.

— C'est bien mieux qu'un vieux loser qui serait resté dans son lit au réveil. Moi, je trouve que tu as de la chance.

Elle me donne un petit coup de coude complice.

— Je te dirai ça quand j'aurai vu sa tête, je ricane.

— Peut-être trouveras-tu Quasimodo sur le lieu du rendez-vous, se marre de plus belle Apo.

Un petit rire clair s'échappe de ma bouche alors que j'imagine déjà la scène. Après tout, on tombe amoureux d'une mentalité, pas d'un physique.

— Peut-être ne faudrait-il pas autant le prendre à la légère… grommelle Vic, plus raisonnable que nous.

Je hausse les épaules en ne quittant pas des yeux le cliché.

— Mais non ! s'exclame Apo. Il ne se passe jamais rien, excepté ta tromperie. C'est cool, un peu d'aventure, de frisson.

Elle affiche un grand sourire alors que Victoria, au contraire, se rembrunit face à sa réplique maladroite.

— Quoi ? s'offusque Antoine, pas du tout au courant.

J'en conclus donc qu'Owen fait le mort. Victoria roule les yeux en balayant l'air de sa main pour lui dire de laisser tomber, n'ayant pas la force de raconter une nouvelle fois sa tragédie.

Je caresse le polaroïd du bout du doigt. J'ai presque l'impression de sentir le fantôme de cet inconnu m'enlacer la taille. De même que j'ai l'impression de pouvoir humer son parfum boisé comme s'il embaumait toute la pièce. Une étrange attraction magnétique s'empare de tout mon être. Je dois savoir, c'est presque essentiel. Comment reprendre le cours de ma vie sans résoudre cette énigme ? Impossible.

— Je décide de courir le risque, j'annonce. On ira, ce soir.

Antoine semble avoir repoussé l'histoire d'Owen et Victoria à plus tard. Il pianote désormais sur son téléphone avant de tourner l'écran vers moi. Je découvre une page Google qui me dévoile les horaires de la colline du château.

— Ça ferme à vingt heures, je lis.

Je replace une mèche de cheveux derrière mon oreille avant d'annoncer :

— On s'y rendra un peu avant.

Apolline passe un bras autour de mes épaules, moqueuse.

— Allons à la rencontre de ton Quasimodo.

CHAPITRE 4

Les minutes nous séparant de notre départ m'ont semblé être des heures, et les heures, une éternité. Je n'ai pas cessé de fixer la trotteuse de l'horloge murale dans la cuisine en priant pour qu'elle accélère. Bien loin d'être docile, elle n'a paru que ralentir un peu plus. J'ai tellement tourné et retourné le polaroïd entre mes doigts que le papier est devenu plus souple et que ses coins se sont cornés. Comment devrais-je m'habiller pour y aller ? Sera-t-il là, en haut de la colline ? Sur une grue ? Toutes ces questions ont dansé dans ma tête alors que je faisais les cent pas dans l'appartement. Même regarder la ville par la fenêtre ne m'a pas distraite. J'ai complètement ignoré mes amis qui s'exclamaient devant la PlayStation d'Antoine, qu'il a emportée dans ses bagages. Je suis comme plongée dans une bulle hors du temps depuis la réception de cette enveloppe et encore maintenant, alors que, plantée devant mon armoire, je scrute minutieusement chaque tenue que je pourrais enfiler.

Ma petite robe aux épaules dénudées ? Non, nous retrouvons les garçons à la plage ensuite, je n'ai pas vraiment envie de l'abîmer. Alors, ma salopette en jean ? Ça ne fait pas un peu trop décontracté ? Je pousse un profond soupir tandis que ma tête me tourne. Je suis fatiguée d'autant me tourmenter. Il faut que j'arrête de réfléchir, quitte à foncer dans le tas, comme le fait si bien Apolline. J'attrape mon pantalon fluide préféré ainsi qu'un petit haut. Ce sera parfait !

J'enfile le tout en mettant mon esprit sur pause. Sur mon bureau, la rose, que j'ai mise dans un soliflore, perd déjà un pétale. Celui-ci ondule mollement avant de venir s'échouer sur le bois. Cette rose me fait penser à celle de *La Belle et la Bête*, elle semble marquer le temps par la perte de ces pétales.

Je plie le petit poème, que je glisse dans une de mes poches, juste au cas où. Je chausse mes sandales en consultant pour la millième fois de la journée l'heure. Dix-neuf heures. Excellent !

— On y va, j'annonce en pénétrant dans le salon.

Mes amis n'ont pas vraiment bougé, comme si, à l'inverse, eux s'étaient laissé happer par le temps, qu'ils n'avaient pas vu filer. Victoria sursaute même en levant le nez de son bouquin.

— Ce n'est pas un peu tôt ? marmonne Apo, visiblement hyper concentrée sur la partie qu'elle dispute avec Antoine sur la PlayStation.

Je fais mine de regarder l'horloge.

— Je veux être sûre de ne pas le rater. On ne sait jamais.

— On arrive, acquiesce Antoine.

Sans quitter l'écran des yeux, il appuie plus fort sur les boutons de sa manette. S'ensuivent alors de terribles exclamations de la part de la blonde :

— Quoi ?! Mais tu n'as pas le droit ! Arrête !

Elle se met, elle aussi, à accélérer ses gestes alors qu'Antoine la nargue avec un grand sourire :

— Désolé, Apopo, mais on est pressés, je ne peux plus faire semblant de te laisser gagner.

— Espèce d'enfoiré ! jure Apolline.

J'étouffe un petit gloussement tandis que Vic lève les yeux au ciel.

Je les laisse batailler encore quelques minutes en m'activant pour préparer tout ce dont nous aurons besoin, ce soir, pour la plage. Avec Victoria, nous glissons de grandes serviettes dans un sac ainsi que les deux trois cannettes de bière qu'il nous reste au frigo. J'ajoute un pull, et le tour est joué. Au même moment, Antoine achève Apolline. Celle-ci laisse tomber violemment sa manette en essayant d'assimiler sa défaite. Ses lèvres se pincent alors qu'elle fusille l'écran du regard.

— Je t'ai laissé gagner, c'est tout.

Antoine hausse un sourcil et ouvre la bouche pour se moquer, mais elle lui colle une petite tape sur le torse.

— Ne dis rien, le menace-t-elle. Sinon, je t'étrangle.

Il se marre de plus belle tandis qu'elle peste dans sa barbe.

— Venez, on le laisse là, siffle-t-elle entre ses dents en venant vers nous. On peut arrêter de faire semblant d'avoir besoin de lui.

En réponse à son coup d'œil assassin, ce dernier lui envoie un petit baiser à distance.

— Moi aussi, je t'aime, pouffe-t-il.

Elle l'ignore royalement, avant d'ajouter pour nous :

— Il nous sert à quoi, de toute façon ?

Après avoir passé la bandoulière du sac d'affaires sur mon épaule, je lui indique :

— Moi, j'ai encore un peu besoin de lui. Histoire de pas me perdre pour aller à mon rendez-vous. Après, tu pourras en faire ce que tu veux.

Elle plisse le nez en rigolant alors que Victoria interpelle Antoine, qui s'occupe de tout ranger :

— Allez, en avant, Casanova !

Mon estomac se serre lorsque je réalise pleinement que c'est enfin l'heure de partir. J'agrippe férocement la lanière du sac pour empêcher mes mains de trembler. Je ne devrais pas être aussi stressée, tout va bien dans le meilleur des mondes. J'ai uniquement fait une nouvelle rencontre, comme tous les jeunes adultes de notre âge, rien de plus. Bon, il est vrai que cette « rencontre » essaye de me charmer et se donne un mal fou pour me dompter, mais je ne dois en tirer que du positif. Pourquoi être aussi nerveuse, dans ce cas ? Peut-être parce que je ne sais pas d'où provient cet étrange nuage apaisant qui m'enveloppe chaque fois que je tente de repenser soit à la soirée de la veille, soit à cette personne avec qui j'ai rendez-vous. C'est une sensation étonnante et peu commune, que je n'avais jusqu'alors jamais connue, dont je goûte les nouvelles tonalités, et qui me déroute complètement. Voilà pourquoi je stresse autant. Parce quc cet homme est la clef de tout un tas de souvenirs que j'ai oubliés et que je ne suis, de nature, pas aussi sociable qu'Apolline.

Nous ne perdons pas plus de temps pour gagner la vieille Twingo de Victoria. C'est un miracle, d'ailleurs, que nous soyons arrivés ici, à Nice, sans encombre. Cette voiture est à deux doigts de la casse. Vic s'assoit derrière le volant. À vrai dire, elle est presque la seule à maîtriser les rouages de cette vieille machine. La légende raconte que c'était la première voiture de sa mère. Je me demande bien comment elle fait pour échapper aux contrôles techniques. Un fossile pareil, ce n'est pas permis.

Le trajet n'est pas très long, en fin de compte. Il nous faut un peu moins de quinze minutes pour arriver en zigzaguant dans la ville, sous les indications d'Antoine. Le temps a beau passer, il connaît encore effectivement bien Nice. Chaque rue semble lui être familière. C'est peut-être aussi grâce à ça que nous arrivons aussi vite. Peut-être trop… Ou pas assez. C'est paradoxal. J'ai regardé défiler le décor de cette ville animée à travers la vitre, et il m'a semblé pouvoir compter chaque personne que nous croisions, quand, en même temps, j'ai eu l'impression que la voiture s'était déplacée en un battement de cils. C'est une sensation étrange, pire que l'angoisse qui me prend aux tripes lorsque j'attends pour passer un partiel qui déterminera mon futur.

Je déglutis alors que la voiture se gare. Désormais, je joue moins la téméraire. Il ne va pas aimer ce que je suis vraiment, il va forcément être déçu. J'appréhende cette rencontre, de lire dans ses yeux à quel point il s'est trompé. Il aurait dû choisir Apolline. Au moins, il ne se serait pas ennuyé. Mais moi ? Tout ce qui me passionne, c'est l'art et la littérature. Pas très fun pour une nana de vingt ans, pourtant, c'est dans mon ADN.

Je m'extirpe du véhicule qui grince à mesure que nous libérons l'habitacle. Je lève le nez vers le haut de la colline imposante. Sa cime est recouverte d'arbres qui ne laissent rien entrevoir des trésors qu'elle renferme. Ils semblent les garder jalousement. Devant nous, un imposant et long bâtiment se dresse, scindé en tout un tas d'appartements qui protègent farouchement l'entrée de la colline.

— Il y a différentes entrées possibles, nous apprend Antoine. Une voie par des ascenseurs, mais aussi par un escalier. Vous préférez quoi ?

— Ascenseurs ! s'exclament en chœur Vic et Apo.

— Je préfère marcher, je murmure.

Il lève un sourcil face à ma réponse et me prévient :

— Ça grimpe.

Je hausse les épaules. Vais-je arriver toute rouge et essoufflée ? Ce serait la cerise sur le gâteau !

— Va pour les ascenseurs, je cède.

Nous le suivons. Nous contournons ainsi la colline par la droite avant d'arriver rapidement devant des petites arches en pierre orangée qui arborent le mot « Ascenseurs ». Antoine s'engouffre par cette entrée creusée dans la roche.

— Les ascenseurs ont été construits dans le puits de l'ancien château, nous explique-t-il. D'après une légende, le puisatier a vendu son âme au diable pour le creuser.

— Super glauque, grogne Apolline.

— Plus tard, des femmes venaient y faire disparaître leur bébé illégitime, complète Antoine.

Si Victoria pousse un petit cri étouffé, moi, je frissonne. Difficile d'imaginer la scène alors que ce petit couloir menant aux ascenseurs est bondé par les touristes, toujours aussi nombreux, même à cette heure-ci. Nous faisons la queue le long d'un ruban noir avant d'enfin nous glisser dans une des cabines. Collée contre les autres visiteurs, je me triture les mains. Plus nous montons, plus la pression en moi grimpe en flèche. Peut-être sera-t-il là, à la sortie.

Mon cœur bat la chamade, je suis presque convaincue qu'il va déguerpir en me voyant. Je ne suis pas aussi courageuse, en temps normal. La cabine s'immobilise pendant qu'une voix robotique nous souhaite à travers les haut-parleurs une bonne visite. Les portes s'ouvrent, nous offrant au monde extérieur.

L'air chaud de dehors s'engouffre dans mes poumons, les écrasant un peu plus. Comme s'ils avaient besoin de ça ! Le sang battant fort contre mes tempes, je découvre un décor somptueux. De la verdure s'étend à perte de vue. Tant de choses accrochent mon regard, que ce soit la cascade dans un coin ou, là, le petit sentier. D'un côté, des panneaux indiquent tout ce qu'il y a à découvrir. De l'autre, on jouit d'une vue imprenable sur la baie des Anges. C'est splendide, j'en aurais presque le souffle coupé s'il n'y avait pas tous ces touristes. Mais qui suis-je pour râler ? Après tout, j'en suis une aussi.

— Aucun signe de travaux, observe Victoria. Une grue, ça se remarque, non ?

Je fouille le paysage des yeux sans en trouver.

— Écoutez, je les interpelle, on va se séparer. Je vais partir de mon côté. Vous, restez ici. Au moindre problème, je vous appelle.

Je vois de l'inquiétude se loger dans les yeux de Victoria, peu rassurée par le fait que je m'éloigne, seule. Je tente de la rassurer d'un petit sourire qui se change vite en grimace. Je suis bien trop stressée pour en ébaucher un correctement.

Je me détache du petit groupe alors qu'Apo glisse un bras sous celui de notre amie pour la tirer vers l'incroyable vue.

Bon, à moi de jouer ! Je rassemble tout mon courage en prenant une profonde inspiration. Le petit papier semble brûler ma peau lorsque je glisse ma main dans ma poche pour m'assurer qu'il est toujours là.

Un passant me heurte, et je manque de trébucher.

— Oh, pardon, s'excuse l'homme, qui porte un petit enfant dans ses bras.

Je l'observe longuement, presque avec impolitesse, avant de balayer du regard les autres visiteurs. C'est vrai, il pourrait être n'importe où. Est-ce lui, avec cette casquette plantée sur la tête ? Ou encore lui, avec son bandana autour du poignet ? Je ne sais pas par où commencer. Sans doute viendra-t-il à moi, vu qu'il sait qui je suis. La balance est drôlement déséquilibrée.

Je m'approche distraitement d'un panneau alors que mon esprit flâne à droite et à gauche.

— Ruines du château, cascade… je lis. Vestiges.

Mon intuition me dit que cette dernière indication est la bonne.

Je me décide à suivre cette direction, le nez en l'air. Rapidement, sans vraiment m'en rendre compte, puisque la balade est agréable, je traverse une bonne partie de la colline. Je longe désormais un petit muret de pierre dans ce qui s'appelle l'allée Fernand-Benoit. Je marche, prête à tout moment à ce qu'une main s'abatte sur mon épaule et qu'un jeune homme tout sourire me surprenne. J'examine tout ce qui m'entoure plus attentivement, en particulier les mosaïques sur le muret. Singulières, elles semblent représenter des êtres antiques – la technique l'est aussi. On les croirait tout droit sorties de la Grèce antique – là où la légende autour de mon prénom a été contée pour la première fois, à une époque où les peuples vénéraient différents dieux. Je passe un doigt sur les motifs. Avec un œil plus attentif, on remarque que ces mosaïques sont, en fin de compte, assez récentes. Je ne saurais les dater, mais elles ne sont sûrement pas d'époque.

« Nikaïa », disait le poème. Antoine m'a expliqué que c'était le nom de l'ancienne cité antique de Nice, d'un comptoir grec fondé par les Phocéens dans l'antiquité et dans lequel on ne peut retrouver que des vestiges de ce temps. Si ce que je dois chercher est en rapport avec Nikaïa, c'est sûrement là-bas que je le trouverai. Ces mosaïques ont-elles un rapport avec mon mystère ? Est-ce là, le lieu de rendez-vous ? Je longe le muret un peu plus pour découvrir d'autres mosaïques, plus belles les unes que les autres. Rapidement, parmi celles-ci, quelque chose attire mon regard. Un vase ancien est représenté dans des tons noirs et orangés ; il raconte une scène de combat entre un héros et un monstre. Mais ce n'est pas sa beauté ni la précision de ces motifs qui m'attirent, non, c'est le petit carré, cerné de blanc, qui repose dessus, à la vue de tous. Je m'approche, le cœur battant à tout rompre, alors qu'une décharge électrique me parcourt l'échine. Mes pas sont hésitants, si bien que je crois mettre de longues minutes à m'en approcher. Je découvre avec stupeur un élément qui n'a rien à faire ici : un polaroïd. Mes yeux s'arrondissent quand je découvre un nouveau cliché de moi. Mais qu'est-ce qu'il fait là ? Je le prends d'une main tremblante, et me penche dessus. Je suis de dos, sur celui-ci, on ne distingue que ma silhouette et mes cheveux flamboyant dans l'obscurité de la fête. Je pivote précipitamment sur moi-même, à la recherche de son auteur. Je ne vois personne, du moins aucune personne correspondant à ce à quoi je m'attends. Des familles se baladent, des enfants jouent. Mais pas de jeune homme m'observant avec un sourire triomphant. Où est-il, et pourquoi me donner cette photo ? Surtout, combien en a-t-il ? C'est déjà la deuxième.

Je ne peux réprimer un frisson en la retournant. Puisque le premier cliché était accompagné d'un poème, peut-être qu'au dos de celui-ci je vais découvrir quelques mots. Bingo !

« Les oiseaux sont toujours plus beaux les ailes déployées, ne trouves-tu pas ? »

— Quoi ? je ne peux m'empêcher de m'exclamer.

Qu'est-ce que veut dire ce charabia ? Encore une énigme. Les oiseaux ? Les ailes déployées ? Quel oiseau ? Je ne vois pas d'oiseau.

— Oh !

Une exclamation m'échappe encore lorsque, en baissant les yeux pour lire de nouveau ces mots, je découvre sous la mosaïque du vase, par terre, attendant sagement, un origami. Je ne pourrais pas être plus surprise. C'est une grue ! Une grue, l'animal et non l'énorme structure métallique servant sur les chantiers. Que suis-je bête ! Un petit rire nerveux s'empare de moi alors que je me penche pour ramasser le pliage. C'était ça, l'énigme ? Trouver cet origami ? Cela dit, je dois reconnaître qu'il est parfaitement exécuté. Chaque ligne est nette, et rien ne semble dépasser, comme si le papier était pile à la bonne taille pour le réaliser. Je cligne plusieurs fois des paupières, complètement larguée. Où est-il ? Est-ce uniquement ça, le mystère ? Un oiseau à la place d'un homme ? Je ne comprends rien.

Je jette un coup d'œil à mon téléphone, qui affiche 19:45. Déjà ? Je dois retrouver mes amis pour leur faire part de ma trouvaille. Peut-être auront-ils un autre avis sur la question et sauront-ils, eux, décoder le vrai lieu de rendez-vous. La colline va bientôt fermer ses portes, je n'ai plus beaucoup de temps.

— « Les oiseaux sont toujours plus beaux les ailes déployées, ne trouves-tu pas ? » je répète en faisant demi-tour.

Qu'est-ce que ça veut dire ? Y a-t-il une volière ici ?

Je trottine presque tant je suis prise par le temps. Comme une folle, je dévisage tout le monde dans l'espoir d'apercevoir quelqu'un de suspect, mais je ne vois rien. J'arrive finalement là où j'ai laissé mes amis, et les aperçois installés sur un petit banc.

— Hé ! je les interpelle, hors d'haleine.

Je dois faire peur à voir, car le visage d'Apolline se décompose lorsqu'elle me voit.

— Calypso ! elle s'exclame en se précipitant vers moi. Tout va bien ?

Elle m'attrape par les épaules et m'examine sous toutes les coutures, visiblement inquiète. Les autres nous rejoignent alors que je peine à retrouver mon souffle. Une main sur le flanc, je grimace, harponnée par un horrible point de côté – purée, il faut vraiment que je reprenne le sport, à la rentrée !

— Ça va, ça va, les rassuré-je.

Apolline s'apprête à répliquer, quand, pressée, je la coupe :

— J'ai trouvé ça.

Je brandis l'oiseau en papier ainsi que le polaroïd. La photo les interpelle plus que l'origami. Ils y jettent tous un coup d'œil inquiet.

— Je me baladais et, près de mosaïques, j'ai trouvé ça. Cette photo et cet oiseau. Une grue.

Apolline ouvre la bouche, surprise, alors qu'Antoine semble tilter.

— Mais l'oiseau ! Bon Dieu, on n'était pas près de les trouver, les travaux.

Il se marre alors que je secoue la tête.

— Il faut m'aider, je ne l'ai pas trouvé, lui, seulement ces indices. Au dos du polaroïd, il y a une indication. Peut-être en rapport avec le vrai lieu de rendez-vous. Il ne nous reste que quinze minutes.

— « Les oiseaux sont toujours plus beaux les ailes déployées, ne trouves-tu pas ? » lit Antoine.

Il fronce les sourcils en réfléchissant. Je ne parviens pas à calmer mon souffle, encore plus agité par l'urgence et l'adrénaline. Victoria m'arrache la grue des mains avant de l'examiner sous tous les angles. Dans son coin, Antoine répète la phrase alors qu'Apolline émet des hypothèses.

— Est-ce qu'il y a un truc avec des oiseaux, ici ? nous interroge-t-elle.

Je secoue la tête, perdue. Vic, qui semblait concentrée sur le pliage, demande soudain :

— Je peux essayer un truc ?

Je n'ai pas le temps de lui donner mon accord que déjà ses doigts s'activent à déplier l'origami. En deux temps trois mouvements, elle se retrouve face au carré de base. Un petit sourire s'étire sur ses lèvres.

— À mon avis, commence-t-elle, on peut arrêter de le chercher. Il n'est pas ici. C'est ça qu'il voulait que tu trouves.

Elle me tend le carré strié de nombreuses pliures, et je découvre cette même écriture penchée qui commence à devenir familière :

« *Félicitations :)*

Si l'envie te prend de m'appeler : »

Suivi d'un numéro de téléphone.

Ma bouche s'ouvre par automatisme alors que je n'en crois pas mes yeux. J'ai réussi, nous avons réussi. C'était ça, l'énigme. Cependant, je ne peux m'empêcher d'être déçue. Tout ça pour ça ? Nous sommes venus jusqu'ici uniquement pour un numéro de téléphone ? Cherche-t-il à tester la grandeur de ma curiosité et ma détermination ? Je ne vois pas d'autre explication. Qui fait ce genre de trucs ? Qui a des manières aussi tordues pour laisser sa carte de visite ?

Je suis complètement sonnée par cette révélation. Au lieu d'obtenir un visage, je reçois un numéro, c'est déjà ça, mais… j'espérais plus. Le numéro me nargue, se moquant presque de tous les efforts que j'ai fournis seulement pour le récupérer. Si l'inconnu voulait me tester, je crois que j'ai réussi. Mais qui est-il ? Pourquoi me mettre autant à l'épreuve ? Pourquoi tout compliquer ? Il n'y a qu'une façon de le savoir : appeler en espérant qu'il arrête de me faire poiroter.

Je ravale mon amertume. Il ne faudrait pas que son originalité vienne à m'écœurer. Pourtant, d'un autre côté, mon cœur palpite toujours aussi vite, et j'ai envie de rire. C'est bien joué. Vraiment. Tordue comme énigme, mais bien trouvée. Je me fais mener par le bout du nez par une personne que je ne connais même pas, qui s'est occupée de moi alors que j'étais complètement éméchée, qui a pris des photos de moi et qui désormais me fait courir en cachant son identité. C'est terriblement pervers, malsain, détraqué, et pourtant… Dieu, que c'est excitant ! Le moins que l'on puisse dire, c'est que ça n'arrive pas tous les jours. J'ai presque du mal à croire que nous sommes dans la vraie vie et que je ne rêve pas. C'est digne d'un film romantique, ce qui me fait sourire niaisement. La personne derrière tout ça est douée, très douée. Elle a su trouver le bon dosage entre curiosité et frustration, la parfaite combinaison pour me manipuler et le pire, c'est que j'en suis consciente.

— Tu vas appeler ? m'interroge Apolline.

Mon sourire s'agrandit tandis que je me bats contre cette peur de l'inconnu qui s'infiltre en moi. L'excitation gagne la bataille.

Je hausse les épaules, les yeux sans doute pétillants.

— Pas maintenant, minaudé-je.

Moi aussi, je vais le laisser mariner. J'accours déjà bien trop facilement. Ne doit-on pas entretenir un peu de suspense pour faire durer le charme ? Pour cela, il lui faut croire que je ne suis pas venue ici, que je n'en ai pas eu l'envie, pour éviter qu'il se montre trop confiant.

Calypso a plus d'un tour dans son sac !

Je garde précieusement le petit bout de papier alors que déjà, comme je m'y attendais, Apolline proteste :

— Va au moins jusqu'au bout, tu ne peux pas nous laisser comme ça.

Je relève le menton en lui offrant une mine malicieuse.

— Rien ne presse.

Je pouffe sans pouvoir m'en empêcher. Le nœud dans mon estomac s'est desserré et j'éprouve même une certaine euphorie. Toute cette histoire est dingue ! Il ne faut pas que je perde les pédales. Je dois me donner le temps d'assembler chaque pièce du puzzle pour ne pas me laisser submergée.

Apolline est sidérée. Elle doit me maudire, la patience n'est pas son fort. Je mords l'ongle de mon pouce afin de retenir l'énorme sourire qui lutte pour se plaquer sur mes lèvres.

— Ça va fermer, annonce Antoine alors qu'un membre du personnel s'apprête à faire une ronde.

Je balaye une dernière fois l'endroit du regard. J'espère pouvoir revenir ici, c'est atrocement beau et apaisant.

— De toute façon, reprend-il, on ne devrait pas traîner. Les mecs doivent déjà nous attendre.

Victoria grimace avant d'enrouler les bras autour de son corps. J'en connais une qui n'a vraiment pas hâte. Si elle pouvait retarder l'échéance, elle se pendrait aux aiguilles de la terrible horloge temporelle pour la ralentir. Mon sourire s'efface alors que je pense à la peine qu'ils doivent ressentir tous les deux. Je pose une main sur son bras et le frotte discrètement. Elle m'offre un petit rictus triste en remerciement. J'aimerais tant lui promettre que tout va bien se passer, mais ce serait mentir. Je ne sais pas dans quel état est Owen, à quoi il pense, ce qu'il envisage.

Un petit soupir m'échappe lorsque, finalement, nous prenons le chemin des ascenseurs. J'ai l'impression d'être encore au sommet d'un manège infernal tant l'adrénaline refuse de descendre en moi. Il y a constamment quelque chose qui m'agite, bien que je ne rêve que de retrouver mon lit afin de rattraper ma dernière nuit catastrophique, pour en avoir une enfin paisible, réparatrice, sans odeur de vomi, sans marteau-piqueur dans le crâne. Juste la paix. Pourtant, je sais que les problèmes sont loin d'être finis…

CHAPITRE 5

Le soleil n'est toujours pas décidé à se coucher lorsque nous arrivons au lieu de rendez-vous. J'ai hâte de voir la plage se couvrir d'un resplendissant camaïeu de couleurs prêtes à disparaître dans les eaux troubles à tout moment.

Cette plage est nettement moins bondée que celle de ce matin, d'autant que les gars en monopolisent une bonne partie. Les derniers baigneurs rangent leurs affaires alors que, non loin, un couple se partage une pizza en attendant le coucher de soleil.

Antoine n'avait pas menti, les garçons ont déjà tout installé. Ils ont allumé un petit feu de camp qui crépite doucement, bravant la brise marine. Ils sont tous là : Kylian, qui est le cousin d'Antoine, Adam, un autre copain de fac, deux garçons qu'Antoine nous a présentés comme étant des amis d'enfance, et… Owen. Je remarque qu'il est bien plus en retrait, d'ordinaire fêtard et bon vivant. Je n'ai pas besoin d'être près de lui pour distinguer son air sombre. Il reste dans son coin, comme si nous n'étions pas là, et contemple la mer. Je sais que mille pensées doivent fuser dans son esprit. Tout comme Victoria, il doit être terriblement nerveux et… affreusement en colère. Mon euphorie de tout à l'heure a eu le temps de retomber pendant le trajet, mais là, elle fait une chute de trois mètres en voyant sa pâle silhouette se détacher des autres.

— Eh bien, s'exclame Apolline, vous ne vous êtes pas foutus de nous !

Je détaille plus attentivement ce qui m'entoure et, en effet, c'est un vrai campement qu'ils nous ont installé. Des couvertures ont été placées tout autour du feu pour que nous puissions nous asseoir, des sandwiches sont prévus et il y a même des chamallows pour plus tard, sans oublier l'énorme pack de bières dans la glacière.

— On est des pros, ou on ne l'est pas, se vante Adam.

Nu pieds, je m'approche de lui alors qu'il est occupé à confectionner des sandwiches pour tout le monde en tartinant généreusement le pain de sauce.

— Fais ça bien, qu'on ne soit pas embêtés, je le nargue.

Il me fusille gentiment du regard.

— Je n'ai pas demandé ton expertise.

Je pose une main sur mon cœur, faussement vexée.

— Comment oses-tu ?

Il se marre avant de déposer un baiser sur ma tempe, comme il le fait toujours. C'est un peu le grand frère du groupe, il faut dire qu'il est de trois ans notre aîné. Après avoir tenté deux années en médecine, il s'est totalement réorienté pour atterrir avec nous, non sans avoir redoublé la première année.

Kylian nous rejoint et pose une main sur l'épaule d'Adam.

— T'as vu Owen ? me questionne-t-il. Ça ne va pas du tout.

Je jette un petit coup d'œil par-dessus mon épaule. Sur le rivage, les mains dans les poches, il est tourné vers la mer semblant écouter les vagues comme si elles le rassuraient ou lui confiaient comment guérir de son chagrin. Je soupire. Comment ça a pu tourner à un tel drame ?

— Tu devrais aller lui parler, Cal, c'est ton meilleur ami, me dit Adam.

— Après Vic, il n'y a que toi qu'il écoute.

Adam et Kylian me portent des regards remplis d'espoir, comme si je pouvais de moi-même effacer toute la souffrance d'Owen et, surtout, lui effacer la mémoire.

— Je peux essayer, je marmonne, peu convaincue.

À vrai dire, ce n'est pas à moi d'y aller. Personne ne pourra réellement le soulager, à part Victoria. Si je parviens à le faire sourire ou à le réconforter, ce ne sera que provisoire.

C'est ainsi que je me retrouve à le rejoindre, à l'écart du petit groupe. En arrivant à sa hauteur, je ne sais toujours pas quoi lui dire. Qu'y a-t-il à dire ? Que Vic est désolée ? Qu'elle ne voulait pas faire ça et qu'elle regrette ? Il ne me croirait pas et penserait que je ne suis pas objective.

Il ne cille même pas à mon approche. Il ne cesse d'observer devant lui en silence. Je me tords les doigts en choisissant mes mots :

— Comment tu te sens ?

Je me mords la lèvre instantanément. Vraiment, je n'aurais pas pu offrir pire entrée en matière.

Bien sûr qu'il se sent mal, Calypso ! Tu ne vois pas qu'il saute de joie, là ?

Il fixe ses pieds nus enfoncés dans l'eau, les petites vagues lui caressant les chevilles. Puis, finalement, après un long moment, il tourne vers moi des yeux qui me font froid dans le dos. Il secoue lentement la tête en luttant contre la tristesse.

— Mal, il répond, la voix rauque.

Évidemment.

J'inspire profondément en contemplant, moi aussi, l'horizon, là où le ciel se mélange à l'eau. C'est nettement plus facile à soutenir que son regard empli de chagrin.

— Je n'arrive pas à y croire, sifflé-je.

Il marmonne un « et moi donc », que je ne relève pas. Owen n'a pas beaucoup de patience. À partir du moment où je commencerai à la défendre, mon temps sera compté avant qu'il m'envoie balader. Aussi, je tiens à caser le plus d'arguments possible :

— Elle regrette, tu sais, atrocement. Elle m'a dit que, si elle pouvait tout effacer, elle…

— Mais c'est fait, il me coupe.

Mes épaules se voûtent face à son ton sec et sans appel – son cœur doit être en mille morceaux.

— C'est certain, confessé-je. Et ça n'aurait pas dû arriver, elle n'a aucune excuse, on est d'accord là-dessus… Mais cinq ans d'amour, ce n'est pas rien ! Justement, toutes ces années au compteur montrent qu'elle t'aime réellement. Vous avez plein de projets tous les deux et…

Il tourne des yeux noirs de colère vers moi.

— Et tu ne t'es pas dit qu'on était peut-être arrivés à la fin ?

Sa question me glace le sang. Il est tellement furieux que je pourrais presque voir des flammes danser dans ses pupilles.

— Owen, je ne crois pas…

— Arrête, Cal, tranche-t-il. C'est trop douloureux.

Je recule légèrement, je ne l'ai jamais connu aussi dur et froid, lui d'ordinaire si solaire… J'ouvre la bouche en réfléchissant à une contre-attaque, mais rien ne me vient. Je suis impuissante face à son chagrin, je ne sais pas comment l'apaiser. Alors que je maudis intérieurement Victoria de toutes mes forces, il reprend avec une voix torturée :

— Ça allait mal entre nous, on se disputait sans arrêt depuis un moment, et…

Un sanglot l'empêche d'achever sa phrase alors qu'un frisson me parcourt l'échine. Je n'ose même pas imaginer dans quel état je serais à sa place. Sûrement roulée en boule dans mon lit, incapable d'arrêter de pleurer. Peut-être même aurais-je recommencé. Je passe un doigt pensif sur mes petites cicatrices en déglutissant.

— Je ne suis pas sûr de pouvoir lui pardonner aussi facilement.

Je tique devant sa tournure de phrase. « Aussi facilement » ? L'espoir pointe à nouveau le bout de son nez. Je ne peux m'empêcher de lâcher faiblement :

— Mais tu le pourrais ?

Je ne parviens que très mal à masquer mon enthousiasme, qui jaillit en moi comme une lueur dans la nuit.

— Je n'ai pas dit ça, coupe-t-il court.

C'est peine perdue, je baisse les bras. Je le connais par cœur. J'ai beau être la plus attentionnée des amies, il ne veut pas de mon aide. Se faire trahir par la personne que l'on aime… qu'est-ce que c'est douloureux ! Dieu seul sait à quel point je le comprends.

Je soupire, vaincue. Mon temps est écoulé. Tout en poussant un petit soupir, je pose une main sur son dos.

— Ne reste pas tout seul, tenté-je tout de même. Viens avec nous, essaye de te changer les idées.

Il se radoucit.

— C'est difficile.

Surtout que Victoria est là.

Il ne le dit pas, mais je l'entends le penser très fort.

Moi, je trouve justement que c'est bien. Il pourra ainsi constater à quel point elle est triste, voire lire la culpabilité dans ses yeux. Mais bon, qui suis-je pour donner mon avis ?

— Ce serait pire que tu restes à broyer du noir alors que les gars se sont démenés pour préparer les sandwiches. Tu les aurais vus ! je clame.

Même triste, il lâche un petit rire rauque qui se transforme en grondement.

— En effet, je suis obligé de goûter.

— Absolument ! j'opine.

Un pâle sourire frôle ses lèvres pour disparaître aussi vite.

— On y va, annonce-t-il.

Je le retiens un instant, fouillant dans mon sac à la recherche du point final de cette discussion qui, j'espère, sera positif. Là, non loin du bout de papier avec le numéro de l'inconnu, mes doigts se referment sur autre chose, sur la petite aquarelle que j'ai peinte ce matin. Je la lui tends timidement. Ses yeux pleins de fatigue se posent dessus. Au départ, il y jette simplement un œil, sans la prendre, comme s'il la voyait à peine. Puis, son regard change du tout au tout lorsqu'il reconnaît Victoria. Ses paupières débordent de larmes qu'il tente de contenir. Si les yeux sont les fenêtres de l'âme, alors la sienne est vraiment brisée – ça me tue. Owen, au même titre que Victoria, est mon ami le plus cher. Même si j'aime mon amie très fort, à cet instant je la déteste de le faire souffrir autant. Et moi qui lui agite mon aquarelle sous les yeux, il doit avoir envie de la déchirer…

Mais il se montre plus doux que dans mes pensées. Il se contente de repousser le papier en murmurant, las :

— C'est magnifique, vraiment. Mais garde-la, je n'en veux pas.

— Owen, chuchoté-je.

J'ai envie de le prendre dans mes bras, de le bercer afin qu'il laisse échapper toutes ses larmes, jusqu'à se sentir plus léger. J'ai également envie de lui assurer que tout ira bien, que son cœur n'est pas définitivement brisé, que tout va redevenir comme avant, mais je n'y arrive pas. À vrai dire, je n'en suis moi-même pas convaincue.

— Les gars, vous venez ?

Je sursaute lorsque Kylian nous appelle.

— N'en attends pas trop de nous, Calypso, je ne veux pas que tu sois déçue.

Il me gratifie d'un pâle sourire avant de se détourner et de m'abandonner là, seule, les pieds dans l'eau. Il s'inquiète donc plus pour moi que pour son couple ? Ce constat m'achève. S'il existe un pouvoir pour réparer les cœurs brisés, qu'on me le donne, j'en ferai un excellent usage.

Désespérée, je rejoins, moi aussi, le petit groupe, avec un étrange pressentiment qui me colle à la peau. Je serre l'aquarelle contre moi en espérant qu'il se dissipe au fil de la soirée. Il faudrait que je commence un peu à profiter de ces vacances. Quelle étrange journée. Tout paraît si… déconnecté de la réalité ? J'ai l'impression d'être dans une autre dimension.

Je range l'aquarelle au fond de mon sac avant de m'asseoir sur une couverture à côté de Victoria. Celle-ci peine à lâcher des yeux son amoureux. Elle lui jette des petits coups d'œil furtifs, mais bien entendu, il ne les lui rend pas. Bien au contraire, il la fuit comme la peste. Elle se tourne alors vers moi, dans l'attente d'un compte-rendu de notre discussion, que je n'ai pas le cœur à lui donner. Je suis partagée entre mes deux amis, et j'espère ne pas avoir à choisir un camp.

Antoine, avec l'aide de son cousin, nous distribue les précieux sandwiches concoctés avec soin alors que Kylian nous sert des bières bien fraîches. Lentement, le soleil se couche, clôturant la journée en beauté, laissant la place au majestueux croissant de lune et à une multitude d'étoiles. Je parviens finalement à savourer ce moment plus que je ne l'aurais cru. Entourée de mes amis, de leurs rires, j'oublie presque ce mystère qui gravite autour de moi, ainsi que cette personne à l'étrange façon de se présenter qui fait naître d'innombrables questions. J'oublie presque également que deux des membres de ce groupe sont déchirés. Il faut dire que notre bande arrive très bien à feindre que tout va bien. Owen sourit même, quoique son sourire ne soit pas aussi éclatant que d'ordinaire. Vic, elle, reste plus en retrait et se fait toute petite alors que, d'habitude, elle excelle, avec Apolline, dans l'art de parler fort. La seconde ne s'en prive pas, et moi, je ris de bon cœur à ses blagues.

L'air doux m'enveloppe d'un manteau de bien-être qui achève de dissoudre mon malaise. Alors, je baisse ma garde et, moi aussi, me détends totalement. Les chamallows sont embrochés, je tends le mien au feu, prête à le faire rôtir. Un bras atterrit soudain sur mes épaules, me faisant sursauter, et je découvre Apolline, qui s'assoit à côté de moi sur la couverture. Elle a l'air surexcitée, une lueur de malice pétille dans ses prunelles.

Elle se penche à mon oreille et murmure :

— Il n'est pas trop canon, celui-là ?

Elle me désigne du menton un des deux amis d'enfance d'Antoine, assis en face de nous. Je distingue son visage, éclairé par la lueur du feu de joie. De jolies ombres menaçantes dansent sur ses traits. Il est brun, avec des cheveux ondulés qui lui retombent devant les yeux. Alors qu'il est en pleine discussion avec Antoine, justement, je remarque qu'il a un sourire à tomber.

— Si, ça va, confirmé-je.

Elle paraît outrée par mon manque d'enthousiasme.

— Tu veux rire ? Il est plus que « ça va » ! s'indigne-t-elle. C'est un 9/10.

Un petit sourire étire mes lèvres, car sa bonne humeur naturelle me fait marrer. Je plante mes yeux dans les siens avant de rectifier :

— 10/10 plutôt !

Sa mine s'illumine encore plus, ses yeux brillent de mille feux.

— Ouais ! Je vais lui parler.

Elle me tapote le genou avant de se redresser bien vite pour repartir aussi sec qu'elle est arrivée, laissant un vide sur mes épaules et un franc sourire sur mon visage. Elle part s'installer à côté de lui en s'immisçant dans la conversation. Attention, l'éclair Apolline est là. Je suis persuadée qu'elle réussira à le séduire.

— J'aimerais avoir son cran, murmure Vic.

Je lui coule un regard, avec un petit sourire.

— Non, tu n'aimerais pas, lui assuré-je. Ça va bien trop vite dans son cerveau.

Elle hausse les épaules puis remonte ses genoux sous son menton en les entourant de ses bras.

— Ça crame.

Je hausse un sourcil, surprise par ce changement de sujet, si bien que je ne réalise pas tout de suite de quoi elle veut parler. J'ouvre de grands yeux lorsque je comprends et aperçois effectivement la teinte marronasse que mon chamallow arbore.

— Merde !

Pas moyen de le manger, il est brûlé. Ça cuit aussi vite, ces trucs ? Je dépose mon dessert sur une assiette en carton, écœurée.

— De toute façon, je n'aime pas ça, je grogne, le nez plissé.

— Menteuse ! riposte Vic en me donnant un petit coup de coude.

J'acquiesce avec un grand sourire tout en reportant mon attention sur Apolline, qui est parvenue à capter l'attention de ce jeune homme dont je ne connais même pas le prénom. Victoria replonge dans ses pensées.

— Si seulement j'avais le courage d'aller parler à Owen.

Elle soupire en posant la joue sur ses genoux.

— Déjà, tu as le courage de penser à le faire, je la rassure. Maintenant, il n'y a plus qu'un petit pas à franchir.

— Tu crois que je devrais ?

Mon regard pivote vers Owen, qui a le nez plongé dans son écran de téléphone, bien loin de tout ce qui se dit autour de lui, mais pas moins préoccupé.

— Je crois, oui.

Je l'entends inspirer profondément.

— Et si jamais il me recale ?

Je renifle en cherchant les bons mots. À vrai dire, il y a de fortes chances qu'il en soit ainsi.

— Au moins, tu sauras sur quel pied danser.

Elle me lance un petit regard songeur et garde le silence pendant un moment, silence qu'elle rompt en me disant :

— Pourquoi tu trouves toujours les bons mots ?

Je n'en sais rien.

Je suis celle qui a le plus de mal à contrôler ses émotions et les drames de sa vie et, pourtant, je joue à la psychologue avec mes amis. Ironique, non ?

Je hausse les épaules pour toute réponse. À quoi cela servirait-il de lui expliquer ? Je pourrais lui dire que la vie m'a forcée à grandir bien trop vite… Mais je n'ai pas envie de remuer le passé.

Je me tais en évitant le flot de souvenirs que j'ai cadenassé dans mon esprit qui tente de ressurgir. Plus jamais. J'ai choisi la vie.

— Je vais y aller.

Bien que terriblement nerveuse, elle tente de se convaincre que c'est le bon choix. Je l'encourage d'un petit sourire. Alors, elle se dresse sur ses pieds, prend son courage à deux mains et fonce dans la gueule du loup. Je prie pour que le loup soit clément, cette fois-ci. Et il en a l'air. Il ne proteste pas lorsqu'il la voit arriver vers lui, il ne hurle pas lorsqu'elle lui adresse la parole. Mieux, il accepte d'avoir une discussion avec elle et la suit à l'écart du petit groupe pour pouvoir être tranquille. Je sais qu'il prend énormément sur lui, de sorte que je ne peux m'empêcher de penser que tout n'est pas perdu s'il lui laisse d'emblée cette porte ouverte. Du moins, je l'espère.

Je ne suis pas la seule à les regarder s'éclipser. On les observe tous dans un silence de plomb. Ils savent tous quelle est leur situation. Je retiens mon souffle en voyant, de loin, Vic entamer la discussion.

— Dix balles que ça tourne au drame, plaisante Kylian.

Apo, à sa gauche, ne manque pas de frapper son épaule pour le faire taire, en accompagnant son geste d'un « t'es con ».

Il plisse le nez dans une expression de douleur et se masse l'épaule, non sans continuer de rire.

— J'espère que ça ira, souffle Adam, consterné. Je n'aurais jamais pensé qu'elle puisse faire ça.

— C'était un accident, j'interviens.

Tous les regards se posent sur moi alors qu'Antoine me réprimande :

— Tu ne peux pas vraiment la défendre, là.

Je secoue la tête.

— Je ne la défends pas. J'énonce les faits.

Il s'apprête à répliquer, mais je reprends plus bas :

— Je les aime tous les deux, je ne choisirai jamais.

Il se tait. Il a compris que nous non plus, nous ne nous déchirerions pas pour savoir qui a raison et qui nous devons soutenir. Il faut soutenir les deux. Vic, parce que c'était un accident et qu'elle regrette réellement. Owen, parce qu'il a été trahi.

C'est compliqué, et l'équilibre est extrêmement précaire.

J'espère qu'ils régleront ça tous les deux au plus vite et, si possible, proprement. Pourtant… ça a l'air encore une fois mal parti. En effet, s'il y a à peine quelques instants ils avaient l'air calmes et disposés à communiquer, là, de grands cris s'élèvent. Comme un seul homme, nous pivotons vers ce couple en pleine guerre. Victoria fait de grands gestes avec les mains alors qu'Owen crie plus fort pour tenter de couvrir sa voix. C'est un vrai dialogue de sourds, où personne ne semble vouloir ravaler son ego, chacun étant trop blessé par l'autre. Je tends l'oreille, mais malgré les cris, ils sont trop loin pour que ce soit suffisamment audible pour nous.

— Qu'est-ce que j'avais dit ? soupire Kylian.

Apolline grimace en posant sur le sable sa cannette de bière.

— Vous croyez qu'on doit intervenir ?

Elle me jette un coup d'œil pour solliciter mon avis. Alors que je m'apprête à répondre, je me retiens lorsque nous voyons Owen laisser en plan Victoria et se diriger vers nous à grands pas.

Aïe, ce n'est vraiment pas bon signe.

— Je me casse ! il aboie, une fois à notre hauteur.

Son visage est déformé par la rage, mais aussi par la tristesse. Les larmes ont coulé sur ses joues, et il les essuie précipitamment, comme s'il en avait honte.

— File-moi ta caisse, il ordonne au second ami d'Antoine.

Celui-ci hésite quelques secondes, le temps nécessaire à Victoria pour accourir en hurlant :

— Je suis désolée, Owen ! Ça n'allait plus entre nous, tu ne me regardais même plus ! Je m'en veux, OK ?!

Lorsqu'il fait volte-face, je reconnais à peine ses traits, déformés par la haine qui l'anime. Ils semblent à deux doigts de se sauter à la gorge.

— Effectivement, ça n'allait plus ! Mais tu sais quoi ? Il n'y a plus de nous ! Voilà, t'es contente ? Trouve-toi un mec qui soit à ton service, putain ! hurle-t-il à pleins poumons.

Mon amie fond en sanglots face aux mots puissants d'un Owen furieux et atrocement meurtri. J'ai un mouvement de recul tant cette scène m'est insupportable. Comment peut-on se déchirer autant en s'aimant de tout son cœur ? Un halo de colère entoure Owen, qui se baisse précipitamment à la hauteur d'Apolline. Avant que j'aie le temps de prendre une nouvelle inspiration, il l'embrasse à pleine bouche, sous nos yeux écarquillés. Apolline met un moment à réagir, ne comprenant pas vraiment ce qui se passe. Dès qu'elle réalise ce qu'il est en train de faire, elle se recule instantanément, et sa main vole en une fraction de seconde pour s'abattre sur la joue d'Owen dans un bruit sec.

— Mais ça ne va pas ! s'exclame-t-elle.

Victoria est horrifiée. Le dégoût commence à se peindre sur son visage. Elle est trahie, après avoir trahi, et je la vois peu à peu comprendre la douleur qu'il a dû ressentir. De mon côté, j'ai oublié de respirer. La scène est surréaliste. Owen a embrassé Apolline pour se venger, pour faire souffrir Victoria. Je n'en crois pas mes yeux.

Celui-ci se masse la joue en fusillant Vic de ses yeux noirs et profonds.

— Même là, on n'est pas quittes.

Il crache à ses pieds avant de conclure :

— Je me tire.

Sur ce, sans demander son reste, il s'éloigne le plus vite possible de nous alors que je me contente de fixer son dos, sidérée.

— Owen ! l'appelle Adam.

Mais il ne se retourne pas. Sa colère est bien trop sourde, sa blessure bien trop profonde. Sa raison s'est perdue dans le gouffre qu'elles ont créé.

— Je vais le rattraper, annonce Antoine.

Il trottine à sa suite. Sur notre petite réunion trône désormais une ambiance pesante. L'air est tellement électrique qu'il me picote la peau et hérisse les poils sur mes bras.

— Je crois qu'il est temps qu'on lève le camp. Une bonne nuit de sommeil ne nous fera pas de mal, propose Kylian.

Il tape doucement dans ses mains, visiblement gêné. Cette soirée a viré au fiasco total.

— Je ne comprends pas ce qui s'est passé, murmure Apo, avant de prendre Vic en larmes dans ses bras.

Je ferme les yeux pour tenter de retrouver mes esprits, encore toute chamboulée. Les émotions affluent rapidement en moi comme des lances acérées. Elles coulent aussi vite que le sang dans mes veines, au point de me donner le tournis. C'est pour cette raison que je préfère aider Kylian et les autres garçons à ranger plutôt que de me joindre à mes deux amies.

Respirer, prendre du recul…

Je sais bien que je suis trop impliquée et pas assez objective. Je suis fatiguée, terriblement épuisée, toutes ces péripéties ne me laissent aucun répit. Toute cette histoire me donne des pensées négatives, du stress, sans réellement me permettre de souffler un bon coup.

Nous effaçons les traces de notre passage dans un silence presque mortuaire et avec des gestes mécaniques. Une fois que tout est nettoyé, je m'éloigne, moi aussi, vers la voiture. Sur le chemin, je croise le beau brun avec lequel Apolline a discuté. Il m'offre un pâle sourire en rejoignant à son tour les autres. Il doit se dire que nous sommes une bande de fous.

Mon Dieu…

Penser à autre chose devient urgent. Il faut que je libère mon esprit. Je sens ma gorge se serrer et ma poitrine s'alourdir. La crise d'angoisse n'est pas loin… Je prends une profonde inspiration, même si c'est difficile. C'est à ce moment-là que les petits mots de l'inconnu me reviennent. C'est à ce moment-là que je me convaincs d'appeler ce numéro, une fois à l'appartement, afin de clarifier au moins une des histoires qui trottent dans ma tête. À cet instant, ça semble être la solution idéale à tous mes problèmes. Appeler pour m'évader. Envoyer mon esprit très loin. Oui, c'est ça. En rentrant, j'appelle.

CHAPITRE 6

Victoria pleure en silence tout au long du trajet du retour. Elle est incapable de conduire, si bien que c'est Antoine qui s'y colle, maîtrisant tant bien que mal ce vieux tas de ferraille. Or, le moins que l'on puisse dire, c'est que l'engin est capricieux. Mon ami roule au pas pour éviter toute embûche. De mon côté, je laisse voguer mon regard à travers la vitre. Il se perd parmi les lumières vives des éclairages artificiels de la ville. Apolline, à côté de moi, me serre la main avec douceur, et étonnamment, ce geste me procure un bien fou. Je pense déjà à cet appel que je vais passer en rentrant. Ce sentiment de plénitude qui accompagne chacun des rares souvenirs de cette première soirée me trouble de plus en plus. Je suis frustrée de ne pas parvenir à en trouver la source.

Enfin à l'arrêt sur sa place de parking, le vieux tacot couine lorsque Antoine serre le frein à main.

— Allez, Vic ! l'encourage ce dernier.

Il fait le tour du véhicule pour lui ouvrir la portière, et elle s'en extirpe en déroulant ses jambes interminables. Elle va dormir un peu, en espérant que, demain, ça ira mieux.

Apo ne me lâche pas, même lorsque nous sortons à notre tour. Alors qu'il en faut généralement beaucoup pour effacer son sourire, je la découvre lasse et exténuée par cette ambiance maussade. Je glisse un bras sur ses épaules et colle ma tempe à la sienne. On dirait vraiment un cortège funéraire s'évaporant dans la nuit.

Antoine tire Victoria jusqu'à son lit, mais elle proteste mollement :

— Pas là !

Ses yeux se gorgent à nouveau de larmes alors qu'elles s'étaient enfin taries.

— C'est là que je l'ai fait, s'étrangle-t-elle.

Apolline se masse les tempes en se laissant tomber sur le canapé. Puis, elle agite la main vers sa chambre à elle.

— Mets-la dans la mienne. Ça ne fait rien.

— Tu sais, Vic, que tu seras bien obligée de redormir dedans ? dit doucement Antoine, comme s'il parlait à une enfant.

Celle-ci secoue la tête en se tamponnant les yeux à l'aide du mouchoir que je lui tends, tout en se dirigeant vers la chambre d'Apo.

— De-demain, hoquette-t-elle. Quand j'aurai changé les draps.

En temps normal, je lui aurais proposé de m'en charger maintenant, mais je n'en ai pas la force. Il me reste encore quelque chose à faire qui risque de pomper mes dernières réserves.

Mes paupières sont déjà lourdes d'émotion et de fatigue, mon esprit torturé par les pensées que je lui inflige. Il est aussi temps pour moi de me retirer et de retrouver ma petite bulle confortable. Je me penche pour embrasser Apo sur le sommet du crâne.

— Bonne nuit, murmure-t-elle.

J'adresse un petit signe à Antoine pour le saluer avant de m'enfermer pour la nuit. Quoique fourbue, je n'ai pas envie de dormir maintenant. À vrai dire, je n'ai pas non plus la soif d'écrire, comme lors de ces longues nuits passées éveillée au-dessus de mon clavier. Ce soir, à la seule pensée d'ouvrir mon ordinateur, ma bouche grimace et mes yeux se mettent à me piquer, de peur d'être agressés par une quelconque lumière. J'aurais dû emporter mes lunettes.

Je passe mes mains sur mon corps et, en un rien de temps, fais glisser jusqu'au sol ces vêtements qui m'étouffent. Je dégrafe ensuite avec bonheur mon soutien-gorge, qui frôle aussi la peau de mes bras dans sa chute.

Nue, je m'étire, savourant chaque craquement sec de mes membres tendus et engourdis. Je me meus pour tenter d'évacuer la pression qui ne cesse de grimper en moi et de compresser mes articulations.

Le clair de lune pénétrant par la fenêtre joue avec mon corps en accentuant ses courbes et en ombrant ses défauts. Mes mains se perdent dans mes cheveux roux alors que je les noue en un chignon négligé. Il faudrait un jour que je prenne le temps de me peindre. Peut-être ainsi m'aimerais-je totalement. Je suis persuadée que je pourrais illuminer mes taches de rousseur à merveille. Et mon nez pointu, peint et ombré, serait encore plus mignon. J'ai tendance à oublier que la plus belle œuvre d'art n'est jamais loin de nous, qu'elle repose parfois sur la tout autre dimension que prend notre corps une fois posé sur la toile, sensuel, fort et beau, quel qu'il soit. Combien j'aime chaque déclinaison que le corps humain peut prendre ! J'aimerais faire un herbier de toutes ces beautés qui fanent avec le temps pour trouver une nouvelle apogée. Je mets tellement d'amour dans mes peintures. Certainement en reste-t-il un bout pour moi, le fragment perdu dans les pigments.

Comment pourrait-on me désirer alors que j'ai encore du mal à me désirer, moi ? Ce n'est pourtant pas ce que ces polaroïds m'invitent à penser. À plat sur la table de chevet laquée, ils me narguent. Maintenant que le deuxième a rejoint le premier, je n'ose plus les regarder. Est-ce le désir qui pousse l'inconnu à faire cela ? Ce sentiment est-il à l'origine de cet étrange mystère ? Et pourquoi ? Pour aviver une flamme qui vient à peine de naître et dont je ne me souviens même pas ? M'a-t-il charmée à cette soirée ? Ai-je succombé ? Sans doute. Je suis devenue bien plus insouciante au fil du temps, bien moins inquiète. Le compte à rebours de la rentrée au-dessus de ma tête a dû me pousser à me libérer. En tout cas, c'est la seule explication que je trouve à cette impression qui me colle à la peau : c'était une très bonne soirée. De toute façon, ces photos, je les connais presque par cœur. Je me suis suffisamment abîmé les rétines pour que ma propre image, au détail près, soit gravée dans mon esprit. Je n'ai qu'à fermer les paupières pour la contempler à nouveau. Tout ceci me rend tellement euphorique. Je ne peux m'empêcher d'imaginer un beau Niçois charmant la fille aux cheveux roux. Calypso et Ulysse. Nous avions l'air si proches… Je l'ai laissé franchir mes barrières, et je ne me souviens même plus de lui. C'est terriblement envoûtant et poétique. Tout ce que mon âme réclame : du piquant ! Une vague dans l'océan lisse qu'est ma vie.

Le tee-shirt traîne toujours là, mourant, étouffé par tous ses secrets. Je le récupère du bout des doigts pour le porter à mes narines. Je hume de nouveau à pleins poumons cette odeur dont je peux identifier chaque note de tête.

Je me laisse basculer sur l'immense lit, le tissu toujours collé à mon visage.

Dis-moi qui est ton propriétaire...

Ne serait-ce que son prénom.

Les fragrances se mélangent et me montent à la tête, si bien que je ne parviens plus à sentir quoi que ce soit.

L'étoffe meurt sur ma peau, la recouvrant partiellement, de la même manière que ses bras se sont enroulés autour de moi, hier.

Je vais appeler ce numéro, il le faut. Je veux poser des mots sur ce sentiment de bien-être qui pare ce mystère. Cette satisfaction lorsque je regarde les photos. Cette... douceur ?

Je délire.

La migraine me guette, avec toutes ces interrogations, elle n'est qu'à quelques pas de taper à ma porte.

Prise d'une nouvelle fièvre euphorique, je mets mon esprit sur pause pour ne pas l'accueillir. J'attrape le petit bout de papier où est griffonné le numéro de téléphone.

Alors, sans vraiment réfléchir, mes doigts s'articulent seuls et tapent le numéro. Je le connais déjà presque par cœur à force de le lire et le relire. Mon pouce reste suspendu au-dessus de l'icône verte alors que je retiens mon souffle. Finalement, mue par une soudain impulsion, j'appuie.

Et si c'était une autre énigme ? Si ça m'amenait à un autre code ? Je ne pourrais pas y réfléchir à cette heure, il est beaucoup trop tard pour...

— Allô ?

Mon sang se glace. Je n'ai même pas entendu la sonnerie retentir qu'une voix s'élève à l'autre bout du fil, coupant court à toutes mes pensées.

Une voix masculine, grave et rauque, presque éraillée.

Mon cœur bat à tout rompre, et je manque de laisser tomber le téléphone afin de me réfugier le plus loin possible de lui, sous la couette. Qu'est-ce qu'il me prend ? Le combiné me brûle les doigts, me laissant sans voix et étrangement nerveuse. Je sais que c'est lui. Je ne saurais l'expliquer, mais je sais que ce n'est pas une nouvelle énigme, c'est bien lui. Je le sens au fin fond de mes entrailles. Sa voix me semble si familière et, pourtant, si étrangère.

Elle ne suscite cependant aucun souvenir en moi, comme j'aurais pu l'espérer. Rien d'autre qu'un faible écho.

— Calypso.

Mon prénom roule sur sa langue et tinte dans sa bouche avec cette étrange sonorité de voix cassée. Ça me semble être le plus beau son que j'aie entendu, la plus belle symphonie, en espérant que ce soit bien le prélude et non mon requiem.

— Oui, m'étranglé-je.

Ma voix, à l'inverse, est si peu assurée, timide voire effrayée. Elle meurt dans ma gorge serrée, les sons ont du mal à passer. Je touche au but et, pourtant, je n'ai jamais eu autant envie de m'en éloigner.

— Calypso, répète-t-il.

Comme les sirènes avec Ulysse, il me charme par sa voix. C'est traître. La tête me tourne, le souffle me manque. J'ignore pourquoi, tout m'échappe. Je suis molle sur ce lit, étalée de tout mon long avec son tee-shirt, complètement nue.

— C'est moi, ajoute-t-il.

Je le sais, ça me paraît si évident. Comment est-ce possible ? Que s'est-il passé à cette soirée pour que je sois aussi impuissante et brûlante, désormais ?

Arrimé à son grand vaisseau,
Sans un reproche et sans témoin,
Ainsi, Ulysse échoue à point
Sur la plage de Calypso.

La strophe d'un poème étudié en cours me revient en mémoire et flotte dans ma tête, comme si elle prenait tout son sens aujourd'hui même, à cet instant.

Ulysse est arrivé auprès de Calypso.

Et contrairement à la légende, c'est lui qui m'a attirée. C'est lui qui m'a jeté un sort qui me laisse pantoise et spectatrice des milliers de petites bulles qui éclatent dans mon ventre aux différentes sonorités de sa voix.

Quelques mots, il n'a seulement prononcé que quelques mots, dont mon prénom.

Qu'est-ce qu'il m'arrive ? Je deviens folle ? Que s'est-il passé ce soir-là ? Pourquoi mon âme cherche-t-elle autant à entrer en résonance avec la sienne ?

— Qui es-tu ? je murmure.

J'évite de parler trop fort, de peur de rompre le charme et de le faire fuir. J'ai arrêté de respirer. Le seul son que j'entends, c'est celui de mon sang battant contre mes tempes aussi fort que la tempête qui se déverse en moi.

— Tu sais qui je suis.

Il a l'air sûr de lui. Une légère pointe d'amusement ponctue sa voix, l'assaisonnant à la perfection. Elle me laisse penser que cette situation le réjouit. Aime-t-il jouer le chat de cette histoire ? Pourquoi s'embêterait-il à faire tout ça, autrement ? J'ai l'impression de me sentir de nouveau complètement larguée. Quelque chose en moi hurle que, bien sûr, je sais qui il est.

Et s'il m'avait droguée, dans le seul but d'assouvir ce plan pervers ?

— Je ne t'ai rien fait, affirme-t-il, comme s'il avait lu dans mes pensées. Et tu le sais.

Oui.

Là aussi, il a raison. J'en suis convaincue, car le sentiment de bien-être en moi ne fait que grandir, doux et agréable, pareil à celui qui nous étreint lorsqu'on rentre au chaud après une rude journée.

— Je suis content que tu m'aies appelé. Tu as résolu l'énigme, tu as trouvé mon numéro.

Je suis incapable de lui répondre, les mots restent bloqués au fond de ma gorge. J'aimerais lui poser tant de questions, mais rien ne vient. Toutefois, ça n'a pas l'air de le gêner d'entretenir un monologue. Je dois dire que ça ne me gêne pas non plus, j'aime tout particulièrement les vibratos qui font vivre ses mots, la manière dont son souffle tombe après chaque phrase. C'est réconfortant, je dirais même apaisant. Ses mots me bercent alors que je ferme les yeux, complètement épuisée.

— Je les résous toutes, déclaré-je.

J'ai l'impression de l'entendre esquisser un sourire à l'autre bout du fil.

— Je n'en doute pas. Mais la principale risque d'être bien plus dure.

Je mords l'intérieur de ma joue dans un élan de stupeur. La principale ? De quoi il parle ? Ce n'est pas fini ? Des tas d'interrogations viennent danser sur ma langue. Qui sait si j'aurai encore l'occasion de lui parler… Peut-être ne pourrai-je plus jamais l'entendre.

Aussi, je dois en apprendre le plus possible dès maintenant.

— Qui es-tu ? je commence. T'ai-je déjà rencontré, hormis lors de cette soirée ?

Il faut que je rassemble un maximum d'éléments afin de dégager mon horizon.

— La vraie question, Calypso, c'est pourquoi tu refuses de te souvenir de moi. Car toutes les réponses, tu les as.

Encore une fois, il a l'air amusé, presque enchanté par la situation. Il a raison, je n'aurais vraiment pas dû abuser de la boisson.

— L'alcool.

J'entends s'échapper du combiné un rire guttural qui me fait frémir.

— Sûrement. Tu n'étais vraiment pas claire, c'est vrai. Mais n'aurais-tu pas plutôt peur de te souvenir ? Nous avons passé de bons moments.

— Peur de quoi ? je rétorque alors que mon souffle se fait plus bruyant.

De la peur ? Je n'en ai pas vraiment ressenti jusqu'à présent, quand bien même un gros drapeau rouge se serait agité sous mon nez pour me mettre en garde contre tous ces mystères. Je suis sous le joug d'une curiosité trop avide pour prêter attention à la voix de la méfiance. Ce n'est pas tous les jours que ce genre de trucs arrivent. Qui a déjà eu la chance de vivre une histoire aussi dingue ? Alors, peur de quoi ? De lui ? De moi ?

Je l'entends se mouvoir à l'autre bout du fil, puis il ajoute :

— Je ne sais pas.

Il ment. Ça aussi, je ne sais pas d'où ça sort, mais je le sais. Il a clairement une petite idée du pourquoi du comment. Le souci est que son idée est en train de faire son petit bout de chemin en moi.

Et s'il avait raison ? Si ma naïveté m'empêchait de voir la noirceur qui se cache sous la surface de l'eau ? Et si, à cette soirée, j'avais décelé quelque chose ? Quelque chose qui m'aurait refroidie ? Quelque chose qui me pousserait à me protéger ?

Les milliers d'émotions qui me traversent ainsi que le feu doux qui me brûle de l'intérieur m'en donnent une vague idée. Je crains de ressentir ce qui m'a précipitée dans cette obsession – si on peut appeler un chat un chat. Mon corps me prévient-il d'un potentiel danger afin de m'éviter de chuter une nouvelle fois ? Je plaque ma main libre sur mes cicatrices. Elles aussi se mettent à brûler, maintenant ; c'est atroce.

— L'avantage, c'est que je pourrais t'aider à te souvenir.

Sa voix est tellement rauque qu'elle en est presque caverneuse. Je tente d'esquisser un rapide portrait dans ma tête de ce à quoi il pourrait ressembler.

— Comment ?

En ai-je envie ?

Affreusement oui, et terriblement non.

Il a raison : je ne voulais pas l'admettre au départ, mais je suis terrorisée. Maintenant que je me retrouve en contact avec l'inconnu, tout ceci prend des proportions réelles. Pourtant, je ne le laisserai pas paraître. Je ne suis plus faible, j'ai grandi, mûri. La preuve est que je sais me protéger, flairer le danger avant qu'il me frappe.

— Je vais te laisser me découvrir parcimonieusement. À ma manière, et quand je le désirerai.

Mes yeux s'arrondissent de stupeur alors que mon cœur rate un battement.

— Qu'est-ce que tu veux dire ?

— Je ne t'inviterai pas à prendre un verre pour me dévoiler. Non. Je vais semer des indices. Si tu en es capable, tu arriveras jusqu'à moi, seule, d'autant que quantité de questions torturent déjà ta jolie tête.

Je suis sidérée. Un frisson me parcourt et me glace le sang. Encore des énigmes. C'est impensable. Suis-je en train de rêver ?

— Les gens sont terriblement ennuyeux, de nos jours, reprend-il. Une application, un clic, et hop, ils se rencontrent. Pas de magie, pas de mystère. Faisons les choses autrement.

Ses paroles se répercutent en moi et atteignent profondément mon âme. C'est exactement ce que je pense aussi. Tout est si mécanique, si fade. On ne veut simplement plus être seul, quitte à se contenter d'un univers morne. Les sentiments sont étouffés, superficiels. L'amour n'a plus de saveur, il a perdu ses épices en enterrant le romantisme.

J'ignore tout bon sens. Serais-je tombée sur quelqu'un comme moi ? Ses mots ont tapé fort en moi, sa proposition me surprend tellement. Ça m'arrive, à moi ? Réellement ? Moi qui me suis toujours promis de ne jamais faire dans la demi-mesure ? De tout vivre pleinement comme si demain n'existait pas ? J'ai presque envie de rire tant l'alignement des planètes semble être idéal. Quelle étrange proposition, quel étrange raisonnement, quelle étrange sensation au cœur de ma poitrine. La flamme de mon ardeur redouble, notamment lorsqu'il lâche :

— Je sais que tu vas jouer, Calypso, que tu vas te jeter dans le vide. Me fais-tu confiance, Calypso ?

Cette répétition de mon prénom me donne le tournis, cet homme m'ensorcelle. On dirait qu'il sait parfaitement quelles sont mes cordes sensibles. Il aspire mon âme alors même que je ne sais rien de lui. Je devrais prendre mes jambes à mon cou. Qui ferait confiance à un inconnu à l'esprit tordu qui ne cherche à séduire qu'au moyen de l'étrange ? Moi.

— Oui.

Ma propre voix me fait sursauter. J'ai répondu sans réfléchir même si, ça me semble couler de source. Oui, je lui fais confiance. Peut-être suis-je dingue, peut-être les histoires de tueurs en série commencent-elles ainsi. Je n'en sais rien, je n'écoute que mes désirs les plus fous. Une semaine. Une semaine de vacances avant que le quotidien reprenne sa course infernale et que je me laisse noyer dans la masse de travail. Une semaine où tout m'est permis. Pourquoi manquer une si belle occasion de se divertir ? On verra bien ce qu'il y aura au bout du chemin.

J'espère cependant ne pas le décevoir, je me trouve tellement ennuyeuse dans la vraie vie, il ne faudrait pas qu'il se rende compte de son erreur. Il ne faudrait pas qu'il regrette d'être tombé sur moi.

Le petit « je n'en doutais pas » qu'il grogne fait taire toutes mes interrogations. J'accepte ce marché fou en espérant ne pas l'avoir passé avec le diable. Au pire, je perdrai uniquement mon temps et en tirerai une bonne leçon.

— Et qu'aurai-je à y gagner ?

Mon cran me surprend. Qu'attend-il de cette histoire ? Que je le découvre, ça, d'accord, mais pourquoi ? Quel est son but ?

— Rien, tranche-t-il.

Les poils se hérissent sur mes bras à son ton nettement plus sec. J'avoue être un peu déçue. Rien ? Cela veut-il dire que je le débusque, et basta, ça s'arrête là ? J'ouvre la bouche pour répliquer mais, très vite, il continue avec une légèreté retrouvée :

— Mais tu ne seras pas déçue. Des gens comme moi, on n'en trouve pas à tous les coins de rue. Ce serait dommage de ne pas saisir ta chance.

Du culot. J'adore. Il sait ce qu'il vaut, et ça me plaît. Son assurance me donne encore plus envie de jouer. C'est le meilleur argument possible, celui qui achève d'enterrer le petit radar dans ma tête qui clignotait pour me mettre en garde. Sous l'emprise de l'excitation, j'oublie les traumatismes de mon passé et ne garde que l'espoir que j'en ai tiré. Rien que l'espoir. Voir le verre à moitié plein, jamais à moitié vide, sinon, on s'écroule. Dans le noir, il y a toujours du blanc, à nous de le préférer.

— Deal ? il m'interroge d'une voix charmeuse.

Je roule son tee-shirt en boule et en respire à nouveau le parfum. Si j'accepte, j'ai comme le sentiment qu'il n'y aura pas de retour en arrière possible. Mais si je refuse, ça me hantera, je me sentirai nulle de ne pas avoir tenté l'aventure. Je ne suis pas à l'abri de belles surprises. Après tout, Victoria, Apolline et les autres étaient des inconnus aussi à la base.

— Deal, accepté-je.

Apolline ne va pas en revenir, c'est complètement dingue.

— Ne m'appelle plus. C'est moi qui t'appellerai.

Je sens qu'il éloigne le combiné de lui à la fin de sa phrase, de sorte que je suis prise d'un élan de panique. Je viens à peine de penser à cela, mais… et s'il se moquait de moi ? Et s'il ne m'appelait plus jamais ? Il souhaitait peut-être s'assurer qu'il est encore désirable ? Serais-je tombée sur un type à l'ego surpuissant ? Il me faut une garantie.

— Quel est ton prénom, au moins ?

Le silence me répond, si bien que j'ai l'impression qu'il a déjà raccroché. Mais non, sa voix s'élève une dernière fois pour me torturer à nouveau :

— Tu le connais, fouille ta mémoire. Tes lèvres l'ont déjà murmuré tout un tas de fois.

Sur ce, il raccroche sans me fournir plus d'explications, me laissant face au silence.

Je suis bouche bée, émoustillée par tant de mystère.

J'ai abandonné le contrôle, je suis en roue libre, dirigée par une voix terriblement sexy et envoûtante.

Ça ne présume rien de bon, rien du tout.

Je balance le tee-shirt le plus loin possible avant de me lever précipitamment pour fouiller dans mon sac. Je récupère mon matériel de peinture et comble mon insomnie par la création de son portrait.

Le fantasme que suscite son corps au milieu de mes folles pensées.

L'exaltation de mes sens lorsque je m'imagine le toucher.

Je suis en feu alors que j'appose des fragments de mes envies sur la toile.

CHAPITRE 7

Il fait froid. Tellement froid que ma peau est tapissée de chair de poule et le bout de mes doigts, glacé, tout comme celui de mes orteils. Autour de moi, tout est noir et humide. L'air est dense, au point de peser sur mes épaules. Mes poumons sont comprimés dans ma cage thoracique, respirer m'est douloureux.

Je ne vois rien, il semble que je suis recroquevillée sur un sol dur dont les nombreuses irrégularités blessent ma peau, un peu comme du crépi. J'ai mal. J'ai beau me tortiller, je n'arrive pas à trouver de position confortable.

Tout est vaporeux, je ne parviens pas à réfléchir, tout mouvement est difficile.

— Il y a quelqu'un ?

Seul mon écho me répond, me renvoyant mon intonation désespérée en pleine figure. La panique m'envahit. Ce noir qui m'aveugle m'angoisse. Je suffoque alors que le froid m'enveloppe encore et toujours, me faisant frissonner des pieds à la tête.

Quelque chose poisse mes bras nus. Je ne vois rien, mais, d'un doigt, il ne me faut pas longtemps pour comprendre. Mes cicatrices saignent.

Elles se sont ouvertes ?!

Beaucoup de sang coule de mes poignets et se répand sur le sol à mesure que le doute, la peur et la colère m'envahissent.

Pourquoi ?

Je suis frappée de plein fouet par toutes ces émotions négatives qui affolent mon cœur, qui m'enfoncent la tête sous l'eau.

Je vais mourir, je le sens.

Cette pensée me terrorise tant que je couvre mes poignets pour tenter d'arrêter le sang.

— Tu ne mérites que ça, Poil de Carotte. Qui pourrait vouloir être ami avec toi ?

Je pourrais reconnaître cette voix, tout droit sortie de mon passé, entre mille. Les larmes pointent le bout de leur nez, ça brûle, c'est atroce. Mon cœur se brise dans un bruit assourdissant, et l'écho me revient, mélangé à la voix moqueuse.

Pitié.

Le sang coule plus vite. Bientôt, le sol en sera recouvert.

Je pleure à chaudes larmes maintenant que la sentence me semble irrévocable. Je vais mourir parce que je le mérite, il a raison, il a toujours eu raison. Je suis une erreur de la nature, et mes cheveux roux sont une tare. Ils le savent tous.

Pourquoi ne suis-je pas comme eux ?

— Calypso.

L'écho cesse, les murs tremblent. Ce n'est plus la même voix.

C'est la *sienne* !

Un courant chaud s'enroule autour de mon corps pour chasser le froid. Les voix perdent du terrain. Mon cœur rate un battement alors que je me redresse avec difficulté.

C'est *sa* voix ! La voix de l'inconnu !

Il fait taire les moqueries que la pièce renfermait, il les repousse toutes, les unes après les autres, les enfermant à clef dans la boîte de la honte. Ce n'est pas la mienne, mais la leur, la honte de m'avoir infligé tant de peine. Il ne reste plus que sa voix, qui répète en boucle mon prénom et emplit mes oreilles.

— Qui es-tu ?

L'espoir est douloureux, la reconnaissance, amère. J'ai toujours eu besoin des autres. Mais cette pensée est vite chassée de mon esprit par une autre force que la mienne. C'est comme si je partageais mes réflexions.

— Tu le sais, reprend sa voix dans ma tête.

Petit à petit, la pénombre se lève. Je discerne le sol, les murs immaculés, la lumière aveuglante. Je n'ai plus froid tout à coup, j'ai presque trop chaud, même. Je baisse les yeux sur mes avant-bras, ils ne saignent plus. À la place, les cicatrices sont dorées, lumineuses et étincelantes.

— Calypso.

Je deviens folle. Bien campée sur mes deux pieds, je tourne sur moi-même pour tenter de localiser la voix. Mais elle semble venir de partout et nulle part à la fois.

— Montre-toi, j'ose intimer.

Il rit – d'un petit rire étouffé mais sec.

— Trouve-moi.

La voix se fait éthérée tandis que le sang sur le sol s'efface. Je n'ai plus peur, une flamme enfle en moi. Je dois le trouver, il le faut. C'est vital. Sans lui, je me serais vidée de mon sang, je serais morte. Sans lui, elles vont se rouvrir, et je serai seule, abandonnée à contempler mon sort.

Je cours vers l'endroit de la pièce où la voix me semble la plus forte, je me retrouve face à un mur blanc immaculé. Je pose mes mains à plat dessus pour le tâter. Peut-être l'inconnu est-il caché de l'autre côté ? Je frappe le mur du poing, bien sûr sans résultat. La panique me gagne encore une fois alors que j'enchaîne les coups. Je manque de tomber à la renverse lorsque le mur disparaît brusquement sous mes yeux. Il se pousse pour se transformer en un long couloir qui m'absorbe. À l'intérieur, je cours à en perdre haleine, je cours encore et encore dans ce couloir sans fin. Mon prénom tourne en une boucle pareille à la mélodie d'une boîte à musique, et me vrille les tympans.

Je cours… jusqu'à ce que le sol se dérobe sous mes pieds.

— Calypso !

Je chute dans le vide alors que, au-dessus de moi, je vois une silhouette se pencher. Je tends la main vers elle, mais il est trop tard pour qu'elle me rattrape. Je tombe, et rien ne semble pouvoir me sauver. Je tombe sous ses yeux.

CHAPITRE 8

— Calypso !

On me secoue les épaules. Je quitte brutalement mon rêve, avec cette sensation persistante de tomber encore. Le front en sueur et le cœur battant à mille à l'heure, je pousse un cri issu du fin fond de mon cœur.

— Cal ?

Apolline me maintient, doucement mais fermement, tandis que je fouille la pièce des yeux, à la recherche de la voix.

Mais je suis dans ma chambre, seulement dans ma chambre. Je baisse un regard paniqué vers mes bras, mes cicatrices sont intactes. Pas de sang, pas d'or. Uniquement leur apparence ordinaire. Mon cœur tambourine, et le souffle me manque.

— Tu as fait un cauchemar.

À la manière dont elle me regarde, je sais que j'ai l'air d'une folle. La voix ne me quitte pas, elle reste comme un bourdonnement au fond de mes tympans. Ce n'était qu'un rêve, un affreux rêve…

Je cligne plusieurs fois des yeux. Il me faut un moment avant de retrouver mes idées. Apolline se met à frotter mon dos avec affection, je me retrouve alors plongée quelques années en arrière, lorsque mamie faisait de même à chacun de mes réveils en pleine nuit. Je prends une grande goulée d'air, mes poumons ne me brûlent plus. Je calme mon rythme cardiaque en posant ma tête sur son épaule.

Ma fièvre retombe petit à petit.

— Je vais bien, la rassuré-je.

Les sourcils froncés, elle caresse ma joue du bout des doigts.

— Tu es sûre ? Tu poussais de grands cris, quand même.

À ce point ?

Je passe une main dans mes cheveux totalement emmêlés avec un petit pincement au cœur. Voilà que je les considère à nouveau avec dégoût, ils n'ont plus la même texture soyeuse sous mes doigts.

— Je t'assure. Je ne m'en souviens même plus, je lui mens.

Elle n'a pas l'air convaincue. Pourtant, elle n'insiste pas. Elle se contente de me scruter, pensive. Je ne sais pas si j'ai laissé échapper des paroles révélatrices pendant mon cauchemar, mais son attitude devient maternelle alors qu'elle caresse mes poignets.

— Tu sais que tu es la meilleure d'entre nous ?

Je soupire, touchée par sa douceur peu naturelle. Je l'attire dans mes bras et la serre tout contre mon cœur.

— Merci, je murmure dans son cou.

Je la sens sourire. Le calme reprend sa place, mais comme on dit : chassez le naturel, il revient au galop.

— T'as réveillé toute la casbah, se moque-t-elle avant de m'embrasser sur la joue.

Je lui pince les côtes, ravie de cette légèreté qui me permet d'échapper à ses questions.

Elle me tient à bout de bras afin de me détailler.

— Je vais aller faire un peu de shopping avec Victoria, pour lui changer les idées, tu viens avec nous ?

Je secoue la tête, encore chamboulée par ce cauchemar. Mes émotions ne me lâchent pas. Elles restent tapies dans l'ombre de mon être, prêtes à me poignarder à tout instant. La scène est bien trop ancrée en moi. Si je fermais les yeux, je pourrais la revivre encore et encore.

— Je vais rester un peu tranquille, aujourd'hui, refusé-je poliment.

Elle m'offre un petit sourire compréhensif.

— Et peut-être appeler ce fameux numéro ?

Sa voix est lourde de sous-entendus. Et que dire de son petit haussement de sourcils répétitif ?

— Je l'ai fait, hier soir.

Sa bouche s'entrouvre, comme si elle venait d'apprendre la nouvelle du siècle. Je vois défiler dans ses yeux tout un tas d'interrogations qui ne demandent qu'à s'échapper.

— Apo, tu viens ?

La voix de Vic s'élève depuis le salon. Apolline fixe tour à tour moi et la porte ouverte de ma chambre. Elle cligne plusieurs fois des yeux, puis me presse le bras.

— À mon retour, tu me racontes tout, OK ?

J'esquisse un sourire en déglutissant.

— C'est promis.

Elle pose sur ma joue un petit baiser avant de tourner les talons. L'état de Vic est bien plus préoccupant que cette histoire. Je suis heureuse qu'Apo s'occupe d'elle, moi, je n'en ai pas le courage.

— Cal ! me crie-t-on. Je te laisse la garde d'Antoine.

Apolline glousse alors que celui-ci proteste déjà. Puis, la porte d'entrée claque. Je roule sur mon lit en envoyant valser les couvertures. J'attrape un oreiller et le serre fort contre ma poitrine. Je cache mon nez dedans avant de pousser un profond soupir. J'ai horreur des cauchemars, voilà des années que je n'en avais pas fait. Mes idées sont encore en désordre et mon horloge interne, complètement chamboulée. Je n'ai plus à avoir peur du monde, plus personne ne me fera du mal. Je suis forte, désormais.

Je tends le bras vers la table de chevet et attrape mon téléphone portable, qui gît près des pinceaux que j'ai abandonnés lorsque le sommeil m'a enfin gagnée. C'est la pagaille dans cette chambre. J'ai laissé tomber mon carnet à dessins, où ma dernière aquarelle sèche, tandis que, sur le bureau, mon pot pour nettoyer mes pinceaux est renversé. Je l'ai posé à la va-vite dans le noir. Résultat : son contenu s'est répandu sur une bonne partie de la surface du bureau ainsi que sur le lino. *Super*… Je plisse le nez et porte les yeux sur mon mobile.

Lorsque son écran s'allume, les souvenirs de la veille me reviennent. Je ne dois pas l'appeler, mais quand lui le fera-t-il ? Vais-je devoir attendre longtemps ? J'aurais peut-être dû lui dire que mon temps ici était compté.

Et s'il m'avait déjà recontactée ?

Les doigts en feu, j'attends que ce vieux téléphone capte le réseau comme il faut pour m'annoncer l'arrivée d'un nouveau texto, mais rien, pas de messages ni d'appels. Je suis déçue, j'avoue que je m'étais imaginé recevoir un signe de vie immédiat. Un goût âcre accompagne cette déception, me rappelant le rêve de cette nuit. Je serre l'appareil contre moi en priant presque à voix haute pour que lui non plus ne me fasse pas tourner en bourrique. Et que je ne me fourre pas le doigt dans l'œil jusqu'au coude.

Je rêve d'une douche. D'une bonne douche brûlante, qui me permettra de détendre mes muscles et de me débarrasser des restes de ce cauchemar.

Je me lève et gagne la salle de bains attenante. Je dépose mon téléphone sur le rebord du lavabo. Je ne veux sous aucun prétexte manquer son appel ou SMS. Je me trouve légèrement ridicule à réagir ainsi, voire un tantinet excessive, mais c'est plus fort que moi. Je suis rongée par l'impatience, j'ai comme l'impression d'être propulsée dans un tourbillon infernal qui m'attire inexorablement. Je sens presque un lien étrange se nouer autour de mes poignets, me rendant esclave de toute cette mascarade. Je ne peux pas faire demi-tour ni me comporter comme si de rien n'était. Je n'ai pas d'autre choix que d'aller au bout. C'est comme ça. C'est beau, la folie ! Déjà, de nombreuses stratégies affluent dans mon esprit pour tenter de le débusquer et de gagner une longueur d'avance. Je vais lui montrer que je vaux la peine qu'on s'intéresse à moi. Que je ne suis pas uniquement la pauvre petite Calypso qu'on oublie dans un coin sans y prêter attention, car ce n'est pas grave, elle pardonnera toujours. Je suis un phœnix, et il va se frotter à mes ailes de feu. Une nouvelle femme qui, elle aussi, peut jouer sans modération, pleinement et complètement. Maintenant que la partie a commencé, je brûle d'impatience.

Quelle est la prochaine énigme ?

Je m'engouffre dans la cabine de douche, où j'accueille volontiers le jet puissant de l'eau chaude. Des gouttes perlent sur ma peau, se mêlant à mes taches de rousseur. Mes muscles se dénouent. Il me semble que ça fait une éternité que je n'ai pas été aussi détendue. Je passe mes mains dans mes cheveux, le visage relevé vers le pommeau. Que c'est bon ! Mes inquiétudes disparaissent l'espace d'un instant et s'échappent aussi rapidement que l'eau dans le siphon. Déjà, je suis de meilleure humeur. Loin est le cauchemar de cette nuit, envolé ! Je laisse l'eau chaude m'envelopper d'un voile protecteur et réconfortant, je pourrais y rester une éternité, c'est certain. Pourtant, comme si je l'avais pressenti, je tourne la tête vers le lavabo et vois à travers la paroi vitrée l'écran de mon téléphone s'allumer, m'alertant que je viens de recevoir un message. Mon cœur fait un bond de trois mètres dans ma poitrine.

Est-ce lui ?

Je coupe l'eau. Sans attraper de serviette, je m'extirpe de la douche. Mon corps ruisselant inonde le sol de la salle de bains. Je manque de glisser et me rattrape tant bien que mal au rebord du lavabo, faisant basculer au passage mon téléphone qui exécute une chute libre. In extremis, dans un réflexe, je parviens à le rattraper du bout des doigts, évitant ainsi qu'il se fracasse sur le sol. Une fois stabilisée, je m'autorise à respirer. Pas de panique. Tout va bien. J'allume mon téléphone et, effectivement, mon instinct ne s'était pas trompé. Là, sur l'écran verrouillé, un message est écrit, provenant du fameux numéro au propriétaire inconnu :

`> Église Sainte-Rita. 16 h.`

`Ne sois pas en retard :)`

Ma poitrine se gonfle à son message, et mes yeux s'écarquillent face à ce lieu de rendez-vous, assez atypique pour moi qui n'ai pas mis les pieds dans une église depuis plusieurs années. Qu'est-ce qu'on irait faire là-bas ? Moi qui comptais m'amuser ! Se pourrait-il qu'il ne succombe pas au péché de la chair ? Est-ce un indice sur sa personnalité et ses croyances ?

Je lui envoie un message en retour, ne sachant pas s'il daignera répondre. C'est à lui de me contacter, a-t-il dit.

`> Pourquoi ?`

J'attends en fixant l'écran avec nervosité. Mes dents triturent ma lèvre inférieure.

`> Patience.`

Uniquement ce petit mot. Huit lettres au sens caché. Huit lettres qui me titillent encore plus.

Je sais que ça ne servirait à rien de le harceler. Il ne me répondra plus. Je cherche l'adresse sur Internet et la consigne dans mes notes alors qu'une idée me vient en tête. J'aime beaucoup son initiative de se dévoiler petit à petit, mais rien ne m'empêche de le trouver par mes propre moyens. Il ne m'a pas interdit de brûler les étapes, si ? J'aimerais tant pouvoir accélérer le temps pour arriver au but final, à la révélation, à la concrétisation. Même si je dois reconnaître que ce type de petit jeu est exaltant. C'est un peu comme le flirt, cette étape est toujours la plus intéressante. Il souhaite me maintenir dans le flou, bien. De mon côté, j'ai accepté de céder les rênes, mais pas toutes. Je peux me renseigner, histoire de savoir s'il est connu des autres ou pas.

J'ai un numéro, mais pas de nom. Je pourrais le montrer à Antoine pour qu'il se renseigne, voir si quelqu'un reconnaît ce fameux numéro. Ni une ni deux, j'attrape une serviette pour l'enrouler autour de mon corps frêle. Je ne prends pas garde à mes cheveux dégoulinants et pars en quête de mon ami, pleine d'espoir. De nos jours, ce n'est quand même pas compliqué de retrouver quelqu'un, si ? Personne ne reste Monsieur Mystère indéfiniment.

— Antoine !

Celui-ci a le nez plongé dans un sac dans lequel il a l'habitude de fourrer tout un tas de trucs.

— Ah, justement, je te cherchais, me lance-t-il. Je vais bouger avec les gars, tu veux venir ?

Il me détaille d'un drôle d'air en remarquant ma tenue et mes cheveux dégoulinants, mais ne fait aucun commentaire et attend simplement ma réponse. Je secoue vivement la tête.

— J'ai déjà quelque chose de prévu.

Il semble sur le point de me demander quoi, mais je le devance. Tout mon corps brûle d'impatience maintenant que je semble tenir une faible piste.

— Dis-moi, tu pourrais demander aux autres s'ils connaissent ce numéro ?

Je lui montre l'écran où la fiche du contact apparaît. Il fronce les sourcils et lâche :

— C'est celui de l'inconnu ?

J'approuve d'un hochement de tête en complétant :

— Exact. Peut-être quelqu'un l'a-t-il dans ses contacts, je te l'envoie par message.

Je m'exécute sans perdre de temps tandis qu'il accepte :

— OK, mais je ne te garantis rien.

Je le gratifie d'un sourire. Au moins, on aura essayé. Si ça ne fonctionne pas, mon cerveau est déjà prêt à concevoir d'autres plans. Je trouverai celui qui fait naître en moi tous ces sentiments contradictoires.

— Merci.

Je le regarde alors s'échapper, lui aussi, de l'appartement.

Je me décide à me vêtir, le cerveau en ébullition. J'ai hâte d'être à cet après-midi. Pourquoi un lieu de culte ? Comment pourrai-je découvrir qui il est là-bas ? Est-ce un homme prêt à entrer dans les ordres ? Ça m'étonnerait fortement, mais dans ce cas-là, je ne dois pas m'attendre à plus qu'une relation platonique. Cette pensée me fait rire alors que j'enfile une petite robe en mousseline rouge, assortie à mes cheveux. Qui que ce soit, nous avons rendez-vous, et j'ai la même appréhension que si j'avais rendez-vous avec mon destin. C'est réconfortant, car on sait qu'il existe, mais terrifiant, car on ne sait pas à quoi s'attendre.

CHAPITRE 9

Non sans mal, je parviens à trouver cette fameuse église, après avoir déambulé dans les rues de Nice sous un soleil de plomb. Je rejoins le parvis, les joues rouges. Rouges, comme ma robe et mes cheveux, ça fait beaucoup, je suis à deux doigts de me transformer en tomate. L'adrénaline en moi n'arrange pas non plus mon état. Il est 15 h 50. Je ne suis pas en retard, bien au contraire, pourtant, le savoir ne diminue en rien le stress qui m'envahit soudain. Je ne sais pas à quoi m'attendre. Peut-être vais-je avoir affaire à une autre énigme, peut être va-t-il pointer le bout de son nez. Me voilà en train de pénétrer dans ce lieu de culte sans intention précise. C'est immense, lumineux et rempli de touristes aux appareils photo braqués sur telle ou telle statue, statues qui semblent sur le point de me dévoiler leur mystère à tout instant. Je regarde le bénitier sans vraiment savoir quoi faire. Une dame devant moi a trempé les doigts dedans, dois-je faire pareil ? Je n'en saisis pas bien l'utilité, mais il faut dire que tous les rituels religieux m'échappent. Je plonge mes doigts dedans, par principe, puis plisse le nez avant de les secouer. Très utile.

L'église Sainte-Rita.

Même ce nom ne m'évoque pas grand-chose. Perdue, je déambule dans l'église en suivant les gens devant moi. Je n'ai pas d'appareil photo. À vrai dire, je ne suis qu'à peine émerveillée par ce lieu. Une chose est sûre : je ne suis vraiment pas à ma place. Tous les tableaux et les statues semblent me dévisager et, bientôt, ils me pointeront du doigt. Je fais tache dans ce décor silencieux.

Je marche à pas lents, frôlant les dalles de pierre le plus silencieusement possible. Je contourne les bancs alignés pour me retrouver face à une montagne de petites bougies qui chassent l'obscurité. On dirait des étoiles porteuses d'espoir. Une dame en allume une avant de joindre ses mains et de murmurer tout bas. Je détourne les yeux, mal à l'aise à l'idée de m'immiscer dans son intimité.

Qu'est-ce que je suis censée faire ? Attendre ? Prier moi aussi pour qu'il m'envoie un signe ? Je regarde mon téléphone, mais il n'y a rien. Je suis larguée ici, et c'est à moi de me débrouiller. Où est l'énigme ?

J'embrasse tout cet espace d'un large coup d'œil, je ne remarque aucun garçon de mon âge qui pourrait m'attendre. Je me sens noyée dans la masse de touristes. Je suis à deux doigts de tourner les talons lorsque, je ne saurais expliquer pourquoi, mon regard balaye le sol et repère une petite forme blanche posée sur les dalles.

Je traverse l'église. En m'approchant, je me rends compte avec stupeur que ce n'est qu'un nouveau polaroïd. Lorsque je me penche pour le ramasser, mes yeux s'arrondissent d'effroi. C'est moi, encore une fois. La photo semble, comme la précédente, avoir été prise le soir où tout a commencé, lors de cette fameuse soirée. On m'y voit adossée à la rambarde en fer du balcon de l'appartement.

Un large sourire collé sur les lèvres, je fixe l'objectif avec malice. Un bras traverse cette photo, dont les doigts semblent jouer avec une mèche de mes cheveux roux. On n'en distingue pas plus. Cette photo, comme la première, ne révèle rien d'autre. Ce bras ne possède aucun détail qui pourrait me permettre de le reconnaître. Pas de tatouage, pas de montre, pas de bague. Rien. Le mystère s'épaissit.

Mon pouls bat contre mes tempes. Je jette un coup d'œil aux alentours, en alerte. Je n'ai vu personne déposer le cliché. Est-il là depuis longtemps ? Tout le monde a pu le voir. Je scrute la masse de touristes, mais personne ne me prête attention. La photo a été déposée juste devant ce qui semble être un confessionnal. Cet isoloir est l'une des rares choses que j'ai retenues de mes excursions à l'église avec ma grand-mère. Celui-ci est communément composé d'une loge centrale fermée d'une porte et destinée au prêtre, ainsi que de deux compartiments, de part et d'autre, voilés chacun d'un lourd rideau noir qui préserve l'anonymat du fidèle.

— Calypso.

Je relève la tête vivement. Ai-je bien entendu mon prénom ? Je n'en suis pas sûre.

— Calypso, entre.

Est-ce lui ? Oui, c'est sa voix. Il serait donc dans un des isoloirs pour les fidèles, sur le côté, et pas dans l'espace, central, pour le prêtre. Je la reconnaîtrais entre mille. Il est là, juste derrière, à quelques centimètres de moi. Ne voyant pas de pieds dans les isoloirs prévus pour les fidèles, j'en déduis qu'il est dans le réduit du confesseur. Je n'ai qu'à tendre la main, et je pourrai lever le mystère en ouvrant la petite porte, mais je n'ai pas envie d'enfreindre effrontément les règles du jeu.

Terrifiée, je prends place sur le petit banc en bois très inconfortable, l'estomac noué, le cœur au bord des lèvres. Savoir qu'une mince cloison de bois nous sépare me retourne le bide. J'ai les mains moites, mes pensées fusent de partout.

— Je suis là, annoncé-je.

Il ne répond d'abord pas, laissant planer un lourd silence. J'en viens à me demander s'il n'est pas parti, finalement, ou bien si je ne l'ai pas imaginé. Quand soudain, la petite ouverture en bois entre nous s'ouvre légèrement. Il la fait coulisser d'un ou deux centimètres.

— Comme ça, tu pourras mieux m'entendre, sans me voir.

Effectivement, sa voix résonne plus clairement à l'intérieur. Je jette un coup d'œil à travers les interstices, mais impossible de distinguer quoi que ce soit. Aucun indice. Il fait, en plus, bien trop sombre.

— J'aurais pu ouvrir la petite porte qui le dissimule.

Je devine qu'il esquisse un sourire. Comment est sa bouche ? Plutôt pleine ou fine ? Et ses yeux ? Arborent-ils des éclats rieurs ? Je ne peux qu'imaginer que c'est le cas.

— Mais tu ne l'as pas fait, remarque-t-il. Et je t'en remercie.

C'est à mon tour de sourire. J'espère malgré tout ne pas regretter par la suite de ne pas avoir levé le voile sur son identité.

— Qu'est-ce qu'on fait ici ?

Je retrouve un peu de mon aplomb au fur et à mesure que mon cœur se calme. Plus j'aurai l'esprit clair, plus je serai attentive aux détails et, donc, plus je récupérerai d'infos.

— Sais-tu quel est l'autre nom de cette église ?

Je secoue la tête pour moi-même alors que mes mains triturent mon téléphone.

— Non.

— L'église de l'Annonciation.

L'église de l'Annonciation ? Encore un terme qui m'échappe.

— Ça veut dire que tu vas m'annoncer toi-même qui tu es ?

Il rit de l'autre côté et murmure :

— Presque…

Et moi, je suis presque sûre qu'il a soufflé ça plus pour lui-même que pour moi.

— Encore une énigme ? je l'interroge.

— La vie est remplie d'énigmes, répond-il.

Son ton a changé, il est devenu las. Ses accents joyeux se sont ternis, sa voix est plus rauque.

— Et celle que tu me poses est complexe, l'accusé-je.

Je l'entends bouger de l'autre côté. Puis, finalement, il déclare :

— J'aime beaucoup ton tempérament.

— On ne se connaît pas, réponds-je du tac au tac.

Il y a un silence. De nouveau, il reprend avec cette voix malicieuse :

— Ça, c'est toi qui le dis.

Une décharge monte le long de ma colonne vertébrale, me donnant des frissons. L'ai-je recroisé sans le savoir ? Non, sa voix m'aurait menée sur sa piste. C'est impossible.

— Ne te torture pas autant, ma belle.

Je grimace. J'aimerais avoir aussi le plaisir de juger si je le trouve charmant ou non. La balance n'est pas équilibrée, mais après tout… c'est moi qui en ai décidé ainsi. Il coupe court à mes pensées :

— Puisque nous sommes dans un confessionnal, confessons nos péchés. Quoi de mieux pour connaître quelqu'un que de connaître ses côtés les plus sombres ?

Je fronce les sourcils. Voilà une drôle de façon de penser. J'aurais plutôt commencé par lui demander son film préféré et ce qu'il aimait faire de son temps libre, mais bon, je dois bien avouer que mes manières sont assez orthodoxes.

— Je n'ai rien à confesser.

— Tout le monde devrait se confesser, rétorque-t-il.

S'avouer nos pires vices, c'est bien la dernière chose dont j'ai envie. C'est trop dur, trop terrifiant et, pour ma part, rattaché à une terrible période de mon existence.

— Quelle est ta plus grosse bêtise ?

Sa voix est solennelle, calme et posée. Aussitôt, j'éclate de rire pour masquer mon malaise. Bêtise ? Voler un bonbon quand j'avais huit ans, ça compte ? Je serre les dents pour ne pas laisser ressurgir d'horribles souvenirs. Le cadenas qui les retient est à deux doigts de céder face à sa voix envoûtante. Je dois lutter.

— Je commence, si tu veux, annonce-t-il en ne relevant pas mon rire.

— Qu'est-ce qui me garantit que tu vas dire la vérité ?

Je me tourne vers l'interstice et le fusille du regard, comme s'il pouvait me voir, ou plutôt, comme si *je* pouvais le voir.

— Je serai honnête. Mon but n'est pas de t'induire en erreur. Je ne mentirai pas, pas à toi. Je veux que tu saches tout de moi afin que tu sois libre de faire demi-tour si ça te chante.

Je sens sa sincérité, elle est palpable. Je lui fais confiance, je dois être folle. Une pauvre fille en manque d'attention, voilà ce que je suis.

— Je t'écoute, je déclare, le souffle court.

Je l'entends soupirer profondément. Après un silence, il se confie d'une voix grave :

— Mon plus grand péché, Calypso…

Sa voix s'attarde sur mon prénom, comme pour me mettre en garde contre ce qui va suivre :

— … C'est d'avoir brisé la personne qui m'aimait le plus. J'ai réduit ses espoirs, son âme et son cœur en tellement de pièces que plus jamais elle ne parviendra à les réparer. Et le pire, c'est que je suis convaincu qu'elle le méritait.

Les poils se hérissent sur mes bras tandis que je suis parcourue de frissons incontrôlés. Sa voix est terriblement effrayante, dénuée de toute émotion, comme si ça ne l'atteignait pas alors même qu'il vient de reconnaître que c'est sa plus grande erreur.

— Tout ça parce que je suis incapable de recevoir l'amour qu'on me porte, je suis incapable de l'accepter. Je réduis à néant ce qui m'effraye, car tôt ou tard, les gens partent, ça a toujours été le cas, alors c'est moi qui pars avant eux.

Je l'entends renifler, puis gesticuler sur son siège. Peut-être ses aveux le mettent-ils mal à l'aise, en fin de compte. Je l'espère, en tout cas, car sa façon de penser est terrifiante, extrêmement noire. De qui parle-t-il ? D'une ancienne petite amie ? Je suis convaincu qu'il cherche à me faire fuir. On ne peut pas se montrer aussi cruel avec les gens qu'on aime, sauf si la souffrance est mutuelle.

— Pourquoi ? je parviens à peine à articuler.

J'avoue que cette confession assombrit mon humeur. Je me suis tassée un peu plus sur mon siège, et mon sourire a disparu. Je m'efforce de prendre de la distance avec cette révélation. OK, il n'est pas doué en amour, mais on n'a jamais parlé d'amour entre nous. Simplement d'une étrange découverte.

— C'est comme ça, répond-il sur un ton bien plus léger. C'est pour cette raison que je n'ajouterai qu'une condition à ce petit jeu.

Il laisse planer le suspense alors que je me consume sur place en tentant d'assembler les morceaux du puzzle. Ces révélations sur lui viennent rejoindre les quelques bribes que j'avais déjà en ma possession. Énigmatique, joueur, sombre, poétique. Ça m'a tout l'air d'être des signaux assez importants pour que je parte loin d'ici en courant, pourtant, je reste vissée sur la planche en bois qui me sert d'assise.

— Ne tombe pas amoureuse, pas de moi… Du moins, pas de l'image que tu te fais de moi. Tu n'imagines même pas qui je suis, et je pense que tu ne le sauras jamais complètement. Si je peux te paraître idéal, sache qu'en réalité je ne le suis pas.

J'ai un mouvement de recul, comme si je venais de recevoir un énorme uppercut en plein dans le thorax. Je me recroqueville contre la paroi de bois derrière moi. Je ne sais pourquoi, mais cette demande me saisit à la gorge. On ne parle pas d'amour. Lui ai-je laissé penser que c'était ce que je recherchais ? Est-ce ce que je recherche ? Je dois avouer que son intérêt pour moi gonfle mon ego et me flatte. On ne s'est jamais vraiment intéressé à moi, j'étais toujours le second choix. Je dois dire qu'être au centre d'une conquête me plaît. Mais que s'agit-il de conquérir ? Pourquoi fait-il tout ça ? Quel est son but, au final, et quel est le mien ? Quelles sont les motivations que je me refuse à admettre ? Ses énigmes, son éloquence, tout cela m'a charmée, je pensais que nous rentrions dans une sorte de flirt, mais de là à tomber amoureuse… Je cligne plusieurs fois des yeux pour tenter de dissiper mon trouble, sans succès. Cet étrange sentiment me colle à la peau, bien qu'il me paraisse absurde. Bien sûr que non, je ne vais pas tomber amoureuse de quelqu'un que je ne connais pas, pire, que je n'ai jamais vu. C'est évident, il faudrait avoir perdu la tête ou être totalement inconscient.

— Ça n'arrivera pas, confirmé-je.

J'ai tenté d'être la plus convaincante possible, pourtant, une part de moi refuse de se plier à cette règle. Un sentiment surgit en tête des autres, et je ne parviens pas à le décrypter. Impossible même de le rattacher à quelque chose de connu. J'ai l'impression que nous avons partagé, lui et moi, tellement plus que ces simples échanges de textos et ces quelques mystères. Quelque chose de plus profond a eu lieu, dont je ne me souviens pas. Je ne comprends rien. Avons-nous couché ensemble ? À la limite, c'est ce que je pourrais espérer obtenir à la fin de cette histoire, mais ne parlons pas de sentiments.

— À ton tour, assène-t-il, sans me laisser plus de temps pour réfléchir.

Ma plus grosse bêtise ? Je la connais, sans aucun doute. Mais c'est beaucoup trop douloureux et personnel pour que j'en parle à un inconnu. Car c'est ce qu'il est, j'ai beau avoir l'impression de le connaître depuis toujours et sur le bout des doigts, il reste un inconnu. Je pourrais le croiser dans la rue sans le savoir.

— J'ai triché au bac, lâché-je tout simplement.

Ce n'est pas entièrement vrai, mais ça me servira de couverture pour passer à travers les mailles de son filet et me permettra de ne pas trop me dévoiler.

Un lourd silence tombe entre nous, soudain rompu par les cloches qui se mettent à sonner furieusement. Déjà dix-sept heures ? Ça fait une heure que je suis ici ? Je n'ai pas vu le temps passer. Leur retentissement se répercute dans mon esprit et se cale sur le tempo du sang qui bat dans mes veines, chargé d'espoir, l'espoir de ne pas être percée à jour. Pourtant, l'individu de l'autre côté semble plus clairvoyant que je ne peux l'être. Dans un grognement, il m'impose :

— Pas de mensonges.

Comment peut-il savoir ?

— Je te veux tout entière. Sans artifices ni mensonges. Aussi honnête et vraie que le soir où je t'ai rencontrée. Je ne te jugerai pas. Jamais.

Mon cœur rate un battement, les cloches s'arrêtent peu à peu. Que lui ai-je dit, ce soir-là ? Se pourrait-il que je me sois déjà livrée ? Je mords fort l'intérieur de mes joues en sentant de nouveau le poids de mon passé peser sur mes épaules. Un poids qui ne s'allège pas.

— Je ne peux pas.

Je secoue la tête.

— Si, et tu le sais. Tu me fais confiance, n'est-ce pas ?

Je penche la tête en arrière et ferme les yeux pour tenter de recouvrer mes esprits.

— Oui, j'admets d'une petite voix.

— Dans quelques jours, nous reprendrons le cours de notre vie, comme si rien ne s'était passé.

Il sait donc que je vais partir. Ça renforce ma théorie, selon laquelle il nous connaît, moi et mes amis, ne serait-ce qu'un peu. Bientôt, la parenthèse se refermera, il ne me reste que très peu de temps pour découvrir qui il est, et puis après ? Que se passera-t-il ? Est-ce que j'oublierai ce souvenir rapidement ?

— Tu peux te confier. Affronter ses démons s'avère parfois thérapeutique, tu sais ?

Un petit rire étranglé parvient à s'extirper de ma gorge.

— Mes parents payent déjà un psy.

Ça le fait rire aussi. Tous mes muscles se détendent face à ce bref son réconfortant. Il a un réel pouvoir sur moi. L'inconnu attire, l'inconnu fascine. C'est ce qui est en train de se produire. Que se passera-t-il, au final ? M'oubliera-t-il facilement ? Peut-être. Je ne pense pas le marquer autant qu'il me marque. Pourtant, il se donne beaucoup de mal pour moi... C'est étrange d'envisager le futur avec quelqu'un sous la forme d'un souvenir. D'ordinaire, nous sommes déçus, une cassure se crée, et seulement là, la personne devient un souvenir. Peut-être est-ce ainsi que naissent les souvenirs agréables ? Pas d'attente, pas de déception. Voilà pourquoi ils sont beaux, parce qu'ils ont été vécus pleinement, sans regrets, sans remords, sans blessures.

— Mon plus grand péché... je commence.

Je ne le vois pas, je ne l'entends pas et, malgré tout, je sais, grâce à la force de son aura, qu'il m'encourage, qu'il me pousse avec gentillesse et fermeté dans mes retranchements. À quand remonte la dernière fois où quelqu'un s'est intéressé à moi entièrement ? Sincèrement ?

— Mon plus grand péché, c'est de m'être abandonnée. D'avoir assisté et contribué à ma chute.

Ma gorge se serre alors que je baisse le regard sur mes mains que je tords. La douleur que j'éprouve à l'instant n'est rien, comparée à la honte que je ressens. La honte d'être restée impuissante, de ne pas avoir pris soin de moi. Il risque de se moquer de moi, je suis faible.

— J'ai vu les marques sur tes bras.

J'ouvre de grands yeux et, par réflexe, cache instantanément mes cicatrices. Il les a remarquées, là où la plupart n'y font même pas attention tant leur regard ne fait que m'effleurer. Pour autant, il n'y a aucun jugement dans sa voix. Il dresse simplement un constat. Et ça, je n'y suis pas du tout habituée. Les rares qui les voient me traitent avec beaucoup de pitié et une sorte de jugement qu'ils se croient permis de m'imposer. Ils ne savent pas, alors qu'ils pensent savoir. Lui, il en parle comme on parle d'une plaie aux genoux, d'une trace du temps, de cicatrices gagnées au cours de l'apprentissage de la vie. Einstein n'avait-il pas dit que la vie, c'est comme une bicyclette, il faut avancer pour ne pas perdre l'équilibre ? Moi, j'en suis tombée, je me suis blessée et je suis repartie. Mon cœur se serre. Ce garçon n'est pas comme les autres, définitivement, et j'en ai presque les larmes aux yeux.

— Que s'est-il passé ?

J'ai envie de le lui dire, j'ai envie de me confier, uniquement pour dédiaboliser mes actes. Ce n'était peut-être pas la meilleure façon de me guérir, loin de là, ce n'est pas pour autant que je dois me considérer comme un monstre. Je commence seulement à le comprendre.

Il y a quelque chose de facile entre nous. Ça glisse, c'est fluide, j'ai l'impression que je pourrais lui faire part de mes rêves et de mes espoirs les plus fous. Quand on ne voit pas le visage de l'autre, la confession est aisée, presque trop. Peut-être est-il temps que ça sorte ? Ces détails que je retiens depuis si longtemps en luttant bec et ongles contre ma psy, peut-être était-il destiné à les entendre le premier ?

— C'était il y a quelques années, je commence.

Trop peu, apparemment, puisque je m'en souviens comme si c'était hier. Mais ça, je me garde bien de le lui dire. Je ne suis pas là pour faire pleurer dans les chaumières.

— J'étais en cinquième. On venait de déménager, mes parents et moi, après avoir passé trois ans en Irlande, aux côtés de mes grands-parents maternels. J'ai débarqué dans un nouveau collège à une époque où les enfants sont vraiment méchants entre eux. Moi, la petite rousse, je devais me faire une place dans un endroit où tout le monde se connaissait déjà.

Je laisse échapper un petit rire ironique en revoyant les souvenirs flotter dans ma tête. Tout est encore si limpide.

— Comme tu peux l'imaginer, je n'ai pas réussi. Au début, je pensais y arriver. Les profs m'ont prise sous leur aile, tellement que les autres y ont vu une opportunité. Ils m'ont fait croire que je pourrais devenir leur amie si je volais au professeur de mathématiques les sujets du gros contrôle de fin de trimestre.

Je marque une pause en me souvenant de M. Mouzin, qui prenait le temps, après chaque cours, de m'expliquer les notions abstraites qui m'échappaient totalement. Je l'ai trahi, lui aussi.

— J'ai essayé. J'étais vraiment convaincue qu'ils m'intégreraient…

— Mais ça ne s'est pas passé comme prévu, termine-t-il.

J'approuve de la tête avant de replacer une mèche de mes cheveux roux derrière mon oreille. Cheveux qui m'ont causé tant d'ennuis mais que je me refuse à détester aujourd'hui.

— Le prof m'a surprise la main dans le sac, il me tenait en haute estime, alors il a essayé de comprendre. J'ai menti pour couvrir les autres, j'ai dit que c'était uniquement pour moi. Il a gardé cette mésaventure pour lui, mais plus rien n'a jamais été comme avant après ça. Depuis ce jour, je ne pige plus rien aux maths.

J'ironise afin de conférer une dimension plus légère à cette histoire lugubre et, surtout, afin de me donner du courage pour la suite plus sombre de ce récit. Même perdre la confiance de son professeur préféré a été très douloureux pour la petite fille pleine de bonne volonté que j'étais. Le voir me prendre pour une voleuse et me coller une étiquette que je n'aurais jamais dû avoir, ce n'était que l'introduction du film d'horreur.

De l'autre côté de la cloison, il rit aussi, mais cette fois, j'y décèle une pointe de tristesse, comme une ombre qui s'est mise à le prendre, lui aussi, à la gorge.

— Je suis revenue sans les sujets, je poursuis. Et ça a été le début de la fin. Je me suis fait insulter de tous les noms, encore plus lorsque le devoir a été passé et qu'il a été, pour la plupart, foiré. On me faisait des croche-pieds dans les couloirs – en tombant un jour, je me suis cassé la dent de devant. On me piquait mon plateau à la cantine avant même que je puisse y toucher. Quand je passais dans les couloirs, on me pinçait, me griffait, me crachait dessus même parfois. J'ai vécu l'horreur. D'année en année, le harcèlement s'intensifiait. J'ai commencé à me scarifier lorsque, en début de troisième, une des filles a pris une photo de moi en sous-vêtements et l'a fait tourner sur Internet. Je serrais les dents, j'encaissais, et le soir, lorsque la douleur mentale était trop forte, je m'infligeais une douleur physique supérieure pour ne pas y penser.

Je passe la pulpe de mon pouce sur un bras et caresse délicatement mes cicatrices. Je me souviens alors de mon rêve, où elles étaient béantes, ruisselantes de sang, avant que tout s'apaise avec son arrivée. En parler est douloureux, bien entendu, mais la douleur semble immédiatement chassée par une vague de douceur. Comme si, à travers cette cloison, son attention pouvait m'apaiser.

— Tu n'as rien dit, constate-t-il.

Là non plus, aucun jugement. On dirait presque même qu'il comprend et qu'il tente d'en deviner la raison.

— Non. J'aurais dû. Vraiment, j'aurais dû en parler à un adulte. Il y avait de nombreuses solutions pour que ça s'arrête…

Je laisse retomber ma tête contre le panneau en bois derrière mon dos.

— Mon grand-père est tombé malade au moment où ça a commencé, puis est décédé un an après. Ma mère répétait les allers-retours entre l'Irlande et la France, je n'ai pas eu le cœur de l'inquiéter davantage, tandis que mon père se démenait suffisamment pour gérer la maison, le travail. Je ne pouvais pas ajouter un nouveau grain de sable dans l'engrenage. Et pourtant, j'aurais dû ; je me suis abandonnée, trahie. J'aurais dû être égoïste parce que, bon sang, on ne nous apprend pas assez à quel point la santé mentale est importante.

— C'est vrai, acquiesce-t-il, presque dans un murmure.

Il me comprend, je le sais. Mes mots font sens en lui, je n'ai pas besoin de le connaître sur le bout des doigts pour le savoir. C'est comme si mon âme parlait directement à la sienne.

— Et aujourd'hui, tu es là, belle comme un coucher de soleil, avec une personnalité flamboyante, me répond justement son âme à travers sa bouche.

Il m'arrache un petit sourire tandis que mes larmes, jusqu'ici contenues, se mettent à couler silencieusement. Ses mots me caressent et enveloppent mon cœur comme du miel. C'est la première fois qu'une personne autre que mes parents me dit cela.

— Mes parents ont remarqué mes cicatrices deux ans après, alors que j'étais au lycée. Je leur ai expliqué, en partie. Ça a été la douche froide pour eux, leur petite princesse avait subi l'horreur. Depuis, je vois une psy.

— C'est bien.

J'essuie distraitement une larme qui vient mourir sur mes lèvres, laissant derrière elle un sillage salé. Je ne sais pas quoi ajouter d'autre. Je me suis mise à nu devant lui, bien plus qu'il y a deux nuits, lorsqu'il m'a déshabillée pour me mettre au lit. C'est bien plus intime. J'ai peur de dire les mots de trop qui gâcheraient cette osmose.

— Voilà, c'est mon plus grand péché.

Je l'entends bouger de l'autre côté, et un petit bruit résonne contre la paroi, comme s'il venait d'y poser la main à plat.

— Ce n'est pas le tien, c'est le leur. Tu es la martyre, tu as fait ce que tu pensais être le mieux. Ça ne l'était peut-être pas, mais qui peut te blâmer ? Pas moi, pas eux et surtout pas toi. Pardonne-toi, Calypso.

Sa voix, plus profonde et plus intense, vient directement percuter mon cœur. Un soupir m'échappe tandis que je m'affaisse sous cette vague de réconfort. Il m'offre la rédemption que je me suis toujours refusée. Il me l'accorde, lui, l'inconnu qui s'est livré pour m'inciter à faire de même. J'imagine soudain ses lèvres sur les miennes. C'est la première fois que je pense à ça, mais à cet instant, c'est tout ce dont j'ai besoin. Je suis persuadée qu'il m'embrasserait avec douceur et sincérité. Je le sais.

— Pardonne-toi, reprend-il plus faiblement. C'est le moment ou jamais.

Je jette un coup d'œil autour de moi. Effectivement, il n'y a pas de lieu plus adapté au pardon qu'un confessionnal. Or, pourrai-je dire adieu à des années de culpabilité ? J'ai pu la mettre de côté en rencontrant mes nouveaux amis, peut-être pourrai-je la faire fuir définitivement en rencontrant ce garçon ? Mettra-t-il le point final à cette histoire, lui, l'inconnu du confessionnal ?

— J'essayerai, lui assuré-je.

— Promets-le, renchérit-il.

— Je te le promets.

J'attrape, sur le banc étroit à côté de moi, le polaroïd étroit pour le regarder. Mon sourire est vrai et vivant, aussi éclatant que ma chevelure. Je respire finalement la vie, et celle que j'étais il y a six ans ne l'aurait pas cru.

— Non, ce n'est pas à moi que tu dois le promettre, c'est à toi, déesse. Tu mérites le monde, et tu l'auras. Il te suffit de faire la paix avec toi-même.

Encore une fois, mon souffle se coupe, mes yeux piquent. Pourquoi ne vient-il pas me prendre dans ses bras ? Je meurs d'envie d'aller ouvrir cette porte étroite. Pourquoi ses mots sont-ils si puissants ? Peut-être parce que lui aussi est un personnage étrangement sombre ? Que mon histoire fait écho en lui ? J'ai l'impression qu'il en sait plus encore sur moi que je n'en sais sur lui. Et pourtant, je n'ai pas peur.

— Je vais y aller, déclare-t-il. Mais repense à tout ça.

Mon cœur s'emballe.

— Quand nous reverrons-nous ?

C'est un peu bête comme question, nous ne nous sommes jamais vus.

— Bientôt, ne t'en fais pas, m'assure-t-il.

Je colle mon front à la paroi rugueuse, et il me semble entendre, presque imperceptible :

— Comme Ulysse, je ne peux pas rester bien loin de toi.

Je ne suis pas sûre d'avoir correctement entendu, je pense même avoir rêvé ces mots qui ressemblaient plus à un grognement, et pourtant, ils tournent dans mon esprit.

— Je vais sortir de ce confessionnal, puis de l'église. Tu comptes jusqu'à trente, puis tu viendras voir dans l'isoloir d'où je t'ai parlé.

Je ferme les yeux en inspirant profondément. J'ai envie qu'il reste, mais je me retiens de le lui dire.

— D'accord ?

— Oui, soufflé-je.

Il va disparaître.

— Compte, m'ordonne-t-il gentiment.

J'ai un petit pincement au cœur lorsque j'entends sa porte s'ouvrir discrètement. Il s'en va. Encore une fois, je pourrais le voir, le découvrir, mais je refuse de le décevoir. Je ne fais rien, à part compter. Le temps semble passer à une vitesse atrocement lente alors que mon cœur bat sourdement. Je triture le coin du polaroïd et, une fois à trente, je sors à mon tour.

Mes jambes supportent à peine mon poids, je tremble des pieds à la tête. L'église est quasiment déserte.

L'église de l'Annonciation.

Je fais ce qu'il m'a dit et vais dans son isoloir. Là, sur la banquette de bois, à la place du prêtre, trône un énorme bouquet de roses. Ma bouche s'entrouvre de surprise. Je suis à deux doigts de m'écrouler sur les dalles froides et de pleurer toutes les larmes de mon corps. Au lieu de cela, je tends les doigts prudemment pour ne pas me blesser avec les épines, cette fois. Une petite carte est glissée dedans :

« *Si tu te voyais comme je te vois, tu t'offrirais toutes les fleurs que cette terre puisse créer. En attendant, je commence à le faire pour toi.* »

Une unique larme s'échappe pour rouler sur ma joue. Qui est cet homme qui me fait plus d'effet que je ne voudrais me l'avouer ?

Qui est cet inconnu qui me met à nu pour mieux me contempler et qui parvient à caresser mon âme ?

Je le saurai bientôt, j'en suis persuadée. Et pour cause, j'effleure l'écran de mon téléphone, sur lequel j'ai lancé un enregistrement avant de rentrer dans ce confessionnal, bien avant de savoir de quoi nous allions parler. Dans mon téléphone, là, précieusement, notre conversation intime est enregistrée et, avec, la douce et brute tonalité de sa voix éraillée.

CHAPITRE 10

Inconnu

Assis au bord du quai dans le port, les jambes ballantes au-dessus de l'eau, je grille ma deuxième cigarette de la journée. Sérieusement, j'avais dit que j'arrêterais de fumer ! Il faut croire que cette résolution non plus, je ne l'ai pas tenue. Bon sang. Qu'est-ce qui s'est passé dans cette église ? Qu'est-ce que j'ai fait ? Pourquoi ai-je autant dépassé les limites que je m'étais fixées ? J'ai fait n'importe quoi ! Je ne veux pas qu'elle me trouve, il ne le faut pas. Alors même que je ne me dévoilerai jamais à elle, je n'arrive pas à m'en tenir éloigné.

Cette soirée… Sa beauté, sa personnalité, la tonalité de son rire, la lueur de ses larmes. Je n'arrive pas à écouter ma raison. Mon cœur, que je pensais mort, semble s'être éveillé à ses côtés. Pourquoi je fais tout ça ? Je ne peux rien lui offrir. Elle ne pourra jamais être satisfaite avec moi, je vais juste la briser comme on me l'a toujours appris. Il faut que je la protège, je n'aurais jamais dû tomber sur elle. Je n'aurais jamais dû… tomber, tout simplement.

Je suis tellement con. Je suis le pire des égoïstes. Je ne mérite rien d'elle, même pas le temps qu'elle m'accorde. J'aimerais lui montrer le vrai moi, ce côté sombre qui me bouffe jour après jour. J'aimerais qu'elle fuie d'elle-même loin de moi, car moi, j'en suis incapable. Je ne veux pas me révéler à elle. Jamais. Je n'en ai pas le droit. Pourtant, avec ce jeu à la con, je ne ferme pas totalement la porte, et rien que pour ça, je suis le pire des connards. Alors, je me déculpabilise en me répétant qu'elle est intelligente et que mon mystère est juste assez complexe pour la faire galérer.

Je la désire depuis le premier instant où j'ai posé les yeux sur elle. Je la désire comme je n'ai jamais désiré quelqu'un. Comme pas permis. C'est justement pour cette raison qu'elle ne devra jamais rentrer complètement dans ma vie. C'est déjà trop ! Toutefois, loin d'elle, je me consume. Plus rien ne sera comme avant maintenant que je sais qu'il existe quelqu'un comme elle sur terre. Si elle me trouve, ce sera sa faute, pas la mienne. Elle aura gagné. Si elle souffre, elle ne pourra donc s'en prendre qu'à elle-même. Voilà le plan. Un horrible paradoxe.

Je suis tellement en colère. Une rage sourde enfle en moi, que même les embruns de la mer ne parviennent pas à calmer. Je prends une grande goulée d'air frais avant d'écraser mon mégot sous ma semelle. Je suis allé beaucoup trop loin cet après-midi. J'ai plongé beaucoup trop profondément dans son intimité et, en même temps, je n'aurais pas voulu ignorer cette partie de son histoire. C'est ce qui l'a créée, ce qui a fait d'elle cette femme qui m'attire tant. Comment la prendre sans cette histoire ? J'ai une horrible envie de la connaître sur le bout des doigts. Comment une jeune femme, non, une jeune fille, à cette époque, a-t-elle pu traverser ces épreuves ? Je me sens un peu moins vide maintenant que je sais que nous souffrons tous les deux de blessures du passé. Elle aussi a poussé parmi les ronces.

Ce petit jeu commence extrêmement mal, je n'étais pas censé devenir aussi proche d'elle. Elle a accepté de jouer et de rentrer dans cette boucle complètement tordue qu'a créée mon cœur pour combattre ma raison, c'était au-delà de mes espoirs qu'elle accepte cette « entrevue ». Elle devrait fuir, putain, oublier le mec tordu que je suis.

Je l'ai prévenue qu'elle ne devait pas tomber amoureuse. Elle a entendu mon avertissement, mon pauvre avertissement, et pourtant, c'était plus pour moi que pour elle que je le disais. Je refuse de croire qu'elle ait pu, par le simple éclat de son sourire, raviver mon cœur. Pas elle, pas quelqu'un d'aussi pur qu'elle. Elle était tellement belle ce soir-là, tellement rayonnante. Sa beauté presque mystique m'a frappé en pleine poitrine, puis sa personnalité a achevé d'ouvrir une brèche dans mon cœur. Je suis sûr qu'elle était tout aussi splendide aujourd'hui. Ses cheveux devaient avoir pris une teinte de feu au soleil et plus auburn dans le confessionnal. Qu'est-ce que j'aimerais les toucher encore !

Je dégage une nouvelle cigarette de mon paquet et la cale entre mes lèvres. Une de plus. Je craque totalement. Si je n'avais pas autant peur de la détruire, je courrais la rejoindre. Si je n'avais pas été aussi tordu, je me serais réveillé à ses côtés ce matin-là, mes doigts dans les siens. Je l'ai vue pour la première fois voilà deux jours, et je suis déjà complètement sur les nerfs. Je refuse que ce soit un coup de foudre. Je refuse qu'elle ait autant d'emprise sur moi. Si seulement elle se souvenait de la soirée… Bon sang, bien sûr que non, il ne faut pas qu'elle s'en souvienne ! Sinon, je ne pourrai plus avoir de contact avec elle, ce serait trop dangereux pour mon âme. Déjà que mon cœur est à moitié mort… Comment croire en l'amour alors que la personne censée me l'inspirer m'a toujours menti et brisé ?

Je passe une main dans mes cheveux tout en tirant fortement sur ma cigarette, dans l'espoir de m'apaiser. Comprendra-t-elle l'obsession que je lui porte ? Est-ce que ça l'effrayera ? J'espère. Ainsi, je la perdrai, et je pourrai l'en blâmer. *C'est une trouillarde, tant pis*, je me dirai. Alors, ce ne sera toujours pas ma faute.

Peut-être n'aurais-je pas dû lui laisser ces polaroïds, peut-être la mémoire pourrait-elle lui revenir. Je suis faible. Et c'est quoi, cette manie de la pousser à trouver mon prénom ? Je dérape complètement. Je ne devais pas passer mes vacances de cette façon, je ne devais pas parler de sentiments. C'est fini pour moi. Il faut que je sois plus méfiant, à l'avenir. Probablement devrais-je arrêter là et balancer ce téléphone pourri. Ainsi, je pourrais reprendre le cours de ma vie sans trop causer de dégâts des deux côtés.

C'est trop tard…

Elle me fait confiance. Je me sens terriblement con de lui infliger tout ça après ce qu'elle a déjà vécu. Pourquoi a-t-il fallu que ce soit elle qui me tape dans l'œil ? Ce jeu pervers ne me ressemble absolument pas, et pourtant, je me retrouve encore à être le monstre de l'histoire.

Il faut que je rentre pour élaborer mes prochaines stratégies, je n'ai pas de temps à perdre. Je fronce le nez alors qu'un bateau de pêche débarque, emplissant les alentours d'une puanteur atroce. Je me mets debout, jette mon mégot dans une poubelle. Je suis bien plus proche qu'elle ne le pense, ce qui me donne un véritable avantage. À moi de ne pas me griller. Or, j'ai comme une petite idée de la suite.

CHAPITRE 11

Troublée, chamboulée, le bouquet sur un bras, je vagabonde dans les rues en me demandant si je n'ai pas rêvé ce qui s'est passé. Si je n'ai pas imaginé cette folle aventure avec un inconnu sorti de nulle part que je suis incapable de repousser. Un inconnu qui joue si habilement avec les ficelles de mon âme et les rouages de mon cœur. Les roses et le nouveau polaroïd sont les seules preuves que tout était réel, que ce petit jeu ne se déroule pas uniquement dans ma tête et, surtout, que je me suis confiée à lui sans langue de bois, comme si, de sa voix éraillée, il m'avait charmée, à la manière d'un joueur de flûte. Je l'ai suivi sans réfléchir. Et, même si je suis tiraillée par le sentiment d'avoir fait une grosse boulette, de m'être livrée trop rapidement, je ressens un profond soulagement. Le poids sur mes épaules semble s'être amoindri, car lui aussi en a pris une part. Il a accueilli mon âme cassée avec bienveillance, et cette douceur m'enveloppe encore. Je flotte sur un nuage étrange, mélange d'incompréhension et de soulagement. C'est ardu de poser des mots sur tout ce qui m'anime.

Je rentre de mon escapade, rêveuse. J'ai découvert de nouvelles tonalités dans sa voix, je l'ai entendue songeuse, réconfortante. Bien que très loin de pouvoir dire qui il est, j'ai ce sentiment que nous sommes considérablement rapprochés. Un portrait imaginaire de lui est dressé dans ma tête qui, à chaque petit indice, se précise. C'est bien plus excitant d'apprendre à connaître quelqu'un en se fiant à son intuition, au gré de détails révélés au compte-gouttes, sans les artifices de l'apparence. Mais il ne faut pas que je me berce d'illusions. Il a été franc avec moi et m'a permis de déconstruire cette image lisse que je me faisais de lui, une image idéalisée. Lui aussi a une histoire, un passé, et, étrangement, ça ne le rend que plus parfait à mes yeux.

Le soleil ne m'a jamais paru aussi brillant qu'aujourd'hui. Le monde tourne au ralenti, les passants ont modéré l'allure, le brouhaha s'est atténué. Tout semble axé sur ce qui se passe au fond de moi, là où un calme absolu m'habite.

— C'est moi, je m'annonce en passant la porte de l'appartement.

Ma petite bulle va éclater dans quelques instants, je dois rapidement remettre les pieds sur terre. Je ne peux pas – à mon grand désespoir – me concentrer uniquement sur cet inconnu.

— Cal ?

Antoine est là, apparemment déjà rentré de sa petite escapade.

— Oui, c'est moi, je confirme en fouillant dans les placards de la cuisine à la recherche d'un vase.

J'en dégote un pile à la bonne taille. Après avoir recoupé les tiges, je m'empresse de plonger mes fleurs dans l'eau.

— Je ne reste pas longtemps, m'apprend Antoine.

Uniquement vêtu d'un short de sport, il se frotte vigoureusement les cheveux avec une serviette.

— Ma tante organise un repas de famille, ce soir. Du coup, je file, histoire de ne pas arriver pour mettre les pieds sous la table.

J'acquiesce d'un signe de tête. Décidément, c'est compliqué de tous nous voir en même temps pendant ces vacances.

— C'est quoi, ça ?

Il désigne les fleurs du doigt, et je hausse les épaules pour toute réponse. Je n'ai pas la force de tout lui expliquer, je veux garder ça, égoïstement, pour moi. C'est beau, c'est idyllique et presque irréel. Je ne veux pas le partager, de crainte que tout s'effrite.

— Ton fameux « J'ai déjà quelque chose de prévu », c'est ça ?

Il mime les guillemets.

— Exactement, confirmé-je avec un grand sourire.

Il n'est cependant pas dupe. Il sait très bien que tout ça découle du mystère qui flotte autour de moi depuis la première soirée.

— Tu l'as vu ? questionne-t-il.

— Toujours pas, lâché-je en secouant la tête.

Il contemple pensivement le bouquet. Son regard se vide un instant alors qu'il semble réfléchir. Puis, d'un coup, il revient à lui :

— C'est bizarre. En plus, je me suis renseigné, personne ne connaît ce numéro de téléphone. Alors, je veux bien croire qu'il y avait tout un tas de monde à cette soirée, mais quand même, c'étaient les connaissances de connaissances, on aurait dû le retrouver…

Surtout que je sais maintenant qu'il nous connaît. Je mords ma lèvre inférieure. Je ne parviens toujours pas à faire remonter à ma mémoire des moments de cette soirée.

— Oui, tout est extrêmement étrange…

Et c'est peu de le dire ! Son numéro n'est enregistré nulle part. Je me doutais que je ne trouverais pas son identité tout de suite, mais j'espérais quand même que quelque chose ressortirait de cette petite enquête.

— Après, il suffit qu'il ait acheté un portable prépayé, et les compteurs sont remis à zéro.

C'est vrai, un téléphone prépayé. Ça voudrait dire qu'il se donne vraiment beaucoup de mal pour toute cette histoire… pour moi. Qui se donnerait justement toute cette peine, à moins d'aimer jouer ? Voilà certainement sa seule motivation : le jeu, l'adrénaline, l'excitation. Un passionné qui ne fait pas dans la demi-mesure.

Je connaîtrai son visage avant la fin de ce séjour, il le faut.

Je fouille dans mon petit sac, d'où je sors précautionneusement mon téléphone. Maladroite comme je suis, il ne manquerait plus qu'il s'écrase par terre et emporte avec lui ma seule preuve. Tout en le tenant fermement, j'accède à l'enregistrement de cet après-midi. Antoine n'a pas besoin d'en savoir trop, je n'ai qu'à entrouvrir la boîte de Pandore. Ainsi, tous nos mots échangés resteront secrets, seul l'espoir s'en échappera. L'espoir de découvrir qui il est.

— Écoute ça, et dis-moi si tu reconnais cette voix.

Je sélectionne un petit passage au début :

« — *Comme ça, tu pourras mieux m'entendre, sans me voir.*

— *J'aurais pu ouvrir la petite porte qui te dissimule.*

— *Mais tu ne l'as pas fait. Et je t'en remercie.*

— *Qu'est-ce qu'on fait ici ?*

— *Sais-tu quel est l'autre nom de cette église ?*

— *Non.*

— *L'église de l'Annonciation.*

— *Ça veut dire que tu vas m'annoncer toi-même qui tu es ?*

— *Presque…* »

Je coupe l'enregistrement. Il y a assez de matière pour qu'Antoine me dise ce qu'il en pense.

— Alors ?

Il fronce tellement les sourcils qu'une barre traverse son front.

— Mais qu'est-ce que vous avez fait ? m'interroge-t-il.

Il a l'air vraiment préoccupé, voire dérouté, au point qu'il a abandonné sa serviette sur une chaise. Ses cheveux blonds mi-longs sont tout ébouriffés.

— Tu la reconnais, oui ou non ?

Les muscles de son corps se tendent alors qu'il s'appuie au comptoir.

— Je ne sais pas, il chuchote. Ça me fait vaguement penser à quelqu'un...

— Qui ?! je lance, pleine d'espoir.

Je me penche précipitamment vers lui. Une lumière s'allume en moi, je le tiens ! J'ai effectué un pas de plus, moi aussi.

— On dirait la voix de Léo, un pote de Kylian. Je ne le connais pas bien, mais ça m'étonnerait que tout ceci soit son style.

Il me jette un coup d'œil perplexe.

— Tu ne le connais pas, riposté-je.

Moi non plus... Il faut que je voie ce Léo pour m'assurer que c'est bien lui. Si c'est le cas...

— Où est-ce que je peux le trouver ?

Il affiche une petite moue hésitante.

— Je ne sais pas trop, ses parents habitent une maison dans le banlieue de Nice.

Je réfléchis à toute vitesse pour trouver le moyen de le rencontrer, quand il me coupe :

— Sinon, demain, le père de Yann, l'un de mes potes, nous prête son yacht.

— Ah bon ?

Il joue avec mon téléphone, et j'ai presque peur qu'il déclenche sans faire exprès la suite de l'enregistrement.

— Oui, on ira tous ensemble. On va naviguer la journée et on organise une soirée dessus aux abords de Nice. Yann m'a dit qu'on pourrait aussi dormir sur le bateau si on le souhaite. Tu verras, il y a plein de petites criques à découvrir.

Cool ! Je n'ai jamais vu un yacht de près, et j'en ai encore moins foulé le pont. Cette idée me réjouit particulièrement. J'adore les vacances pour ça : faire des trucs que nous n'aurions pas l'occasion de faire durant l'année, où nous sommes empêtrés dans nos routines. J'ai hâte, même si je ne comprends pas très bien comment cette sortie pourrait m'aider.

— Trop bien, lancé-je. Mais quel est le rapport avec ce Léo ?

Il me coule un regard las qui m'accuse de ne pas lâcher l'affaire.

— Il sera présent aussi. Toute la journée et à la soirée, ajoute-t-il.

Un feu d'artifice éclate en moi, alors que mon sang semble avoir totalement quitté mon corps. J'ouvre de grands yeux, ce n'est pas possible, je vais le voir, lui, l'inconnu qui me fait tourner la tête. Je vais découvrir qui il est et, mieux encore, dans un cadre idyllique. Un homme et une femme sur un yacht, ça me rappelle vachement un livre.

— Tu rigoles ? je m'exclame un peu trop joyeusement.

Il secoue la tête et récupère sa serviette.

— Non, ce n'est pas une blague, mais, Calypso…

Il s'approche doucement de moi pour saisir mes épaules avec une attitude fraternelle.

— Je veux que tu fasses attention à toi, OK ? Cette histoire, c'est du délire, et Léo… Il est un peu bizarre.

« Un peu bizarre », cela pourrait tout à fait correspondre ! Ses recommandations me touchent mais passent par une oreille avant de ressortir par l'autre. Je vais le rencontrer, et c'est tout ce qui compte pour moi, à cet instant. Au diable la méfiance ! Elle s'est envolée depuis que j'ai décidé de me jeter dans la gueule du loup. Et puis… je ne compte pas me dévoiler immédiatement. Une stratégie naît petit à petit dans mon esprit tumultueux alors que je déclare :

— C'est promis.

Il n'a pas l'air convaincu, loin de là. Le petit sourire que je garde au coin des lèvres le perturbe encore plus. Il ouvre la bouche pour ajouter quelque chose, puis se ravise lorsqu'il consulte l'horloge murale.

— Il faut vraiment que j'y aille, mais… fais attention. Ce n'est peut-être pas lui.

Je m'approche plus près pour le serrer dans mes bras.

— Tu t'inquiètes beaucoup trop, je le réprimande gentiment.

Que c'est bon d'avoir des amis prévenants, attentionnés et dévoués corps et âme ! Cela me paraissait si abstrait, avant. Je mesure pleinement la chance que j'ai, notamment aujourd'hui, après avoir déballé ma terrible histoire.

— OK.

S'avouant vaincu, il me repousse gentiment à bout de bras.

— Préviens les filles pour demain, surtout Vic. Il y aura forcément Owen, ils ne vont pas pouvoir s'éviter longtemps.

Effectivement, j'avais presque oublié cette histoire. Que dis-je ? Cette tragédie !

Je tapote son bras.

— Pas de souci.

Il faudra bien que cette affaire trouve une conclusion, que ce soit un point final, ou une simple petite virgule par-dessus laquelle on finit par passer.

— À plus, je rentrerai sûrement tard.

Il secoue une dernière fois ses cheveux avant d'attraper un de ses tee-shirts qui traîne sur le canapé en cuir brun et de prendre son sac. Je lui adresse un dernier petit signe de la main alors qu'il part, me laissant face à mon bouquet de rose flamboyant.

— Bon, bon, bon… je soupire.

Mes doigts tapotent le plan de travail pendant que je les admire, rêveuse. Je m'empare de mon téléphone portable afin de le prendre en photo. Ma mère ne va pas en croire ses yeux quand je vais lui montrer la taille de ce bouquet. J'examine la photo et, sans trop savoir pourquoi, je joins celle-ci à un petit message destiné non pas à ma maman mais à mon admirateur secret :

`> Je suppose que tu ne vas pas me répondre, mais… merci pour cet après-midi.`

Léo.

C'est bizarre, j'aurais imaginé un prénom plus mystérieux, plus mystique peut-être, un peu moins courant.

Léo…

Je vais enfin te rencontrer à visage découvert, Léo, mon bel et mystérieux inconnu. Je vais gagner cette partie, je te le promets. À moi de te faire danser sur le fil de la séduction !

Je glousse toute seule en me laissant tomber à la renverse sur le canapé.

CHAPITRE 12

Je sursaute alors que la porte d'entrée claque une nouvelle fois en ce début de soirée. Vautrée dans le canapé, je referme mon ordinateur, posé en équilibre sur mes genoux, abandonnant mon ébauche de roman.

— Il y a quelqu'un ?

Apolline a posé cette question sans prendre la peine de regarder autour d'elle.

— Ici ! j'appelle.

Elle retire ses chaussures en vitesse. Je constate qu'elle a l'air particulièrement euphorique tandis que Victoria, derrière, a elle aussi le sourire.

— Cal, il faut qu'on te raconte !

Je me disais bien, aussi.

Je tends le cou pour tenter de discerner ce qu'elles tiennent. Apolline balance son sac dans l'entrée avant de s'approcher de moi. Je me redresse un peu contre le dossier.

— Tu ne vas pas le croire !

Sa voix part dans les aigus, signe que, oui, en effet, ce qui va suivre va particulièrement m'étonner.

— Montre-lui.

Victoria s'avance plus timidement, elle tient au bout des doigts une pochette blanche. Je hausse un sourcil intrigué, surtout que le petit sac est à l'effigie d'une bijouterie. Mon amie plonge la main dedans et en extrait un écrin noir.

— Qu'est-ce que c'est ? je m'enquiers.

Une idée farfelue se fraye un chemin dans ma tête, mais non… C'est bien trop…

Lorsqu'elle l'ouvre, je découvre un anneau en argent assez large, reposant sagement sur un petit coussin.

— Je vais demander Owen en mariage, annonce-t-elle.

L'air s'échappe de mes poumons alors que ma bouche s'ouvre en grand. Cette fois, je me redresse complètement, envoyant valser mon ordinateur, qui n'a rien demandé.

— Non ?! je m'exclame.

Ses yeux se mettent à briller. Elle hoche la tête tandis qu'un rire secoue ses épaules. Sans déconner ?

— Si, confirme-t-elle.

Vic s'approche pour mieux me montrer l'anneau. Je tends les mains comme une enfant et saisis l'écrin avec précaution.

Ce n'est pas vrai ?!

— Oh, mon Dieu !

C'est la seule chose que je trouve à dire. L'instant d'après, je me précipite vers mon amie pour la serrer dans mes bras. J'aimerais lui témoigner tout mon amour, lui montrer à quel point je suis heureuse de cette nouvelle. Je n'y crois pas, c'est surréaliste, c'est fou, c'est… tellement Victoria !

— Je t'avais dit que ta décision ferait l'unanimité ! s'exclame Apo tout en relevant ses cheveux en queue-de-cheval pour dégager son visage.

Je relâche mon étreinte et regarde, entre mes doigts, le petit écrin qui semble marquer le début d'une nouvelle page de leur histoire.

Victoria se mord nerveusement la lèvre inférieure alors qu'elle est partagée entre l'émotion et les rires. Je prends l'anneau entre mon pouce et mon index. Simple mais raffiné, en argent, il est orné d'un cercle noir qui fait tout le tour. Pas de doute, elle a tapé dans le mille.

— C'est tout à fait son style ! je déclare.

Il va adorer, c'est certain ! Adepte des bagues, c'est exactement le style d'anneau qu'il porte, épais et plein, alors, si en plus ça vient de sa copine… c'est le jackpot assuré !

— Encore faut-il qu'il me dise oui et ne me jette pas.

Derrière son petit rire, son désespoir pointe.

— Comment résister à ça ? intervient Apolline tout en fouillant dans le frigo à la recherche de quelque chose à boire. Ce n'est pas rien, c'est une grande preuve d'amour.

— C'est sûr, je renchéris, ça signifie que tu veux passer ta vie avec lui.

Ça la réconforte immédiatement. Il faut dire que nos sourires sont vraiment communicatifs. D'ailleurs, impossible de réprimer le mien, il est placardé à vie sur mon visage. Je suis tellement heureuse pour eux deux ! On dirait bien que c'est une virgule qui va s'ajouter à leur histoire, et non un point.

— S'il accepte, je passerai le restant de mes jours avec lui, murmure Victoria, pensive.

Elle ouvre de grands yeux. Sans doute est-elle en train d'imaginer son futur.

— Si tu veux faire machine arrière, c'est maintenant, je ricane.

Apolline revient avec trois verres et une bouteille de coca. Après s'être enfilé un verre goulûment, elle complète mon propos :

— Je suis sûre qu'on peut rapporter la bague au magasin.

Victoria rit de plus belle en caressant du bout du doigt l'anneau.

— Il n'y a rien que je désire plus, nous assure-t-elle. Lui et moi, c'est tout ce qui compte. Avec tout ça, j'ai réalisé que je l'aimais plus qu'il n'est permis. Je ne veux personne d'autre que lui.

Apolline hausse les épaules.

— De toute façon, si ce n'est pas lui, tu termineras avec des chats.

On éclate toutes les trois de rire.

— C'est n'importe quoi, je clame. Ces vacances, c'est du grand n'importe quoi.

J'ai presque mal au ventre tant je ris. Jamais nous n'aurions imaginé pareilles aventures durant notre trajet pour venir ici. L'insouciance régnait pendant que le véhicule filait à toute allure vers notre destination de rêve, le coffre bondé de valises.

— Je veux qu'on contacte Spielberg pour en faire un film, se marre Apo. Je vous jure, ça va bientôt être à mon tour.

— Ne nous porte pas la poisse, va ! je me moque en attrapant un des verres.

Les bulles du coca me piquent le nez et pétillent sur ma langue alors que je me délecte de sa fraîcheur.

— Mais ce serait carrément fun ! Je suis jalouse de vous, OK ? rouspète-t-elle.

Victoria plante le poing sur sa hanche avec un regard peu amical, voire dédaigneux.

— T'as embrassé mon mec, t'as déjà eu ton lot de drames.

Son ton est soudain devenu sec.

— C'est lui qui m'a embrassée, se défend Apolline.

Un silence pèse lourdement. Victoria va-t-elle se fâcher ? Non, bien au contraire. Après un dernier regard froid pour la petite blonde, sa bouche s'entrouvre, et elle se remet à rigoler. Je vois Apolline froncer les sourcils avant de pousser un léger soupir de soulagement.

— C'est de l'inceste, à ce niveau-là ! je ricane.

— Carrément ! pouffe Apo, rassurée.

Owen a simplement voulu attiser la jalousie de Victoria, il n'éprouve rien pour Apolline. En effet, ils sont comme frère et sœur. S'il devait tromper notre amie, ce ne serait sûrement pas avec l'une d'entre nous. C'est pour cette raison que Victoria ne prend pas mal ce baiser qui s'apparentait plus à un appel à l'aide qu'à une réelle provocation.

— S'il ne dit pas oui, je jure d'être la strip-teaseuse à son enterrement de vie de garçon, menace Victoria en rangeant soigneusement la bague dans son écrin puis dans la pochette.

— Quand vas-tu lui demander ? je l'interroge.

Vic pose le paquet sur la table basse et termine son coca avant de répondre :

— Je ne sais pas trop. Rapidement. Comme ça, mes erreurs seront réparées au plus vite, et on pourra enfin passer ces vacances ensemble. Je vous jure, il me manque trop…

— Ses bisous, ses câlins… imite Apolline avec une voix mielleuse en me tombant dessus.

Je la rattrape et fais mine de poser mes mains sur son corps.

— Son super *body* de dieu ! je m'exclame en imitant également la voix de Victoria au mieux. Et puis, je vous jure, quand il me prend dans ses bras, mais… waouh !

Je joins le geste à la parole alors qu'Apolline me claque des bises bruyantes sur les joues. Devant ce tableau, un petit sourire étire les lèvres de Victoria, ses yeux se voilent. Oui, il lui manque atrocement. Sans doute se remémore-t-elle l'odeur de sa peau, le goût de ses lèvres, la force avec laquelle ses bras la serrent contre lui. Je me demande si, moi aussi, un jour, je connaîtrai tous ces détails sur l'inconnu. *Non !*

— Ça mérite qu'on trinque, tout ça !

Je considère la bouteille de coca abandonnée sur la table.

— Quelque chose de plus classe, me rassure Apo.

Elle se précipite alors vers le porte-bouteilles sous le plan de travail. Elle brandit un vin rouge.

— Il doit bien y avoir un tire-bouchon dans cette baraque !

Elle ouvre tous les tiroirs avec impatience.

— Dans le tiroir à couverts, je lui indique.

Dès qu'elle met la main dessus, elle s'active à faire sauter le bouchon. Elle vient ensuite nous rejoindre dans le canapé. Quoi de mieux qu'un verre de vin rouge pour conclure cette journée mouvementée ?

— À ton futur mariage ! déclare Apolline en levant son verre.

Nous faisons tinter nos verres les uns contre les autres.

— Attendez, il n'est même pas au courant.

Apo roule les yeux alors que je trempe mes lèvres dans mon verre.

— Il le sait depuis qu'il est né. C'était écrit.

Victoria secoue la tête, à moitié convaincue.

— D'ailleurs, tu auras peut-être une super opportunité, demain, lui dis-je.

Deux paires d'yeux se tournent vers moi avec intérêt.

— Antoine m'a appris qu'un de ses potes, Yann, nous prêtait le yacht de son père, on naviguera la journée et le soir il y aura une fête dessus. On pourra même dormir sur le bateau.

Apolline s'affale dans le canapé en laissant échapper un soupir de satisfaction.

— Mon karma est tellement bon, en ce moment. Merci, mon Dieu ! J'ai comme l'impression d'être une gosse de riche, pas vous ?

Elle fait tournoyer son verre pour examiner le vin. Je me marre, puis la taquine :

— Je ne suis pas convaincue que tu le mérites, mais bon…

Elle hausse un sourcil avant d'articuler en silence :

« Connasse. »

En retour, je lui offre un baiser à distance.

— C'est vrai que ce serait parfait, affirme Vic, pensive.

— Et super romantique ! j'ajoute.

Elle opine du chef tandis que je mords le bout de mon pouce. Je ne souhaite pas monopoliser l'attention, mais je meurs d'envie de partager avec elle mon excitation. Alors, avec un petit sourire, je ne peux m'empêcher de lâcher :

— Au fait, il n'y aura pas qu'Owen sur ce yacht…

Je me mordille la lèvre inférieure en laissant traîner le suspense. Les filles m'observent, intriguées.

— Il se pourrait bien que mon mystérieux inconnu embarque aussi.

Apolline manque de recracher le vin qu'elle a en bouche.

— Quoi ?!

Je plonge à mon tour les lèvres dans ma boisson pour éviter d'exploser de joie.

— T'es peu bavarde sur le sujet, m'accuse Victoria. Accouche.

J'avale ma gorgée avant de commencer à leur expliquer partiellement ce qui s'est passé aujourd'hui et le petit jeu qui s'est naturellement mis en place. Antoine est trop protecteur, il m'aurait immédiatement conseillé d'arrêter tout ceci. J'ai moins de mal à révéler ces nouveautés à mes amies.

— C'est du délire jusqu'au bout, conclut Vic.

— Dans une église, c'est un peu glauque, non ? grimace Apolline.

Je hausse les épaules.

— Et qu'est-ce que vous avez fait là-bas ?

Je fais glisser deux doigts sur ma bouche, comme si je la zippais.

— Ça, c'est un secret.

J'ai droit à des petits regards interrogateurs. Il faut bien que je garde un peu de mystère !

— Quoi qu'il en soit, il sera là demain, je lance pour les empêcher de me poser plus de questions.

— Tu vas le prévenir qu'il est démasqué ?

Je plisse le nez.

— Je vais d'abord m'assurer que c'est bien lui… Mais je pense faire durer le jeu encore un peu.

Les yeux d'Apolline se mettent à pétiller.

— Tu vas aller en enfer, ma vieille, dit-elle en me jetant un regard de sorcière.

Je bois une autre petite gorgée, interdite, avant de susurrer :

— Chacun à son tour.

— Tu vas le rendre fou, ricane Vic.

Il faut se méfier de l'eau qui dort, comme on dit. Je vais prendre les devants, pour une fois, et brider ma peur. Après tout, l'année universitaire à venir s'annonce assez dure pour que je profite de cette courte semaine de vacances.

— Super ! Du coup, vous serez toutes les deux avec vos mecs, geint la blonde.

— C'est loin d'être mon mec ! je réponds du tac au tac.

Ça sous-entend tout de même qu'il pourrait le devenir. J'ai presque envie de me gifler à l'instant où les mots sortent de ma bouche. Cet inconnu a été clair avec moi : pas de sentiments, ni pour lui ni pour moi. C'est un jeu aux aspects pervers, mais ça reste un jeu. Espérer une quelconque fin heureuse représente une utopie insensée et infondée. Je suis prévenue. Je vais jouer, moi aussi, en essayant de redistribuer les cartes équitablement, avec uniquement de la sensualité, rien de plus.

— Et moi, je ne sais même pas si Owen est toujours mon mec, soupire Victoria.

Apo lui octroie un petit coup de coude affectueux pour l'empêcher de trop se morfondre.

— Ça devient déprimant, confesse-t-elle.

— Carrément… j'acquiesce.

J'ai accompagné ce mot d'un soupir désespéré qui s'adresse plus à moi-même qu'à elles. C'est déprimant, en effet, car j'ai beau me convaincre que tout est normal, que je ne le laisserai pas m'ébranler, je ne parviens pas à réprimer mon excitation. La pensée de ne serait-ce que le frôler demain électrise tout mon corps, ce n'est pas normal du tout. On n'est pas censé réagir ainsi lorsque l'on a bien assimilé les règles. Au lieu de ça, j'ai l'impression de tomber dans une spirale infernale où je ne contrôle plus ni mon corps ni ce que je ressens. C'est comme si tout dépendait de son bon vouloir, ce qui est à la fois terrifiant et injuste.

— Ça vous dit, un film ? propose Vic pour changer le cours de la discussion.

— Il fait encore trente degrés, dehors, grimace Apolline. On regarde des films toute l'année, on ne va pas s'enfermer.

Victoria hausse les épaules.

— Justement, pourquoi changer les habitudes qui nous font du bien ?

Elle pose son verre et s'étend de tout son long sur nous.

— J'ai envie de profiter de mes copines préférées. On sera occupées toute la journée, demain, autant se reposer.

Apolline semble réfléchir un instant avant de la taquiner :

— Tu n'as pas d'autres copines que nous, bécasse.

Elle lui pince les côtes alors que Vic se tortille en poussant de petits cris.

Moi, je suis immédiatement convaincue. Je rêve effectivement d'une soirée comme nous les aimons, avec du pop-corn, une bonne bouteille et un vieux film nul. Je m'installe plus confortablement alors que le troisième mousquetaire ploie finalement.

— Ce n'est pas faux. Il y a de la glace, en plus, au congélo.

Elle tend les jambes pour laisser reposer ses pieds sur la petite table basse en descendant cul sec son verre de vin. Victoria va chercher le fameux pot de glace ainsi que des cuillères, avant de fermer les épais rideaux, disant au revoir au soleil de plomb. La pièce est désormais plongée dans l'obscurité. Apo allume la télévision, qui se met à cracher gaiement son contenu. Vic passe un bras autour de nos épaules afin de nous ramener tout près d'elle.

— Câlin collectif !

On se blottit contre elle.

— Je n'étais pas convaincue par l'idée de passer des vacances H24 collée à vous, chuchote Vic, mais finalement…

Elle se tourne vers moi avec un grand sourire alors que je réplique :

— Cool, je vais pouvoir squatter encore plus chez vous à la rentrée, maintenant que tu l'es !

Il est vrai que je passe pas mal de temps à éviter de me retrouver enfermée entre les quatre murs de mon neuf mètres carrés du CROUS.

— On va diviser le loyer en trois, alors.

— Quatre, rectifie Apo, une cuillère déjà fourrée dans sa bouche. Je viens aussi.

Nous rigolons en chœur avant de choisir un bon vieux classique sur Netflix. Je regarde les premières minutes, mais mon esprit divague bien vite. Je pose ma tête sur l'épaule de Victoria alors qu'Apo, de l'autre côté, me presse la main. Le fantôme d'un sourire danse sur mes lèvres.

L'appréhension finit toutefois par se frayer un chemin en moi. J'ai peur de ne pas réussir à mener ma barque comme il faut, demain, par manque de cran. Je suis devenue une femme auprès de ces deux sauvages, je n'aurai qu'à m'inspirer d'elles. Peut-être la vie m'oriente-t-elle vers une direction que je n'avais pas encore explorée mais qui pourrait me permettre de m'épanouir.

Après tout ce que j'ai traversé, sans compter ma concentration dans mes études, je ne me suis jamais vraiment penchée sur le sujet des hommes. Sans trop de sérieux, ceux que j'ai fréquentés n'offraient pas la même passion. On flirtait, on s'embrassait, à la limite, en fin de soirée, mais rien d'extravagant. Je n'ai jamais ressenti ce même feu brûler dans ma poitrine. Le moment est arrivé, me voilà enfin confrontée à la passion qui sommeille en moi. Jusqu'ici, je n'ai pas eu besoin d'un homme pour devenir une femme. C'est, par ailleurs, une bêtise de penser que c'est grâce à eux que se révèle notre finalité de femme. Non, ils ne sont qu'un petit plus qui nous transforme et nous amène à découvrir de nouveaux aspects de notre personnalité.

Mon tour est venu. Je suis curieuse de savoir ce que je vais récolter. C'est terriblement excitant pour moi qui suis plongée depuis longtemps dans les romans d'amour. Suis-je à l'aube de vivre ma propre romance, quoique sans amour ?

Dans ma paume, mon téléphone vibre faiblement. L'écran s'allume, perçant l'obscurité de la pièce.

`> Bien sûr que je te réponds.`

`Te résister est difficile.`

11 petits mots. 50 caractères qui me secouent aussi violemment qu'une bourrasque.

11 petits mots qui me retournent l'estomac et viennent consolider ma théorie.

CHAPITRE 13

Te résister est difficile.

Lui résister l'est tout autant, et il doit s'en douter. C'est dingue, avant-hier, nous débarquions ici, je ne savais même pas qu'il existait, et ce soir, j'avoue qu'il me rend totalement accro. La vie peut parfois nous jouer de sacrés tours ! Mon esprit ne quitte pas ce portait imaginaire que je me suis créé, même alors que le film se poursuit sous mes yeux : aussi grand que moi, des yeux bruns en amande, des traits fins, des lèvres charnues, des cheveux peut-être clairs, sans oublier des bras puissants dans lesquels me blottir.

Il est de l'autre côté de ce téléphone, plus ou moins anonyme. Si seulement je pouvais passer mes doigts à travers l'écran pour ne serait-ce qu'effleurer sa joue ! Doucement, langoureusement, je caresserais son visage, dans l'espoir de le torturer autant qu'il me torture, de l'obséder autant qu'il m'obsède, de le tourmenter même dans ses songes les plus profonds. Lui non plus ne pourrait pas effacer mon souvenir de sa mémoire.

Je n'ai pas osé répondre à ce message. Que pourrais-je bien lui dire après m'être autant dévoilée ? Ma langue n'est pas avare de détails. Je sens que je pourrais lui raconter chaque seconde de mon existence, y compris ses failles, si seulement il le demandait. Et moi, en retour, je n'obtiendrais rien. En tant que maître du jeu, sa confession était bien plus évasive que la mienne. Si je me donne tout entière, je sais que lui ne me confiera que très peu, il me l'a dit. Pourquoi ai-je l'impression à la fois de le connaître depuis toujours et de ne rien savoir de lui ?

Le film s'achève sur les ronflements de Victoria, plus apaisée que les jours précédents. Nous avons inversé les rôles. Sa tête pèse lourdement sur mon épaule, mais cela ne me distrait pas de ce téléphone qui me brûle les doigts, telle une bombe sur le point d'exploser. J'ai envie que ses soirées à lui soient aussi rythmées par l'attente de mes messages. Il y a deux jours, mon quotidien était tout à fait banal, limite ennuyeux. Aujourd'hui semble appartenir à une autre vie.

— Je vais aller me coucher, chuchote Apolline.

Je pense faire de même. Vic se réveille en sursaut, puis cligne des yeux, constatant que le générique défile. Nous nous souhaitons une bonne nuit, laissant la bouteille et nos verres sur la table, ainsi que le pot de glace complètement vide.

Je file dans l'enceinte rassurante de cette chambre qui m'a adoptée. Le téléphone martèle ma paume, je suis incapable de savoir quoi faire. Répondre ou dormir sagement ? La bombe toujours en main, affichant encore la faible conversation que nous entretenons, je ne peux me décider.

Te résister est difficile.

Dans ma tête, sa voix répète en boucle cette phrase, d'abord doucement, puis si fort qu'elle me vrille les tympans. Je m'effondre sur le lit pour tenter de recouvrer mes esprits. Sur la table de nuit trône ma collection de polaroïds, deux clichés presque cornés tant je les ai examinés. À chaque fois, je suis si près de lui, à quelques pas, à quelques battements de cœur. Demain, ce sera pire. Comment vais-je contrôler cette flamme qui enfle en moi ? Que veut-elle dire ? Est-ce l'excitation de l'inconnu ? Les effets de la stimulation de tous mes sens, ou bien… quelque chose de plus profond ?

Je soupire profondément. Je ne vais pas réussir à dormir, cette nuit. Il s'insinuera là aussi, au cœur de mes rêves. Bon sang, comment en suis-je arrivée à une telle extrémité ? Je ne vois qu'une chose qui pourrait m'apaiser, une seule et unique chose qui va justement à l'encontre de ce que je devrais faire pour me détacher.

C'est en retenant mon souffle, le cœur au bord des lèvres, que j'appuie sur le petit bouton permettant de l'appeler. Il ne répondra peut-être pas…

— Calypso.

Je me fige des pieds à la tête. Je remercie le lit de soutenir mon corps, sinon, je n'aurais pas manqué de tomber à la renverse. Sa voix est plus grave que d'ordinaire, comme si je venais de le tirer d'un profond sommeil. Elle ressemble plus à un grondement, là où, cet après-midi, elle résonnait davantage comme une douce mélodie.

— Je te dérange ? je murmure.

J'entends un froissement de draps ainsi qu'un petit grognement, suivi d'un rire rauque.

— Jamais.

Un frisson me parcourt l'échine alors qu'un « oh, mon Dieu ! » silencieux s'échappe de mes lèvres. Voilà ce qui me bouleverse. Personne ne s'est jamais montré aussi doux avec moi, surtout pas une personne du sexe opposé. Jamais on ne m'a porté autant d'attention. Grâce à son jeu, j'ai l'impression d'avoir une place à part, d'être la femme la plus désirable du monde, d'incarner autre chose que la jeune femme timide à la crinière rousse. J'ai un peu trop souvent oublié à quel point j'étais belle et rayonnante, lui me le rappelle, et cela me chamboule totalement. Il pose sur moi un nouveau regard, me découvre sous un nouvel angle, celui de la séduction et non de l'amitié.

— Merci encore pour les roses.

Maintenant que je l'ai à l'autre bout du fil, les mots me manquent.

— Tout le plaisir était pour moi, ma belle.

Je ferme les yeux et me retourne sur le ventre en collant le téléphone à mon oreille.

— Tu as décroché parce que tu n'arrives pas à me résister ? je tente.

Je ne sais pourquoi, mais je l'imagine à merveille sourire malicieusement. Dans mon imaginaire, je lui prête un petit rictus taquin dévoilant ses dents.

— Tu te trompes, j'ai décroché uniquement parce que mon rêve était nul.

Un rire franchit mes lèvres mais, aussitôt je lui demande de m'excuser :

— Pardon de t'avoir réveillé.

Encore un froissement de tissus. A-t-il la tête appuyée contre l'oreiller, les yeux dans le vide ? Je l'imagine si bien que j'ai presque envie de sortir ma toile pour le peindre, ou alors de le décrire en couchant des mots sur le papier. Je ne doute pas qu'il m'inspirerait le plus beau des poèmes.

— Tu rigoles ? s'exclame-t-il d'une voix toujours plus grave. Je mourais d'envie que tu me réveilles. Je n'imaginais pas la chose ainsi… mais ça me va aussi très bien.

Mes joues chauffent instantanément. Je tourne sur moi-même pour rassembler mes genoux contre ma poitrine.

— Comment tu imaginais la chose ?

Ai-je pensé à voix haute ? On dirait bien. Je n'ai pu retenir cette audacieuse question qui a traversé d'elle-même mes lèvres. Je défie l'inconnu, oubliant ma timidité.

— Calypso… murmure-t-il, avant de se perdre dans un petit rire.

J'ai envie de lui crier d'arrêter de prononcer mon prénom à tout bout de champ, car ça me rend folle, m'enivre, me fait perdre les pédales… mais la vérité, c'est que j'adore ce gonflement de l'ego, cette caresse au cœur que me provoque chacune des syllabes avec lesquelles il joue.

— Je pourrais être incorrect et te dévoiler tout ce qui me passe par la tête, commence-t-il. Je pourrais être honnête et t'avouer que j'aimerais que ton corps recouvre le mien. Mais je me contenterai de me confier à demi-mot…

Il sourit, là, j'en suis certaine, et moi… moi, je me consume sur place. Il a vraiment dit ça ? Impossible, je l'ai rêvé. Ce n'est que la projection sonore de mes désirs les plus fous. De mes désirs ? Est-ce que je désire un homme que je n'ai jamais vu ? À la façon dont mes genoux se serrent contre moi, je peux en déduire que oui. Mais comment pourrais-je le savoir ?

Il t'a interdit de tomber amoureuse !

Qui a parlé de sentiments ? En est-ce ? Non, je ne crois pas. Nous sommes seulement deux jeunes gens étrangement accros l'un à l'autre qui passent du bon temps.

— Je t'avoue, reprend-il, que j'aurais rêvé que tu apparaisses près de moi pour te fondre dans mes bras.

Je laisse échapper un petit gémissement. Même ses confessions voilées sont une torture, la pire qui existe.

— Je ne sais même pas où tu habites, grogné-je.

— Alors, je ne peux m'en prendre qu'à moi-même.

À cet instant, je perçois comme une caresse sur ma joue, qui descend vers mon cou, pour finir par frôler mon bras. Si je ferme les yeux, je peux le sentir près de moi, comme lors de cette soirée dont j'ai oublié l'essentiel, même si j'ai l'impression de reconnaître cette sensation.

— Es-tu d'ici ? je le questionne.

— Peut-être… Ou peut-être pas.

Je retiens un juron peu agréable avant de presque le supplier :

— Dis-moi ton nom.

Un silence se fait à l'autre bout du fil, durant lequel je me plais à l'imaginer secouer la tête en ricanant.

— Souviens-toi, tu le connais.

Je serre mon poing libre en pestant silencieusement. Je ne me souviens plus !

— Tant d'interrogations… murmure-t-il. Si je t'embrassais, disparaîtraient-elles ?

Je manque de m'étouffer alors que sa voix éraillée pénètre chaque parcelle de mon corps pour le secouer.

— Je…

Je ne sais pas quoi dire. Bien sûr qu'elles disparaîtraient. Tout disparaîtrait, excepté le feu en moi qui gronde de plus en plus. Tout serait plus facile.

— Comment peux-tu être certain que je ne te résisterai pas ?

J'accueille avec plaisir cette assurance, ce charme dans ma voix, dont je parviens tout à fait à maîtriser les tremblements.

— Le feras-tu ?

Non. Mais je ne lui donnerai pas la satisfaction de l'admettre, même si mon être le crie certainement haut et fort. J'ai envie de sentir ses lèvres sur les miennes, chose complètement dingue alors qu'il y a encore quelques jours je vivais paisiblement ma vie. Me voilà ensorcelée, moi, Calypso, par celui-là même que je devais ensorceler. Mais Calypso n'est-elle pas tombée amoureuse la première ?

Pas. De. Sentiments.

— Je suis persuadé que mes lèvres épouseraient à merveille les tiennes, poursuit-il, faisant vibrer la corde sensible en moi.

A-t-il conscience de l'effet qu'il a sur moi ? J'aime à croire que oui.

— Que tout ton corps s'emboîterait avec le mien…

L'esprit engourdi par le vin et ses paroles, je ferme les yeux en inspirant profondément. Le bateau tangue, ce soir.

— Calypso, reprend-il, on va jouer à un petit jeu.

Mes yeux s'ouvrent en grand. À cette heure-ci ? Là, comme ça, au téléphone ? Qu'a-t-il derrière la tête ? Je hausse un sourcil, complètement intriguée.

— C'est-à-dire ? je questionne.

Ses énigmes me plaisent, autant que ce jeu du chat et de la souris qu'il orchestre savamment. J'adore qu'il me surprenne, à vrai dire.

— À cette soirée, tu m'as avoué que tu aimais peindre. Tu m'as même montré ton matériel. Tu te souviens ?

— Non, je ne m'en souviens pas, avoué-je, mais oui, c'est le cas.

J'entends un petit rire de satisfaction à l'autre bout du fil.

— Prends tes pinceaux, alors.

Pardon ? Là, maintenant ? Va-t-il se décrire physiquement afin que je le peigne ? Je dois avouer que cette idée me plaît beaucoup, c'est pourquoi j'obéis sans protester. Je m'éloigne du téléphone pour récupérer ma palette d'aquarelle, mes tubes de gouache, du papier ainsi que mes innombrables pinceaux.

— J'ai tout ! j'annonce, une fois installée sur mon lit.

Il murmure un « parfait ». Puis, j'entends de nouveau le bruit de draps qui se froissent. Finalement, sa voix me dicte :

— Choisis ta couleur favorite, de préférence dans un type de peinture assez épais. Pas de l'aquarelle, ça ne fonctionnerait pas.

Je ravale ma protestation. Dommage, c'est ma technique de prédilection. Je ne maîtrise pas bien la gouache, qui ne fonctionne absolument pas en superposition. Les couleurs sont ainsi bien plus difficiles à travailler. Je considère les tubes étalés en éventail devant moi et prends celui qui renferme la peinture dorée. C'est un de mes préférés, j'aime l'utiliser pour ajouter des pointes d'or à mes dessins. D'ailleurs, il ne m'en reste presque plus. Je presse le tube au-dessus de ma palette, et le doré coule, trouvant sa place parmi les vestiges des autres couleurs qui ont séché.

— C'est bon ? Tu as choisi ? m'interroge-t-il face à mon silence.

À en juger par sa voix plus haute, il est impatient. Je peux entendre son souffle. Le combiné est tout contre sa bouche.

— Oui, j'ai choisi le doré.

Il rit de nouveau avant de me taquiner :

— Prends-tu toujours les bonnes décisions ?

J'esquisse un petit sourire tout en préparant la feuille qui accueillera ma peinture.

— Maintenant, je veux que tu m'écoutes attentivement et que tu fasses tout ce que je te dis.

Je retiens ma respiration alors que nous entrons dans le vif du sujet. J'ai hâte de voir apparaître ses traits sous mes coups de pinceau. Seulement, il semblerait que j'aie fait fausse route.

— Quelle est la partie de ton corps que tu aimes le plus ?

Je fronce les sourcils, le pinceau en l'air, prêt à effectuer sa danse habituelle.

— Comment ça ?

Je ne vois pas bien où il veut en venir. Quel est le rapport ?

— Qu'est-ce que tu aimes le plus chez toi ? reprend-il.

Ma bouche s'entrouvre pour demander plus d'informations, mais rien ne sort. Le mot d'ordre, depuis le début, est : confiance. Il faut que je me fie à lui.

— Mes taches de rousseur, je réponds sans plus me poser de questions.

Il semble réfléchir, puis déclare d'une voix bien plus grave que précédemment :

— Tu ne donnes pas dans la facilité, mais… à toi de les faire briller. Je veux que tu peignes sur ton corps chaque endroit que tu préfères.

Mes yeux s'arrondissent de surprise. Quoi ?

— Pourquoi ?

— Pourquoi pas ? rétorque-t-il immédiatement.

Il soupire.

— À cette soirée, j'ai remarqué que tu avais du mal à te mettre en avant. Tu voulais, même bourrée, constamment rester dans l'ombre. J'ai essayé de te mettre en lumière avec mes photos, mais l'initiative doit venir de toi si tu souhaites que ça fonctionne.

Je cligne lentement des yeux, plongée dans la plus grande des incompréhensions. C'est pour cette raison qu'il a pris des photos de moi ? Et il me les offre, désormais. Moi qui pensais le dessiner, lui, je me suis complètement plantée.

— C'est bizarre… comme concept, je grimace.

Me peindre le corps ? Pour m'aimer ? Soudain, mon rêve de la veille me revient en tête. Je revois mes avant-bras dégoulinants d'or. Je baisse les yeux sur la peinture dorée. Elle brille de mille paillettes sur la palette. Qu'est-ce que j'aime chez moi ? Je n'en sais rien, il n'a pas tort. Je suis du genre à ne jamais trop m'attarder devant le miroir. À fuir mon reflet pour éviter de me prendre la tête.

— Je croyais que tu avais déjà saisi que je ne faisais rien comme tout le monde, dit-il dans un petit rire.

Je ris, moi aussi. C'est vrai. Et c'est grâce à cette particularité qu'il m'a tapé dans l'œil alors même que je ne le connais ni d'Ève ni d'Adam. Son esprit fonctionne différemment. Sa manière de penser est plus abstraite et poétique.

Je plonge mon pinceau dans la peinture pour en prélever un peu. Je considère ensuite sa pointe, qui étincelle sous la lumière artificielle de cette chambre. Le bras tendu, j'attrape mon miroir portatif dans le tiroir de la table de chevet. Je le brandis devant mon visage et, lentement, je commence à porter le pinceau à mes joues. Je recouvre mes plus grosses taches de rousseur. Je ne pourrai pas tout colorer, c'est évident, il y en a beaucoup trop. Pourtant, les voir ainsi brillantes, illuminant mon visage, me décroche un petit sourire. Même si je ressemble à une enfant se préparant pour une kermesse, j'adore. Je m'observe sous tous les angles alors que je pose le point final. Mon cœur se gonfle lorsque j'annonce :

— Voilà.

Je l'entends prendre une grande inspiration avant de renchérir :

— Très bien. Continue. Qu'est-ce que tu aimes d'autre ?

C'est ainsi que je me retrouve à peindre mes chevilles si fines, puis mes clavicules saillantes. À vrai dire, ce sont peut-être les seules choses que je considère comme attirantes chez moi. Le reste, je trouve toujours que c'est en trop. Pas assez harmonieux, trop voyant, pas à sa place. Chaque jour, c'est le refrain des petites remarques piquantes que je m'inflige en souvenir du passé, quand d'autres me les servaient.

— Ensuite ? m'encourage-t-il.

Le temps semble s'être arrêté autour de nous, il me suffirait de fermer les yeux pour l'imaginer tout près. Juste là, penché au-dessus de moi, à observer ce que je peins. Il sourirait à la vue de la peinture qui s'étale sur mon corps.

— C'est tout, j'annonce. Il n'y a plus rien.

Ça me rend un peu triste. Des années après, je continue de me faire la guerre en me lorgnant comme mes pires harceleurs le faisaient. Ce n'est pas juste de garder autant de traces…

— Déjà ? Tu ne dois pas avoir beaucoup de parties de ton corps que tu aimes.

Je me sens atrocement coupable, même si sa voix est douce, presque peinée.

— C'est vrai, je murmure.

Je l'entends grogner. Alors que je m'attends à l'entendre me sermonner gentiment, il me surprend en me demandant de me mettre nue pour pouvoir peindre comme sur une toile blanche. Je m'exécute.

Puis il me dit de prendre un autre pinceau et un autre tube.

— Quelle couleur ? je lui demande.

Il réfléchit un temps avant de répondre :

— Du vert. Vert émeraude.

Il a vu juste, j'en ai. Le tube est d'ailleurs presque vide. Il faut vraiment que je pense à faire le plein à mon retour. C'est mon passe-temps favori, pour faire redescendre la pression entre deux partiels.

— Maintenant, commence-t-il dès que je suis armée, c'est moi qui vais te dire ce que j'aime. Je vais essayer d'être précis, car pour être honnête, j'aime tout… Mais je vais énoncer ce que je préfère. OK ?

Je me sens rougir. Je retiens ma respiration dans l'attente de ses ordres. Mon cœur bat terriblement fort, j'en ai presque le tournis. Quelque chose s'agite dans mon ventre, quelque chose que je ne peux pas réprimer et qui grandit à mesure que sa voix emplit mon téléphone. Je hoche la tête pour moi-même. Or, c'est comme s'il pouvait me voir, car il reprend :

— D'abord, j'aime tes cheveux de feu.

Je hausse les sourcils. C'est vraiment la première chose qui lui vient en tête ? J'entreprends alors de tracer un trait à la base de mes racines autour de mon visage. Je prends garde à ne pas en mettre partout sur mes mèches rebelles.

— Ensuite, j'aime ton nez, surtout la manière dont il se plisse quand tu rigoles.

Je m'exécute de nouveau dans le plus grand des silences. Je n'ai pas besoin de parler, on se comprend même sans mots.

— Puis, ton cou, juste avant le creux de tes omoplates, là où la peau est super fine. Je l'aime, parce que j'imagine très bien quel effet ça te ferait si je t'embrassais juste là.

Encore des bulles de champagne qui pétillent dans mon estomac. Mais plus fort, cette fois. Ma bouche s'entrouvre pendant que je peins docilement. Je trace une ligne épaisse sur ma chair, ce qui me fait frissonner. Là où la peinture se dépose, j'imagine ses baisers mouillés.

— J'aime tes mains aussi. Tes longs doigts. Ils m'agrippaient si fort, l'autre soir. Comme s'ils ne voulaient pas que je parte.

Je me retiens de lui dire que, malgré cela, il est parti. Je peins le dos de mes mains jusqu'aux ongles.

— J'aime tes hanches et la manière dont elles roulent quand tu marches. La manière dont elles ondulent lorsque tu danses.

Je me laisse tomber en arrière sur le lit avec une bouffée de chaleur. Je dessine alors une ligne qui va d'une hanche à l'autre.

— Mais ce que je préfère, Calypso, se trouve plus haut.

Je mords ma lèvre inférieure avec force alors que sa voix descend d'une octave et qu'il murmure presque :

— Garde le pinceau sur ta peau et remonte.

Je fais ce qu'il me dit. Les poils du pinceau ne quittent pas ma peau et y laissent un sillon vert. J'entoure mon nombril, puis je remonte, encore et encore. Le pinceau glisse entre mes seins avant de continuer un peu plus haut. Au même moment, il m'arrête :

— Remonte jusqu'à ton cœur. C'est ça que je préfère. J'aime la façon dont il bat à un rythme effréné pour tout et n'importe quoi. J'aime la symphonie qu'il a, surtout lorsque je suis près de toi.

Un soupir franchit la barrière de mes lèvres. Je ne peux le retenir. Il vient mourir dans le silence de ma chambre alors que je dessine un petit cœur pile à l'emplacement du mien.

— Voilà ce que je préfère chez toi. Je pourrais passer la nuit à tout te décrire, je pourrais écrire un roman sur tous les petits détails que j'ai eu la chance de remarquer en si peu de temps et qui m'ont fait sourire, mais voilà ce que j'affectionne particulièrement.

Ce qu'il affectionne ?

Ne tombe pas amoureuse !

Je déglutis. Pantelante sur ce lit, je suis devenue sa marionnette. Je ne parviens plus à penser clairement, je n'arrive plus à formuler une pensée cohérente. Sa voix me charme en s'immisçant dans mon cerveau. C'est comme si je n'avais plus le contrôle de mon propre corps. À cet instant précis, il pourrait faire ce qu'il veut de moi, je ne protesterais pas.

C'est terrifiant. Je n'en ai pas le droit ! C'est du délire, il ne faut pas !

Je bats des cils afin de chasser les larmes de joie qui se mettent à perler au coin de mes yeux. Je n'ai pas le droit d'éprouver des sentiments, je n'ai pas le droit de tomber amoureuse. Comment résister lorsqu'il chuchote à mon cœur tout ce que celui-ci a besoin d'entendre ? Comment résister lorsqu'il connaît la mécanique capable de calmer tous ses maux ? Tout ceci me terrifie. Je suis la spectatrice de ma propre perdition. Et le pire, c'est que c'est étonnamment agréable et plaisant.

Mais dans la vraie vie, j'ai pour interlocuteur quelqu'un qui m'a fait promettre de ne pas éprouver de sentiments pour lui, de ne pas m'attacher, quelqu'un qui brise ceux qui l'aiment. Dans la vraie vie ? Je ne connais pas les motivations de celui qui me parle. Pourquoi se tue-t-il à faire tout ça ? Simplement pour une nuit de plaisir ? Ça n'a pas de sens, pas plus que son souhait d'écarter les sentiments.

Une chose est sûre : je lui mange dans la main.

— Comme ça, Calypso, quand tu te montreras trop dure envers toi-même, tu repenseras à ces lignes, ma couleur sur ton corps. Oui, il est beau, peu importe ce qu'on t'a fait croire.

J'aimerais pouvoir en dire autant du sien, j'aimerais pouvoir lui rendre la pareille, mais je ne peux pas. Je ne sais rien de lui.

Demain.

Demain, je le retrouverai. Léo...

J'ai tellement envie de murmurer son prénom. Même si je suis sur le point de rompre le charme, je me retiens. Je me tais. Je suis à sa merci. Complètement guimauve sous l'emprise de ses mots. Apolline m'a souvent dit qu'un homme fuyait lorsqu'il voyait que ça devenait trop facile.

Là, je lui sers mes faiblesses sans aucune résistance. Il a bien vu qu'il pouvait me contrôler à sa guise. Peut-être pense-t-il que je suis un oisillon blessé qui obéira au doigt et à l'œil à son sauveur.

Ce n'est pas ce que je veux. Je veux lui faire perdre la tête à lui aussi.

Je considère mon corps. La peinture a séché, à présent. Ça fait un joli tableau, finalement. Demain, lorsque je le retrouverai, j'espère pouvoir lui montrer l'ardeur qui m'anime. Demain, je serai tout feu tout flammes pour le rendre accro. Demain. Là, ce soir, je me suis montrée suffisamment faible.

— Je vais aller me coucher, j'annonce brusquement. J'ai un programme chargé pour demain.

Il faut surtout que je m'éloigne le plus possible avant de céder totalement et de le supplier de me dire qui il est. Il semble déboussolé par ce retournement de situation. Il lui faut un instant pour revenir à lui et, lorsqu'il le fait, il ne laisse rien paraître de son trouble.

— Oh… Et qu'est-ce que tu as de prévu ?

Je le sens suspicieux tout à coup, une pointe d'amusement teinte sa voix caverneuse.

— Nous passons la journée sur le yacht d'un ami, et la soirée aussi voire la nuit.

Un nouveau silence s'installe, puis je l'entends chuchoter :

— Intéressant.

Si c'est bien Léo, ça lui laisse la nuit pour concocter un nouveau jeu. À ce moment-là, je saurai que c'est lui, il n'y aura plus de doute.

— Seras-tu là ? je tente.

Mon but est de discerner dans sa voix le moindre élément qui pourrait le trahir.

— Qu'est-ce qui te fait penser que je serai là ?

Il est fort, très fort. Son ton est maîtrisé, ses intonations aussi, il n'y en a pas une plus haute que l'autre pour témoigner d'une quelconque surprise. À l'inverse, sa question pourrait sembler méfiante, comme s'il avait peur que je sache. Je passe l'index sur le petit cœur que j'ai peint. La peinture est douce sous la pulpe de mon doigt.

— J'aimerais, chuchoté-je.

Je l'entends soupirer profondément.

— Les choses ne se passent pas toujours comme on l'aimerait, me nargue-t-il.

À nouveau, je détecte de l'amusement, il se joue de moi. Il veut me faire comprendre que c'est bel et bien lui qui tient les rênes, mais demain, il en sera autrement. Il ne le sait juste pas encore. À mon tour de me jouer de lui.

— Je vais me coucher. Bonne nuit.

Je ne raccroche pas de suite, je n'ai pas très envie de le quitter. Pourtant, je ne peux pas me montrer à ce point demandeuse. La distance est nécessaire pour que je puisse réfléchir correctement. Je tarde à appuyer sur le bouton rouge, et ces quelques secondes me permettent de l'entendre grogner :

— Puissions-nous nous retrouver dans un rêve où je t'embrasserais à en perdre haleine.

Et je raccroche courageusement, me retrouvant seule dans cette immense chambre silencieuse, avec le seul espoir de le voir dès demain.

CHAPITRE 14

Le réveil déchire le silence de ma chambre pour se joindre au gazouillis des oiseaux. J'accueille ce tintamarre avec un grand sourire alors que mes paupières peinent à s'ouvrir. Il fait déjà très chaud, la pièce est baignée de soleil, comme à son habitude, un soleil qui m'éblouit tant que je porte une main à mon visage. Il se reflète sur mon corps, portant encore les traces de la veille au soir. Je me suis endormie parmi mon matériel de peinture, c'est un miracle qu'il n'y ait pas eu de dégâts sur mes draps. Je regarde distraitement les traces émeraude et or striant ma peau. Je lève le bras et me surprends à jouer avec la douce chaleur de l'astre. Je me sens terriblement bien, même si la chaleur est étouffante. Après m'être étirée paresseusement afin de dénouer mes muscles, j'enroule mes jambes autour du drap. Les couleurs sont tellement plus jolies à la lumière du jour. Je rabats mes épais cheveux en arrière pour dégager mon visage. Puis, je tâtonne le matelas d'une main pour récupérer mon téléphone. Aujourd'hui est un grand jour, et après cette bonne nuit de sommeil, je l'aborde beaucoup plus sereinement.

J'ai rêvé de lui, encore… C'était inévitable, mais cette fois, c'était un aperçu de ce qui va suivre, aperçu qui m'a confortée dans l'idée que tout irait bien. Il avait l'air heureux de me voir. Il m'attendait sur ce bateau, éblouissant, les bras grands ouverts. Je m'y blottissais, et c'était comme une évidence. Là, mon corps fondait dans le sien et nous ne formions qu'un. Bien loin du rêve étrange de la veille, cette vision transpirait la beauté et la poésie.

À côté de mon téléphone, non loin de mes tubes de peinture, repose le fameux tee-shirt, tee-shirt que je ne me suis toujours pas décidée à ranger. À vrai dire, je ne sais pas quoi en faire. C'est rassurant de l'avoir près de moi, il sent encore un peu son parfum. C'est comme si je gardais un bout de lui, juste à mes côtés. J'ai hâte de humer cette fragrance sur lui. À mesure qu'elle s'évapore du tissu, j'ai peur de l'oublier. Et si je n'avais plus jamais la chance de la sentir ? Et si je me retrouvais totalement déçue par l'homme en face de moi ? Au fond, c'est ça, la réelle question. Je ne parle pas du physique, bien entendu ! Mais si, en réalité, le mystère qu'il incarne ne me faisait pas autant rêver ? Et si ça ne collait pas ? Je me dis aussi que ça doit être épuisant, une vie de mystères. Il ne me promet que ça depuis le début. Ne vais-je pas finir par m'en lasser ? Si je me base sur ma raison, je risque d'effleurer du bout des doigts quelque chose que je n'aurai peut-être jamais. Tant de questions, tant de nœuds au cerveau ! Je pousse un petit gémissement en roulant sur le lit.

Il ne faut pas que je me prenne la tête, mais j'ai beau me le répéter, le gouvernail est incontrôlable, les flots trop tumultueux et la rousse beaucoup trop perturbée. Je serre l'oreiller contre moi alors que des milliers de bulles de champagne éclatent en moi.

Il est dix heures, l'appartement semble encore silencieux. Nous n'avons rendez-vous avec les autres que dans deux heures, deux petites heures durant lesquelles je compte élaborer une stratégie pour aborder ce mystérieux jeune homme mais aussi pour prendre soin de moi. Si je dois être chamboulée, je veux qu'il le soit aussi. Je ne sais pas comment m'y prendre, à vrai dire. Je ne suis pas certaine que mes techniques aient déjà fonctionné par le passé, aucun homme ne s'est jamais manifesté.

Sans plus tarder, je file me doucher. C'est avec un petit pincement au cœur que j'observe la peinture se dissoudre pour ne devenir plus qu'un souvenir. L'eau se colore à mes pieds, avant de disparaître dans la bonde. Pourtant, dans mon esprit, tout reste gravé, et je me murmure toutes les parties de mon corps que l'inconnu a citées.

Ces deux petites heures n'étaient pas de trop pour me préparer, dompter ma crinière ondulée, illuminer mon visage soucieux et habiller mon corps noué. Durant ce temps, je n'ai cessé de me donner du courage en chantant comme une folle devant mon miroir. Il faut dire que *I Am Woman* d'Emmy Meli aide pas mal. À présent, je me sens puissante et fraîche comme une rose un matin de printemps. Rien ne peut m'ébranler alors même que, en pénétrant dans cette salle de bains, je doutais.

C'est maintenant ou jamais.

Habillée d'une ample robe blanche et de mon maillot de bain, je rejoins les autres, qui s'activent dans le séjour.

— Je ne savais pas qu'il y avait un concert dans ta salle de bains. Tu vends les billets cher ? m'accueille Apolline.

— À deux doigts de partir sans toi, ricane Victoria.

Je pouffe comme si c'était la blague du siècle, je me sens si légère. On ne dirait pas qu'il y a quelques heures je peignais mon corps guidée par un illustre inconnu.

— Ce serait bête de louper un truc pareil… laisse tomber Apolline. On va peut-être assister à une demande en mariage et à la formation d'un nouveau couple, qui sait ?

Elle m'adresse un coup d'œil accompagné de haussements de sourcils suggestifs, puis se tourne vers Vic, qui roule les yeux.

— Tu ne veux pas t'occuper de tes jolies fesses ? la nargue cette dernière.

Je passe derrière Apo et lui assène une joyeuse petite tape sur les fesses.

— Arrête de pousser Cal à l'imprudence, bougonne Antoine, qui termine de boucler ses affaires.

Il lève le nez vers Apolline pour la fusiller gentiment des yeux.

— Je vous rappelle qu'on ne le connaît pas, ce gars, insiste-t-il. N'incite pas Cal à se jeter dans la gueule du loup.

Elle lui adresse un regard de petite fille espiègle avant de se moquer de lui :

— Serais-tu jaloux ?

Antoine étouffe un petit rire.

— Qu'est-ce qu'il ne faut pas entendre !

Il passe à côté d'elle et lui ébouriffe les cheveux. Je suis sûre qu'elle s'est appliquée à les coiffer alors qu'elle risque de finir la tête sous l'eau. Dans la cuisine, j'attrape une pomme, dans laquelle je croque en m'appuyant contre le comptoir.

— Sinon, je suis là aussi. Je vous entends.

Antoine me pointe du doigt, le menton bien haut.

— Très bien, n'hésite pas à assimiler ce que je dis, alors.

Je remarque que, derrière ses tentatives d'humour, il paraît vraiment inquiet. C'est Adam, normalement, l'adulte responsable du groupe. Un Antoine soucieux, c'est rare.

— Oui, papa, me moqué-je.

Je mâche lentement un nouveau morceau de pomme. Au lieu d'esquisser son habituel sourire, il hausse les épaules en prenant son sac.

— En avant, mauvaise troupe !

Tandis qu'Apolline termine de fourrer dans un grand cabas tout ce dont nous avons besoin aujourd'hui, Vic me tend une pile de serviettes, qu'elle cale en équilibre sur mes bras. Une fois que nous sommes tous prêts, nous rejoignons la voiture, dont les sièges nous brûlent les cuisses. Le soleil tape fort sur la carrosserie, c'est un véritable calvaire, nous suffoquons. Je transpire déjà presque à grosses gouttes, et les serviettes sur mes genoux ne m'aident pas. Le trajet va être long.

Antoine pousse la radio au maximum, il est étrangement tendu sur son siège, et particulièrement silencieux. Je préfère ignorer sa morosité et chante à tue-tête avec Apolline sur un air de pop. Quelques kilomètres nous séparent du port. Même si je suis morte de peur, je me concentre sur l'excitation qui m'envahit. Tout est clair, pour une fois, dans ma tête, je sais exactement ce que j'ai à faire. Me mouiller, mais pas trop, ce qui est assez ironique pour une journée en mer. Je laisse de côté toutes mes interrogations, qui, au final, ne me servent à rien.

— Waouh ! Vous avez vu ? s'exclame Apo, le nez rivé sur son téléphone.

Je me penche vers elle alors qu'elle consulte une page Twitter.

— Alexandra a réussi à obtenir le stage dont elle rêvait. Vous savez, dans la maison d'édition…

Je hausse les sourcils en me penchant un peu plus pour lire le tweet.

— Sans déconner ?

La chance ! J'ai déposé de multiples candidatures sans recevoir aucune réponse. C'est mon rêve, il faut vraiment que je me démène à la rentrée pour décrocher un stage, ce serait idéal pour le master.

— Et Flo est enceinte ?! Je n'y crois pas ! Regardez !

Elle brandit le téléphone sous nos yeux. Les nouvelles pleuvent pendant ces vacances, on dirait que tout le monde prend un nouveau chemin. À moi de trouver le mien.

— C'est là, finit par indiquer Antoine.

Si, jusqu'ici, j'avais réussi à rester joyeuse et confiante, à cet instant, mon cœur fait un bond. Je me redresse instantanément pour regarder à travers le pare-brise ce qui se passe. Nous sommes bien au port, des rangées de bateaux nous font face. Vic va se garer sur le petit parking à côté. Non loin, le bateau sur lequel nous allons passer la journée est bien visible. Amarré, il est majestueux et gigantesque. Je claque la portière et mets une main en visière pour éviter d'être aveuglée par le soleil. Je remarque que la plupart des garçons sont déjà sur le ponton, à charger deux trois bricoles nécessaires à notre périple.

— Tu stresses ? me murmure Apo avec un clin d'œil.

Je lui adresse un petit rictus en me gardant bien de lui répondre. De toute manière, elle doit le voir à mon sourire de façade. Mon cœur bat si fort qu'il menace de s'échapper de ma poitrine. Est-il déjà là ? J'ai beau distinguer les garçons, je ne vois que des têtes connues. J'aide à décharger, toujours avec ma pile de serviettes dans les bras. Nous abandonnons la voiture pour nous engager sur le ponton, prêts à embarquer. Je franchis la petite passerelle du yacht et quitte la terre ferme. Des éclats de rire s'élèvent déjà du bateau, tout le monde est ravi de se retrouver.

Owen est présent également. Lorsque je m'approche de lui, il me débarrasse de mon fardeau pour le déposer parmi les autres affaires. Puis, il m'adresse un petit sourire amical, que je lui rends, heureuse de voir que les poches sous ses yeux se sont atténuées. Il a l'air plus détendu, c'est bon signe.

— Ça va ? m'interroge-t-il.

J'acquiesce d'un signe de tête en lui retournant la question. Même si son sourire est présent, il se contente de hausser les épaules. Je lui serre affectueusement le bras. Son regard tombe sur ma main, puis vient se perdre par-dessus mon épaule. Une ombre de tristesse voile immédiatement ses prunelles, et je comprends qu'il vient d'apercevoir Victoria derrière moi. Il la contemple avec un mélange de haine et de douleur. S'il savait ce qui se trame…

— Pourquoi elle est si belle ? laisse-t-il échapper.

Ce qui ressemble plutôt à une pensée prononcée par mégarde à voix haute provoque une petite étincelle en moi. Ces deux-là ne se sont définitivement pas perdus, j'en suis chaque jour plus convaincue. Ils se sont juste égarés. Je lui tapote délicatement le bras en murmurant :

— La magie de l'amour.

Il fronce les sourcils alors que je l'abandonne là pour m'éloigner d'un pas léger. Mon amie arrive à sa hauteur. Je jette un coup d'œil par-dessus mon épaule pour les voir s'échanger un drôle de sourire gêné, avant qu'Owen détale précipitamment, comme un fantôme. La blessure est encore béante, même si le pansement essaye au mieux de produire son petit effet.

Je pousse un soupir en grimpant des marches qui mènent au pont supérieur du bateau, plus large, le soleil tape férocement. Ce yacht est immense. Je suis émerveillée par tant de luxe. Jamais de ma vie je n'aurais imaginé monter sur un bateau pareil. Je tourne sur moi-même, la bouche entrouverte, pour embrasser le décor. Je me félicite de ne pas avoir retiré mes sandales, car le bois du pont a l'air brûlant.

— Tu bades, me dit Antoine, me ramenant sur terre.

— C'est impressionnant ! je souffle.

Il hausse les épaules en rejoignant les autres, qui rangent les victuailles pour ce soir. Pas plus de réaction ? Ce n'est pas rien, tout de même. Un sourire bête se colle sur mes lèvres alors que j'étudie chaque visage, à sa recherche. J'essaye d'endormir la peur, malgré mes mains tremblantes. La première étape de mon plan est de me calmer, de relativiser. Si je suis trop nerveuse, il va le remarquer et se douter de quelque chose. Il est beaucoup trop malin pour ne pas l'apercevoir. Je souffle un bon coup avant de prendre une grande bouffée d'air salé.

Derrière moi, le seul que je ne connais pas et qui, j'en déduis, est Yann, le fils du propriétaire de ce yacht, tape dans ses mains pour nous rassembler :

— OK, les gars. Il y a cinq cabines pour dormir, mais je ne vais pas vous cacher que la nuit risque d'être courte.

Il ricane en ouvrant les mains alors qu'Apo, bon public, pousse des exclamations. Il brandit avec un grand sourire une bouteille de whisky avant de préciser :

— Faites comme chez vous ! Juste, pas de dégradation matérielle, et si vous voulez vomir, c'est par-dessus bord, merci. Mon père me tuerait, autrement. On va naviguer jusqu'à des petites criques, c'est super pour se baigner. Plus tard, on reviendra à Nice pour aller chercher deux trois potes et poursuivre par une fête au large de la ville. OK ?

Il n'y a rien à redire, le plan est idyllique et le temps, idéal. Tous les feux sont au vert pour passer une journée et une soirée mémorables. Je pousse un soupir d'aise en contemplant notre petit groupe. Owen se tient loin de Victoria, mais il ne la quitte pas des yeux. Tous les amis d'Antoine sont là, y compris ceux de la soirée sur la plage. Adam m'adresse un clin d'œil lorsque mon regard l'effleure, et je lui réponds par un petit coucou de la main. Il n'y a aucune tête qui sort du lot. Je ne peux m'empêcher de me demander quand il va arriver. Et s'il ne venait pas ? Là, ce serait la panique totale.

On dirait qu'Antoine a réussi à lire dans mes pensées, car je le vois s'approcher de moi et me glisser tout bas :

— Léo n'est pas là. Il habite près de la crique où on va aller, on le rejoint là-bas.

Le nœud dans mon estomac que je tente de dénouer se resserre l'espace d'un instant. Tic-tac, tic-tac… L'heure fatidique de notre vraie rencontre approche. Je hoche pensivement la tête en pinçant les lèvres pour éviter qu'elles s'étirent en un sourire. Dans quelques minutes, tout va basculer, ce qui n'a toujours pas l'air de réjouir Antoine, trop protecteur. Il ne dit rien, mais son regard est soucieux, sa mâchoire crispée et ses muscles tendus. Il jette un coup d'œil en arrière, m'offrant son profil rembruni.

L'air marin me soulève les cheveux. Bien loin de me rafraîchir, il me prend à la gorge et m'étouffe encore plus. Si, jusqu'ici, je gardais la face, Antoine va finir par ébranler ma confiance.

Au loin, une petite cloche retentit, à la suite de quoi on lève l'ancre. Bientôt, le yacht se met en route et quitte le port. Derrière nous, les autres bateaux rétrécissent. Nous passons la digue pour arriver en mer, là où la mer est nettement moins calme.

Nous filons désormais à une plus grande allure. Je me penche par-dessus bord pour admirer les grosses vagues et le sillon d'écume que nous laissons sur notre passage. L'eau m'apaise alors qu'elle joue avec la coque du bateau. Des embruns marins viennent chatouiller mon nez, l'air devient plus respirable. Je ferme les yeux pour savourer ce moment magique. Mes cheveux flottent au vent comme des plumes de phœnix.

Soudain, je sens deux mains agripper ma taille par-derrière. On fait mine de me soulever pour me passer par-dessus bord, et j'y crois. Je pousse un petit cri étouffé, mes pieds ne touchent plus le sol. Un juron m'échappe lorsqu'on me repose finalement. Je pivote et découvre Owen derrière moi, complètement hilare.

— T'as eu peur, hein ? me nargue-t-il.

S'il savait que tomber à l'eau n'est pas ce que je redoute le plus…

Ses mains quittent ma taille alors qu'il s'assoit sur la petite banquette toute proche.

— Je tombe, tu tombes, le menacé-je.

Je prends place à ses côtés en posant les mains sur mes genoux. Je sens le regard discret de Victoria, non loin de nous. Il ricane franchement avant de secouer ses cheveux, dans lesquels le vent sème le désordre.

— Tu n'auras pas le temps de m'entraîner avec toi.

— Je m'accrocherai si fort que tu me suivras, riposté-je.

Il me considère, peu convaincu, les sourcils en l'air.

— Ça reste à prouver.

— Tu veux essayer ? je le nargue.

Il me donne un petit coup d'épaule.

— Dans tes rêves.

Je me masse l'épaule, faussement blessée. Il me couve d'un petit regard avant de le tourner vers la mer derrière nous. Un silence apaisant s'installe, rythmé par le bruit des vagues et du bateau. Il semble perdu loin dans ses pensées, et j'hésite à le laisser, même si être accompagnée me fait du bien et m'empêche de trop cogiter.

— Au fait… il commence, toujours les yeux vers le large.

Je le vois s'humecter les lèvres avant de poursuivre :

— Je crois que je n'ai pas vraiment envie de tourner la page avec Vic.

Mon souffle se coupe et mes yeux s'écarquillent face à cette énorme révélation. Je ressens un léger étourdissement, je n'arrive pas à en croire mes oreilles.

Oh, mon Dieu !

— Sérieusement ?

J'ai crié ça d'une voix tellement aiguë que ça m'étonne qu'elle soit sur une fréquence audible.

Je me penche en avant et pose une main sur son bras, abasourdie. Il hoche la tête pour toute réponse alors que je sens la joie me submerger, à tel point que les larmes me montent aux yeux. J'y vois alors un signe du ciel : tout va bien se passer, aujourd'hui. Une nouvelle pareille ne peut qu'annoncer une bonne journée. Une nouvelle qui me colle immédiatement un sourire niais sur le visage et qui dissipe réellement tous mes doutes.

— Mais ne t'emballe pas, reprend-il. Et ne lui dis surtout pas…

Il jette un petit regard à Vic alors qu'elle est occupée à enduire Apolline de crème solaire. Sa délicieuse silhouette élancée est sublimée par le soleil.

— Il va me falloir du temps pour oublier et pardonner. Beaucoup de temps. Et puis, il va falloir qu'elle me prouve qu'elle ne veut que moi…

Sur ce point-là, il risque d'être vite surpris. Je vois dans ses yeux la flamme de l'amour briller bel et bien. Il n'y a aucun doute, peu importe le temps qu'il lui faudra, ils vont tomber dans les bras l'un de l'autre.

— Même si je n'ai pas envie que notre histoire s'arrête, j'ai compris aussi que c'était le moment de repartir sur de nouvelles bases. On s'étouffe beaucoup trop. Il faut qu'on retrouve notre vie, chacun de son côté. Notre histoire devrait être le bonus de notre vie, j'en étais trop dépendant.

Il plisse le nez.

— Je l'aime atrocement, mais il ne faut pas que ce soit son amour qui me donne l'illusion de m'aimer aussi.

Ses mots résonnent en moi et font sens. Égoïstement, je ne peux m'empêcher de comparer nos deux situations. Est-ce que je m'apprécie parce que l'inconnu me porte un intérêt quelconque ? Cette image rayonnante de moi serait-elle fausse ?

— Je veux que notre amour gagne en maturité. Après tout, on a presque vingt et un ans. Je ne peux pas rentrer dans le monde des adultes alors qu'on s'aime encore comme des adolescents, à se déchirer pour un rien. Peut-être cette épreuve n'est-elle pas si mauvaise, en fin de compte.

Je fronce les sourcils.

— C'est beau ce que tu dis, et en même temps… c'est tellement triste.

Il secoue la tête.

— Non, Cal, je ne tourne pas la page avec elle, mais je tourne une page de ma propre vie pour l'améliorer, et ça, c'est simplement beau. À quoi ça sert de vivre, si ce n'est pas pour évoluer ?

Peut-être le regard de cet inconnu fausse-t-il l'image que j'ai de moi-même, mais la voilà peut-être, ma page à tourner. Owen a probablement raison. Je me suis trop longtemps empêchée d'évoluer, ce jeu mystérieux pourrait agir comme un déclic, autant que la tromperie de Victoria. Si l'on parvient à m'apprécier, pourquoi ne m'apprécierais-je pas d'abord moi-même ? Je reste trop tournée vers le passé alors que je ne peux rien y trouver de bon, c'est évident. Je dois considérer l'avenir et le changement qu'il apporte ?

Il faut que, moi aussi, je passe outre à mes méfiances pour devenir quelqu'un de plus apaisé. Ma vie sera alors tellement plus facile. Cette histoire m'offre une occasion inespérée. Un joli petit coup de pouce.

J'attrape sa main pour la serrer délicatement.

— Si tu es heureux, alors c'est tout ce qui compte, je conclus.

Il esquisse un petit sourire en coin, une nouvelle lueur semble s'être allumée dans ses yeux. J'espère que Vic comprendra, et j'espère de tout cœur que les adultes qu'ils deviennent vont parvenir à s'aimer de nouveau.

Il serre ma main en retour alors que justement, timidement, celle-ci s'approche de nous.

— On va bientôt arriver à la crique, nous apprend-elle.

Elle se tord les doigts sans oser croiser le regard d'Owen qui la détaille avec un visage impénétrable. Je tapote la main de mon ami et, avec un petit sourire, je me redresse.

— Je vais trouver Apopo. À tout à l'heure.

Et je les plante là. J'ignore s'ils vont se parler, mais je les laisse. Peut-être leurs yeux en diront-ils plus que leurs mots. Peut-être le drapeau blanc sera-t-il bientôt hissé.

Je retrouve effectivement Apolline à la proue du bateau. Elle est appuyée au bastingage, son paréo voletant autour d'elle.

— C'est magnifique, me souffle-t-elle.

Je retire ma robe pour, moi aussi, profiter du soleil éclatant en maillot de bain. À mon tour, je détaille d'un regard émerveillé l'eau sur laquelle nous filons. Nous allons droit vers une petite plage où de nombreux baigneurs barbotent. Il y a toutefois moins de monde que sur les plages plus accessibles, et l'eau y est plus claire. J'ai hâte d'y tremper le nez. Le bateau ralentit l'allure. Nous nous approchons au maximum des bouées limitant la zone de sécurité. Là, l'encre est jetée, troublant la tranquillité de l'eau. Mon cœur gonfle alors qu'il est désormais impossible de faire marche arrière. Nous y voilà.

Et au moment même où cette phrase finit de se former dans mon esprit et où je ferme les yeux, un bruit de moteur lointain nous parvient. Je fixe l'horizon, pour découvrir une tache sombre qui file vers nous. À mesure que le Zodiac approche, son bruit s'intensifie. Bientôt, nous le distinguons bien mieux. Je remarque qu'à son bord se tiennent trois silhouettes.

— Les voilà ! s'exclame une voix derrière nous.

Plus il s'approche, plus les contours deviennent nets. J'aperçois deux jeunes femmes, accompagnées d'un jeune homme.

Mon cœur loupe un battement alors que je m'accroche au bastingage plus fermement. Je me sens blêmir, malgré le soleil qui frappe fort sur mes joues. J'ai le sentiment que je me vide de mon sang à mesure que le Zodiac s'avance, menaçant.

Il est là.

C'est lui.

Léo, mon prétendant mystère.

CHAPITRE 15

Les battements de mon cœur sont plus assourdissants que les vagues qui s'écrasent paresseusement sur la coque du bateau. Je suis focalisée sur ce Zodiac qui ne cesse de se rapprocher. Déjà, je peux mieux distinguer les contours de son visage.

Mon âme semble s'arracher de mon corps pour tenter de l'observer au mieux, impatiente. J'ai l'impression que le temps a ralenti et que l'embarcation met de longues minutes pour arriver à notre hauteur. Pourquoi ne vont-ils pas plus vite ?

Je suis tétanisée par un sentiment que je ne parviens pas à déchiffrer. Mes jambes sont sur le point de se dérober, elles tremblent comme deux vulgaires feuilles. Mes jointures blanchissent alors que je serre plus fort le garde-corps devant moi.

Mon souffle irrégulier ponctue le tout, l'air ayant du mal à arriver à mes poumons. J'ai l'horrible impression que je vais rendre mes tripes sur le pont de ce bateau, ou bien tourner de l'œil et m'effondrer dans les bras d'Apolline.

Il est là.

Ce que je remarque en premier, ce sont ses cheveux courts et bruns.

Je ne cesse de scruter chaque partie de lui qui se révèle à mesure de son approche, avide de tous ces détails dont il m'a privée. Son torse est large et musclé, et il doit faire une tête de plus que moi.

Il est loin de ce que je m'étais imaginé, et pourtant, je ne suis pas déçue. Il rayonne, tant et si bien que le soleil pourrait en être jaloux. C'est désormais lui qui colore mes pommettes.

L'embarcation arrive enfin à notre hauteur et, déjà, les garçons depuis notre bateau les apostrophent :

— Léo ! Tara ! Comment ça va ?

— Ne jette pas l'ancre, on les récupère tout de suite ! crie le capitaine du yacht.

L'homme au cœur de ce jeu mystérieux nous balaye du regard. Je distingue alors des yeux foncés, comme deux grosses billes d'encre, ornés de longs cils qui battent distraitement.

Son regard s'arrête sur moi, et je vacille.

C'est lui.

C'est certain.

Son regard m'électrise alors qu'il se pose brièvement sur moi. Je suis presque déçue lorsqu'il rompt notre contact visuel pour tendre la main à Adam, qui le hisse à bord. J'ai envie qu'il me dévore des yeux comme moi je le fais, admirant chaque détail qu'il m'a caché depuis cette soirée. Mais il n'en fait rien. Il salue les autres avec un grand sourire chaleureux. Il respire la chaleur et la bonté. Et surtout, encore et toujours, le mystère, car s'il est effectivement mon inconnu, il n'en laisse rien paraître. Maintenant que je sais, je l'examine à la loupe, mais chacun de ses gestes semble contrôlé et maîtrisé pour ne pas le trahir. Il ne s'attarde pas sur moi, pas de petit sourire en coin, pas de coup d'œil en douce.

Mon estomac se tord d'une manière divinement douloureuse. Il est là, à quelques mètres de moi, je pourrais presque le frôler pour conférer une dimension plus réelle à tout ceci. Le voir jouer le jeu est extrêmement palpitant, c'est mieux que tout ce que j'aurais pu imaginer.

C'est au tour d'Antoine de lui donner une rapide accolade, tout en profitant pour me jeter un coup d'œil furtif.

Oui, Antoine, je le regarde, et non, je serais incapable de faire autrement.

Son corps tout en muscles ainsi que sa peau hâlée exercent une attraction sur moi qui m'empêche de détourner le regard, tout comme sa personnalité, qui m'a, la première, séduite. On ne peut que l'admirer, il brille de mille feux comme la lune en pleine nuit.

Antoine a apparemment décidé, contre toute attente, de m'aider. Il maintient son bras autour du cou de Léo pour le forcer à venir dans notre direction. Je suis sur le point de tourner de l'œil. Je ne suis pas prête à lui parler, pas si vite, pas comme ça. Et si je me trahissais et perçais cette petite bulle de mystère devenue familière et confortable ? Et si, le mystère n'étant plus, il s'enfuyait ? Et si c'était uniquement ce qui l'animait ? Après tout, il ne souhaitait que ça, il me l'a clairement exprimé.

— Je vais te présenter mes reines, ou tortionnaires, ça dépend des jours, ricane Antoine.

Tandis que tous deux ne sont plus qu'à quelques pas d'Apo et moi, j'hésite à prendre mes jambes à mon cou, à condition qu'elles veuillent bien m'obéir. Seulement, Victoria nous a rejointes, et le gentil petit coup de coude qu'elle m'assène dans le dos me force à sourire. S'il ne me connaissait pas dans l'intimité de notre jeu mystérieux, il finirait par croire que je suis détraquée, bon sang.

Léo nous offre un sourire éclatant alors qu'il nous détaille tour à tour toutes les trois, comme s'il ne nous avait jamais vues.

— Apolline, présente Antoine.

Léo se penche pour lui claquer une bise.

— Victoria. La copine d'Owen, tu sais ?

Il se penche à nouveau alors que Vic grimace, se gardant bien de clarifier leur situation.

— Et notre Calypso.

Léo esquisse un petit sourire en coin, furtif, que je suis peut-être la seule à remarquer. Il plonge ses yeux sombres dans les miens, comme pour caresser mon âme, ou bien la damner, avant de s'approcher de mon corps.

— Enchanté, il chuchote, sa bouche tout près de mon oreille, sa joue sur la mienne.

Elle y laisse une trace brûlante, ainsi que sur mon cœur, qui ne peut s'empêcher de flamber face à sa voix rauque mais bien moins éraillée qu'au téléphone.

Je déglutis. Puis, j'ai finalement le courage de lui glisser un petit :

— De même.

Je me recule bien vite pour remettre de la distance entre lui et moi et garder les idées claires.

— Mais vous vous connaissez déjà, non ?

Apolline, comme à son habitude, ajoute son petit grain de sel, qui me fait grincer des dents. Elle va me mettre totalement à découvert !

Léo fronce les sourcils avant de reposer son regard sur moi.

— Non, je ne crois pas.

Il est fort, très fort. À son intonation et à la manière dont ses yeux se perdent dans le vide alors qu'il fouille sa mémoire, je pourrais presque croire que Léo n'est pas mon mystérieux inconnu.

— Je dois confondre, glousse faussement Apolline en se tapant le front. Je suis bête.

Elle en fait des caisses.

Mon Dieu…

— Mais on peut toujours apprendre à se connaître.

Il bat des cils lentement tandis que son sourire s'épanouit, rayonnant. Je ne sais pas quoi répondre. Je reste plantée là, comme un arbre qu'on aurait planté il y a des millénaires et qui n'aurait pas d'autre occupation que d'admirer le théâtre de la vie.

— À plus tard.

Il prend congé de nous, non sans un dernier petit sourire, et s'en va rejoindre les autres.

— Il va falloir que tu te dérides, ma vieille.

Apolline se dresse devant moi en faisant claquer ses doigts sous mon nez.

— Je n'y arrive pas, je marmonne.

Mon regard ne cesse de le suivre, même lorsqu'il retire son tee-shirt pour exposer sa peau au soleil. On dirait que tout mon courage s'est fait la malle. C'est autre chose d'être devant lui…

— Tu l'as regardé comme si tu n'avais jamais vu de mec de ta vie.

— Je confirme, ajoute Victoria.

— C'était *creepy*, renchérit Antoine en croisant ses gros bras sur sa poitrine.

Je cligne plusieurs fois des yeux et tente de dégivrer la glace qui emprisonne mon cerveau alors même que mon estomac est une fournaise. Deux salles, deux ambiances.

— Tu as dû lui paraître tout autre qu'à l'ordinaire. C'est toi qui mènes la danse, je te signale.

Je secoue la tête pendant qu'Apolline me réprimande gentiment.

Elle a raison, j'ai l'objet de mon obsession de ces derniers jours sous les yeux, à moi de l'époustoufler comme il m'époustoufle.

Léo…

Son prénom résonne dans mon esprit comme un écho incessant. C'est bizarre, mais ce prénom ne me revient pas en mémoire. Il ne débloque rien, contrairement à ce que j'aurais espéré. Mes souvenirs de cette soirée doivent vraiment être bien enfouis parmi tous les verres que j'ai descendus.

Sa voix qui a bercé mes nuits, mes rêves et même mes journées depuis peu, me fait bel et bien frissonner avec ses tons graves. Bien que je sois habituée à ce qu'elle soit plus éraillée, je l'aime tout autant.

Je le vois retirer ses lunettes de soleil, perchées sur son crâne, et se diriger vers le petit ponton du yacht, là d'où d'autres ont déjà commencé à plonger.

Il s'en approche, m'offrant une vue imprenable sur les muscles de son dos particulièrement développés qui roulent sous sa peau. Je l'entends rire alors qu'un garçon l'asperge. Il le menace gentiment et puis, sans prévenir, il plonge la tête la première, comme s'il avait fait ça toute sa vie, offrant son corps à l'eau et éclaboussant son arroseur au passage.

Face à sa beauté pure, un déclic se fait en moi : je ne peux pas laisser passer ma chance avec lui.

Alors, je tourne les talons, abandonnant mes amies à toutes leurs recommandations.

Voyons voir s'il est toujours aussi fort de plus près.

À mon tour, déterminée, je m'élance du ponton, l'écho de son prénom se mettant à hurler dans ma tête.

CHAPITRE 16

L'eau m'accueille chaleureusement, comme une vieille amie. Je me délecte de sa douce morsure. La mer se referme sur mon corps, mais en quelques mouvements de bras, je remonte à la surface, là où l'eau miroite.

Nous ne sommes pas très loin du rivage. Aussi, il est facile de trouver des endroits où avoir pied à proximité. D'ailleurs je vois que mon inconnu s'est réfugié sur un banc de sable tout proche et je compte bien le tourmenter. Il faut dire aussi qu'il rend la tâche aisée, car il me lance :

— Joli, le plongeon !

De l'eau jusqu'au ventre, Léo a ses beaux yeux rivés sur moi alors que j'arrive à sa hauteur en marchant, les épaules et la tête émergeant de la surface. Un souffle nouveau s'engouffre dans mon être et me fait agir tel un pantin. Il m'apporte un certain cran que je ne me suis jamais connu, et cela ne me déplaît pas.

— Merci.

Je lui offre mon plus beau sourire avant de passer les doigts dans mes cheveux dégoulinants et de dégager mon visage pour laisser apparaître ce qui, je sais, constitue un de mes meilleurs atouts : mes taches de rousseur. Je m'approche de lui par quelques brasses. Je compte bien l'hypnotiser à tel point que, comme avec les étoiles, il en aura le vertige. Telle Calypso dans l'*Odyssée*, je vais le charmer.

— Une vraie petite sirène.

Il me rend mon sourire, et c'est moi qui ai, à cet instant, l'impression de valser sur le fil de la séduction. Pourtant, je tiens bon. Il a l'air d'avoir flanché plus vite que moi, alors je tiens à garder mon avantage. En effet, je le trouve bien plus entreprenant que je ne l'aurais cru. J'avais plutôt imaginé qu'il ne s'intéresserait pas à moi, histoire de brouiller les pistes et de prolonger ce petit jeu le plus possible. Quitte à m'ignorer. Je dois avouer que cette facilité entre nous me déroute, mais bon, après tout... ne me déroute-t-il pas depuis le début ?

On parle tout de même d'un gars dont les seuls souvenirs que j'ai sont la chaleur de sentiments nouveaux et l'euphorie d'une soirée. Je ne me rappelle même pas la tendresse d'un doux baiser ni l'ombre d'un prénom. Nous parlons d'un homme qui m'a lancée au sein d'un jeu terriblement pervers et érotique à la fois, dont j'ai presque honte. Plus rien ne devrait m'étonner de sa part. Et pourtant, un petit bout de mon être en est satisfait. Ça confirme que, avec lui, tout est surprenant et loin d'être répétitif.

Perdue dans mes pensées, je remarque à peine que Léo s'est penché à mon oreille pour chuchoter :

— Tes amies n'arrêtent pas de nous regarder. Qu'est-ce que j'ai ? Un requin me tourne autour ?

J'étouffe un petit rire, qui ne peut s'empêcher de sortir, malgré tout. Son sourire s'étire alors que je zieute Apolline et Victoria, qui sont effectivement occupées à nous surveiller sans discrétion.

— Elles n'ont jamais vu une déesse comme moi, c'est pour ça.

Il ricane et en profite pour rebondir :

— Je ne voudrais pas te contredire, soyons clairs… Mais Calypso, qui retient Ulysse, est plutôt une nymphe.

Mon cœur marque une pause alors que l'air de mes poumons s'échappe. Je ne souhaite pas remettre en question le niveau de culture de la plupart des jeunes gens de notre âge, mais ça fait, en très peu de temps, beaucoup de garçons qui ont cette référence à l'*Odyssée*, et je suis convaincue que ce n'est pas une coïncidence.

J'en reste presque sans voix, persuadée que tous mes doutes sont bel et bien dissipés. J'ai l'objet de mes fantasmes de ces derniers jours sous les yeux, en chair et en os, en mystère et en beauté.

Je joue avec l'eau autour de moi avec de petits mouvements de la main. Ses prunelles ne me quittent pas et m'enveloppent d'une douce chaleur. On dirait presque qu'il souhaite que je me mette plus à nu que je ne l'ai déjà fait.

— Vas-tu me retenir, Calypso ?

C'est la goutte d'eau qui fait déborder le vase, le gonflement de trop qui fait éclater mon cœur. Je sais, je touche du doigt quelque chose d'irréel et de magnifiquement beau. Je me sens en osmose avec lui, terriblement bien, sur la même longueur d'onde, comme je ne l'ai jamais été avec quelqu'un. Il est là, à quelques centimètres de moi, humectant ses lèvres salées. Je n'ai qu'à tendre les bras pour les passer autour de son cou et me hisser contre lui. Je n'ai pas envie que le charme de ce moment se rompe. Je comptais jouer avec lui, au départ. Pourtant, le magnétisme que je ressens me pousse à être honnête pour que tout ceci prenne une autre dimension, peut-être plus concrète. Je dois lui dire que je sais tout. Mais même si ma bouche s'ouvre, les mots peinent à arriver, coincés dans ma gorge. Je lutte pour former mes pensées.

Or, ses yeux rivés sur ma bouche ne m'aident en rien. Il la contemple, trahissant, il me semble, une terrible envie de la mordre. À peu de distance, une autre boucle temporelle se joue et, telle une subite douche glacée, Antoine nous interrompt, perché sur le bateau, en agitant les bras comme si ça pouvait l'aider à se faire mieux entendre :

— À table !

Léo pivote vers lui, m'offrant une nouvelle vue privilégiée sur l'ensemble de ses muscles qui se contractent sous sa peau dorée. Discrètement, je me mords la lèvre inférieure face à ce merveilleux spectacle.

— Navré, belle déesse, mais la gourmandise est mon plus grand péché, je ne peux pas résister.

Il m'offre un clin d'œil complice alors que je reviens à moi. Ce petit signe me cloue sur place, m'empêchant de lui dire tout ce que j'aurais souhaité. C'est étrange, sa façon de ne pas se cacher, on dirait qu'il sait que je sais. Et qu'il m'incite à me lancer afin de briser la glace entre nous. Préfère-t-il les filles entreprenantes ? Peut-être n'ose-t-il pas me révéler la vérité sur son identité, et c'est ce qui m'étonne le plus.

Je n'ai pas le temps de creuser le sujet, que, déjà, il regagne le bateau à la nage. Je cligne plusieurs fois des yeux pour me recentrer et assimiler toutes les informations qui me passent par la tête. Ça fait beaucoup d'émotions pour moi, d'un coup.

La tête emplie de coton, je me décide à nager, moi aussi, pour rejoindre les autres et pour, sans nul doute aussi, ne pas trop m'éloigner de lui. J'atteins vite le bateau et me hisse sur le pont par la petite échelle qui plonge dans l'eau.

Il semblerait que Léo non plus n'ait pas envie de me lâcher immédiatement. Sa silhouette s'approche de moi alors que j'essore mes cheveux. Mes longs cils chassent les gouttelettes qui brouillent ma vue pour mieux l'apercevoir. Il me tend une grande serviette.

— Tu risques d'attraper froid.

Il lève les yeux vers le ciel en les plissant.

— Le temps n'est pas très clément, aujourd'hui, rit-il.

Un sourire m'échappe tandis qu'il vient tout près. Je me tourne et le laisse poser la serviette sur mes épaules. Il entoure alors mon corps de l'étoffe rugueuse et frictionne délicatement mes bras.

— Voilà.

L'eau fait miroiter sa peau dorée, et je dois dire que c'est une des plus belles visions qu'il m'ait été donné de voir. Si beau, si souriant, si prévenant. Aurais-je trouvé l'homme idéal ? Sa part de mystère accentue encore plus son charme.

— Merci.

Il baisse les yeux sur mes lèvres encore une fois alors qu'une tension naît dans mon ventre. Ses doigts courent le long de mon bras désormais recouvert et glissent jusqu'à ma main. Je ne sais pas s'il est conscient de l'électricité entre nous. Je ne sais pas non plus si ses gestes sont anodins ou calculés. Ses doigts finissent par effleurer une fraction de seconde les miens avec douceur.

— Avec plaisir.

J'ai rêvé de lui, je l'ai imaginé, je l'ai peint et, désormais, il me suffirait d'un petit pas pour supprimer la distance entre nous. Un petit pas qui briserait le mystère, rendant ce jeu réel. Pourtant, si tout à l'heure j'étais bien décidée à être honnête, une part de moi est tiraillée par l'envie de le laisser achever son œuvre et de lui permettre de terminer cette danse de la manière qu'il souhaite. Je ne le reconnaîtrais qu'à demi-mot, mais j'aime énormément le fait qu'il dirige ces pas endiablés.

« Je réduis à néant ce qui m'effraye, car tôt ou tard, les gens partent, ça a toujours été le cas, alors c'est moi qui pars avant eux. »

Et s'il achevait son œuvre en m'achevant, moi ? Et si je me trompais et qu'il cachait un caractère sadique ? Et s'il était moins bienveillant que je l'imagine ? Ses mots de la veille tournent dans ma tête, comme si je venais de les entendre. J'ai oublié de me méfier. Moi, Calypso, j'ai baissé ma garde. Après tous les coups, après toutes les blessures, je ne devrais pas faire confiance aussi aisément. J'aime la vie plus que jamais. Mais pourquoi m'inquiéter ? Il est réellement doux et agréable, comment pourrait-il être malintentionné ? Il est juste un petit enfant apeuré qui a besoin qu'on le rassure, comme je l'étais quand mes vrais amis sont arrivés dans ma vie.

Ne tombe pas amoureuse, Calypso.

Si être amoureuse, c'est être dévorée par l'envie de sauver l'autre plus que nous-même, à nos dépens, en fermant les yeux sur nos doutes, alors je le suis sacrément. Je croise son regard sombre, et sa bouche s'entrouvre pour me dire quelque chose. Malheureusement, il est interrompu :

— Léo, tu peux venir, s'il te plaît ?

Au-dessus de nos têtes, sur le pont supérieur, se trouve une des amis d'Antoine, et probablement de Léo aussi, que je ne reconnais pas. Il lève le nez en laissant retomber sa main.

— J'arrive.

Il m'offre un petit sourire d'excuse en plongeant de nouveau ses yeux dans les miens, son âme dans la mienne. Je le contemple à travers mes longs cils en lui adressant un flot de paroles silencieuses que je ne pourrai jamais prononcer. Je vois ses joues se colorer légèrement alors qu'il me murmure :

— À plus tard.

Après un dernier coup d'œil, il s'éloigne. Je fixe son dos tandis qu'il grimpe avec agilité les marches qui le séparent de ses amis.

Je réajuste la serviette sur mes épaules avant de la serrer autour de mon corps. Je respire à nouveau correctement, me rendant seulement compte que j'avais retenu mon souffle tout ce temps. Notre petite bulle vient d'éclater, et je plisse le nez en revenant à la réalité. Je passe un bout de serviette sur mon visage pour l'essuyer en me mettant à sourire bêtement. Nous nous sommes touchés, du moins effleurés. Comme une groupie face à son idole, j'en palpite de joie.

— Bah alors, tu viens, ou tu prends racine ?

Apolline penche la tête, elle aussi, et me fait sursauter.

— J'arrive, j'arrive !

Je grimpe à mon tour quatre à quatre les marches qui me séparent du pont supérieur, là où tous les autres sont assis à une petite table de fortune. Un bras se glisse sous le mien, et je me retrouve tirée sans ménagement.

— Raconte.

Sans surprise, Apolline me prend entre quat'z'yeux, son regard perçant me scannant sous tous les angles.

— Il est comment, en vrai ? Non, parce qu'il est sacrément beau !

— Ton téléphone va finir à l'eau si tu n'y fais pas plus attention, me dit Victoria qui nous rejoint, me tendant mon portable.

J'avais complètement oublié celui-ci étant donné que l'objet de mes désirs se trouve actuellement sur ce bateau. En définitive, mon smartphone ne me sert plus à rien.

— Merci, il est cool, je réponds à Apo.

Elle hausse un sourcil.

— Ça ne veut rien dire, « cool ».

Victoria croise les bras sur sa poitrine, bien décidée aussi à obtenir des détails.

Victoria croise les bras sur sa poitrine, bien décidée aussi à obtenir des détails. Détails que j'ai du mal à lâcher alors je détourne l'attention sur une histoire bien plus ancrée que la mienne.

— Ça s'est passé comment avec Owen ? j'interroge plutôt Victoria.

J'ai hâte de savoir ce qui s'est dit entre eux et surtout, si les Moires ont décidé de laisser filer le lien de leur amour.

Victoria hausse les épaules avec une petite grimace.

— Il ne ferme pas la porte à un « nous » mais il aimerait qu'on se laisse de la distance. Je suppose que pour soigner son cœur il a besoin de se retrouver lui-même. Je ne peux pas lui en vouloir pour ça.

— S'aimer ce n'est pas que rester coller toute la journée à l'autre, intervient Apolline.

— Qu'est-ce que tu en sais ? l'interroge Vic.

Apolline lève les yeux au ciel.

— Je vais le laisser décider, reprend Victoria, mais j'ai vraiment envie de faire ma demande mais il faut une je trouve le bon moment.

— Est ce qu'il y a vraiment un moment idéal pour ça ? je demande.

C’est vrai, comment sait-on quand s’engager pour toujours ? Est ce qu’on le sent au fond de nous ? Comme un petit voyant vert qui s’allume.

Victoria soupire, lasse.

— Je n’en sais rien, il propose qu’à notre retour, on ne se voit pas durant quelques jours, alors effectivement ce n’est peut-être pas le bon moment… Tout ceci me prend la tête et le pire ? C’est que je ne peux m’en prendre qu’à moi-même. Il faut que je regagne sa confiance et pour moi, cette demande est la preuve ultime de mon amour. Elle n’effacera pas tout mais au moins, il prendra conscience que je ne vois mon avenir qu’avec lui.

Elle masse lentement ses tempes en proie à une profonde réflexion.

— Pitié est-ce qu’on peut parler d’autre chose ? Je me sens suffisamment coupable comme ça. J’aimais bien quand on parlait de Calypso.

Apolline ricane alors que je grimace, ma diversion semble avoir tourné court…

Et le temps que j’ai gagné n’a pas éclairé plus ma lanterne, je navigue sur le Styx à l’aveugle sans Charon pour me guider.

— Apo a raison, « cool » ne signifie rien.

Je grogne alors que l’attention se reporte sur moi, Victoria refoulant au plus profond d’elle ses doutes les plus persistants.

Je mordille ma lèvre inférieure et soupire.

— Je ne sais pas, c’est perturbant. J’ai envie de prendre mes jambes à mon cou et de me jeter dans ses bras en même temps. C’est très étrange.

— Tu es sûre que c’est lui ? m’interroge Vic.

— Il y a peu de doutes, j'acquiesce.

— Qu'est-ce que tu vas faire ?

Je hausse les épaules. Si seulement je savais ! J'ai retrouvé la barque de ma vie, celle sur laquelle je ne contrôle plus rien. Et pour une fois, ça ne me déplaît pas, c'est bien mieux de ne pas prévoir ce qui va se passer.

— Tu devrais lui dire que tu l'as percé à jour, me conseille Vic.

— Non ! proteste Apo. Il a bien mérité de mijoter un peu.

Elle glisse un doigt sous mon menton pour me forcer à le redresser.

— C'est à toi de mener la danse, maintenant. Tu vas nous le faire devenir fou, ce beau Léo.

Je serre un peu plus la serviette autour de moi en secouant la tête.

— Je vais essayer.

Un petit rire m'échappe tandis qu'elle hausse les épaules.

— C'était pas mal, ta petite initiative de le rejoindre.

J'affiche une moue.

— Dis-toi que tu n'as rien à perdre.

Cette phrase est vraiment le mot d'ordre de ces vacances. Cependant, comme je suis encore sur mon petit nuage après l'avoir rencontré, je ne tiens pas à réfléchir à de potentielles conséquences.

J'abandonne ma serviette sur une banquette et prends une grande inspiration.

— On verra bien ce qui se passera par la suite.

Je jette un coup d'œil à mon téléphone portable en me promettant d'appeler mes parents aussi vite que possible. Je leur dis tout, d'ordinaire, peut-être pourront-ils me conseiller. Alors que l'écran s'allume, je repère dans le volet de notifications un message… un message de lui.

> Tu es vraiment magnifique, Pyrrha,
le soleil te va bien. Je serais ravi de lécher
le sel sur ta peau.

Je me redresse vivement. Un frisson me parcourt l'échine, malgré la chaleur du soleil. Il continue de jouer alors qu'il n'est qu'à quelques mètres de moi. Où est-il parti, d'ailleurs ? Je fouille le pont du regard dans l'espoir de le voir me sourire, son téléphone à la main, achevant de me confirmer qui il est, se révélant définitivement. Pourtant, je ne le vois pas, il n'est nulle part. A-t-il à nouveau disparu alors que les choses commençaient à s'accélérer ? Est-ce son processus de fonctionnement ? Et puis, qu'est-ce que ça veut dire, ce « Pyrrha » ? J'ai déjà entendu ce nom quelque part, mais je ne sais plus où…

Les doigts crispés sur mon téléphone, je détaille silencieusement mes amis, qui commencent déjà à s'attabler.

> J'en serais ravie aussi. Mais pour ça,
il faudrait que tu pointes le bout de ton nez.
Tu es sur ce bateau, alors ? Viens à moi.

J'ai tapé rapidement ma réponse en ne cessant d'examiner les alentours. S'est-il caché justement pour m'envoyer son message ?

Et puis soudain, comme s'il sortait de nulle part, Léo réapparaît, flanqué d'Antoine, dont la mine est plus renfrognée que ce matin, et d'un autre jeune homme que je reconnais comme étant celui de la soirée de la plage qui a bien plu à Apolline. Léo n'a plus le même visage solaire que tout à l'heure, ses traits sont tirés et ses sourcils froncés. Est-ce mon message qui l'a mis dans cet état ? Peut-être n'aurais-je pas dû le provoquer.

Je cherche à capter son regard alors qu'Antoine lui parle tout bas, presque à l'oreille. L'autre garçon non plus n'a pas l'air d'être content. Qu'est-ce qu'ils ont ?

Encore une fois, mon téléphone vibre entre mes doigts, m'apportant une nouvelle réponse.

`> Je suis plus près que tu ne le crois.`

Ce n'est pas le message en lui-même qui m'intrigue, non, c'est le fait que Léo, sous mes yeux, n'a absolument pas son téléphone en main. Mes yeux s'arrondissent alors que je suis incapable de le lâcher du regard. Ce n'est pas lui qui a envoyé ce message ?! C'est impossible ! Mais alors, qui ? Il a peut-être un complice ? Ou alors il l'a envoyé lorsqu'il était loin de moi et, le réseau étant mauvais, je ne l'ai reçu que maintenant ? Ça fait beaucoup d'hypothèses face à ce si gros mystère. Beaucoup de suppositions plus grosses que moi qui n'hésitent pas à m'engloutir dans un océan de doutes.

Pourquoi Antoine a-t-il l'air si en colère ? Ça fait bien longtemps que je ne l'ai pas vu avec un visage aussi crispé.

Au moment même où j'évoque mentalement son prénom, ses yeux se portent sur moi furtivement. Il me jette un petit coup d'œil qu'il pense discret mais que j'intercepte. Je le vois se figer un instant. Puis, il esquisse un rapide sourire pour masquer son trouble avant de se détourner aussi vite qu'il a porté son attention sur moi. D'une main dans le dos, il pousse Léo et l'autre garçon à la table où nous attendons tous.

Je me retrouve alors seule avec mon incompréhension, à cligner des paupières. Il me faut un temps pour chasser toutes mes interrogations et revenir à moi. Décidément, ces vacances sont plus angoissantes que nos partiels de fin d'année ! Si j'avais su... Malheureusement, je ne peux m'en prendre qu'à moi-même, c'est là tout le paradoxe. J'ai sauté à pieds joints dans ce cercle vicieux, la bouche en cœur. On récolte ce qu'on sème, après tout, non ?

CHAPITRE 17

— Tu peux me passer la crème solaire, s'il te plaît ? geint Apolline, dont le dos commence à cramer.

Je n'ai pas quitté mes amies de tout l'après-midi qui a suivi cette matinée perturbante. Être avec elles et discuter de tout et de rien est facile, beaucoup moins éprouvant que de me creuser la tête. Je n'ai pas eu l'occasion de parler de nouveau à Léo depuis que je l'ai vu torturé aux côtés d'Antoine. Il faut dire aussi qu'il n'est pas revenu vers moi, bien au contraire, c'est comme si nous ne nous étions jamais adressé la parole. Finis, les petits regards complices, les sourires en coin ou les coups d'œil sur ma bouche. Nous revoilà comme deux étrangers en plein milieu d'une mer d'interrogations. Qu'est-ce qui a bien pu causer ce revirement ? Antoine, lui aussi, semble m'éviter, bien que j'aie essayé plusieurs fois de le taquiner. Quelque chose ne tourne pas rond. Tout est étrange, j'ai l'impression d'être dans une autre dimension. Je n'ose pas aller interroger le beau brun, de peur de paraître trop insistante et de me griller par la même occasion. Cependant, loin de ses yeux sombres, je semble virer folle. Les doutes m'assaillent de nouveau.

— Antoine est étrange, je fais remarquer à mes deux amies.

Je passe le tube de crème à Apo avant de chausser mes lunettes de soleil. Je pivote ensuite pour offrir mon ventre à l'astre flamboyant.

— Tu trouves ?

Vic se lève afin de mieux étaler sa serviette sur le ponton, où nous avons établi nos quartiers pour nous dorer la pilule.

— Pas plus qu'un autre garçon, elle conclut en se rallongeant. Ils le sont tous.

Un petit rire m'échappe alors que je me redresse, moi aussi, sur les coudes.

— Il y a quelque chose, insisté-je.

Ce petit soupçon me tracasse bien plus que l'indifférence soudaine de Léo. Après tout, avant l'amour, il y a l'amitié. Apo hausse un sourcil.

— Pourtant, je le trouve comme d'habitude.

D'où je suis, je peux voir ceux qui barbotent, et aussi l'intéressé, perché sur les rochers à la recherche de je ne sais quoi. Il semble en quête de réponses sur son avenir tant il y met d'intérêt.

— Je ne sais pas… Il nous ignore quand même vachement.

Suis-je la seule à l'avoir remarqué ? J'ai conscience que tout a commencé lorsque son regard a croisé le mien juste avant le déjeuner. Depuis ce coup d'œil en apparence insignifiant, il me fuit, mais pourquoi ? C'est la question à mille euros, on dirait bien. Il a l'air d'avoir eu une conversation houleuse avec Léo, mon prétendant plus trop anonyme. C'est pourtant mon ami qui m'a aiguillée sur qui il était, qui l'a même poussé à se présenter. Pourquoi ai-je la mauvaise impression qu'il l'a dissuadé de persévérer ? Serait-il jaloux ? Je plisse le nez à cette hypothèse. Non, c'est ridicule ! Je connais Antoine depuis quelques années, et je ne suis absolument pas son style. Il n'est pas le mien non plus. Notre amitié est trop importante pour envisager une quelconque amourette entre nous, ce serait… trop bizarre. J'espère, du moins, qu'il pense de même…

Mais pour quel motif serait-il donc allé parler à Léo, dans ce cas ? Peut-être pour jouer les grands frères protecteurs. C'est sans doute ça. Et Léo, en revenant sur terre et en se rendant compte des conséquences de son petit jeu de séduction, serait revenu à lui et aurait décidé d'y mettre un terme ? Les questions s'accumulent. Si jusqu'ici, j'étais parvenue à les mettre de côté afin de me détendre en compagnie de mes amies, là, je ne réussis plus à lutter. Elles surgissent aussi brusquement qu'une averse torrentielle. Un peu plus, et me voilà noyée. Il vaut mieux étouffer le mal tant qu'il est encore dans sa coquille. Peut-être que je me monte la tête, ce ne serait pas une première, à vrai dire.

Je repousse mes lunettes sur le sommet de ma tête pour tenter de maintenir au mieux mes cheveux fous.

— Je vais voir Antoine, annoncé-je en me levant.

— Tu ne veux pas plutôt aller chatouiller ton mystérieux brun ? Il a l'air de s'ennuyer… Regarde, m'indique Vic d'un mouvement de menton.

Je pivote alors et découvre effectivement Léo, assis sur le pont, les pieds au-dessus de l'eau. Il est accompagné d'Adam et Kylian ainsi que de deux filles. Quoique entouré, il n'a pas l'air de s'intéresser aux conversations, balançant ses jambes ballantes. À quoi pense-t-il ? À moi ? Tant mieux, qu'il continue ! Je n'ai pas envie de le coller, là, maintenant. Je suis irrésistiblement attirée par lui ainsi que par tout ce qu'il fait résonner en moi, mais il semble avoir à gérer bien plus gros. Au moins, si je garde mes distances, il ne se doutera pas que je sais. En outre, je ne veux pas paraître à ce point désespérée et en quête de son attention, même si c'est le cas. Je n'ai pas eu besoin de lui pour devenir qui je suis. Pourquoi me serait-il indispensable, à présent ?

— Non, laissé-je tomber à l'intention de Vic.

Cette soudaine emprise sur moi me fait peur. Je ne parviens pas à poser des mots sur ce qui se passe en moi et sur mes sentiments, alors raison de plus pour laisser les choses se tasser un instant. Il faut que je prenne le temps de mettre mes idées au clair pour ne pas me précipiter, précisément ce que je fais depuis que je me suis lancée dans ce terrible jeu. Je ne suis plus cette fille humiliée. Je me suis construite, sur des bases bancales, certes, mais j'ai réussi. C'est plaisant d'être désirée, je ne suis pas encore prête à quitter cette place pour devenir celle qui désire, même si c'est terriblement le cas et que je ne fais que me mentir. Quoique… pas complètement. Son corps bronzé aux reflets dorés ne me fera pas flancher, peu importe la difficulté que ça représente de ne pas tomber à ses pieds. Je me refuse à être surexcitée à l'idée qu'un homme comme lui soit attiré par une femme comme moi. Qu'est-ce que ça veut dire « une femme comme moi » ? Qu'est-ce que je suis ? Une jeune femme brillante et forte ? Oui, tout à fait. Nous avons tous les deux de la chance d'être tombés l'un sur l'autre.

— Comme tu veux, me répond Vic.

— Ça me fait tourner la tête, toutes vos histoires, dit Apolline en roulant sur le dos.

Et moi donc.

— Moi, ce soir, je termine avec le dieu grec, j'annonce, poursuit-elle.

Je fronce les sourcils avec une petite moue interrogatrice.

— Celui de l'autre soir à la plage et qui est ici ?

Elle hoche la tête lentement avant de glousser.

— Il est canon et, franchement, je sens que nous avons des atomes crochus.

Je pose alors mon regard sur lui, tout près de nous. Il est étalé sur le pont, à l'écart des autres, qui s'amusent dans l'eau. Son corps est offert au soleil en une douce offrande. Un bras derrière sa tête, il a l'air paisible, et je vois même l'ombre d'un sourire affleurer sur ses lèvres charnues. Son torse finement musclé s'abaisse et se soulève tandis qu'il respire profondément. Est-ce qu'il dort ?

C'est vrai qu'il est mignon. Beaucoup plus svelte que Léo. Son corps semble minutieusement taillé dans du marbre alors que de petites mèches de cheveux lui tombent sur le front paresseusement. Elle a touché le gros lot, l'expression « dieu grec » n'est pas si exagérée.

— Vous iriez bien ensemble, dis-je à Apo en hochant la tête.

— Tu verras, en deux temps trois mouvements, ce sera fait, assure-t-elle. Beaucoup plus facilement que pour vos histoires compliquées.

— Il faudrait que j'aille voir Owen, se rappelle Vic, j'aimerais lui rappeler quand même que je vaille la peine qu'on se batte.

— Il est avec Antoine. Tu viens avec moi ? je lui propose.

Elle acquiesce silencieusement avant de se relever avec un petit gémissement d'effort. Elle et moi plions nos serviettes. Je cale la mienne sous mon bras et m'étire, réveillant chacun de mes muscles. Ma peau est rougie par le soleil, malgré la crème solaire. Pas moyen de bronzer avec ma carnation.

— C'est ça, abandonnez-moi, ricane Apolline. Allez affronter les tourments de vos cœurs, traîtresses…

— Mesdames et messieurs, veuillez applaudir la tragédienne ! je me moque.

Pour ponctuer mes dires, elle laisse retomber son avant-bras sur son front.

— Pauvre de moi !

Victoria soupire et roule les yeux, exaspérée par tous ces personnages qu'est notre amie à elle seule.

— Allez, on a des affaires de femmes à gérer. Bisous, ma vieille, plaisante-t-elle à son tour.

— Avoir affaire à des garçons ne fait pas de vous des femmes, hein, réplique Apo en la fusillant du regard.

Victoria passe son bras autour du mien pour me tirer vers l'eau.

— On n'a pas dit ça ! je lance par-dessus mon épaule.

— C'est bien, avec elle, on n'est jamais dans l'excès, ajoute Victoria.

— Que serait Apolline sans l'excès ? Elle est née là-dedans, je conclus.

En effet, fille de militaire et d'une mère au foyer, elle est la petite dernière d'une nombreuse fratrie. Elle crie sur tous les toits qu'elle est née à la suite d'un caprice de ses parents et qu'elle est de trop parmi tous ces frères et sœurs, mais la vérité, c'est que la vie serait bien triste sans elle. Elle possède ce grain de folie, celui qui nous fait tourner la tête et nous tape sur les nerfs, mais celui qui nous pousse aussi à nous surpasser, à aller jusqu'au bout des choses. Un grain de folie qui nous incite à montrer un courage dont on ne soupçonnait même pas l'existence. C'est en grande partie grâce à elle que tout va bien pour moi désormais, que l'obscurité a quitté ma vie et que j'essaye toujours au mieux de m'améliorer.

Pour parfaire le tableau, il ne reste plus qu'à régler cette petite tension avec Antoine. Sans aucune difficulté, et même avec un soupir de soulagement pour ma part, nous entrons dans l'eau. Ma peau rougie accueille avec bonheur ce liquide qui vient l'apaiser. Nous pataugeons jusqu'à la couronne de rochers où sont perchés les garçons.

— Fais gaffe à l'endroit où tu mets les pieds, me prévient Vic.

Elle a à peine le temps de finir sa phrase que, effectivement, je dérape sur les algues visqueuses qui tapissent la roche. Elle me retient par le coude pendant que je me rattrape en agrippant une aspérité et m'écorchant la main au passage.

— Merde ! je jure.

— Ça pue, grimace mon amie.

Je me frotte les doigts avant de les secouer.

— Prépare-toi à appeler les pompiers, j'entends au-dessus de nos têtes.

Je mets une main en visière, une fois sûre qu'elle ne me sera plus utile pour me rattraper avant une quelconque chute. Sur un gros rocher, Antoine ricane en donnant un petit coup de coude complice à un Owen mort de rire. Le sourcil levé, je me décide à avancer, précautionneusement cette fois.

— C'est ça, rigole ! je le menace. Cramponne-toi bien, car quand je serai à ta hauteur, ce sera pour te balancer à l'eau.

Je le fusille du regard, mais il est loin d'être terrifié.

— Essaye toujours, il me défie.

Je grimace lorsque, cette fois, c'est une petite pointe qui égratigne la plante de mon pied.

— Ce n'est pas vrai ! je peste dans ma barbe.

Voilà que je perds toute crédibilité !

— Ce n'est pas évident, reconnaît Vic, à mes côtés.

Elle avance doucement, elle aussi, et je la soupçonne d'agir ainsi dans le but d'attirer la pitié d'Owen. Avec ses grandes jambes, elle peut facilement éviter les pièges de la roche. Owen se focalise, bien évidemment, sur elle. Je le vois lui tendre une main un peu timide.

— Mademoiselle, minaude-t-il. Ce serait dommage de vous abîmer.

Ses lèvres se tordent en un joli sourire. Je plante mes mains sur les hanches, satisfaite. Eh bien voilà, on avance !

— Tu veux surtout éviter qu'elle se pète les bras, histoire de ne pas avoir à faire toutes les corvées en rentrant, le nargue Antoine. N'est-ce pas ?

Mes mains se serrent en deux petits poings révoltés.

— Mais c'est que tu es un rigolo, toi, dis donc.

— T'es con ! ricane Owen alors qu'il attire Vic à ses côtés.

Antoine secoue la tête, désespéré. Il se penche ensuite vers moi pour attraper mes poignets.

— Allez, viens. MOI, je n'ai pas envie de te servir de boniche.

Il me tire alors sur une partie plane du rocher, à ses côtés. Je m'appuie sur lui tandis qu'à nos pieds la mer vient clapoter.

— Tu es vivante ! lance-t-il.

— Étonnant, non ?

Je plisse les lèvres en lui faisant les gros yeux.

Owen rit tout bas, son bras toujours autour du corps de Victoria.

— Je peux te parler ? je questionne Antoine.

De cette manière, les deux tourtereaux torturés seront seuls et moi, je peux obtenir mes réponses. D'une pierre deux coups.

— Tu sauras marcher sans te briser le cou ? me demande-t-il, un sourcil en l'air.

— Je crois que oui.

Il secoue la tête pensivement avant d'annoncer :

— Alors, allons-y.

Owen nous lance un discret appel à l'aide, presque paniqué à l'idée de se retrouver seul avec Vic. Nous l'ignorons tous les deux et nous nous éloignons.

— Par là.

Je m'accroche à la main d'Antoine, alors qu'il m'indique le chemin le plus sûr. Nous passons de pierre en pierre, toutes plus énormes les unes que les autres. J'aimerais éviter de me fracasser le crâne dessus en tombant.

— Qu'est-ce qu'il y a ? m'interroge-t-il.

Je secoue la tête distraitement. Après nous être suffisamment éloignés du petit couple, nous nous arrêtons. Je balaye la roche d'un coup d'œil, elle est parfaite pour s'installer. Je relève ensuite les yeux pour les poser sur un Antoine soudain très calme.

— Tout va bien ? insiste-t-il.

Il se demande pourquoi je souhaite lui parler.

— Rien de grave. C'était aussi un prétexte pour les laisser tous les deux.

Je mens pour tenter de dédramatiser la situation. Bien que, après tout, ce ne soit pas vraiment un mensonge. Owen et Victoria sont bel et bien seul à seule et, pour l'instant, ils ne sont pas décidés à se hurler dessus. Peut-être va-t-elle lui faire sa demande.

— Bien joué ! me félicite-t-il.

Je lui offre un sourire alors qu'il devient silencieux, le regard fixé sur un petit crabe qui passe près de nous. Et voilà, dès que nous sommes tous les deux, il devient plus froid. Je ne suis pas folle, il y a véritablement un problème !

— Ça va, toi ?

Il hausse un sourcil et repose les yeux sur moi, visiblement surpris par ma question.

— Très bien, pourquoi ?

Il ment. Il ment comme un arracheur de dents et le pire, c'est qu'il ment mal. Son sourcil droit s'est relevé à l'instant même où sa mâchoire s'est crispée. Tant de petits signes qui ne trompent pas. De plus, il m'a répondu trop précipitamment pour que ce soit vrai, sans la surprise qu'on percevrait dans la voix de quelqu'un qui ne verrait véritablement pas de quoi je parle. Je fais mine de le croire en hochant la tête.

— Je t'ai vu parler à Léo. Tu avais l'air contrarié, et lui aussi. Quelque chose ne va pas ?

Je mets les pieds dans le plat, ça ne sert à rien de tourner autour du pot plus longtemps. J'ai raison, tout ceci n'est pas clair, alors autant aller droit au but. Après quelques secondes, il semble se souvenir de cet échange peu avant le repas. Immédiatement, son regard se ferme, et il me fuit. Encore. Si je ne le connaissais pas aussi bien, je ne l'aurais pas remarqué. Manque de chance pour lui, je le connais sur le bout des doigts.

— Oh, ce n'était rien, il doit des sous à mon cousin, qu'il refuse de rendre. Il fallait que je règle ça. Ça n'a rien à voir avec toi.

Encore un mensonge, et qui sonne extrêmement faux, en plus. Je ne lui ai jamais demandé si ça me concernait.

— Mon prétendant est donc un voleur ? je ricane.

Il se tourne rapidement vers moi, comme piqué au vif. Il me fusille du regard avant de rectifier :

— Ce n'est pas ton prétendant.

Je sursaute face à son ton sec.

— On pense pourtant que Léo est mon mystérieux inconnu, je lui rappelle.

— On n'en est pas sûrs, il riposte.

J'ouvre la bouche pour répondre, mais il me devance avec un ton plus doux :

— Et puis, même si c'est lui, fuis. Il n'est pas net, ce type, pas droit dans sa vie. Comme je te l'ai dit, il a pas mal de dettes à droite et à gauche. Il ne t'apportera rien de bon. Dans tous les cas, reste loin de lui.

Je me renfrogne, n'appréciant pas ses recommandations.

— N'est-ce pas à moi d'en juger ?

Je croise les bras sur ma poitrine, un peu agacée qu'il me couve autant.

— Foncer dans les bras du premier venu n'est pas la meilleure façon d'être objective, m'accuse-t-il.

J'ai un mouvement de recul.

— Tu insinues que je suis désespérée ?

Je mords l'intérieur de ma joue, blessée par ses mots. Ses yeux se plissent alors qu'il comprend qu'il a peut-être été un peu brusque.

— Non, murmure-t-il, ce n'est pas ce que j'ai dit…

— Alors quoi ? je le coupe. Tu me recommandes d'arrêter tout ça ? Si près du but ? Je dois baisser les bras ?

J'ai peut-être parlé un peu trop froidement ; à vrai dire, mon ton me surprend moi-même. Comment pouvons-nous nous disputer pour de telles bêtises ? Je ne comprends pas son attitude distante alors que j'aurais grand besoin de lui pour m'aiguiller. C'est tout de même le seul à connaître un peu Léo.

— Je n'en sais rien, souffle-t-il. Tu crois que c'est lui, toi ? Au fond de toi ?

Je hausse les épaules, encore un peu renfrognée. Je refuse la perspective de tourner le dos à toute cette histoire qui s'est enracinée dans mon cœur. J'ai besoin d'éprouver ces émotions qui me bercent d'un doux apaisement, et qui, peut-être, me font oublier la perversion de ce jeu. Ça n'a pas de sens. Ça a seulement commencé à en prendre lorsque le mot « inconnu » s'est associé à Léo. Alors, est-ce que je suis convaincue qu'il s'agit de lui ? Je ne sais pas. Mais c'est un des seuls espoirs qu'il me reste de savoir, peut-être un jour, la vérité à ce propos.

— Je n'en sais pas plus que toi, Antoine. Je n'ai entendu que sa voix…

Je repasse en mémoire les moments où j'ai parlé à Léo.

— Il est vrai, je confesse, que sa voix au téléphone est un peu différente. À l'église, il était derrière une cloison de bois, donc elle a pu être étouffée. Quant au téléphone…. ça modifie la voix, parfois.

Il secoue la tête, perdu dans ses songes.

— Tu essayes de me convaincre ou de te convaincre, là ?

Il a raison. Il y a plusieurs points sur lesquels je ferme les yeux depuis que j'ai rencontré Léo. Sa voix n'est pas vraiment la même, son parfum non plus. De plus, son prénom n'est attaché à aucun souvenir. Mais ça ne veut peut-être rien dire. Il peut avoir changé de parfum entre la soirée et maintenant. Et pour son prénom ? J'avais trop bu, mes souvenirs sont perdus à jamais.

— Tu me le dirais si tu savais quelque chose ?

Il fait brusquement volte-face. Il se rembrunit, presque blessé que j'en doute. Étrange…

— Tout ce que je sais, c'est que ce gars a une mauvaise réputation dans notre groupe. C'est pour ça que je tente de t'en protéger. Rien de plus.

Il baisse le menton pour planter ses yeux dans les miens. Ses mains viennent alors serrer mes épaules, en signe de réconfort, tandis qu'il ajoute :

— Je veux simplement faire attention à toi, Calypso. Vraiment.

Je lui fais un sourire, bref et pâle. Il m'observe sous tous les angles, s'assurant que je suis rassérénée.

— C'est gentil. Mais de toute manière, il m'évite. Alors, ne t'inquiète pas.

Lâchant mes épaules, il jette un coup d'œil derrière moi où, sans doute, Léo doit se trouver.

— Je te l'ai dit, il est bizarre.

Il fronce les sourcils. Une ombre passe dans ses yeux l'espace d'un instant. J'en profite pour détailler son visage, où j'observe sa mâchoire se contracter. Les muscles de son corps sont extrêmement tendus pour quelqu'un qui ne cache rien. À moins qu'il ne soit véritablement en colère contre Léo ? Je ne sais plus quoi penser, ma tête est si pleine d'informations contradictoires.

— Si tu le dis, je soupire avec lassitude.

Je pose ma main sur son bras et le presse pour tenter de le rassurer, quels que soient ses doutes. Une bourrasque s'engouffre alors dans mes cheveux, me brouillant la vue un instant, instant. Lorsque je dégage les quelques mèches de mon visage, son sourire naturel est revenu ainsi que ses yeux pétillants. Envolés, les soupçons et la méfiance. Bonjour à l'Antoine que l'on apprécie tous. Je ne lui connaissais pas cette faculté à changer aussi vite d'émotions.

— Il faudrait qu'on commence à rassembler les autres sur le bateau.

Il pointe du doigt le yacht derrière nous, puis l'horizon.

— On doit reprendre le chemin de Nice pour retrouver tout le monde pour la soirée.

Il coupe court à notre discussion en posant le point final. Je ne relève pas, lessivée. La soirée, c'est vrai ! J'avais presque oublié. Ça m'offre une occasion en or. Il sera sans doute trop occupé pour s'inquiéter de mes relations. Je pourrai enfin faire la lumière sur ce qui se passe en interrogeant Léo. Si Antoine ne veut rien me dire, peut-être Léo sera-t-il plus disposé à s'en charger.

— Je te laisse récupérer les deux tourtereaux, Cal. Étrange qu'ils ne se soient pas encore étripés…

— Owen est prêt à essayer de recoller les morceaux, à condition qu'elle lui apporte des preuves solides de son amour, je lui apprends.

— Je sais. Mais on n'est pas à l'abri d'un drame, tout de même.

C'est vrai.

— Au fait, l'arrêté-je, ça te dit quelque chose le nom « Pyrrha » ?

Il fronce les sourcils et cligne plusieurs fois des paupières avec un air dubitatif.

— Absolument pas.

Je hausse les épaules en laissant voguer mon regard vers les vagues au doux clapotis. Elles continuent inlassablement de lécher les rochers avec sensualité, avant de se retirer précipitamment. Je replace une mèche de mes cheveux roux, distraite.

— Tu ne traînes pas, hein ?

Je ne me suis pas rendu compte qu'il avait repris la direction du yacht, étrangement pressé. Cette pensée est accompagnée d'un coup d'œil vers Léo, un coup d'œil qui s'avère bien plus long que je ne l'aurais voulu.

Pourquoi j'ai comme l'étrange pressentiment que les choses ne vont pas se passer comme prévu ? Pourquoi l'air pue-t-il le drame à ce point ?

CHAPITRE 18

Nice est bien plus festive que je ne l'aurais cru. Lorsque nous avons accosté, une musique s'échappait déjà des bars et restaurants bondés. La nuit, ici, est placée sous le signe de l'euphorie. Une euphorie carrément communicative alors même que les nouveaux arrivants foulent le pont de notre yacht. Antoine, son cousin et le fils du propriétaire de ce bateau connaissent pas mal de monde. Aussi, en un rien de temps, viennent s'ajouter plus d'une trentaine de personnes toutes plus joyeuses les unes que les autres. Nous avons jeté l'ancre au large de la ville, là où seule notre petite fête improvisée domine.

De grosses enceintes ont été installées grâce à des branchements de fortune. La musique pulse, et l'alcool coule à flots. Owen a créé de formidables cocktails qui glissent étrangement tout seuls dans la gorge. Il ne reste plus qu'à espérer que personne ne tombe à l'eau.

Mon verre, tout comme celui de mes amies, est rempli presque à ras bord de la même substance qui m'a fait perdre la tête il y a à peine quelques jours.

— Goûte-moi ça ! crie Victoria dans mes oreilles. Adam a essayé de concurrencer Owen avec un cocktail de sa composition.

Elle me tend sa boisson d'une couleur étrange alors qu'Antoine la considère d'un drôle d'œil. Je trempe mes lèvres dans le nectar sucré. L'ananas et le jus de cranberry se mélangent sur ma langue avant que l'alcool vienne frapper mon palais. C'est délicieux !

— Je veux le même ! je m'exclame.

Nos garçons ont du talent, dis donc. Je lève mon verre en regardant Antoine, pour lui porter un toast. Il paraît toujours sceptique. Il lève le sien en réponse, mais au même moment, une voix s'élève derrière moi, que nous entendons clairement, malgré la musique qui nous vrille les oreilles.

— Antoine !

Je me retourne, couvrant mon verre, prêt à se renverser à tout instant. Kylian apparaît, s'extirpant tant bien que mal de la foule. Je remarque bien vite qu'il est accompagné d'un étrange duo.

— Regarde qui j'ai trouvé ! s'exclame-t-il en arrivant à notre hauteur.

Me retournant vers Antoine, je le vois rayonnant. Je dévisage les nouveaux venus, ceux qui donnent à ce point le sourire à notre ami. Sans nul doute, ils sont jumeaux, bien que nous ayons affaire à une fille et un garçon. La jeune femme, bien plus petite que son frère, a des cheveux blonds assez courts, et sa peau est couverte de tatouages, un peu comme des stickers. L'autre jumeau a un bras protecteur passé autour de ses épaules. On dirait des copies conformes. Même pâleur de peau, mêmes yeux perçants, mêmes cheveux de lune.

— Vous êtes revenus ! s'exclame Antoine.

Il leur claque une bise, le visage complètement enjoué, comme s'il embrassait le Messie en personne.

— Quoi de neuf ? les interroge-t-il.

La petite blonde échange un regard avec son frère, avant de hausser les épaules en souriant.

— On a eu une année assez compliquée.

Je la vois tressaillir légèrement alors que son frère se penche pour embrasser le sommet de sa tête en guise de geste de réconfort.

— Tu ne nous présentes pas ? s'immisce Victoria, déjà un peu pompette.

Antoine ouvre de grands yeux avant de se frapper le front.

— Si, bien sûr !

Il se tourne vers nous tout en désignant les jumeaux.

— Les filles, je vous présente Béryl et Milo, des potes de vacances qui viennent de Toulouse.

Des potes de vacances ? Le regard qu'Antoine pose sur ladite Béryl n'est pourtant pas si innocent. À mon avis, de son côté, il a dû y avoir un petit coup de cœur.

— Béryl, Milo, continue-t-il, voici Calypso et Victoria.

— Enchantée, dis-je avec un sourire.

J'ai à peine le temps de m'avancer pour les saluer qu'Antoine pose une main sur le bras de Milo afin de les relancer :

— Racontez-moi tout…

Curieux et impatient, il les tire à l'écart, sans doute là où le bruit est moins présent.

Victoria hausse les sourcils avant de détourner les yeux théâtralement.

— Eh bien…

Soudain on me bouscule par-derrière, et mon verre se déverse en partie sur le pont.

— Faites-moi rire ! Vite ! nous lance Apo.

Je fronce les sourcils, prête à râler, les doigts complètement collants, mais Apolline, affolée, pose une main sur mon bras – je peine à déchiffrer ce qui se passe. Elle jette un petit coup d'œil derrière elle avant de balancer sa tête en arrière pour se mettre alors à rire à gorge déployée, complètement hilare à cause d'une blague imaginaire. J'échange une œillade avec Victoria, qui affiche tout comme moi son incompréhension. Apolline zieute encore une fois derrière elle et, d'un coup, tout aussi vite qu'elle a commencé, elle cesse son rire forcé pour reprendre un masque impassible.

— Tu nous fais quoi, là ? je l'interroge en me penchant à son oreille pour qu'elle puisse m'entendre correctement.

— Je crois que le cocktail est un peu trop fort pour toi, déclare Vic en tentant de lui ôter son verre.

Apo recule brusquement en fronçant les sourcils, vexée qu'on ne comprenne pas et qu'on l'infantilise autant.

— Vous n'y êtes pas du tout.

Elle se rapproche un peu plus de nous et désigne d'un signe de tête quelque chose derrière elle. Je me tords le cou et distingue alors le « dieu grec » qu'Apolline a dans le viseur depuis la soirée sur la plage. Un verre à la main, il est mêlé à de nouveaux invités, un petit sourire flottant sur ses lèvres. Le seul souci, c'est que son regard est braqué sur nous, regard dont la dureté contraste avec son attitude détendue.

— Il m'a recalée quand vous m'avez abandonnée salement, elle nous apprend.

— Quoi ? je m'étrangle.

Victoria manque de s'étouffer.

— T'as tenté quelque chose ?

Elle plaque une main sur sa bouche pour s'empêcher de ricaner. Apolline ignore cette moquerie et hausse les épaules.

— Ouais, et apparemment, je ne suis pas son style.

Elle lui jette de petites œillades peu discrètes alors que je fais de même, les yeux plissés pour mieux le distinguer dans la nuit tombante. Même si le bateau a été aménagé, les simples loupiotes installées ne suffisent pas à nous éclairer comme il faut. C'est bien un des très rares mecs qui envoient balader Apolline. D'habitude, c'est l'inverse. Son ego doit en avoir pris un coup.

— Je ne veux pas qu'il pense que ça m'a touchée, poursuit-elle.

D'où le rire excessif. Je comprends mieux. J'avale la dernière gorgée de ma boisson, le peu qui n'a pas été gâché.

— Parce que ça t'a touchée ? la questionne Vic.

Apo grimace en faisant tournoyer le liquide dans son verre.

— Pas tant que ça, ce n'est pas comme si je le connaissais vraiment...

Victoria soupire discrètement avant de passer un bras autour des épaules de notre amie.

— Allez, n'y pense plus. Il ne sait pas à côté de quoi il passe.

J'acquiesce d'un petit hochement de tête.

— On accorde bien trop d'importance aux mecs, j'ajoute.

— Il est con, c'est tout, conclut Apo.

Victoria se met alors à sourire.

— Il te courra après quand il aura cogité.

Elle se mord la lèvre inférieure malicieusement.

— Mais ce sera trop tard, minaude Apo.

Je l'attire à moi en rigolant contre sa tempe.

— Moi, je t'aime ! je lui crie pour couvrir la musique.

Elle plisse son petit nez, complètement hilare, en levant les yeux vers moi.

— Moi aussi, je t'aime ! hurle-t-elle en brandissant son verre.

On se marre alors que Victoria ajoute sa petite touche :

— Et puis, on n'a pas besoin de mecs.

Elle réfléchit un instant, un doigt sur sa bouche. Je la considère en connaissant déjà la suite de sa tirade :

— Peut-être moi un peu du mien, confesse-t-elle. Mais c'est tout !

Elle lève les mains au ciel. J'esquisse à mon tour un sourire niais en me retenant de penser que, ces temps-ci, j'échappe à cette règle que nous avons instaurée entre filles en me faisant mener par le bout du nez par cet inconnu.

— C'est plutôt lui qui va avoir besoin de toi s'il continue à boire comme ça, plaisante Apo en zieutant sur le côté.

Nous ne sommes visiblement pas au bout de nos surprises. Je ne sais plus où donner de la tête. Dans un coin du bateau, Owen est acclamé par un petit groupe de garçons attroupé près de lui. En effet, notre ami offre un spectacle surprenant : il est perché en équilibre, la tête en bas, sur un énorme fût de bière. Les muscles de ses bras sont tellement tendus qu'ils déforment sa peau en courbes saillantes. C'est un miracle qu'il arrive à tenir uniquement en s'accrochant à de fines poignées. Je vois sa pomme d'Adam glisser sous sa peau tandis qu'il semble avaler difficilement mais goulûment des litres de bière.

Je grimace de dégoût en sentant presque le liquide couler dans ma gorge.

— Bon courage, je lance à Victoria.

Elle hausse les épaules et murmure un « Je m'en fiche, il est grand ». Elle ne peut cependant pas s'empêcher de poser des yeux inquiets sur lui.

Je considère le verre vide entre mes doigts.

— Je vais m'en chercher un autre, je leur indique.

Je compte bien le remplir du super cocktail d'Adam. Mon premier verre commence à faire effet dans mes veines, j'ai le sourire facile et, je suis sûre, les yeux qui pétillent. Je me dandine rapidement en direction de la table accueillant les boissons. Adam est là, en bon barman, il sert bien volontiers sa boisson secrète. Il fait face au bourreau d'Apolline ainsi qu'à Kylian, qui viennent se réapprovisionner. Celui-ci semble avoir abandonné Antoine avec les jumeaux.

La musique vibre dans ma peau, si bien que je ne peux m'empêcher de tournoyer sur moi-même en arrivant à leurs côtés. Le volume sonore me permet de ne pas me faire remarquer, même si mes pas sont loin d'être discrets. Ils ne m'entendent pas approcher.

— Salut ! je crie, une fois à leur hauteur.

Je passe un bras autour de la taille d'Adam. Son visage s'illumine alors qu'il tient fièrement une grosse carafe bien remplie. Il a fait le plein de munitions pour contenter tout le monde, on dirait !

— Il paraît que c'est une tuerie, je déclare en désignant le récipient.

Il m'arrache mon verre des mains.

— C'est vrai, c'en est une, et que tu ne l'aies pas déjà goûté est un crime.

Il me sert alors généreusement, sous le nez des deux autres garçons. Kylian considère mon verre désormais saturé avec un petit sifflement admiratif que je ne peux entendre mais que je devine. L'autre n'affiche aucune expression particulière, il semble dans son monde, comme d'habitude. Peut-être est-il timide ? Apolline lui fait peut-être peur ? Il faudra que j'en touche deux mots à mon amie.

— Tu t'amuses ? me demande Kylian alors que je respire les effluves de mon verre.

Je ne saurais dire si ce cocktail est meilleur que celui d'Owen mais, en tout cas, il sent bien plus fort. Il annonce déjà la couleur. Je me mets à sourire bêtement avant de replacer une mèche rebelle derrière mon oreille.

— Oui, beaucoup. Peut-être trop, je ricane.

Je ponctue ma phrase en buvant une gorgée qui m'arrache le palais. Il me semble beaucoup plus alcoolisé que celui que m'a fait goûter Vic. Je grimace.

— Il a dosé l'alcool les yeux fermés, m'apprend Kylian.

J'ai un mouvement de recul.

— T'abuses ! je réprimande Adam gentiment.

Je lui donne un petit coup de coude amical alors qu'il secoue la tête innocemment. Il n'y a pas à dire, il déploie ses talents de grand frère expérimenté sur tous les plans.

— Le pire, c'est que ça se boit tout seul, je râle.

Kylian hoche la tête pour confirmer.

— C'est mon troisième.

Je ris à gorge déployée, bien plus détendue et à l'aise. Je me sens d'humeur à sociabiliser et à aimer tout le monde. Il est bien loin de mes pensées, l'inconnu, ce Léo qui traîne toujours dans un coin, loin de moi. Ça fait d'ailleurs un petit moment que je ne l'ai pas aperçu. Tant pis pour lui, mon ivresse me permet de ne pas penser à tout ce que je souhaiterais lui dire. À la place, je me change les idées et rencontre du beau monde.

Je me tourne vers le « dieu grec ». Ses cheveux sont plaqués vainement en arrière puisque de nombreuses mèches se rebellent. C'est complètement le type d'Apolline. De près, je comprends encore mieux pourquoi il l'attire. Je remarque alors aussi un autre détail qui me saute aux yeux. Comment ne l'ai-je pas remarqué avant ? Me voilà plus perspicace, pompette ? Sur son tee-shirt noir, il porte un petit collier de perles nacrées et laiteuses régulièrement enfilées. Un style particulier et peu courant.

— Très joli, je le complimente.

C'est véritablement la première fois que je m'adresse à lui. Je tente de paraître le plus claire et le plus agréable possible. Il ne sait pas encore que je souhaite lui tordre le cou rien que pour avoir fait froncer les sourcils de notre belle Apolline.

Il porte immédiatement une main à son collier pour en toucher les perles scintillantes. On dirait presque qu'elles viennent de le brûler. Il ouvre la bouche pour répondre, et je suis ravie de constater qu'il n'est pas si sauvage. Mais il n'a même pas le temps de prononcer une syllabe car je sens deux bras encercler ma taille et me tirer en arrière. Cette fois, je fais plus attention à mon verre et le maintiens fermement. Je me tourne pour découvrir Antoine, qui englobe notre petit groupe d'un regard. Il porte un rapide regard sur mon interlocuteur, avant de resserrer ses bras autour de ma taille dans un geste protecteur. À quoi ça rime ?

— Ça vous dit, un petit jeu ?

Je m'appuie contre lui pour essayer de me stabiliser. Mon verre est sain et sauf. Ouf !

— Pardon, s'excuse-t-il lorsqu'il remarque qu'il a été un peu brusque.

Ses bras se desserrent aussitôt. Il enfonce ses mains dans ses poches, conscient de ce contact assez intime.

— Pourquoi pas, accepte Adam.

Celui-ci se décide enfin à poser sa carafe sur la table et à laisser les gens se servir eux-mêmes. Il harponne une dernière personne, fier comme un coq de lui expliquer qui est l'auteur de ce cocktail pendant qu'elle remplit son verre. La jeune fille lui adresse un petit sourire poli avant de vite déguerpir. Il reste pantois en la suivant du regard. Je m'amuse de son air de vainqueur alors qu'il revient vers nous en se massant la nuque.

— Venez par là ! nous indique Antoine.

Il me tire par le coude, les autres nous suivent vers l'endroit où a été installée la sono. Antoine me lâche et la contourne pour se pencher à l'oreille du DJ animateur de la soirée. Il lui intime de couper la musique le temps d'une annonce.

— Écoutez-moi, tout le monde ! s'impose Antoine.

Les regards se rivent alors sur nous. Même Owen, peu vivace, semble attentif.

— Ça vous dit une tequila paf ? Version…

Il me coule un regard malicieux.

— … un peu plus *spicy*.

Les langues se délient, et des exclamations accueillent son idée.

— Choisissez un partenaire et munissez-vous de deux shooters. Adam, prépare les citrons.

Instantanément, Antoine se détourne pour préparer son jeu. Parmi ceux qui s'approchent, je découvre mes deux amies.

— Vous jouez ? je les interroge.

Je les détaille tour à tour. Apolline plisse le nez, peu convaincue, tandis que Victoria secoue la tête.

— Il faut que je sois un minimum clean si Owen se met la tête à l'envers, ricane-t-elle.

— Je n'aime pas la tequila, se justifie Apo.

— Lâches ! je me moque.

Je termine mon verre à moitié rempli. Le liquide brûle ma trachée alors que je me retiens pour ne pas extérioriser tout ce que j'engloutis. Un haut-le-cœur me secoue lorsque j'arrive aux dernières gouttes. Je grimace avant de secouer la tête. Waouh, effectivement, il est beaucoup trop chargé, ce cocktail ! Je refile mon verre vide aux filles avec un petit clin d'œil complice.

— Admirez.

Apolline me prend de haut en croisant les bras sur sa poitrine.

— Quand tu veux, ma vieille.

Antoine apparaissant, je lui adresse un petit signe pour qu'il me regarde. Je me tourne vers Adam, qui m'offre une tranche de citron fraîchement coupée. Antoine l'accompagne de petits verres à shots.

— Prends-en deux.

Avec l'alcool que j'ai déjà dans le sang, je me vois dans le même état que lors de la première soirée, à courir après mes souvenirs. Mais les règles sont les règles. Je ne vais pas me dérober.

— Tu te mets avec qui ? m'interroge-t-il.

— Toi ? je tente avec un clin d'œil complice.

Ses lèvres se soulèvent, bien qu'il décline la proposition :

— L'arbitre ne joue pas.

Je roule les yeux théâtralement.

— Super ! je me plains.

Antoine passe un bras autour de mes épaules et me dirige vers les autres participants, en quête de mon binôme.

— Tiens ! Voilà, tu as trouvé un partenaire.

Il me pousse vers le garçon au collier de perles qu'il a involontairement empêché de me répondre quelques minutes auparavant. Celui-ci n'a plus le petit air léger qu'il arborait alors, ses yeux sont sombres et ses épais sourcils les rendent encore plus ombrageux. Il paraît blasé de se retrouver, malgré lui, mêlé à ce jeu. Je suis à deux doigts de lui dire qu'il n'est pas obligé de participer, quand mon regard se tourne vers la foule rassemblée autour de nous. Je tombe rapidement sur celles que mon regard cherche toujours par réflexe. Aux premières loges, elles ont une place de choix pour admirer mes exploits. Cependant, ce n'est pas sur elles que mes yeux terminent leur course. Ils s'arrêtent plus loin, sur une autre silhouette. Une silhouette bien plus massive et tout aussi reconnaissable. Celle de Léo. Debout, bien droit, un peu en retrait de ceux qui se massent pour mieux observer le spectacle, il me fixe également. Même si nous sommes loin l'un de l'autre, ses yeux sont plongés dans les miens. J'ai un petit pincement au cœur. J'aurais préféré jouer avec lui, ç'aurait été plus simple.

— OK ! annonce Antoine. Vous avez tous un partenaire ?

Un « oui » général s'élève des participants, lui donnant ainsi le feu vert pour nous expliquer les règles du jeu.

— Vous allez avoir quatre shooters devant vous. Deux pour vous et deux pour votre binôme. Le but est de finir ses shooters avant tout le monde. À mon top, un membre de l'équipe commence, boit ses verres et passe le relais à son partenaire.

— C'est tout ? s'exclame quelqu'un.

Antoine, qui surplombe tout le monde, affiche un sourire malicieux en nous dévisageant tour à tour. Il joint ses mains devant lui à la manière d'un démon machiavélique et complète :

— Le sel se léchera dans le cou de votre partenaire.

Un petit « ouh » d'exclamation secoue alors immédiatement les spectateurs, accompagné de sifflements.

Lécher le sel dans le cou de son partenaire ? Ça veut dire que je vais me retrouver à lécher le cou de ce garçon, et lui me léchera aussi le cou, lui que je ne connais ni d'Ève ni d'Adam, qui plus est, qui a rembarré une de mes meilleures amies. Sans doute un des gars les plus stoïques de la bande. Très bon plan, ça. Merci, Antoine ! Après tout, ce n'est pas comme si c'était lui qui nous avait mis ensemble...

Je jette un coup d'œil peu certain à mon coéquipier, qui a apparemment décidé de m'ignorer totalement. Ses bras finement musclés se croisent sur sa poitrine, il n'a jamais paru aussi las. En effet, mis à part son physique, il n'aurait pas pu coller avec Apo. Elle est bien trop enjouée pour lui. Je détaille discrètement son visage très sérieux, je survole son nez pointu et ses lèvres pleines pour ensuite me perdre sur les lignes de son cou, là où ma langue va devoir se poser. Une petite veine semble palpiter juste là, sous sa peau fine. Je fronce les sourcils, étrangement absorbée, avant de remonter mes prunelles vers son visage. À ma grande surprise, lui aussi m'observe, avec un air intrigué. L'alcool me brûle les joues alors que je maudis intérieurement Antoine pour ce mauvais plan. Et moi qui ai accouru, les yeux fermés ! Je détourne le regard prestement avant de me masser la nuque, atterrée.

— Remplissez vos verres.

Adam passe dans les rangs pour remplir les petits verres du liquide qui risque fort de me mettre KO. J'aurais vraiment dû décliner la proposition… Sans compter que Léo, en face de moi, ne me quitte pas des yeux. Même si je trouve ça très flatteur, je suis aussi extrêmement gênée. Que pensera-t-il lorsque ma bouche se posera sur la peau d'un autre et que cet autre me léchera le cou ? Sera-t-il déçu ? En colère ? Se dévoilera-t-il alors ? Je ne sais pas quoi penser. Il ne m'a pas adressé ne serait-ce qu'un regard de tout l'après-midi, pourquoi me dévisager soudain aussi outrageusement ? Des mots silencieux passent entre nous, des pensées s'échappent des portes de nos âmes. Aurait-il aimé faire ce jeu avec moi ? Moi, oui. Aurait-il aimé sentir mes lèvres sur son cou ? Moi, oui. Et les siennes, comment auraient-elles été ? Impatientes ? Douces ? Je le vois enfoncer les mains dans ses poches. Une chose est sûre, son attitude montre clairement son agacement. Oui, il aurait aimé être à la place de mon partenaire et, Dieu, que j'en aurais eu envie, moi aussi ! J'aurais pu ainsi goûter de plus près la douceur de l'inconnu. Pourquoi ne se manifeste-t-il pas ? Cela fait-il partie de son plan pour ne pas se démasquer ? Sans doute. Et au fond de moi, je lui en veux pour ce silence. Je ne veux pas jouer avec quelqu'un d'autre que lui.

— Tenez-vous prêts ! s'exclame Antoine.

— Allez, Cal ! j'entends derrière moi.

Victoria et Apo m'encouragent gaiement alors que la petite blonde ignore complètement son « dieu grec ».

— Évite de gerber partout ! me crie celle-ci, les mains en porte-voix.

Je lui décoche un magnifique doigt d'honneur en guise de réponse et me reconcentre sur les petits verres devant moi. Je ne peux plus faire marche arrière. Est-ce que j'en ai seulement envie ? Une chose est sûre, lécher la peau de ce gars ne me fait pas jubiler, mais faire enrager Léo, ça, ça me plaît.

— Prenez le sel, léchez le cou de votre partenaire, étalez le sel et on commence !

Le garçon me coule un regard presque vide.

— Je commence, je lui apprends.

Il hoche silencieusement la tête tandis que je déglutis. Contrainte de léchouiller la peau si fine de son cou, mon nez se plisse imperceptiblement. Je suis presque intimidée de réaliser ce geste sur un total inconnu. Quel doux paradoxe, sachant que je rêve d'une valse enflammée avec *mon* inconnu.

Lorsque le petit pot de sel arrive à notre hauteur, je m'en saisis promptement.

Devant son cou, juste au-dessus de son singulier collier de perles nacrées, j'avale difficilement ma salive. Celle que j'étais il y a quelques années aurait été incapable de se plier à ce que je m'apprête à faire. Je n'en aurais pas eu le cran, bien trop impressionnée, voire écœurée par la gent masculine. Je ne connais pas ce garçon, et je suis sur le point de faire courir ma langue sur sa peau. Tout va bien. Tout le monde fait ça. Le nez tout près de son cou, je peux humer son parfum musqué. Le sang bat contre mes tempes. Je prends une grande inspiration tandis que la musique se remet à jouer, plus doucement cette fois. Des basses tout de même puissantes rythment le tempo de mon cœur. Dans mon dos, je peux entendre les exclamations de mes amies :

— Vas-y, Cal !

Je lève les yeux vers mon partenaire, qui me regarde, l'air de dire : « Bon, tu te lances, ou quoi ? » Je soupire intérieurement avant de me décider à plaquer délicatement mes lèvres sur sa peau tendre, juste en dessous de son lobe. Je le sens se figer à mon contact, à moins que ce ne soit mon esprit qui me joue des tours. Je ferme les yeux alors que mes lèvres s'entrouvrent et que ma langue pointe son nez.

Par réflexe, une de mes mains grimpe le long de son dos et se pose sur sa nuque, comme si j'avais peur qu'il s'enfuie. Sa peau me paraît brûlante sous mes doigts. Je lèche comme prévu une petite parcelle de son cou, lentement, trop lentement. Les yeux fermés, c'est Léo que j'imagine sous mes doigts, c'est Léo que je revois à cette fameuse soirée, c'est Léo, il me semble, que je couvre de baisers. Il me semble… Car tout ceci n'est que dans ma tête, une simple version de souvenir que je me recrée, une version biaisée dont je ne me souviens absolument pas. Pourtant, quand je lèche cette peau bien plus pâle que celle de Léo, avec son image en tête, j'ai l'impression que de nombreuses sensations me reviennent. Le tournis de cette première soirée de vacances me gagne de nouveau, la fièvre somptueuse se rejoue de moi, et je les sens, ces bras qui m'ont tant serrée.

Je m'écarte précipitamment en détournant le regard vers la foule.

Léo, je sais que c'est toi et que tu te délectes à cet instant même. À quoi penses-tu ? Dis-le-moi ! Tu n'aimes pas que ma bouche fasse à un autre ce que nous avons partagé ? Toi, le mystérieux et énigmatique inconnu, ce soir, tes sentiments semblent te trahir. Dans l'ombre, tu me regardes, le corps tendu, en alerte, plus du tout avec la même tendresse. Le petit bout de ta langue rose lèche tes lèvres, comme si tu venais de m'embrasser.

Je défie Léo du regard et ose même passer mon index sur mes lèvres, alors que j'ai complètement abandonné mon partenaire, qui se retrouve obligé de mettre lui-même le sel sur son cou. Antoine me rappelle à l'ordre en clamant :

— Vous êtes prêts ? Les derniers sont éliminés.

Lorsqu'il lève le bras, je reviens brutalement sur terre, penchant la tête au-dessus de mes shooters avec une perpétuelle tension au creux de l'estomac. J'échange un regard avec mon partenaire, il a les yeux clairs et verts, ou peut-être bleus, je ne sais pas. Ce que je sais, c'est qu'ils sont bien trop froids pour être aimables, bien trop froids pour être jolis. Je plisse le nez, prête à lui dire qu'on peut toujours changer de binôme si ça ne lui convient pas. Mais Antoine n'est pas disposé à me laisser ce temps, car déjà, il abaisse son bras et donne le top départ.

— C'est parti ! hurle-t-il pour couvrir la musique.

Une poussée d'adrénaline m'électrise aussitôt des pieds à la tête. Je sursaute, mes réflexes étant bien plus lents, maintenant que l'alcool fait son petit effet, et je manque par ailleurs de renverser un de mes shooters. Je tâche de combler mon léger retard. Dans le feu de l'action, je m'exécute comme un automate : sel, tequila, citron.

Bon sang, que ça pique ! Je tousse. Mon premier verre a beaucoup de mal à passer, pourtant, j'enchaîne sur le second. J'ai à peine le temps de grimacer que mon binôme m'attrape par les épaules brusquement et me dégage le cou d'une main étonnamment délicate au vu de son attitude glaciale. Je le laisse faire, c'est à son tour de fourrer son nez dans mon cou. Je cherche Léo des yeux, il n'a toujours pas bougé, ce qui me fait sourire. Il m'observe mais, surtout, il l'observe, lui qui plante sa bouche dans mon cou à la manière d'un vampire qui fondrait sur sa proie. Mon partenaire lèche, lui aussi, ma peau et la lenteur avec laquelle il s'exécute me frappe. Il ne se presse pas, à l'inverse de tous les autres qui n'ont qu'une idée en tête : gagner.

Sa langue court sur ma peau tellement lentement que j'en frissonne. Au lieu d'effectuer un trajet net et droit, la sienne remonte jusqu'à mon lobe. Je me fige, presque prête à le sentir me mordiller, mais il n'en fait rien. Est-ce moi qui ai tout imaginé ? Je suis tellement obnubilée par Léo que toutes les réalités tournent autour de lui et de mes désirs. Bien sûr que mon binôme s'est dépêché et qu'il n'a pas savouré ma peau. Ce n'est que l'ombre de mes attentes. Mes idées ne sont plus très claires. La preuve, lorsque je le regarde s'activer, j'ai l'impression de voir Léo.

Léo, Léo, Léo.

Il reprend ses gestes et applique le sel comme il faut, sans un regard pour moi, sans un mot, me confirmant que j'ai bel et bien tout imaginé. Il a effectué ce geste normalement. À moins que je n'aie pas rêvé mais qu'il ait uniquement agi ainsi pour nous faire perdre, car nous sommes bel et bien les derniers.

Oui, c'est ça ! Je ne suis pas folle. Je ne perds pas encore tout à fait la tête. Son geste lent n'avait rien de sensuel, bien au contraire… Lui aussi s'est fait embarquer dans ce jeu auquel il n'avait pas envie de participer. Je le comprends alors qu'il tourne les talons au moment même où Antoine nous déclare perdants. Nous sommes éliminés dès la première manche.

— Trop nuuuul !

Un bras se glisse sous le mien et me tire vers le public. Apolline affiche une mine faussement triste alors que je tente d'écarter mes cheveux de la parcelle de mon cou désormais collante.

— Il aurait pu se dépêcher, remarque Victoria.

Je cligne plusieurs fois des yeux, bien moins attristée qu'elles par mon sort.

— Vraiment, ce n'est pas une perte pour toi, Apolline, je conclus.

Elle jette un coup d'œil à la foule, comme pour le chercher, avant de hausser les épaules.

— J'ai toujours aimé les bad boys, vous savez bien ! se lamente-t-elle.

Je ne peux m'empêcher de chercher des yeux mon spectateur préféré, et quand je le trouve, il est en train de pénétrer dans le yacht.

— Je reviens ! j'annonce à mes amies.

Elles protestent toutes les deux en chœur, bien trop fort pour des personnes sobres, mais je les ignore. Je ne peux pas le laisser me filer entre les doigts. Une puissante pulsion enfle en moi. Tant pis pour le mystère, c'est plus fort que moi ! C'est le moment ou jamais. Si je ne saisis pas ma chance maintenant, quand se représentera-t-elle ? Il risque de disparaître à nouveau, et j'aurai perdu l'occasion du siècle.

Je joue des coudes pour me frayer un passage et suivre le chemin emprunté par Léo. Je quitte le pont noir d'invités et m'engouffre dans les quelques marches, le cœur battant à tout rompre, et déboule dans le séjour.

— Calypso ?

Je sursaute en entendant mon prénom jaillir dans l'obscurité. Je laisse échapper un petit cri. Mes yeux s'accommodent dans la pénombre. Il est là, sur le côté. Tout près. Penaud, un petit sourire sur les lèvres comme s'il avait espéré que je le suive, apparemment ravi que je sois ici avec lui. Il ouvre la bouche pour dire quelque chose, mais je ne lui en laisse pas le temps. La pulsion est trop forte, j'ai tellement attendu ce moment. Je fonds sur lui, attrapant le col de la chemise qu'il a revêtue pour la soirée. Mes lèvres se posent sur les siennes, sans pudeur et sans ménagement, comme pour répondre à un instinct primaire.

Il paraît surpris, au premier abord. Pourtant, sa bouche trouve rapidement le rythme. le feu d'artifice dans mon estomac crépite, mais bien moins fort que je ne l'aurais cru. Il déçoit quelque peu les attentes que j'avais fondées suite à mes lectures.

Une de ses mains glisse sauvagement dans mon dos pour me presser un peu plus contre lui. Ce n'est pas la première fois que j'embrasse un garçon, mais c'est la première fois que l'initiative vient de moi, et je dois dire que je ne suis pas déçue. J'agrippe ses cheveux et soupire contre ses lèvres. Il mordille les miennes avec douceur lorsque le souffle vient à lui manquer.

— Calypso, il murmure, hors d'haleine, alors que notre baiser perd en intensité.

— J'en avais envie.

Il sourit faiblement. L'obscurité lui donne des airs encore plus mystérieux. Je joue avec ses cheveux, qui glissent entre mes doigts, sans pouvoir m'éloigner.

— Je dois y aller, chuchote-t-il.

— Non ! je m'exclame bien trop fort.

Et voilà que ça recommence… Un petit rire lui échappe alors qu'il me serre plus fort dans ses bras. Il m'enveloppe avec fermeté, me maintenant tout contre lui.

— Il le faut.

Son visage se penche tandis qu'il détaille le mien.

— Quand vas-tu réapparaître ?

— Je ne disparais pas, je suis toujours là, murmure-t-il.

C'est faux. Il part pour revenir, me laissant dans l'attente du moindre instant qu'il m'accorde, me rendant esclave de ses signes.

Ses bras me libèrent alors, créant soudain un horrible vide.

— Il faut que je rentre, un ami vient me chercher, mais il y a quelque chose pour toi.

Il désigne d'un rapide coup de menton la porte d'une des cabines.

— Tu iras voir quand je serai hors de ta vue.

Mes doigts lâchent sa chevelure brune et retombent sur son torse. Je m'apprête à répliquer, mais il m'arrête en posant un index sur mes lèvres.

— Écoute-moi, s'il te plaît.

La douceur de sa voix me calme instantanément. Comment pourrais-je le contredire ?

— D'accord, me résigné-je.

J'aimerais tellement en savoir plus, en avoir plus. Je le veux entièrement, et tout le temps. Il y a quelques jours, il n'existait pas dans ma petite vie tranquille. Et là, je me retrouve à sa merci. Ne devrais-je pas reprendre possession de moi-même ? Fuir aussi vite que possible, au lieu de vouloir l'embrasser de nouveau ? Mon comportement de petite fille désespérée ne me plaît pas vraiment.

Mais c'est plus fort que moi. Je respire à travers ses inspirations, je vis à travers chacun de ses battements de cœur. Chacune de ses paroles anime le pantin que je suis devenue.

— À bientôt.

Il embrasse ma joue avec tendresse en me balançant ces mots, comme s'il me narguait à nouveau. Il a une manière légère et détachée presque insolente, de me parler, de celle qu'on emploierait avec un vieux pote. Je ravale mon amertume. Peut-être que, si je ne me montre pas trop collante, il reviendra plus facilement. Je le laisse partir pour mieux le retrouver.

Après un dernier sourire, il rejoint le pont. Je reste immobile, les lèvres gonflées par notre baiser, les joues rougies par notre intimité. Je porte les doigts à ma bouche. Il était là, il y a quelques secondes. Cette histoire de dingues, je ne l'ai pas inventée de toutes pièces. Il était là, essoufflé par notre ardeur, à me prouver que j'ai bien fait de jouer.

J'ai tellement de pensées qui valsent dans mon esprit qu'il me faut un moment pour redescendre de mon petit nuage. Je finis par distinguer à nouveau la musique forte qui vient taper contre mes tympans. Mon cerveau ordonne alors à mes jambes d'aller jusque dans cette cabine.

J'ouvre la porte et découvre une cabine aussi petite que mon logement du CROUS. Là, sur le lit, m'attendant comme un sauveur, un polaroïd est posé. Un nouveau cliché de nous, de moi, car encore une fois, on me voit plus que lui. Sur celui-ci, je semble danser, les yeux toujours brillants d'ivresse. J'ai le bras en l'air, les doigts liés à ceux de quelqu'un d'autre, les siens.

Tu es là, toujours dans l'ombre, toujours dans mon ombre, comme si tu voulais que je brille plus que toi, que je scintille, car je vaux plus la peine d'être mise en avant que toi.

Tu as tort.

Je suis persuadée que je brillerais bien plus à ses côtés, comme un diamant exposé au soleil.

Je tourne et retourne ce cliché entre mes doigts, même si je suis convaincue que je ne trouverai rien. Mais cette fois, je suis moins déçue, car je connais son visage, je connais son prénom, je sais qui il est. Étrangement, j'aurais aimé qu'il me confie un cliché où lui aussi se trouve, presque comme une récompense de fin de jeu, comme un trophée pour avoir battu le boss. Parce que c'est ça, non ? Le jeu est fini. Je sais qui il est, il me l'a confirmé de ses lèvres cajolant les miennes.

Je ne sais pas combien de temps je reste là. Suffisamment pour que le manque revienne. Je crève d'envie de lui envoyer un message. Il doit être parti, à présent. J'attrape mon téléphone pour taper :

`> Merci pour ce baiser, merci pour ce soir. <3`

Je plaque mon téléphone contre mon cœur en soupirant d'aise. Ses lèvres pleines sur les miennes, ses bras m'enveloppant. Que demander de plus ?

Mon téléphone vibre contre ma poitrine, et je me précipite pour lire sa réponse. Pense-t-il à moi, lui aussi ? Devient-il accro à moi ?

`> Pardon ? Quel baiser ? Nous ne nous sommes pas embrassés.`

CHAPITRE 19

Un petit rire nerveux m'échappe alors que je suis scotchée à mon écran de téléphone. Je le reconnais bien là. À toujours vouloir me faire douter. Va-t-il me répondre quelque chose du style « Tu as tout imaginé, il ne s'est rien produit » ?

> Oh, monsieur fait l'amnésique ?

Peut-être aurais-je dû te retenir plus longtemps alors, pour que tu n'oublies pas.

Je me mords la lèvre inférieure dans l'attente de sa réponse qui, pour mon plus grand plaisir, se fait immédiate :

> De quoi tu parles ?

Là, il pousse un peu trop loin le bouchon. Regrette-t-il ce baiser ? Va-t-il vraiment faire comme si rien ne s'était passé ? Je réponds dans la seconde :

> Je suis presque vexée que mes baisers soient aussi vite oubliés.

Je tente de ne pas me froisser, connaissant son côté taquin. Mais je me sens un peu amère. C'est vers ça que nous tendons ? Pourquoi nier ce baiser ? Est-ce une nouvelle partie de son plan ? Il m'a prévenue que je ne devais pas tomber amoureuse. A-t-il peur que ce soit le cas ? Est-ce pour cette raison qu'il se rétracte, après ce que nous venons de partager ?

`> Je ne t'ai pas embrassée, Calypso !`
`Qu'est-ce que tu racontes, bordel ?`

Je fronce les sourcils face à sa réponse virulente et me redresse immédiatement alors qu'un courant d'air glacé parcourt soudainement mon corps.

`> Quoi ? Mais bien sûr que si,`
`on s'est embrassés il y a un peu plus`
`de 20 minutes !`

J'attrape mon téléphone à deux mains, noyée dans l'incompréhension la plus totale. Je relis en boucle ses messages. Sous mon bras, j'ai coincé le nouveau polaroïd qu'il m'a laissé. Sa réponse tarde, faisant augmenter la pression dans ma cage thoracique. Mon cœur est sur le point d'exploser. Qu'est-ce que c'est que cette histoire ? Ce n'est vraiment pas drôle !

`> Je ne t'ai pas embrassée, Calypso, merde !`
`Il faut te le dire en quelle langue ?`
`Ce n'était pas moi !`

Mes yeux s'écarquillent, près de s'échapper de leurs orbites tant je suis stupéfaite. Le ciel semble me tomber sur la tête lorsque je réalise. Il ne peut pas me balader autant, il a l'air vraiment sincère. Ce n'est pas possible… J'ai discuté avec lui, nos âmes s'accordaient parfaitement, je n'ai pas inventé tout ce qui m'animait en présence de Léo. Tout collait : sa façon de parler, sa façon de penser, son attitude, tout ! Et ce polaroïd, comment pouvait-il savoir, si ce n'était pas lui ? C'est impossible !

`> Ce n'est pas drôle, Léo,`
`je sais que c'est toi.`

On ne joue plus, maintenant.

On a passé un bout de temps ensemble,

ne gâche pas tout…

Je tape tellement vite sur mon clavier que j'en ai mal aux pouces. Mon esprit file à toute allure. Je ne cesse de me repasser le fil de la journée et de la soirée. C'est surréaliste, je ne peux me résigner à y croire. Pourtant, la réponse qui suit brisent toutes mes certitudes et m'achève littéralement.

> Je ne suis pas Léo. Tu t'es plantée

sur toute la ligne.

C'est à cet instant que j'ai l'impression que mon cœur s'échappe réellement de ma poitrine pour tomber à mes pieds. Ça y est, après toutes ces épreuves, il me fait faux bond définitivement, c'en est trop pour lui. Trop de montagnes russes.

> Pardon ?

C'est la seule chose que je trouve à écrire. Mon esprit se déconnecte pour ne pas accepter la réalité qui me frappe de plein fouet. Mon inconnu n'est pas Léo. Mon inconnu n'est pas celui que j'ai embrassé si passionnément. Mon inconnu n'est pas celui sur lequel j'ai fantasmé toute la journée.

Je suis sidérée, tout matchait tellement bien. Léo semblait lire en moi, tout comme l'inconnu à l'autre bout du téléphone. Ses sous-entendus étaient lourds de sens. Comme s'il savait. Tout collait…

Tout ? L'estomac complètement retourné, et tournant mes pensées dans tous les sens, un vertige me saisit. Je m'adosse à la cloison pour me retenir. Je remets alors tout à plat. C'est alors que plusieurs indices que je n'ai pas voulu voir me sautent à la figure, comme un diable sortant de sa boîte.

La voix de Léo n'est pas pareille à celle que j'ai eue au téléphone qui est, elle, éraillée. De plus, aucun souvenir n'est remonté en sa présence. Et puis, sa peau est bien plus foncée que ce qui apparaît sur tous les polaroïds.

Le polaroïd, Léo était au courant qu'il était là. Il a donc connaissance de ce mystère qui plane autour de moi. Il sait. Ce n'est peut-être pas lui, l'inconnu, mais il sait. Je ne vois pas d'autre possibilité. Ça expliquerait pourquoi il s'est montré si énigmatique dans sa manière de me parler. Il ne fait aucun doute qu'il est dans la confidence et même qu'il connaît la véritable identité de l'inconnu.

Je me redresse précipitamment, presque de manière désarticulée à cause de l'alcool. Un excès de rage me prend à la gorge. Je manque d'air, ici ! Je me précipite hors de la cabine. J'ai été trahie, trompée, encore une fois ! Je me suis bercée d'illusions, et on s'est joué de moi !

J'ai parfaitement conscience que Léo n'est plus sur ce bateau. D'ailleurs, savait-il que ce n'était qu'une question de minutes avant que je comprenne qu'il n'était pas celui que je cherche ? C'est certain. Comme un lâche, il a pris ses jambes à son cou. J'ai embrassé un réel imposteur. Je n'ai jamais été aussi humiliée. Lui que j'ai regardé toute la soirée, que j'ai désiré. Antoine m'avait mise en garde. Il m'avait prévenue qu'il n'était pas sûr que ce soit sa voix, et je ne l'ai pas écouté. Je me suis jetée dans ses bras en oubliant toute prudence. J'ai mal à la poitrine, tout au fond, là où bat mon cœur. Je me sens affreusement trahie et salie. Ça fait mal. Pire, ça me met hors de moi.

Je monte les marches précipitamment, me prenant en pleine face les embruns marins lorsque j'arrive sur le pont, ainsi que la musique qui m'agresse les tympans. Le yacht a bougé – nous sommes plus près du port –, et le bateau s'est vidé de la plupart des invités. Là non plus, je n'ai rien vu. La panique me gagne. Je tourne sur moi-même, en jetant des coups d'œil affolés, dans l'espoir de trouver Léo, même si je sais que c'est vain. Je suis près d'exploser. L'enfoiré, je jure que ça ne va pas se passer comme ça !

Je ne peux que constater qu'il a emporté avec lui ses secrets et me laisse à présent me noyer dans ma rage. Mon téléphone vibre à nouveau :

`> Tu as vraiment embrassé Léo ?`

`Je ne pensais pas que ça ferait aussi mal, Pyrrha.`

Ils se connaissent, putain ! Les yeux me piquent lorsque cette vérité me frappe de plein fouet.

`> Est-ce que tu es toujours sur ce bateau ?`

Il m'a envoyé deux messages ce midi me complimentant et me signalant qu'il était plus près que je ne le croyais. Ainsi, il m'a vue de ses propres yeux et moi aussi, je l'ai vu, sans le savoir. L'étau se resserre. C'est quelqu'un qui était parmi nous, qui plus est un proche de Léo, cet imposteur.

`> Non. Mais dans tous les cas,`
`il vaudrait mieux que tu restes loin de moi.`

Son message achève de me briser le cœur. J'entends les milliers de morceaux se répandre là, sur le pont de ce bateau de malheur. Ils tombent avec fracas, emportant mon bonheur naissant. Je pousse un petit gémissement de désespoir que la musique, toujours puissante, masque. Je suis de nouveau face à un mur, un gros mur de pierre qui semble être redevenu impénétrable. Je m'y fracasse encore et encore.

> Je pensais que c'était toi. Je te le jure.

Je tape rapidement sur mon téléphone, complètement paniquée et désespérée. Et si c'était l'événement fâcheux qui marquait la fin du jeu ? Et s'il arrêtait tout, bien trop déçu ? Et si je ne le voyais jamais ? Je ne veux pas le perdre ! Pas si près du but.

> Montre-toi, je t'en prie.

Je désespère dans l'attente d'une réponse qui ne semble pas venir.

Réponds-moi, je t'en supplie. Ne m'ignore pas. Je t'aime.

Je t'aime.

Ces mots interdits viennent se poser sur mon obsession pour lui. Cette terrible attirance porte un nom que je n'ai pas voulu voir et que je refuse d'accepter. On ne tombe pas amoureux en un claquement de doigts, encore moins d'une personne que l'on n'a jamais vue et dont on ignore tout. C'est impossible. J'ai envie de me gifler tant je me sens idiote de penser à des choses pareilles. De mettre autant laissé berner. L'amour, c'est pour les autres. L'amour est réservé à ceux qui ont le cœur dur et pur, à ceux qui n'ont pas peur de le confier à quelqu'un d'autre. L'amour est réservé aux courageux, à ceux qui sont prêts à endurer les coups. Je ne suis rien de tout ça. Je suis encore trop abîmée et fragile.

Pourtant, je lui ai accordé ma confiance en un battement de cils. Pourquoi les sentiments ne pourraient-ils pas suivre… ? C'est la suite logique de tout ceci, non ? Il m'avait prévenue, il m'avait dit de ne pas tomber amoureuse, et je me suis jetée dans la gueule du loup. Que je suis bête ! La plus bête des idiotes que cette terre ait portées !

Je m'accroupis, les jambes flageolantes. J'ai envie de me rouler en boule pour pleurer jusqu'au petit matin. Je suis extrêmement lasse, et l'alcool ne m'aide en rien.

Il faut que je reprenne le contrôle, que je redevienne la capitaine du bateau. Tout va bien. Je n'ai qu'à arrêter toute cette histoire, maintenant. Elle ne m'a causé, de toute façon, que du tort et de l'angoisse. J'en ai le pouvoir, il faut que je...

J'attrape mon téléphone, avant d'étouffer un sanglot de rage. Tout ça va beaucoup trop loin pour moi. Il n'était pas censé jouer avec mon cœur, il ne l'a jamais voulu, et moi, je n'étais pas supposée le lui donner. J'aurais dû écouter ses recommandations et ne pas m'accrocher aussi fort à cet intérêt soudain qu'on me portait.

— Ça va ?

Une voix me parvient, lointaine, alors que mes pensées me vrillent le crâne. Si seulement je pouvais les arrêter ! Je remarque à peine le « dieu grec » au collier de perles penché sur moi. Il me regarde de haut, les sourcils froncés. Ses lèvres bougent, mais je ne l'entends pas. Plus rien n'existe autour. Il tend une main vers mon épaule, mais arrête son geste avant de la toucher.

— Cal, t'es là ?

Je ne réagis pas tout de suite. Je suis perdue dans ma sombre réalité, bien trop enfoncée dans mes tourments.

— Cal !

Le garçon s'éloigne de quelques pas. L'instant d'après, un bras se glisse sous mes aisselles et me tire pour que je me relève. C'est Apolline. Son regard trahit une certaine urgence alors que mon premier interlocuteur hausse les sourcils, il est sans doute dépassé par tous ces changements d'humeur. Apo lui lance un petit coup d'œil gêné avant de laisser tomber :

— On a un problème.

Moi aussi, j'en ai un.

Ses deux mains se posent sur mes épaules, et elle me secoue. Je parviens à river mes yeux sur elle, mais je ne la vois pas, car je demeure enchaînée tout au fond de mon esprit.

— C'est Victoria et Owen.

Ses yeux bleus fouillent les miens pour tenter de me faire revenir. Je l'ai rarement vue aussi paniquée, ce qui me sert d'électrochoc. Le haut-le-cœur qui suit me ramène dans notre réalité, mettant sur pause cette trahison sourde. Je bats des cils pour chasser les nuages noirs au-dessus de ma tête. Mes amis ont un problème. Ils passent avant moi, ça a toujours été le cas.

— Qu'est-ce qui se passe ? je parviens à articuler, la langue pâteuse.

— Ça va, toi ?

Elle remarque, malgré sa précipitation, que quelque chose cloche. Ses longs doigts passent sur mes joues comme pour tâter la température de mon corps.

— T'étais où ? m'interroge-t-elle.

Je prends une grande inspiration pour tenter de libérer ma poitrine de ses entraves.

— Qu'est-ce qui se passe ? répété-je.

Je chasse tant bien que mal les notes de désespoir dans ma voix et m'éclaircis la gorge. Apo m'ausculte encore quelques secondes avant que l'urgence de la situation prenne le pas.

— Tu me racontes après, hein ?

Je balaye l'air de la main pour la convaincre que tout va bien. J'ai toujours mis un point d'honneur à faire passer mes amis avant tout. En dehors de mes parents, j'étais affreusement seule lors de la période la plus sombre de ma vie. Je fais désormais une sorte de transfert sur mes amis. C'est ainsi que je me sens le mieux. En mettant mes propres problèmes sur pause, ceux-ci ne semblent plus exister. J'ai toujours vécu à travers mes amis, et c'était tellement plus simple ainsi. Apolline a vécu sa première fois, elle me l'a racontée, et il me semblait que j'avais vécu la mienne aussi. Victoria a emménagé avec Owen, super ! J'avais ainsi l'impression de tout connaître de la vie de couple au quotidien. Je vis tel un parasite, organisme symbiotique accroché à son hôte. C'est tellement plus facile et apaisant de cette manière. Je n'ai plus souffert depuis des années. Or, la seule fois où je m'écarte un peu de mon schéma réconfortant, je m'écrase comme Icare. C'est en s'approchant trop près du soleil qu'il s'est brûlé les ailes, et moi aussi, fauchées en même temps que mon cœur.

Apolline me désigne la proue. Je découvre un petit groupe massé autour d'une silhouette perchée sur le bastingage, en équilibre précaire.

Oh, mon Dieu ! C'est Owen !

Il suffirait d'un faux pas pour qu'il tombe et là, saoul comme il est, il se noierait à coup sûr. J'oublie alors immédiatement Léo, l'inconnu qui m'en veut plus que moi-même et mon cœur piétiné. Tout disparaît, je ne vois plus que lui, prêt à couler à tout moment. Je me précipite vers le petit groupe.

— Owen ! je crie.

La musique paraît moins forte de ce côté-ci, si bien que certains m'entendent et se retournent vers moi.

— N'approche pas ! me prévient-on.

C'est Adam. La paume dressée face à moi, il m'intime de ne rien tenter. Le souffle court, je lève les yeux sur un Owen complètement ivre et vacillant. Une bouteille à la main, il chantonne, arpentant tel un funambule la bordure.

— Tiens, Cal… aussi est… est là ! s'exclame-t-il en articulant difficilement.

Je trouve Vic toute proche de lui. Malgré la pénombre, il ne m'est pas difficile de deviner qu'elle a les larmes aux yeux. À cause de l'inquiétude ?

— Tu vas pouvoir entendre les affreuses vérités sur la femme que je pensais être l'amour de ma vie.

Owen ricane comme un fou dénué de toute raison, en écartant largement les bras. Il se penche en avant avec un grand sourire. Un pas de plus, et il bascule vers l'avant pour s'écraser lourdement sur le pont – mais mieux vaudrait cela que la mer.

— Owen, s'il te plaît.

La voix de Victoria se brise en un sanglot alors qu'elle tend la main vers lui.

— Prépare-toi à sauter, si jamais il tombe.

Adam, derrière moi, prévoit une stratégie avec le « dieu grec » pour éviter que notre ami ne se noie. Ce ne sera pas pour aujourd'hui, nos noms dans les rubriques des faits divers !

— Ferme-la ! crache Owen, fou de rage.

Il fusille Victoria du regard.

— J'ai tout plaqué pour toi ! beugle-t-il. J'ai refusé mon échange au Canada pour toi ! Tout ça pour qu'on puisse vivre ensemble.

Il crie tellement fort qu'il postillonne. Son visage, en plus de la chaleur et de l'alcool, est rouge cramoisi. Il la menace férocement avec sa bouteille.

— Owen ! je le préviens en sifflant entre mes dents.

Il va trop loin. Victoria a le visage baigné de larmes. Ça ne se tassera donc jamais entre eux deux… Lorsque l'on pense que c'est calmé, la crise reprend de plus belle.

— Et c'était O-OK, bégaye-t-il. Pas vrai, Vic ? J'étais content, parce qu'on s'était dit qu'on aurait une vie paisible d'amoureux, avec plein de bébés, et que mon bonheur était avec toi, et pas au Canada. Pas vrai, Apo, que je pensais ça ?

Je vois celle-ci déglutir tandis que, derrière moi, ça s'agite pour se mettre en place, au cas où il tomberait. Ses orteils sont accrochés je ne sais comment tandis qu'il se balance bien trop dangereusement en crachant son venin d'homme blessé.

— Mais tu m'as trompé comme une garce !

Il laisse échapper un sanglot, avant de finalement fondre en larmes, une main devant la bouche, le visage déformé par le chagrin. J'ai l'impression qu'on m'assène un nouveau coup dans le thorax tant cette scène est douloureuse. Comment peut-on, avec autant d'amour, se déchirer ainsi ? C'est la première fois que je le vois pleurer à ce point, craquer devant tout le monde en s'effondrant sans pudeur. Les larmes coulent abondamment alors que sa main sur sa bouche ne parvient pas à masquer les gémissements de douleur. C'est de cette torture qu'il faut que je me protège. C'est déjà suffisamment dur de le vivre par procuration, alors en tant que personnage principal…

— Je suis désolée, Owen, et tu le sais, tente Vic entre deux reniflements. Je n'aime que toi.

— Elle se rapproche du bord, me chuchote Apo.

C'est vrai, Victoria n'est plus qu'à quelques centimètres de lui. Elle pourrait presque le toucher s'il tendait la main.

— Owen, je t'aime, insiste-t-elle.

Ses pleurs redoublent tandis qu'il laisse échapper la bouteille qu'il tenait maladroitement dans une main. Celle-ci vient tomber à nos pieds avec fracas, en déversant une partie de son contenu poisseux. Owen secoue la tête. Victoria approche encore, elle tend davantage le bras, et ses doigts entrent en contact avec ceux de son amoureux. Owen semble avoir une prise de conscience. Ses grands yeux noisette s'arrondissent. Son visage de jeune homme mature n'exprime ici que l'enfant caché qu'il est en réalité. Il lie ses doigts aux siens. Victoria les pressent sans le lâcher des yeux. Comme par miracle, avec délicatesse, elle parvient à le tirer vers elle. Il résiste tout d'abord, puis finalement, sans doute épuisé, il descend lourdement de son perchoir en la faisant basculer en arrière. Vic se réceptionne tant bien que mal alors qu'Owen la suit dans sa chute pour s'écrouler sur elle, les bras autour de sa taille. Il l'étreint éperdument, de peur qu'elle s'en aille. Il n'arrête pas de pleurer, lui, ce grand gaillard au cœur tendre. Victoria ignore les contusions dues à sa chute et enfouit les mains dans ses cheveux pour le serrer contre elle.

— Ça va, Owen, ça va, chuchote-t-elle.

Elle embrasse le sommet de son crâne tandis qu'il pleure en silence en gémissant :

— C'est trop dur.

Pour la troisième fois ce soir, un bras s'enroule autour de mes épaules avec douceur.

— On ferait mieux d'aller se coucher. Prenez les cabines, on se débrouillera, nous autres.

Antoine me serre chaleureusement contre lui. Il ne le sait pas, mais ce geste me permet de ne pas m'écrouler, moi aussi. Il me frotte le dos avant de me gratifier d'un petit sourire.

— Ça va aller.

J'ignore s'il parle de nos deux Roméo et Juliette, ou si sa phrase m'est destinée. La pâleur de mon sourire et mes yeux larmoyants trahissent mon état. Ses lèvres embrassent ma tempe avec douceur alors que je ferme les yeux.

Victoria se relève tant bien que mal avec, dans les bras, la masse qu'est son petit ami. Il ne la lâche pas. Elle se love, en pleurs, contre lui pendant que, avec amour, il lui murmure, complètement à l'ouest :

— Pourquoi tu pleures ? Ne pleure pas.

Il semble avoir oublié tout ce qui vient de se passer. Je pousse un profond soupir. Je le vois, les doigts engourdis par l'alcool, maladroits, tenter d'essuyer les larmes dont il ne se souvient plus d'être l'auteur.

— Je vais dormir avec lui, nous dit notre amie par-dessus son épaule. Il a besoin de moi.

Elle joint leurs mains et, sous nos yeux, le tire avec douceur vers les cabines.

— C'est trop pour moi, geint Apo, particulièrement touchée. Il faut qu'ils fassent quelque chose, ce n'est plus possible, tout ça.

Je hoche la tête, totalement d'accord avec elle, mais ça aussi, je le réserve pour demain. Je suis épuisée, mentalement et physiquement. Un drame supplémentaire suffirait pour que je m'écroule. Les émotions sont bien trop fortes pour moi. Elles me bouffent à petit feu, je ne gère plus. Heureusement que le bras chaleureux que m'offre Antoine me maintient sur terre, il est ma dernière bouée de sauvetage.

— On va se coucher aussi, annonce Apo.

Elle glisse sa main dans la mienne, et je la suis sans rechigner. Il me faut du calme, de l'obscurité, pour ouvrir la vanne de mes pensées afin qu'elles se déversent une bonne fois pour toutes. Mes doutes exprimés, mes angoisses nommées, je pourrai ainsi les mettre de côté et les repousser, au moins jusqu'à demain.

Je n'ai pas de nouveau message sur mon téléphone, qui affiche un écran fissuré après sa chute. Aucun signe de vie de la part de l'inconnu. Il me reste uniquement ce nouveau polaroïd, que je cache rapidement dans mes affaires alors qu'Apo pénètre à son tour dans cette cabine que nous allons partager.

Elle passe son haut au-dessus de sa tête en soupirant, révélant sa poitrine maintenue par un fin soutien-gorge.

— Quelles vacances de dingues ! elle grogne.

Elle est épuisée, elle aussi. Ses traits sont tirés, ses yeux plus ternes.

— Ça va, toi ? me demande-t-elle.

Je secoue la tête négativement.

— Serre-moi juste dans tes bras.

Je me mords la lèvre inférieure pour ravaler les larmes qui menacent à nouveau de couler – pas encore, laissez-moi en paix !

— Viens là.

Apo m'offre ses bras, et je m'y blottis, comme un petit enfant cherchant le réconfort de sa mère. Je referme les miens autour de sa taille lorsqu'elle nous fait basculer. Tous les muscles de mon corps se relâchent au contact du matelas. Je laisse échapper un soupir d'aise, comme une longue complainte. Je veux me perdre dans la douce berceuse qu'Apolline fredonne alors que mes paupières se ferment. Je murmure :

— Je suis contente de t'avoir dans ma vie.

C'est la plus forte d'entre nous, personne ne le lui dit mais c'est la vérité. Elle subit bien plus que nous tous. Je sais que ces mots nous font du bien à elle comme à moi, peut-être les seuls mots sincères et purs de cette soirée, hors les « je t'aime » d'Owen et Victoria, parce que, après tout, les mots les plus sincères ne sont-ils pas ceux du désespoir ?

C'est sur cette pensée que je ferme mes paupières lourdes. Je me laisse hanter un instant par des paroles incompréhensibles qui s'entortillent dans mon cerveau, puis je m'endors. Je plonge dans les bras de Morphée qui m'offre des rêves peuplés d'un brun mystérieux qui s'amuse encore et toujours à me torturer.

CHAPITRE 20

Mon corps est lourd, ma peine est grande. Elle me cloue au lit, où je reste pelotonnée. Apolline grogne dans son sommeil à mes côtés. J'ai extrêmement mal dormi. Si j'espérais que la légère valse du bateau sur l'eau me berce, il n'en a rien été. Au contraire, elle m'a encore plus retourné le cœur et l'estomac. Je refuse d'ouvrir les paupières alors même qu'Apo, s'éveillant, gigote et bâille. J'ai un horrible mal de tête. Hier soir était une soirée hors du temps, surréaliste même, sous tous les aspects. Je rêverais de prendre une gomme et de l'effacer du tableau qu'est ma vie. Je ne veux plus de drames, seulement la tranquillité. Pourquoi ce à quoi j'aspire le plus ne cesse-t-il de me fuir, ces temps-ci ?

— Je sais que tu ne dors plus.

Quoique tournant le dos à Apo, je devine facilement ses longs cils battre alors que ses yeux s'accommodent à la lumière.

— En effet, je confirme d'une voix si rauque que j'ai moi-même du mal à la reconnaître.

Je passe une main sur mon visage pour dégager toutes ces mèches de cheveux ondulés qui s'entêtent à le cacher. Je me frotte ensuite les yeux à m'en faire mal.

— J'ai passé une nuit atroce, m'apprend mon amie.

Je hoche la tête pour lui signifier que c'est mon cas également. De toute manière, il n'y a qu'à voir les cernes bleutés qui ont dû apparaître fissa sous mes yeux, là où ma peau est bien trop pâle pour les contrer. Ils sont là comme pour me narguer.

— Les autres sont déjà levés, je crois.

Elle tend le menton vers le plafond et complète :

— Je les entends marcher.

Elle croise les bras sur sa poitrine. Ses cheveux sont étalés tout autour de sa tête en une auréole de lumière. Je tends l'oreille pour entendre des pas lourds qui en disent beaucoup sur l'état général des troupes. Je renifle en basculant sur le côté, une main se calant sous ma joue. Je déglutis difficilement. Ça craint… Aujourd'hui sera teinté de noir alors même que le soleil se tue à le peindre de mille feux.

— Il est déjà presque midi ! s'étonne Apo.

Comment est-ce possible ? J'ai l'impression de n'avoir réussi à arracher que quelques minutes au sommeil. Les songes m'ont volé jalousement ces heures de repos mérité.

Moi aussi, je consulte mon téléphone avec le cœur serré. C'est sans surprise que je n'y découvre rien d'autre que l'énorme fissure qui le traverse désormais. Pas de messages, pas de nouvelles.

« *Je ne pensais pas que ça ferait aussi mal, Pyrrha.* »

Je l'ai blessé, je le sais, blessé inconsciemment, mais atteint en plein cœur, là où je n'aurais jamais pensé l'atteindre, même dans mes rêves les plus fous. Il semblait si inaccessible, si à cheval sur ses règles. Je l'ai ébranlé, surpris même. Je ne sais pas si je dois m'en réjouir, ou pleurer, car le résultat reste le même : je n'ai pas de nouvelles de l'homme qui fait battre mon cœur plus vite depuis seulement quelques jours. Il a débarqué si rapidement dans ma vie en chamboulant tout sur son passage. Je ne pourrais pas affirmer que c'est ma faute, non, ma santé mentale ne mérite pas d'être ainsi mise à l'épreuve. Il s'agit uniquement d'un quiproquo, d'un énorme quiproquo. À bien y réfléchir, c'est lui qui s'est gardé de me dévoiler son identité. Si, au départ, l'idée était séduisante, là, ça vire au chaos.

Est-ce que tout finira par rentrer dans l'ordre ? Enfin, quel ordre ? Celui qui fait de moi une femme qui se laisse charmer par un inconnu qui la mène à la baguette, au point de devenir avide du moindre de ses signes. J'en suis devenu accro. Pire, j'en suis tombée amoureuse, follement, éperdument, bêtement. Voilà, c'est le mot exact : bêtement.

Et cette idiotie me pousse encore une fois à lui écrire, à rompre ce silence, comme pour m'assurer que ce lien existe toujours, que je ne l'ai pas rêvé durant une folle nuit.

`> Comment vas-tu ?`

Sans doute aussi mal que moi. Nous sommes aussi fautifs l'un que l'autre. Je n'aurais pas pu savoir, et lui aurait pu me le faire savoir ne serait-ce que par un indice. C'est la faute à pas de chance, voilà tout.

— J'espère qu'Owen a dégrisé, grogne Apo.

— Il y a intérêt, parce qu'il n'a vraiment aucun talent pour devenir équilibriste.

J'esquisse un sourire qui parvient à dénouer le nœud dans mon estomac.

— On devrait aller s'en assurer.

J'obtempère. Rester là, à se morfondre, ne servira à rien. Je la suis après avoir enfilé un long tee-shirt, ignorant le polaroïd caché parmi mes vêtements, là où je pourrais l'oublier.

Effectivement, les autres sont réveillés, et le moral n'a pas l'air au beau fixe. Les victimes de gueules de bois se mélangent aux déprimés de la veille, c'est chaotique. Ce soleil éclatant est le seul élément rayonnant de ce tableau. Heureusement qu'il est là pour éclairer ma frimousse sombre. Mes joues accueillent avec bonheur la chaleur qu'il diffuse.

— Salut.

J'adresse un rapide signe de la main aux autres en suivant Apo. Owen et Vic sont là aussi, tout près d'Adam. Une certaine distance s'est installée entre eux alors que chacun a le nez plongé dans ce qui semble être un mug de café.

— Ça va, Owen ? lance Apolline, mettant les pieds dans le plat.

Celui-ci lui jette un regard noir à travers ses cils, ponctué d'un froncement de ses épais sourcils. OK…

— Et vous ? demande Antoine, tâchant de faire bonne figure avec un franc sourire.

— Oui, merci, je réponds en triturant mes doigts, extrêmement mal à l'aise.

Je prends place à côté d'Apo, non loin de Victoria, qui ne daigne pas nous porter une quelconque attention.

— C'était vraiment dément, hier soir ! s'exclame Adam pour détendre l'atmosphère. C'est ton pote qui a gagné ton petit jeu. Comment il s'appelle déjà… ?

Il essaye de lancer un sujet de discussion qui dissipera cette tension palpable.

— Milo, l'aide Antoine.

À ma droite, on émet un son rauque qui se rapproche d'un rire. Je découvre alors mon binôme de la veille, un bras en travers de ses pectoraux et son autre main jouant avec son collier paresseusement. Le contraste entre sa musculature finement développée et ces petites perles rondes est perturbant. Sans vouloir entrer dans les clichés, c'est peu commun, si bien que je n'arrive pas à m'y faire. Il me jette un petit coup d'œil, comme pour me dire : « C'est sûr que ce n'est pas nous qui aurions pu gagner. »

Mon regard se porte là où j'ai dû l'embrasser, hier soir.

— Parle pour toi ! grogne Owen, avec un temps de retard.

Il se frotte l'arête du nez. Il a l'air complètement à côté de ses pompes. Ses yeux, cernés de noir, semblent enfoncés dans leur orbite.

— Tu n'étais pas obligé de te mettre dans cet état, le tance Vic, de très mauvaise humeur.

J'ai un mouvement de recul face à ce ton glacial. Owen lui jette, à elle aussi, un regard noir. Il semble prêt à la foudroyer sur place.

— OK, ça suffit.

Victoria se met à taper du poing sur la table, me faisant sursauter.

— J'en ai marre ! ajoute-t-elle.

C'est reparti… Je plisse le nez, déjà lasse. De bon matin ? Sérieusement ? Je pourrais deviner les répliques qui vont suivre tant je sais à quoi m'attendre. Rien n'avance, tout recule. Je m'enfonce dans mon siège en jouant avec mes cheveux, je n'ai pas envie d'assister à une scène. Pourtant, alors que je m'apprête à entendre ce que je sais déjà, Vic me surprend en se redressant vivement. Campée devant nous tous, elle fouille dans la poche avant de son jogging, et ma respiration se coupe lorsque je comprends ce qu'elle est en train de sortir.

— Vic, non ! intervient Apo.

Vic la fait taire d'un rapide mouvement de main, me clouant, moi aussi, sur place. Elle va vraiment faire ce que je pense ? Maintenant ? Là, comme ça ?

— Owen, je suis plus qu'épuisée qu'on se dispute constamment… commence-t-elle.

Oh non… Je n'imaginais pas du tout ça ainsi. Elle risque de le regretter.

— Tu voulais que je te prouve mon amour, alors c'est ce que je vais faire. Après ça, tu n'auras plus aucune raison de douter de moi et, surtout, de te faire du mal. Oui, je t'ai blessé et, oui, je le regrette. Je crois que la terre entière l'a compris, maintenant.

Comme un seul homme, nous hochons la tête discrètement. C'est vrai que tout le monde en a entendu parler.

— Tu sais que j'ai horreur des histoires romantiques qui traînent en longueur, alors voilà…

Elle tend le bras, et ouvre une main tremblante pour dévoiler à Owen le petit écrin au creux de sa paume. Elle tient vraiment à faire sa demande alors qu'il souffre de la gueule de bois ? C'est effectivement la seule manière de mettre un terme à leur destruction, de restaurer la confiance en réparant ce qui est cassé au lieu de le jeter à la poubelle comme un vulgaire déchet. Toutes les demandes n'ont pas besoin d'être romantiques, tant qu'elles sont sincères, me dis-je pour me réconforter.

— Owen, prononce-t-elle en ouvrant l'écrin, veux-tu me faire l'honneur de devenir mon fiancé ? Je ne dis pas « époux », parce qu'on est encore deux gros bébés et qu'on ne saurait pas gérer un mariage dans l'immédiat.

Elle rigole pour cacher son stress et, surtout, les larmes de bonheur qui commencent à pointer au coin de ses yeux. Chacun retient son souffle, en particulier Owen. Il est médusé, on dirait qu'on vient de lui annoncer la nouvelle du siècle et, au fond, c'est peut-être le cas. La bouche entrouverte, il semble prononcer des mots muets. Nous sommes pendus à ses lèvres, le cœur battant. Antoine n'a même pas pris la peine de reposer sa tasse, qui reste en suspens dans les airs, comme si, elle aussi, attendait la réponse pour pouvoir revivre.

C'est la première fois depuis hier soir, depuis que l'énorme quiproquo a eu lieu, que j'éprouve de la joie, qu'un franc sourire se dessine sur mes lèvres. Sous la table, Apolline me prend la main et la serre très fort. Le silence d'Owen commence à devenir long, à moins que ce ne soient les secondes qui se sont allongées ? Ou que le temps s'est arrêté ? Mais finalement, défiant la temporalité, des larmes se mettent à couler abondamment sur ses joues. Il se mord violemment la lèvre inférieure pour s'empêcher d'éclater en sanglots, avec une pudeur qui lui était inconnue hier. Mais je la vois, là, tout au fond de ses prunelles. Elle est de retour, la joie, l'étincelle de bonheur qui se tarissait au fil de leur disputes. Pour toute réponse, il se lève, envoyant valser la cigarette qu'il venait de s'allumer, et fond sur son amour de toujours. Ses bras entourent Vic et la serrent très fort contre lui pour qu'elle ne puisse plus jamais partir. Il l'étouffe presque, mais je crois qu'elle s'en fiche pas mal. Tout ce qui compte, ce sont leurs deux cœurs qui battent depuis toujours à l'unisson. Il semblerait qu'ils vont signer pour l'éternité.

— Je prends ça pour un oui ? elle sanglote.

— Je ne passerai plus une seconde loin de toi.

Lui aussi sanglote, tellement qu'on ne comprend presque rien quand il parle. Ce doit sans doute être romantique.

— Fais voir la bague ! s'exclame Adam.

Discrètement, Vic la glisse à Apo, qui s'occupe de la faire circuler, laissant ainsi les amoureux à leurs mots doux et à leurs baisers bruyants. L'écrin passe de main en main jusqu'à arriver entre les miennes. Je caresse du bout des doigts l'anneau délicat en soupirant discrètement. Quand l'amour viendra-t-il à moi ? Suis-je condamnée à aimer des illusions ? Je l'aime, et c'est ce qui me fait le plus mal. D'être à nouveau victime de ma naïveté, de n'avoir pas changé sur ce point-là.

— De toute manière, renifle Owen, ma mère m'aurait tué si j'étais revenu sans elle.

Il embrasse le front de Victoria, qui a retrouvé un énorme sourire creusant ses coquettes fossettes.

— Je ne dirais pas la même chose de mon père… ricane-t-elle.

Ce qui lui vaut de se faire étouffer dans les bras de son amoureux, qui lui murmure :

— Je m'en fiche, je t'aime. Ça a toujours été toi.

Mon cœur se serre. Pourquoi ne me répond-il toujours pas ? Est-ce la fin de cette parenthèse tortueuse ?

Mon dernier message reste en suspens dans la conversation, seul et sans réponse, perdu dans un océan d'attentes. Je craque et tape rapidement et le plus discrètement possible :

`> Parle-moi.`

Je n'ai pas envie de raconter ma vie à n'importe qui, surtout pas avec ce voisin de droite aigri, assez proche pour voir aisément ce qui se passe sur mon téléphone. Je n'ai pas envie qu'on se moque de moi, qu'on se fiche ouvertement de mes espoirs, de ce cœur qui s'affole pour je ne sais trop qui et pour je ne sais quelle raison. C'est donc ça, l'amour ? Tomber de trois étages et être bloquée dans les airs en se demandant quand la chute nous anéantira ? Ne plus contrôler ses états d'âme ? Les confier à autrui ? J'ai affreusement peur. Je ne connais rien de tout ça, je n'ai jamais ressenti de telles émotions, et il ne fait rien pour m'aider. Pourquoi n'ai-je pas pu vivre une relation facile et délicate ? Pourquoi faire simple quand on peut faire compliqué ?

— Félicitations, en tout cas ! s'exclame quelqu'un.

Je verrouille mon téléphone, sans plus aucun espoir. S'il décide de faire le mort, de ne plus me parler, rien ne peut l'en empêcher. Je ne pourrai même pas le supplier en face en espérant qu'il perçoive la sincérité de mon âme, non, je ne sais pas qui il est, hormis un inconnu plus trop inconnu parmi une marée d'étrangers. Mon seul espoir réside dans cette petite blessure que j'ai réussi à lui causer. Si elle existe, c'est qu'il n'est pas aussi insensible qu'il voudrait l'être.

— Essaye-la.

Ces mots me ramènent à la réalité. La bague est finalement revenue à Victoria, qui se fait un plaisir de la glisser au doigt de son cher et tendre. Je suis heureuse pour eux, sincèrement. Je les aime comme s'ils étaient mes frère et sœur. Rien n'est plus beau que la concrétisation de leur amour. L'anneau lui sied à merveille, il est pile à la bonne taille. Est-ce ça, l'amour ? Connaître l'autre sur le bout des doigts jusque dans ces petits détails que personne ne soupçonne ? Comme la nuance des reflets que ses cheveux ont à la lumière du soleil ? Comme la façon dont ses lèvres se soulèvent dans un moment de joie ou de bonheur ? Comme toutes les tonalités de ses rires ? Ou encore la teinte que prend sa peau lors d'un instant d'embarras ?

L'anneau brille au soleil, marquant l'aube d'un nouveau tournant dans leur vie. Peut-être dans quelque temps serai-je tata, qui sait ?

— T'imagines que, bientôt, on va devoir changer les couches de mini-monstres venant d'eux ? Je ne suis pas prête, grimace Apo.

— Tu lis dans mes pensées ! je m'exclame en retrouvant un peu de gaieté.

— Mais pas de panique ! s'esclaffe Antoine. Ils seront bien élevés.

Pour ponctuer sa phrase, il brandit bien haut une cannette de bière quasi vide qui traîne là.

— Je crois qu'on a le temps ! glousse Vic.

J'imagine notre petit groupe se répartir la garde pendant que l'un ou l'autre passe tel ou tel partiel. Ce serait comique et, surtout, la cata !

— Il te faut une bague à toi aussi, chérie, glisse Owen.

Il a l'air plus amoureux que jamais, avec son sourire éclatant et ses paroles si mielleuses.

— OK, je vais vomir. Ça ne sert à rien, de toute façon, d'être en couple, se moque Apo.

Elle accompagne cette pique d'un coup d'œil appuyé à mon voisin de droite qui, hier, l'a gentiment envoyée promener. Je ricane dans ma barbe. Il l'a pas volée, celle-là, ça lui apprendra à être si agréable !

— On ne va pas tarder à prendre le large, je dois ramener le bateau à mon père, déclare Yann, notre hôte. Il risque de me tuer si je ne rentre pas à l'heure.

Le capitaine du yacht qui a accueilli notre débauche émerge finalement de son coin en s'étirant paresseusement, les deux bras en l'air.

Apolline tire la moue.

— C'est dommage, je serais bien restée là, à voir s'ils allaient finir par copuler sur place !

Victoria prend la peine de sourire à notre amie d'un air faussement innocent, les deux mains sur les joues d'Owen, qui ne réclame que de l'attention. Je donne un petit coup de coude à la blonde, complètement hilare, au tact légendaire.

— C'est vrai, quoi ! rit-elle de plus belle.

Et c'est ainsi que l'ambiance se détend petit à petit, sous le signe de l'amour enfin revenu, pour notre plus grand soulagement. Nous traînons encore un peu avant de nous décider à mettre de l'ordre sur ce yacht. Finalement, c'est en début d'après-midi que le bateau rejoint le port. L'euphorie redescend à mesure que l'odeur de poisson nous chatouille les narines. Le coup de barre arrive à grands pas. Mes paupières sont terriblement lourdes et mes jambes tout engourdies. Une fois le bateau amarré et les au revoir faits, on se traîne vers la maison. J'ai mal au dos, et je rêve d'une douche bien chaude à m'en décoller l'épiderme. Voilà mon programme pour le reste de la journée si mon inconnu ne se manifeste pas : ne rien faire. Marcher est un supplice, les conversations des touristes aux alentours me bousculent l'esprit tandis que les couleurs des bâtiments sont trop vives pour mes yeux fatigués. Pourtant, je ne râle pas, j'ai d'autres soucis en tête. Je suis la première à pousser la porte de la résidence, les membres tout engourdis. Je monte péniblement les marches, mes amis sur les talons, Owen ne lâchant plus Vic d'une semelle et remplaçant Antoine, qui est resté avec ses amis. C'est là que je découvre avec la plus grande stupeur un énorme bouquet de fleurs posé sur le paillasson. Une petite carte l'accompagne, en évidence parmi les pivoines fraîches.

Mon cœur fait un bond dans ma poitrine, chassant aussitôt la fatigue.

C'est lui !

CHAPITRE 21

Inconnu

Elle en a embrassé un autre. Là ! Sous mon nez ! Je n'arrive pas à le croire. J'ai envie de gerber mes tripes à cette pensée. Comment, lui, a-t-il pu oser ? Et elle, comment a-t-elle pu se planter autant sur mon compte ? C'est entièrement ma faute, bon sang ! Elle m'associe vraiment à ce loser ? Nous n'avons rien en commun, lui et moi. Je le connais à peine, et il s'amuse à s'immiscer dans mes rouages ? Ce n'était pas ça, le plan ! Calypso est une jolie fille, c'était évident qu'elle attirerait tous les requins de cette soirée. Je vais me le faire, cet enfoiré !

Voilà ce qui arrive à force de trop jouer… Pourquoi je persiste à me torturer ? Pourquoi ça fait si mal ? Pourquoi j'ai l'impression de m'être pris une lance en plein cœur ? Je me sens tellement trahi alors qu'elle n'y est pour rien. Elle a posé ses lèvres sur celles de Léo, l'a embrassé avec passion, s'est agrippée à lui comme si elle venait de trouver toutes les réponses à ses questions. Elle pensait que c'était moi… Comment pourrait-elle savoir qui je suis ? C'est ma faute.

J'enfouis ma tête entre mes mains en essayant de calmer ma respiration qui s'emballe.

— Elle pensait que c'était toi, je me rassure à voix haute.

Si elle a fondu sur lui de cette manière, ça prouve bien qu'elle éprouve quelque chose pour moi, non ? Cette pensée n'est pas censée me réjouir, non, loin de là. Elle est plutôt censée m'encourager à partir en courant, car je vais craquer, je le sens. Il ne faut pas que je reste trop près d'elle, et pourtant, je la veux tellement. Cette perpétuelle sensation dans ma poitrine me confirme juste que je suis un beau connard. Elle n'a pas écouté mes recommandations, c'est sa faute. Elle ne devait pas éprouver de sentiments pour moi ! Moi non plus, d'ailleurs, je ne devrais pas ! Rien n'était supposé se passer ainsi, ça ne devait pas déraper, je… Ce n'est absolument pas sa faute !

Qu'est-ce que c'est, cette sensation étrange dans ma poitrine ? Ce goût amer en arrière-bouche ? J'ai pensé éprouver coup de foudre la première fois que je l'ai vue, à cette soirée que nous avons partagée. Ça ne pouvait être que ça, cette irrésistible envie de la prendre dans mes bras, de la protéger et de l'aimer jusqu'à ce qu'elle m'épuise. Mais je me refuse à croire que le coup de foudre existe. Cette sensation, cette colère sourde, cette rage aveuglante, est-ce ça, la jalousie ? Je suis terrifié. Jamais auparavant je n'ai eu aussi mal, si ce n'est le jour où on m'a annoncé la vérité sur mon passé. Il n'y a qu'à ce moment-là que je me suis senti aussi déboussolé.

Le bus finit par arriver alors que j'ai une énorme boule dans la gorge qui m'empêche de déglutir. Je sais où habite ce connard, et je compte bien mettre les points sur les i. Qu'il n'ose même pas recommencer, ou je jure que ce sera son cadavre qu'on retrouvera. Suis-je fou d'elle à ce point ? C'en est glaçant.

Je pose mes fesses sur le siège usée du bus. Le trajet s'annonce beaucoup plus long que je ne le pensais. Le chauffeur a une conduite des plus douteuses, si bien que je ne parviens même pas à lire. Alors, je range ce vieux bouquin que je trimballe partout dans la poche arrière de mon jean et croise les bras. Mon pied bat de plus en plus furieusement à mesure que nous nous rapprochons du domicile de ce traître.

C'est un vrai soulagement lorsque j'arrive enfin, après d'innombrables arrêts. Je m'étire en faisant craquer mon dos. Je n'ai pas réussi à décolérer, d'où les coups brutaux que j'assène à la porte de chez lui. Heureusement pour moi, il semble être seul dans cette maison. C'est Léo qui m'ouvre, le combiné de téléphone coincé entre la joue et l'épaule.

— Oui, c'est ça. À la résidence du Soleil, appartement 10. Mettez une carte à son prénom, Calypso, avec le bouquet… Oui, parfait. Si personne ne répond, laissez sur le paillasson.

Pardon ?!

J'ai bien entendu ce que je viens d'entendre ? Est-il vraiment au téléphone pour faire livrer des fleurs à Calypso ? Il pousse le bouchon aussi loin alors que je suis juste là ? Il fait comme si je n'existais pas, malgré son regard taquin. Je sors de mes gonds complètement. Dans un accès de colère incontrôlable, je bondis sur lui. Il a à peine raccroché que je l'attrape par le col. Son téléphone portable s'écrase sur le sol dans la précipitation.

— Tu es vraiment en train de lui envoyer un bouquet ? Tu te fous de moi, j'espère !

Je suis fou de rage, je vois rouge à travers mes yeux exorbités. Je ne contrôle plus ma force, si bien que je resserre ma prise sur son tee-shirt alors qu'il attrape mes poignets.

— C'est quoi, ton problème ? s'étouffe-t-il.

Il essaye de me griffer les bras, et sans doute y arrive-t-il, mais la douleur est moindre face à celle qui pèse sur mon cœur.

— Mon problème, c'est toi ! À quoi tu joues ?!

Face à l'affreux rictus qui se dessine sur ses lèvres, je serre encore plus, au risque de déchirer son col. J'aurais dû me méfier de lui et ne pas embaucher n'importe qui pour mes plans foireux. *Tout est ma faute.*

— T'es jaloux ? me nargue-t-il.

Mais ce n'est pas vrai. Il ne va jamais s'arrêter !

— Annule les fleurs, tout de suite.

J'ai pleinement conscience qu'elle sait qu'il n'est pas moi, mais si elle avait apprécié ce baiser ? Et si, pire, elle appréciait Léo et que ce bouquet de fleurs signait ma chute ? Et si elle retournait sa veste ? Tout ça parce que je suis trop lâche pour elle.

Je sais, au fond de moi, que non, c'est impossible. Ce qui se passe entre nous est bien plus fort, et pourtant… je ne peux m'empêcher d'enrager.

— Trop tard ! ricane Léo avec difficulté.

Je le lâche, conscient que je serais capable de l'étrangler. Il passe une main sur son cou enfin libéré de ma prise.

— Tu as osé l'embrasser en te faisant passer pour moi et, là, tu continues à essayer de la charmer ? Tu es suicidaire ?

Je le menace de l'index alors que la haine me prend à la gorge et me fait postillonner.

— Je ne me suis pas fait passer pour toi, se défend-il. Je me suis fait passer pour celui dont elle avait besoin. Si tu n'en es pas auprès d'elle quand il le faut, ce n'est pas mon problème.

— Elle est à moi ! je rugis.

Je ne reconnais pas ma voix. Je hurle presque tant il me met hors de moi. J'aimerais le bourrer de coups de poing. Il ne la touchera plus ! Il me lance un regard empli de dédain avant de cracher :

— Tu t'entends ? Tu la veux rien que pour toi alors que tu la laisses dépérir dans son coin avec de l'espoir ! T'es un putain d'égoïste, mec !

— C'est moi qu'il lui faut ! je hurle.

Je ne me contrôle plus. C'est ce qui reste de mon cœur qui parle. Il crie pour essayer de se convaincre que je fais ce qui est juste. Même si nous savons bien que ce n'est pas le cas…

— Quelqu'un comme toi ? Tu aurais vu comment elle m'a embrassé. Tout l'amour qu'il y avait dans ce baiser, toute l'espérance. Quel genre de mec laisserait une nana comme ça ? Si tu veux perdre ton temps, c'est ton problème. Je lui ai donné ce qu'elle attendait, et elle a kiffé ! Tu ne la mérites pas !

Son visage rougit alors qu'il me hurle mes quatre vérités en face. Bien que l'on se connaisse à peine, il parvient déjà à me cerner, ce qui a de quoi me faire exploser. Il pose les mots sur mes pires vices, sur mon attitude malsaine avec celle qui a volé mon cœur.

— Ferme-la !

Mon poing part tout seul dans sa figure. J'ai frappé sans réfléchir, et il semblerait que j'y sois allé fort. Sa tête valse sur le côté. Il porte instinctivement une main à sa joue, surpris. Mes poings sont tellement serrés que j'en ai mal, je suis prêt à renouveler l'expérience s'il le faut.

— Vas-y, continue ! me nargue-t-il. Je te rendrai coup pour coup. Pire, je te prendrai Calypso, puisque tu n'as pas les épaules pour la conquérir.

Je m'avance tel un fauve enragé tandis qu'il recule vers la cuisine. D'un coup d'œil, je repère un torchon qui pend près de l'évier. Je plonge dessus. En deux temps trois mouvements, je l'enroule autour de mon poing pour limiter les dégâts sur ma main avant de recommencer à me défouler sur lui. Il pare les coups, mais ce n'est pas suffisant. Ma rage est trop grande, ma haine envers moi-même m'inonde. Léo a visé juste : tout est ma faute, car je suis terrifié à l'idée de perdre celle que je ne pourrai jamais avoir.

CHAPITRE 22

Je tiens cette carte qui m'apparaît comme un message d'espoir dans le brouillard.

— On va pouvoir ouvrir un Jardiland ici, se moque Victoria en se blottissant dans les bras d'Owen, vu le nombre de fleurs qu'on t'apporte.

Un sourire niais se dessine sur mes lèvres. Je souhaiterais en recevoir par milliers pour l'unique plaisir de me dire qu'il pense à moi. Je passe un doigt timide sur mon prénom. Des pivoines. Il m'avait habituée aux roses. Peut-être est-ce devenu trop classique pour lui ? Pourtant, là, tout au fond de mon ventre, je sais que je me berce d'illusions, je sens pertinemment que quelque chose cloche. Or, c'est peut-être bien pour ça que je n'ai pas encore osé retourner la petite carte.

Ce n'est pas lui. Et je le sais avant même que le nom de l'expéditeur me saute aux yeux : Léo.

Mon inconnu ne signe que par son absence. Il n'y a jamais de nom, pas d'identité. Seulement l'espoir.

— Ça vient de Léo.

Owen se détache de Vic et vient me prendre le bouquet des mains pour l'examiner.

— Dis donc, tu lui as vraiment tapé dans l'œil. Qu'est-ce qui s'est passé entre vous deux ?

Je ne réponds pas, ne pouvant révéler que je l'ai embrassé, par erreur, alors même que c'était la chose que je désirais le plus, avide comme je l'étais de combler ce besoin de réponses. Je me suis fait avoir, il m'a bernée, et pourquoi ? Il n'est pas étranger à toute cette histoire, et c'est ce qui me rend folle. Il sait. Comme il a dû rire en me voyant m'enfoncer le doigt dans l'œil jusqu'au coude ! Qu'a-t-il ressenti lorsque j'ai pris mon courage à deux mains pour l'embrasser ?

J'arrache le bouquet des mains de mon ami avant de pousser la porte d'entrée de la pointe de la chaussure. L'appartement est tellement silencieux que son calme me heurte de plein fouet, contrastant avec l'orage qui fait rage en moi. Je file dans la cuisine où j'ouvre la poubelle afin d'y fourrer les fleurs.

— Je n'en veux pas, je lance à l'intention de mes amis.

Apolline hausse les sourcils en soupirant un petit « Ouh là… ».

— Quelle bonne humeur ! ironise Victoria.

Elle échange un bref regard avec Owen, avant de lui tapoter gentiment le torse.

— Bon, je vais me doucher et, après, on va y aller, nous.

— Où ça ? s'enquiert Apo.

— Lui trouver une bague de fiançailles, déclare Owen.

— Vous me laissez avec Grincheux ?

— Je t'emmerde, Apo, riposté-je. OK ?

Elle m'offre un petit sourire innocent.

— Mais c'est qu'elle mordrait, dis donc !

Elle s'approche de moi à pas lents en me montrant ses dents comme un chien enragé.

— Vous êtes trop bizarre, ricane Victoria. Allez, je file à la douche.

Elle plante un baiser sur la joue d'Owen qui, malgré tout, la retient par la main en lui murmurant :

— Attends-moi, je viens avec toi.

Il glisse jusqu'à ses lèvres pour l'embrasser tendrement. Apolline se tourne vers le couple en sifflotant :

— Ouh, *caliente* ! Ne vous gênez surtout pas pour nous ! On va rester dans notre célibat, nous. Qui a besoin d'un partenaire, de toute façon ? T'en as besoin, toi ?

Elle m'interroge du regard avant de s'affaler sur le plan de travail. Je secoue la tête avec une petite grimace.

— Non, absolument pas, approuvé-je en mentant.

Une chose est sûre, je n'ai pas besoin de Léo. Il n'y en a qu'un dont j'ai besoin. Et malheureusement, ce n'est pas de lui dont j'ai eu des nouvelles. Ce n'est pas juste, nous avons tous les deux des raisons d'être énervés, mais moi plus que lui. Pourtant, je n'arrive pas à me détacher de tout ça. Je devrais prendre une certaine distance de sécurité, mais je n'y parviens pas. C'est toxique, c'est délicieusement mauvais. Et si ce n'était pas de l'amour, mais plutôt une dépendance affective ? Comment peut-on tomber amoureuse aussi vite ? Comment savoir si je le suis réellement ? De cet être qui ne me donne que des miettes de lui, face auxquelles je n'arrive à rien, mis à part à me torturer l'esprit et m'empoisonner la vie. N'est-ce pas quand ça devient trop douloureux qu'on est censé lâcher l'affaire ? J'ai l'impression de m'attacher encore plus.

Je vais souffrir encore plus, je le sens. Je ne fais qu'ignorer l'inéluctable. Je vais me perdre, c'est tout ce que j'y gagnerai. De ce contrôle que je tentais d'instaurer, il ne subsiste rien. Mes jambes tremblent, mon cœur s'emballe, mon souffle est court et mon existence en suspens. Voilà à quoi se résument mes vacances.

— On va traîner en ville, nous aussi ? Je te *date*, me propose mon amie, pleine d'espoir.

Comment refuser quelque chose à ce petit minois rehaussé d'yeux noisette ? Pourquoi m'enfoncer encore plus dans ma noirceur ? Ce serait bête. Dans quelques jours, les vacances seront finies, et dans quelques semaines, je ferai ma rentrée en dernière année de licence. Plus de soleil, plus de mystères, plus d'inconnu. J'ai laissé ce garçon donner le tempo. Qu'il ne veuille plus me faire signe m'effrite le cœur, et je nourris secrètement la peur qu'il ne réapparaisse plus, c'est certain. Cependant, dans les pires moments de ma vie, j'ai toujours choisi de vivre – les cicatrices le prouvent –, je ne me laisserai pas emporter par la tempête.

— Avec joie. Je file juste à la douche, moi aussi.

En espérant que les deux tourtereaux n'aient pas pris toute l'eau chaude.

Je m'engouffre avec plaisir dans la cabine de douche, avec la seule envie de me décrotter au maximum. Je rêve que mes pensées s'enfuient avec l'eau, le plus loin possible de moi. J'ouvre le robinet, et le jet vient apaiser ma peau rougie par le soleil. Je m'humecte les lèvres, sur lesquelles un goût de sel flotte encore, avant de passer les mains dans mes cheveux follement bouclés par l'eau de mer. Je suis contente, les vacances se voient sur moi, ma peau laiteuse a pris un hâle, un exploit. Mes taches de rousseur ressortent sur mon petit nez pointu et mes joues. Je penche la tête en arrière, laissant le jet se déverser sur mon visage tendu. Un soupir de bien-être m'échappe, je flotte dans une petite bulle de chaleur.

Je m'appuie sur le carrelage. Les yeux fermés, je n'écoute plus que le ruissellement. Ma peau s'échauffe, je m'abandonne avec béatitude. L'eau m'enveloppe, tels deux énormes bras réconfortants qui m'enlacent avec une douceur infinie pour ne pas me briser. J'ai l'impression qu'il est là. Qu'il se tient derrière moi, en silence, sa tête enfouie dans mon cou. Est-ce que je pourrais glisser une main dans ses cheveux ? Sont-ils longs ou courts ? Je peux presque l'imaginer parsemer ma nuque de baisers, puis s'attarder là, juste sous l'oreille. Ses bras m'attireraient davantage à lui alors que mon corps s'embraserait et que mes jambes trembleraient. Il pourrait faire ce qu'il veut de moi, ne faire qu'une bouchée de mon corps s'il le souhaite, parce que moi, je le veux. Avec un soupir, je l'imagine me retourner et poser ses mains sur mes joues. Là, je verrais enfin son visage. Il m'embrasserait avec toute la passion qu'il a accumulée ces derniers jours. Et je lui rendrais ce baiser dont je rêve tant.

Mon front se pose contre le mur. Je suis accro à lui et à tout ce qu'il m'offre. Une main timide glisse le long de mon corps, de ma poitrine vers ma taille. Ma respiration s'accélère alors que je rêve que c'est sa propre main qui m'effleure. Je le désire à m'en écorcher l'âme. Il faut vraiment qu'il me recontacte, je sens que j'en mourrais, sinon.

CHAPITRE 23

— C'est super beau, ça !

Apolline lorgne l'énorme statue devant nous représentant une chaise bleue géante qui tient en équilibre sur un pied. Posée sur un socle, elle surplombe la promenade des Anglais et a curieusement attiré notre œil.

— C'est étrange, je confesse.

Je penche la tête pour mieux l'admirer. Apolline la contourne en braquant son appareil photo dessus. Je ne compte plus le nombre de statues et monuments qu'elle a mitraillés.

Mon esprit s'est évadé à mesure que nous visitions les coins les plus reculés de Nice. Nous avons joué les touristes et rattrapé notre impolitesse en nous présentant un peu plus à cette si jolie ville. Nous avons d'abord visité le musée Matisse de justesse, un peu avant que les portes ne se ferment. Ça a été rapide, mais je ne me suis jamais autant sentie à ma place. Nous sommes ensuite parties tout droit vers la célèbre promenade des Anglais. Nous avons tellement vagabondé que mes pieds me font atrocement souffrir. Pourtant, c'est agréable, l'air est frais et respirable. Le soleil semble toujours régner sur cette ville, et j'en apprécie les rayons sans vraiment faire attention à ma peau rougeoyante. Mes cheveux volent dans la légère brise. Avec mes brochures plein les mains et son appareil photo, Apo et moi ressemblons à des versions miniatures de nos mères. J'espère me souvenir à jamais de chaque détail de cet été particulier.

Je place mes mains en visière au-dessus de mes yeux alors qu'Apo examine les clichés qu'elle vient de réaliser. Je savoure cet instant ponctué par les mouettes qui crient au-dessus de nos têtes. Que c'est bon, que c'est doux !

— On devrait retourner du côté des petits commerces. Il faut que j'achète des souvenirs, m'apprend-elle.

Nous abandonnons donc la statue. Ma petite robe fine fouette doucement mes jambes alors que le vent la soulève malicieusement. Je tente de la maintenir en place en remontant la promenade. À côté, la plage est bondée. Je regrette de ne pas avoir enfilé mon maillot de bain, nous n'avons pas la chance d'avoir la mer chez nous. On la snobe beaucoup trop.

— Peut-être que je viendrai m'installer ici après le master, lâche Apolline.

Je lui souris en retour, me sentant coupable d'être bien sombre dans cette ville de lumière. Bientôt, les petits commerces de bord de mer nous font face. Différentes odeurs nous chatouillent les narines. Ça sent bon, je suis affamée ! La journée passe à une vitesse folle entre nos doigts.

— Je vais nous chercher des sandwiches ! j'annonce à Apo alors qu'elle est déjà obnubilée par les devantures des boutiques de souvenirs.

Mon estomac me dirige vers un vendeur de paninis, et j'en choisis deux, qu'il m'offre tout chauds.

— Comme on se retrouve ! j'entends derrière moi.

Je découvre, tandis que les paninis me brûlent les paumes, Owen et Victoria, plus amoureux que jamais.

— Salut, vous deux !

— Apolline t'a saoulée, alors tu l'as semée ? ricane Owen.

Je zieute derrière moi, où j'ai laissé celle-ci, avant de me pencher et de chuchoter :

— Je n'ai pas réussi.

Victoria se marre avec un sourire éclatant.

— Vous avez trouvé ? je les interroge en mordant dans l'un des sandwiches juteux.

Victoria me tend sa main gauche, toute fière.

— Regarde.

À son annulaire trône désormais un petit solitaire scintillant. Cette bague est magnifique !

— Waouh ! je m'exclame.

— Bon, eh bien, on dirait bien que j'ai craqué.

Apolline nous rejoint, une pochette en papier à la main.

— Oh, tiens, salut !

Elle mime un petit bisou, qu'elle envoie en l'air vers Victoria. Puis, elle considère la main de celle-ci et l'attrape.

— Elle est splendide !

Elle l'examine sous toutes les coutures alors que Vic commence à nous raconter comment, par hasard, ils sont tombés dessus. Le destin.

J'engloutis mon panini, et Apo fait de même. On se balade, accompagnées des nouveaux venus. La blonde nous fait une présentation des magnets, stylo et casquette qu'elle a achetés pour ses frères et sœurs. Plus le temps passe, plus le soleil tape sur mon crâne, j'ai les cheveux brûlants. Je rêve de me plonger dans l'eau.

On passe devant une petite boutique spécialisée dans les bikinis, et je m'arrête devant l'un d'eux.

— On va se baigner ? je demande en touchant l'étoffe.

L'œil d'Apo est attiré par un autre, qu'elle décroche.

— Les nôtres sont restés à l'appart… commence Victoria, pendant qu'on examine les maillots. On ne va quand même pas en acheter alors qu'on en a ?

Je hausse un sourcil tandis qu'Owen plante ses lunettes de soleil sur son front.

— On n'a même pas nos affaires…

J'échange un rapide coup d'œil avec ma complice, puis hausse les épaules.

— On s'en fout.

Nous parvenons à convaincre nos amis et, quelques minutes plus tard, nous voilà en possession de nouveaux maillots de bain et d'une serviette.

— Cache-toi là !

Apo me pousse dans une ruelle sombre. Je ris à gorge déployée en manquant de trébucher.

— On ne va pas se changer là, si ?

Vic jette des petits coups d'œil à la ronde pour vérifier que nous sommes bien à l'abri. Je lève les yeux et regarde les deux paires de volets qui nous surplombent. Toutes deux sont closes, sans doute à cause du soleil. Un autre rire me secoue alors que je détache les étiquettes de mon nouveau maillot.

— Ça ne risque rien ! je me marre.

Du moins, j'espère. Apolline me fait faire n'importe quoi !

— Exhibitionnisme, c'est un an d'emprisonnement et 15 000 euros d'amende, vous savez ? nous apprend Owen.

— Arrête tes conneries, on ne va pas se mettre entièrement à poil ! Ça ne va pas la tête ?!

Apo me lance la serviette. En faisant du mieux que nous pouvons, nous nous habillons, prêts à aller patauger. La journée s'écoule alors qu'Apolline nous entraîne dans ses bizarreries. Un coup pour fouiller les rochers à la recherche d'un poulpe, un autre pour savoir qui serait capable de toucher une pauvre méduse échouée sur la plage. Elle ne s'arrête pas, et ça me fait du bien, si bien que je ris pour tout et n'importe quoi. Je ne pense plus à ce baiser malheureux. Alors que l'eau m'accueille, la fatigue et mes pensées sombres restent à distance. Je me suis interdit de songer à lui, et ça a fonctionné. L'épisode de la douche n'a fait que confirmer encore plus mes craintes : je suis accro à lui, et j'en suis terrifiée. Ici, dans cette eau délicieusement tiède et paisible, je me sens flotter comme une bouée.

Petit à petit, le soleil a pâli, puis perdu son trône tout là-haut dans le ciel. Au moment où il a cédé la place à la lune, notre petit groupe s'est réfugié dans l'appartement, complètement trempé. Je suis exténuée, et j'ai du mal à sentir ma peau tant le soleil l'a frappée et le sel l'a léchée. Elle semble revivre lorsque je repasse par la case douche. En sortant de la cabine, j'essore mes cheveux roux, seul vestige de la flamme du soleil d'aujourd'hui.

Dans le salon, mes amis sont tous là. Antoine est revenu, Apo, le nez rivé sur son téléphone, est affalée dans le canapé, où Vic est confortablement installée sur les genoux d'Owen, qui chuchote à son oreille. Je reprends ma place dans ce petit groupe. Une bière m'attend parmi celles des autres.

— Un revenant ! je me marre en claquant la cuisse d'Antoine.

Il plisse le nez – j'ai peut-être un peu abusé.

— Comment ça va, la briseuse de cœurs ?

Je fronce les sourcils, ne comprenant pas bien. Mais, trop assoiffée, j'ouvre ma boisson avant d'en avaler goulûment plusieurs gorgées, qui laissent une empreinte fraîche dans mon œsophage.

— Apparemment, Léo t'a déposé un bouquet de fleurs, et tu ne l'as même pas remercié. Il est déçu, ajoute-t-il.

Il boit à son tour en me coulant un regard de réprimande.

— Ce n'est pas lui, l'inconnu.

Il hoche la tête, distrait, en essuyant les mains sur son jean.

— Ça, j'ai compris. Sinon, tu te serais précipitée sur lui.

Je le pince pour le punir de cette image de moi qu'il renvoie. Il geint comme un petit animal, ce qui me fait éclater de rire.

— Il n'y avait même pas son numéro, je riposte.

Je n'ai pas tellement envie de parler de tout ceci, ce serait retourner la boue pour rien.

— Apparemment, si.

Peut-être y avait-il un autre papier ? À vrai dire, je m'en moque pas mal. Il hausse un sourcil dubitatif, et ouvre la bouche, prêt à poursuivre.

— C'est une longue histoire, je le coupe. Ce n'est pas lui, et c'est la seule conclusion que j'en tire.

Il hoche la tête et se résigne à ne pas m'interroger plus. Je me laisse retomber au fond du canapé avec un petit sourire. Ne pas y penser, ne pas y penser… Je termine cul sec ma bière.

— Sinon, vous avez fait quoi ?

Apo lève le nez alors qu'il m'explique qu'ils n'ont pas fait grand-chose, mis à part jouer à la Play. À mesure que les discussions vont bon train, je m'apaise. Ne pas y penser, ne pas y penser…

Au fil des heures, mes paupières deviennent lourdes. Le manque de sommeil commence à taper à ma porte. Il s'empare lentement de mon corps en remontant tout le long de ma colonne vertébrale pour paralyser mes membres un à un. Je rêve de me glisser sous les draps et de plonger dans les bras de Morphée. Pourquoi lutter ?

Je termine ma troisième bière et dépose la cannette vide sur la table basse, à côté des autres cadavres.

— « *Là, au milieu du pavé, – il était midi, – un grand soleil, – une créature dansait. Une créature si belle que Dieu l'eût préférée à la Vierge, et l'eût choisie pour sa mère, et eût voulu naître d'elle si elle eût existé quand il se fit homme !* »

Antoine, les coudes plantés dans ses genoux, ponctue sa lecture à voix haute de *Notre-Dame de Paris* d'un bâillement sonore, alors qu'Apo, la tête posée sur un accoudoir, ferme déjà les yeux. Les derniers mots glissent sur ma peau. Antoine referme le bouquin que la propriétaire de l'appartement laisse là pour les locataires, à côté des brochures.

— C'est assez pour ce soir. Je suis claqué.

Il s'étire, faisant craquer ses articulations, tandis que je me masse les tempes.

— Moi aussi, je déclare.

— Il faut dire qu'on a bien trotté, chuchote Apolline, les yeux toujours clos, en ricanant à moitié.

Je hoche la tête, mes pieds me font toujours mal. Je redoute un peu de me retrouver seule dans ma chambre. Je n'ai plus peur des monstres cachés sous le lit, non, seulement des vérités glaçantes qu'on enfouit tout au fond du placard. Pour elles, pas de prières magiques, elles ne disparaissent pas. J'ai passé tellement de temps l'esprit occupé que ça risque d'être le déferlement lorsque je serai seule.

Voilà pourquoi j'ai étiré ma journée le plus possible en visitant la ville bien plus tard qu'il ne l'aurait fallu et nagé au couché du soleil. Je voulais m'épuiser jusqu'à plonger plus facilement dans le sommeil, sans passer par la case réflexion. Et si ça ne fonctionnait pas ? Pourtant, ma tête lourde et mes bâillements excessifs m'apprennent que je ne devrais pas avoir trop de mal à sombrer !

J'embrasse Antoine sur le front alors qu'il pose le bouquin et se tasse dans le fauteuil.

— Rideau, les amis.

Apolline approuve ma tirade d'un timide hochement de tête. C'est ainsi que je quitte le cercle rassurant de mes amis pour me retirer dans ma petite chambre d'accueil. Chacun rejoint la sienne, à vrai dire. Owen porte Vic jusqu'à la sienne en essayant de ne pas se casser la figure. La mienne est si calme que c'en est assourdissant. Le tee-shirt traîne toujours là, aussi loin que possible de moi. J'ai un petit pincement au cœur en le détaillant et, encore et toujours, la même vague de sentiments afflue en moi. Il n'est plus question de ce qu'il m'a fait éprouver pour lui avec ce petit jeu, mais bel et bien de sentiments enfouis, enterrés sous trois tonnes de terre, des souvenirs de la soirée que je ne parviens toujours pas à maîtriser. Une chaleur intense se diffuse tout au creux de mon ventre alors que je regarde le tee-shirt et le livre *Trouve-moi* posé négligemment sur la table de chevet.

Je n'arrive pas à te trouver, c'est trop dur, tu me fais tourner en bourrique.

Je sens que des milliers d'informations m'échappent, ce qui me met encore plus en rogne.

Je me glisse entre les draps en grimaçant. J'ai pris un bon coup de soleil sur les mollets, et ça pique plus que je l'aurais cru.

Avec un petit soupir, j'enfonce mon visage dans l'oreiller moelleux. C'est dingue, cette faculté que j'ai à me laisser envahir par les pensées néfastes ! Je n'ai qu'à fermer les yeux et inspirer profondément, le sommeil ne tardera pas.

Je m'exécute, mais je suis pourtant toujours aussi agitée. Les ombres au plafond semblent me narguer dans toute leur grâce. Elles s'étirent de la fenêtre dont les volets sont grands ouverts et tourbillonnent en une danse enflammée sur les murs de la pièce. C'est beau, c'est enivrant. Mon esprit vacille, je sens qu'il s'éteint petit à petit, cédant enfin. Mes yeux se ferment d'eux-mêmes, et le pincement au cœur se dissipe. C'est gagné.

J'esquisse un petit sourire pour moi-même en me retournant pour serrer l'oreiller tout contre ma poitrine. Je me laisse aller, doucement, terriblement, pleinement. J'ai déjà un pied dans le monde des rêves, l'autre est encore bloqué dans le monde réel, ce qui me permet d'entendre le petit son strident qui s'élève.

Fort et puissant, il transperce le silence comme une alarme accusatrice. On n'est pas censé avoir de réveil en vacances, si ? Qui a besoin de faire sonner son alarme à cette heure-ci ? La sonnerie s'arrête enfin. Je peine à atterrir. Mes yeux s'ouvrent et clignent rapidement pour tenter de comprendre ce qui se passe.

Je tourne un regard endormi vers la table de chevet, là où mon téléphone – car c'est lui – s'est manifesté violemment pour me signaler un appel. Qui ça peut être ? Mes parents ? C'est vrai que je ne les ai pas appelés souvent ces derniers temps… mais à cette heure ? Réellement ? À moins qu'une catastrophe ne se soit produite ?

J'ai à peine le temps de saisir l'appareil que, déjà, son écran s'allume pour transpercer l'obscurité. La sonnerie stridente reprend, et je grimace. Que ça cesse, bon sang ! Ça va réveiller tout le monde.

— Fait chier ! je grogne.

Je distingue de manière incertaine, en plissant les yeux, l'origine de l'appel : l'inconnu.

Je me redresse si précipitamment que ma tête se met à tourner. Je me sens idiote d'être suspendue à ses moindres signes. Je me promets à chaque fois que je vais laisser tomber et qu'il n'en vaut pas la peine, pourtant, j'accepte l'appel et dis d'une voix peu certaine et encore endormie :

— Allô ?

Un souffle rauque me répond, une lente respiration peu contrôlée.

— Allô ? j'insiste.

— Calypso.

Je frissonne, sa voix est encore plus rauque que d'ordinaire. Il n'est pas dans son état naturel et, malgré cela, je ne peux m'empêcher de trouver ça sexy.

— C'est moi, confirmé-je.

Je l'entends grogner avant de jurer.

— Je sais que c'est toi. Je n'appelle pas n'importe qui à cette heure-ci.

Il grogne à nouveau alors qu'un *boum* retentit derrière lui, suivi d'un « merde ».

Je ne sais pas si je dois être touchée par sa phrase ou en colère de le voir appeler maintenant après m'avoir fait mariner toute la journée.

— Tu es saoul ?

Je ne le connais peut-être pas vraiment, mais son ton sent l'alcool à plein nez. Son élocution est trop lente pour qu'il ait tous ses esprits.

— Non, ment-il.

— C'est ça, je soupire.

Je perds patience. Mon cœur fait des montagnes russes à cause de lui, et je n'aime pas la manière dont il bat fort, ni celle dont mon corps vibre à chacune de ses intonations éraillées.

— Si tu m'appelles pour m'engueuler, le préviens-je, ce n'est pas la peine. Je te répète que je n'ai pas fait exprès d'embrasser Léo, je pensais que c'était toi.

Il y a encore un gros bruit de chute derrière lui, puis son lit grince. À mon avis, il vient de s'étaler lourdement sur son matelas. Mon Dieu, combien de verres a-t-il bus ?

— Je n'en ai rien à foutre de ce mec, Pyrrha ! éclate-t-il.

Encore ce surnom. Je ne sais pas ce que ça veut dire, mais dans sa bouche, ça semble être la plus noble des appellations. Mieux, une invocation.

Je tremble alors que sa voix emplit mes oreilles. Lui qui est en permanence dans le contrôle, le voici en proie à des sentiments violents. Intéressant.

— Qu'il aille se faire foutre ! lance-t-il. Il t'a peut-être embrassée, mais il n'aura jamais ce que moi, j'ai de toi.

Il parle tellement vite et brusquement que c'est un exploit qu'il ne s'emmêle pas les pinceaux. Pourtant, même imbibé d'alcool, il reste énigmatique. Ce mec me rend folle, dans tous les sens du terme.

— De quoi tu parles ? Tu n'as rien de moi ! j'assène d'un ton sec.

Un long silence suit ma réponse. Puis, je l'entends ricaner, un rire froid qui me glace le sang. Cela dure un petit moment avant qu'il s'arrête et reprenne d'une voix aussi maîtrisée qu'il le peut :

— Bien au contraire, je t'ai tout entière. Toi, pour de vrai. Tu te confies à moi. On a mêlé nos âmes alors que lui n'a mélangé que sa salive.

Il émet un petit son de dégoût alors que je hausse un sourcil. Waouh, je ne m'attendais vraiment pas à tout ça. Mêler nos âmes ? Il oublie un peu vite que lui reste toujours très vague et que je suis la seule à être assez idiote pour me confier et m'impliquer corps et âme dans cette histoire.

— Alors, pourquoi es-tu en colère contre moi ? Pourquoi ne m'as-tu plus contactée ? je questionne, sans relever son éclat.

J'entends qu'il verse un liquide dans un verre, puis qu'il boit une gorgée.

— Jamais je ne serai en colère contre toi, ma belle Calypso. Jamais, siffle-t-il.

J'imagine très bien à quel point ses dents doivent être serrées.

— Je ne suis pas en colère parce que tu l'as embrassé et que tu t'es plantée, non bien sûr que non ! rugit-il.

Il marque une pause, sans doute pour chercher ses mots, ou alors pour tenter de reprendre le contrôle.

— Je suis en colère contre moi… parce que ça fait tellement mal ! Ce dilemme qui me tourmente, le paradoxe que je suis. Je l'ai laissé t'embrasser avant moi, bordel !

Quelque chose me fait tiquer dans sa tirade. Quelque chose me clouant sur ce lit, qui semble avoir soudain rétréci.

— On ne s'est jamais embrassés ? je murmure.

Il ne répond pas immédiatement. J'entends un nouveau fracas, puis il explose :

— Bien sûr que non, on ne s'est jamais embrassés ! Tu me prends pour qui ? Tu étais bourrée, jamais je ne me serais permis ! Je ne suis pas un enfoiré !

— Je n'ai jamais dit ça, je riposte.

— Menteuse !

Je déglutis nerveusement. Je ne l'ai jamais embrassé. Je ne sais pas pourquoi, mais cette pensée m'attriste, peut-être parce que, finalement, pas grand-chose ne me raccroche à lui. Je suis affreusement déçue, il ne m'appartient pas vraiment, en fin de compte.

— J'ai tellement mal, Pyrrha. C'est entièrement ma faute, je n'aurais pas dû lancer ce petit jeu débile ! Tu t'es trompée, et tes lèvres l'ont embrassé, lui.

Il geint presque, comme si une réelle plaie venait de s'ouvrir dans son cœur. Je retiens mon souffle face à ses mots, qui ont l'effet d'un cyclone en moi. Il ressent, lui aussi, cette alchimie qui m'empêche de passer à autre chose et de tirer un trait sur cette histoire de dingues.

— Je ne devrais pas avoir aussi mal, putain ! jure-t-il dans un souffle, plus pour lui que pour moi.

— Alors, mets fin à ce jeu, enchaîné-je. Je m'en veux terriblement de l'avoir embrassé. Comme tu l'as dit, c'était un quiproquo, mais ça peut s'arrêter là, tu en as le pouvoir.

Je m'exprime avec une précipitation qui trahit mon espoir, l'espoir de le toucher en plein cœur. Il a, lui aussi, une corde sensible, qui plus est elle porte mon nom. Je suis sûre que, ensemble, nous formerons la plus belle des mélodies. C'est évident.

Alors que je m'attends à ce qu'il obtempère et baisse les armes, il se met à rigoler une nouvelle fois. Il rit comme si je venais de lui raconter la meilleure blague du monde.

— Pour que je te brise le cœur ou que tu brises le mien ? C'est très bien comme ça. Je ne suis pas prêt à ce que l'un de nous deux soit brisé. Loin des yeux, loin du cœur. Je n'arrive pas à m'y résoudre, mais toi, tu peux. Tu fais bien de rester loin de moi. Laisse-moi une distance vitale, sinon je ne répondrai plus de rien.

J'inspire difficilement alors que chacun de ses mots s'enfonce dans ma peau comme des flèches. Il faut que je l'ébranle aussi, que je fasse s'écrouler le château de cartes. C'est une bataille de détermination. Or, la mienne est grande et forte. Je veux le voir, je veux savoir qui il est et, qui sait, l'aimer pour ce qu'il est.

— Pourtant, je commence, c'était vraiment toi que j'avais envie d'embrasser ce soir-là, seulement toi.

Nouveau silence. Puis, il gémit encore.

— Ne fais pas ça.

Ça y est, la brèche est ouverte. Il suffit que je plonge doucement à l'intérieur, et il finira par se dévoiler.

— Je t'assure, je poursuis, j'avais vraiment envie que ce soit toi, j'y croyais, et ça me rendait téméraire.

Il est loin, le sommeil que j'implorais. Désormais, je ne rêve que d'une chose : que cette conversation dure éternellement.

— Tu aurais aimé, j'y suis allée avec douceur, puis passion. Il n'était pas très doué, c'est aussi ça qui m'a mis la puce à l'oreille. Je suis sûre que tu embrasses divinement mieux.

Il pousse un profond soupir, dépassé par la situation. Ça fonctionne. Et ce qui est encore mieux, c'est que je n'ai pas besoin de mentir. Il me suffit de lui livrer ce que j'ai sur le cœur.

— Bien sûr que je t'aurais embrassée bien mieux. Bon sang, Pyrrha, tu n'aurais pas pu les oublier, mes baisers.

— Pourquoi me fais-tu autant languir ? Tout pourrait être tellement plus facile. Ne voudrais-tu pas m'avoir pour toi ? Parce que moi, si.

Je m'ouvre totalement et entièrement. Je ne cherche même pas à réfléchir à ce que mon cœur raconte. Il détient la vérité, alors je le laisse parler. Il n'y a plus aucun filtre. À quoi bon ? À quoi cela nous mènerait-il de ne pas jouer franc-jeu ? La situation ne peut pas être plus désespérée qu'elle n'est.

— Tu es à moi ! rugit-il. Entièrement et pleinement. Chaque nuit, je rêve que je te rejoins pour de bon en faisant tomber le masque. Chaque nuit, je m'imagine me glisser dans ton lit…

— Et chaque nuit, je t'attends, terminé-je.

La fièvre m'est vite montée à la tête, je ne veux que lui à cet instant précis. Tout est si compliqué alors que nous ne sommes que deux êtres qui se réclament. Deux êtres avec beaucoup trop de peurs qui les empêchent de vivre leur passion. La vie est pourrie, et lui est trop têtu.

— Quel goût ont tes lèvres ? je persiste. Comment vibre ta peau lorsqu'on la caresse ? Quelle lueur auraient tes yeux en se posant sur moi ?

— Calypso… gémit-il.

Je porte une main à mes lèvres pour étouffer un petit soupir de plaisir. Pourquoi mon prénom dans sa bouche est-il un aussi puissant aphrodisiaque ?

— Comme Psyché, tu dois rester innocente.

J'aime ses références mythologiques, j'aime être autant sur la même longueur d'onde que lui, j'aime la magie de ses mots, j'aime la manière dont mon corps réagit à sa voix. Je me sens désirée et désirable. Je me sens plus puissante et plus moi que jamais. Je n'ai pas peur de mes paroles, je n'ai pas peur de ce que je ressens. Pourquoi le faudrait-il avec lui ? Je me sens beaucoup trop bien.

— Donne-moi ton adresse, et je suis là dans la seconde, annoncé-je. Laisse-moi te montrer à quel point tu as tout chamboulé. Vois comme je te désire.

— J'aimerais tant.

Il soupire tandis que j'imagine mes mains sur son corps. Je les imagine parcourir chaque parcelle de lui pour ne plus jamais les oublier. C'est trop dur de le savoir si proche et pourtant si éloigné.

— S'il te plaît ?

Un silence prend de nouveau place, mais celui-ci s'étire. Mon interlocuteur ne répond pas à ma supplication, je n'entends plus son souffle court, il n'y a plus aucun bruit. Il est devenu tellement silencieux tout à coup que je me demande s'il n'a pas raccroché. Pourtant, non, il est toujours là. Pire, c'est lui qui abat le château de cartes. Mon château de cartes.

— Arrête.

Un mot, un ton sec, un claquement de langue, et tout s'embrouille. Je me prends un mur en pleine figure alors que j'étais lancée à vive allure. Le revoilà à des années-lumière de moi.

— Je sais ce que tu cherches à faire, Calypso. Tu ne m'auras pas. C'est trop dangereux pour nous deux, aide-moi à nous protéger, sois plus forte que moi.

— Je n'en ai pas envie ! je m'emporte. Bordel, c'est toi qui me lances des défis, et c'est toi qui refuses d'en relever ? C'est l'hôpital qui se fout de la charité !

Je gronde plus fort qu'il ne le faudrait. Les autres ne sont qu'à quelques mètres de là, et je n'ai aucune envie que l'un d'eux débarque, inquiet.

— Un jour, tu comprendras.

— C'est maintenant que je veux savoir !

Je ne sais plus comment lui faire comprendre que je suis à bout, épuisée par ces tumultes qui me malmènent. Je ne suis pas une aventurière, et mon courage n'est pas à toute épreuve. Il se trompe à mon sujet.

— Tu ne m'auras pas.

Je suis affreusement en colère, les larmes me montent aux yeux. J'y étais presque, j'ai touché mon rêve du bout des doigts. Pourquoi joue-t-il avec moi alors que nous ressentons la même chose ? J'en suis tellement folle !

— C'est con ! je crache. Parce que toi, tu m'as déjà. Mais tu m'avais prévenue, j'aurais dû t'écouter et ne pas tomber amoureuse de toi.

La bombe est lâchée, ça y est. Maintenant, il sait, mon secret est partagé. Je l'aime, je suis accro à lui. Peut-être suis-je un peu maso sur les bords pour m'être lancée dans une histoire qui n'a ni queue ni tête, quitte à tomber sur un psychopathe. Mais voilà, c'est dit et ça fait aussi mal que de retirer un pansement d'un coup sec. Je suis tombée amoureuse de lui et, pour l'instant, je n'en éprouve que la chute, interminable et vertigineuse.

Sur ce, je raccroche précipitamment. Les larmes, rageuses, dévalent à présent mes joues. Je suis tombée amoureuse d'une âme, et non d'une personne. Mais pourquoi faut-il que nos âmes soient, en fin de compte, si différentes ?

CHAPITRE 24

Inconnu

— Donne-moi ton adresse, et je suis là dans la seconde, annonce-t-elle, laisse-moi te montrer à quel point tu as tout chamboulé. Vois comme je te désire.

Cette phrase m'électrise, même si Calypso me torturait déjà. Assis au bord de mon lit, je passe une main sur mon visage. Les effets de l'alcool diminuent tandis que je réalise ce qui est en train de se passer. Mon verre trône comme un trophée sur la table de chevet alors que, par terre, les débris d'un vase que j'ai renversé gisent. L'euphorie redescend pour laisser place à une autre folie, la passion.

— J'aimerais tant.

Car c'est vrai, je rêve de lui dire qui je suis et, surtout, de la voir arriver pour se jeter dans mes bras. Alors, seulement, je pourrais lui montrer à quel point elle m'obsède et à quel point je rêverais de tellement plus avec elle. J'aimerais tout lui donner de moi. J'aimerais… Dans un autre monde, dans une autre vie.

Je soupire, je suis complètement dépassé. Comment en sommes-nous arrivés là ? Je suis tiraillé entre mon cœur et ma raison.

Voilà où m'a conduit ce petit jeu malsain. Je n'arrive pas à choisir entre les deux. Alors, c'est Calypso qui paye, car je souffle le chaud et le froid.

— S'il te plaît ?

J'ai la tête qui tourne, si bien que j'ai du mal à réfléchir. Elle insiste, mais je ne peux accepter. Si je cède, je suis un homme mort. Je laisse planer un long silence. Mon corps la réclame, mon être aussi. Comment réagirait-elle sous mes caresses ? Je l'imagine tellement, belle comme le jour, elle prononcerait enfin mon prénom encore et encore. Soudain, sur le lit, mon vrai téléphone s'allume, il éclaire la pénombre réconfortante dans laquelle je me suis enfermé. Qui ça peut être ? À l'autre bout du fil, Calypso doit sans doute se demander ce que je trafique. Je jette un coup d'œil furtif, mais suffisant pour me glacer le sang.

`> Tu ne peux pas continuer à m'ignorer. Réponds-moi.`

C'est elle. Je remets alors brusquement les pieds sur terre, subissant un décuvage presque immédiat. Ma vraie nature me revient en pleine face. La douleur que provoque ce revers est si intense que même l'alcool ne peut pas l'atténuer. Si j'étais prêt à flancher, là, c'est le rappel dont j'avais besoin pour me recentrer et me souvenir pourquoi je ne peux pas lui donner ce que nous voulons tous les deux. Je ne peux pas, j'en suis incapable. Je verrouille mon téléphone et le balance le plus loin possible de moi. Elle peut toujours courir pour que je lui écrive. Pas après tout ça.

— Arrête.

J'ai prononcé ce mot comme une sentence, bien plus sèchement que je ne l'aurais voulu. Calypso ne mérite pas ça… Mais puisque je ne suis pas en mesure de m'arrêter, il faut que je ne lui laisse aucun espoir. Tant pis si je dois la brusquer.

— Je sais ce que tu cherches à faire, Calypso, reprends-je. Tu ne m'auras pas. C'est trop dangereux pour nous deux, aide-moi à nous protéger, sois plus forte que moi.

Dieu, bien sûr que si, elle pourrait m'avoir ! Je ne sais pas comment je fais pour résister autant. Elle pense que c'est difficile uniquement pour elle, mais si elle savait comme je lutte, elle saurait que nous sommes sur un pied d'égalité.

Mais elle ne l'entend pas de cette manière. Elle s'emporte, m'accusant encore et toujours. Je la laisse déverser sa colère, je sais que ça lui fait du bien. Si je peux au moins lui donner ça… Mais ça dure longtemps, et plus elle vide son sac, plus je reçois de javelots en plein cœur. Plus elle m'accuse, plus je réalise le sombre connard que je suis. J'aurais dû m'arrêter tant qu'il en était encore temps.

— Un jour, tu comprendras, je tranche.

Je sens dans ses paroles suivantes sa colère gonfler encore plus. Est-ce qu'elle va pleurer ? Ça doit être terriblement frustrant d'avoir quelqu'un en face qui fait un pas en avant pour en faire aussitôt deux autres en arrière. Peut-être devrais-je limiter nos appels. Pourquoi je l'ai appelée, déjà ? Ah oui, parce que j'avais trop bu et qu'elle me manquait plus que de raison. Il faut que je trouve un autre stratagème pour la voir, car l'appeler était stupide. Je dois vraiment me montrer plus prudent et cruel pour qu'elle n'espère rien. Cruel avec celle qui fait vibrer mon cœur ? C'est douloureux.

— C'est con, elle crache soudain. Parce que toi, tu m'as déjà. Mais tu m'avais prévenue, j'aurais dû t'écouter et ne pas tomber amoureuse de toi.

Aïe. Je me prends une balle en plein cœur.

Lorsqu'elle raccroche, j'ai l'impression de faire une chute de plusieurs étages. Elle est sérieuse ? Elle fait plus qu'espérer, là ! Elle serait amoureuse de moi après tout ce que je lui ai fait vivre ? Non, elle bluffe, c'est une stratégie pour que je craque, c'est sûr. Mais cela ne devait pas arriver. Malgré tout, au fond… une petite lueur d'espoir s'allume tout près de mon cœur et vient le réchauffer, sans doute dans le but de faire fondre le fer qui l'entoure. Maintenant que j'ai l'assurance qu'elle partage mes sentiments, j'ignore si je dois être le plus heureux des hommes, ou si je dois m'insulter jusqu'à l'aube.

L'alcool alourdit encore ma tête, si bien que je me laisse tomber à la renverse. À mes côtés, il y a un autre polaroïd d'elle, éblouissante et si souriante. Près de ma tête, mon téléphone vibre de nouveau, me rappelant le message que j'ai reçu et que j'ignore. Les sourcils froncés, je me résigne.

Calypso, Calypso… Tu ne me rends pas la tâche facile… Je vais devoir te faire mal pour que tu aies moins mal ensuite. Pardonne-moi. C'est le jeu.

CHAPITRE 25

Je pleure encore alors que les premières lueurs de l'aurore apparaissent à la fenêtre. Plus tard, je pleure encore alors que l'odeur de café envahit l'appartement au fur et à mesure que mes amis se lèvent. Je pleure toujours quand je les entends derrière ma porte se demander s'ils doivent me réveiller. Nous partons lundi matin et, pourtant, je pleure une bonne partie du vendredi, gâchant ainsi le peu de temps qui reste avant la fin de ces vacances. Je pleure mon ras-le-bol et ma faiblesse. Je pleure mon impuissance face à cet amour grandissant voué à l'échec. L'issue, je la connais, c'est lui qui a décidé de l'écrire au marqueur indélébile avant même de me laisser une chance. Si seulement il me faisait confiance, nous ferions le grand saut à deux. Ce n'est pas grave, l'atterrissage serait doux, j'en suis persuadée, puisque nous serions ensemble. Au lieu de ça, j'ai sauté seule, et maintenant, je suis condamnée à voir le sol qui se rapproche de plus en plus vite. Le merveilleux après-midi d'hier n'existe plus, il n'y a que l'affreuse nuit qui compte.

Mon cœur est comprimé dans ma poitrine, il me fait mal. Je ne l'aurai pas, alors à quoi ça sert de continuer ? Je me bats en vain. Si seulement tout ceci n'était jamais arrivé, si seulement je ne l'avais pas rencontré… Mais s'agit-il seulement d'une rencontre ? Je ne sais rien de lui, mis à part ce que j'ai bien voulu m'imaginer. Je me suis sans doute créé une version idéalisée de lui. Se pourrait-il qu'il soit tout bonnement comme les autres ?

« *Men are trash* », dirait Apolline. Peut-être a-t-elle raison.

Je le hais de m'avoir fait rentrer dans un engrenage de souffrances et d'espoirs. Même si je n'ai rien à y gagner, je m'accroche. Pourquoi ? Pour le seul besoin de poser enfin un visage sur cette voix ? De savoir à quoi ressemble l'homme que j'aime ? C'est encore plus tordu que lui. J'aime me faire du mal.

Je passe une main sur mon visage mouillé de larmes, mes yeux sont tellement gonflés que j'ai l'impression que mes paupières ne pourront plus jamais s'ouvrir. J'ai mal à la tête, comme si une barre s'y était logée. Le soleil me nargue derrière la fenêtre, me reprochant de perdre mon temps, de me laisser aller aux maux de l'amour. Je vais tellement le regretter en septembre… lorsque mes seules sorties seront les trajets de la fac à la bibliothèque universitaire.

Je me roule en boule. J'ai mal, j'ai peur de ne pas parvenir à surmonter cette douleur atroce qui accable mon âme et mon ego. Je ne vais jamais m'en sortir, je n'en vois pas le bout. De mon cœur s'écoule un sang écarlate. Il risque de se répandre sur ma peau, puis de tacher le parquet. Du rouge, ce serait malheureux, ça ne partirait pas… Du rouge pour effacer ses traces. Il avait dit que mon cœur était ce qu'il préférait chez moi. Menteur. Du rouge… Ce serait beau, vif, puissant. Est-ce que ça formerait le contour de mes maux ?

Sur le bureau traîne mon matériel de peinture ainsi que le portrait imaginaire que j'ai réalisé de lui. J'ai envie de déchirer celui-ci en mille morceaux, voire de le brûler. Je lui ai dessiné un petit air moqueur, une transcription au fusain noir, noir charbon, comme mes états d'âme. Une petite flamme s'allume en moi, c'est bien la première chose à laquelle je pense qui m'anime. La seule activité qui ne me repousse pas totalement. Pour un peu, j'aurais envie de sortir de ce fichu lit où mon seul compagnon est mon téléphone. Pourquoi ne pas donner à mon dessin une lumière en harmonie avec celle du soleil ? Pourquoi ne pas teinter moi-même la noirceur de ce nuage qui m'entoure ? De rouge vif. Il faut bien que j'occupe mon esprit. Ce n'est de toute façon qu'une question de minutes avant qu'Apolline vienne me tirer par les pieds, car je l'entends s'agiter dans le couloir. Ça ne m'étonnerait pas qu'elle ait d'ailleurs l'oreille collée à la porte.

Je fais un effort surhumain pour m'extirper de mon lit, un membre après l'autre, tel un automate désarticulé. Ce serait tellement plus facile si je n'avais pas de cœur. J'attrape mon sac et, d'un ample mouvement de bras, je fourre mon bazar dans celui-ci : aquarelle, crayons, feutres, papier, tout ce qui peut me permettre de respirer un peu et de me défouler. Je me saisis ensuite du tee-shirt qui traîne au sol. Comme si mon chagrin n'était pas assez grand, j'enfonce le couteau encore plus dans la plaie béante en l'enfilant. Il tombe parfaitement sur mes frêles épaules. Je dois être maso, ce n'est pas possible.

« Il faut maîtriser ce qui vous fait du mal », me répète souvent ma psy.

Je ne maîtrise rien du tout.

Je mets un short en hâte pour m'échapper le plus vite possible. Je me vois déjà au bord de la mer, là où l'air iodé s'enroulerait dans mes poumons. Ça m'a fait un bien fou, hier.

— Oh, salut, toi.

Comme prévu, Apolline m'attendait de pied ferme. Elle m'a presque sauté dessus à l'instant où la porte de ma chambre s'est ouverte. J'ai des ballons de foot à la place des yeux, ce qui lui est impossible de ne pas remarquer. Son expression change du tout au tout en voyant ma tête. Je sais que ça commence à s'accumuler en elle, qu'elle n'est pas dupe et qu'elle voit parfaitement que quelque chose me bouffe. Mon attitude est complètement à l'opposé de celle d'hier. Deux salles, deux ambiances. Je m'attends à ce qu'elle me prenne entre quat'z'yeux.

Je ne lui laisse toutefois pas le temps d'ouvrir la bouche. Sinon, je sais que je n'arriverai pas à rester solide. Je lui fais un rapide petit baiser sur la joue en m'exclamant :

— Je sors, ne m'attendez pas !

Antoine apparaît du salon, surpris d'entendre mon éclat de voix et surtout de me voir. Je passe devant lui puis sors en claquant la porte à la volée derrière moi, décourageant toute velléité de me rattraper.

Mes pas pressés se dirigent, seuls, vers la plage de galets que j'aime tant. C'est un véritable havre de paix pour moi, et je commence à prendre la fâcheuse habitude d'y régler tous mes problèmes. L'heure doit déjà être pas mal avancée, il y a un monde fou, et le soleil est haut dans le ciel. Combien de temps suis-je restée dans ce lit à pleurer ? Bien trop.

Je me trouve une petite place, presque les pieds dans l'eau. Je serai bien là. J'inspire à pleins poumons et semble revivre tant c'est bon. À force de pleurer, mon nez s'est encombré. Bien que ce soit inconfortable, à cet instant, tous mes maux disparaissent. Avec des gestes mécaniques, je sors mon bloc de papier et un fusain, les traces noires qu'il laisse sur mes doigts me font sourire. C'est ce que j'aime. Exprimer le malheur par le dessin, voilà ma véritable thérapie, bien plus efficace qu'aller consulter cette psy, je dois admettre. Ma main tremble lorsque je l'approche de la feuille. Je dessine dans un premier temps de vastes traits aléatoires. Contrairement à d'habitude, ils sont timides et lourds. Les traînées que laisse le fusain sont épaisses et pas assez aériennes à mon goût. Je ne sais pas trop quoi dessiner, alors je ferme les yeux. Je prends une grande inspiration et expire longuement en me concentrant pour faire le vide. Derrière mes paupières closes, tout me paraît plus facile. J'entends le clapot des vagues, couvert par les exclamations des vacanciers. Plus loin, j'entends le crissement des galets sous les pas qui les piétinent. Même si je calme la tempête en me concentrant sur tous ces petits bruits en apparence insignifiants, je ne pense toujours qu'à lui.

Devrais-je dessiner à nouveau une ébauche ? J'imagine ses traits dans l'obscurité de mes paupières fermées. Je m'arrête sur sa bouche. Je ne l'ai jamais embrassée, et cette pensée m'électrise. Bien que le fait que nous n'ayons pas partagé un seul baiser me rende triste, car nous n'en partagerons peut-être jamais, je suis ravie que ce ne soit pas un souvenir oublié. S'il avait existé, j'aurais voulu le graver à jamais dans ma mémoire.

À défaut de pouvoir le faire, je peux graver sa bouche, l'imaginer sous tous les angles. Boudeuse, moqueuse, rieuse, étirée, ou alors pincée. Des lèvres pleines et malicieuses, ou encore fines et autoritaires. Sans m'en rendre compte, mon fusain glisse sur la feuille et trace les premiers traits, ceux-là sont assurés et directs. En un rien de temps, un croquis paraît tandis que mes doigts se noircissent. À mesure que ça se précise, mon cœur se remet à battre normalement, et ma poitrine s'allège. Je ne pense plus à rien. Même lorsqu'un petit me bouscule, me faisant faire une rature, je ne râle pas. Il s'excuse timidement avec un drôle de regard. Eh oui, petit, voici la dure loi de l'amour, j'espère que tu ne briseras jamais de cœur. Il s'enfuit aussi vite qu'il est arrivé pour retrouver ses parents.

C'est alors que je remarque que l'écran fissuré de mon téléphone, posé négligemment sur les galets, s'éclaire, mais je ne parviens pas à voir le nom de l'appelant, même si je suis persuadée qu'il s'agit d'Apo ou de Vic qui s'inquiètent. J'hésite à le prendre en main afin d'achever en paix ma thérapie. Cependant, une force semble me pousser vers lui, et je suis presque contrainte de l'attraper, non sans mettre du fusain un peu partout.

— Mince !

J'essuie mes mains avec un chiffon spécial dessin que je trimballe partout et jette finalement un coup d'œil sur l'écran. Un petit regard qui me coûte cher, qui m'assène un énorme coup de massue sur la tête. Ce ne sont pas les filles, c'est encore lui. Du pouce, j'ouvre le message. Lorsque la conversation apparaît, mon cœur chute du quatrième étage, direction les talons. Ce n'est plus un coup de massue, mais un éclair qui me foudroie. Avec effroi, je découvre qu'il m'a envoyé une photo. Or, si j'avais rêvé, envers et contre tout, que ce soit son visage, c'est loin d'être le cas. Un sanglot remonte le long de ma gorge, si bien que je suis obligée de mettre une main devant la bouche pour ne pas me faire remarquer. Sur l'image au fort contraste, il y a une bouche – ce qui est ironique, vu que je m'acharne à dessiner la sienne –, mais qui n'est pas une bouche masculine. Elle est pulpeuse, peinte en rouge vif et légèrement entrouverte. Elle rehausse un menton finement pointu. Et là, effleurant délicatement sa joue, une main posée, une main large et veineuse. Une main d'homme douce et puissante à la fois. Il lui tient la joue, le pouce prêt à caresser sa pommette. En complément, il y a un petit message narquois :

`> Je suis persuadé qu'elle embrasse aussi bien que Léo. Elle a plus que toi, Calypso.`

Mes doigts tremblent de rage et s'agrippent à mon appareil. Qu'est-ce que c'est que cette histoire ?! Mon sang bout dans mes veines en un rien de temps et vient pulser dans mes tempes. Ce n'est pas possible, c'est une blague ! Je tape rapidement, rageusement :

`> Tu te fous de moi ?`

Ce mec est taré, il ne cherche qu'à me briser. Comment peut-il m'envoyer ça après nos paroles de cette nuit ? Ce n'était que du vent ? Pourquoi cherche-t-il encore et toujours à détruire mon cœur ? C'est insoutenable, j'ai l'impression d'avoir fait un bond des années en arrière, quand on cherchait sans cesse à me faire du mal. Je ne mérite donc que ça ? Me faire continuellement cracher dessus ? Il broie mon cœur à mains nues, il l'arrache même de ma poitrine. Il m'a blessée tellement de fois. Je me sens bafouée et, pour ça, honte à moi. J'aurais dû prendre mes jambes à mon cou lorsque j'en avais l'occasion. Comment ai-je pu me faire autant manipuler ? L'amour rend aveugle, c'est certain, et la douleur nous force à ouvrir les yeux. Or, je n'aime pas du tout ce que je vois.

C'est terminé, il vient d'agiter le drapeau noir entre nous. De l'amour à la haine, il n'y a qu'un pas. Je me sens si bête d'avoir été utilisée. Les larmes ne coulent même pas, je n'en ai plus, il les a toutes épuisées, et il continue. Ça prouve qu'il faut que je me sauve, définitivement.

Folle de rage et morte de douleur, je froisse dans mon poing le dessin de sa bouche que je m'étais appliquée à dessiner. Je ne l'embrasserai pas, je ne le toucherai pas et je ne le verrai jamais. Me faire payer une erreur que j'ai commise à cause de lui et de ses mystères, c'est très bas, et indigne de l'image que je me faisais de lui. Il m'a menti, cette nuit. Comment peut-il affirmer partager mes sentiments alors que, le jour d'après, il est prêt à sauter sur n'importe quelle fille ? Et puis, qui est-elle ? Une autre de ses proies ? Une autre qu'il fait espérer ? L'a-t-il recueillie complètement éméchée, elle aussi ?

J'ai une irrépressible envie de vomir de rage, de déverser ma colère et ma fureur. Au-delà de la douleur, il y a la trahison, qui fait très mal. Ce vieux sentiment n'avait pas ressurgi depuis si longtemps que j'en avais oublié la morsure. Je l'éprouve à nouveau dans ma chair. Et par sa faute cette fois, par sa faute. C'est la pire chose. Lui, le seul que je pensais doux et compréhensif, celui qui vibrait sur la même corde que moi, malgré nos âmes contraires, mon coup de foudre. Cette nuit, je ne pensais pas qu'il pouvait me décevoir plus, et pourtant…

Un nouveau sanglot me secoue, mais celui-ci, je ne le refoule pas. Il franchit la barrière de mes lèvres et vient mourir parmi le bruit des baigneurs. Personne ne fait attention à moi, personne ne se doute que je crève à petit feu. Je serre dans mon poing la feuille en espérant la réduire en poussière ! Mes jointures blanchissent, et mes ongles s'enfoncent dans ma paume. Mes yeux sont incapables d'effacer de ma mémoire cette image de malheur qui s'est imprimée en moi. La jalousie aussi me tenaille. Cette fille va poser ses lèvres sur les siennes, et peut-être même l'allongera-t-il sous lui, elle qui a tant de chance de savoir qui il est. Non !

Elle qui a la malchance de s'être frottée à lui. Pauvres de nous, pauvre de moi.

J'aimerais crier, j'aimerais hurler ma fureur, j'aimerais le retrouver et qu'il voie ce qu'il a fait de moi. Peu lui importerait, je crois. Il me rirait au nez, voilà tout.

Je me frappe le front à plusieurs reprises en jurant tout bas :

— Fait chier, fait chier, fait chier !

Ma gorge est nouée, et ma tête tourne atrocement. Mon corps est tellement épuisé par tous ces bouleversements qu'il me lâche. *Débrouille-toi seule*, me dit-il. C'est trop pour lui. Je manque de m'effondrer sur les galets. Ce qui m'en empêche est uniquement le regard des gens, que je ne suis pas prête à affronter si je m'écroule en sanglots à leurs pieds.

Je plonge ma tête entre mes mains. Il faut que je me ressaisisse, c'était inévitable, je le savais. Ils ne vivront pas heureux et n'auront pas plein d'enfants. Je tente de maîtriser ma respiration chaotique. Je ne vais pas m'effondrer, ce serait lui donner la victoire, et ça, c'est hors de question !

Je calque mon souffle sur le rythme des vagues s'écrasant sur les galets paisiblement. Je reste de longues minutes ainsi, les bras croisés sur mes genoux remontés et la tête baissée. J'écoute mon cœur s'apaiser, je sens ma colère se tasser. J'ai très bien pu vivre sans lui jusqu'à maintenant, je n'ai pas besoin de lui pour continuer. Même si ça semblait magique avec lui. Je porterai désormais son empreinte en moi. Et si je ne parvenais pas à reprendre une vie normale ?

Je fais taire mes pensées saugrenues. Je ne l'ai jamais connu. Il ne me manquera pas. Il a tiré la première balle, à moi de riposter. La vengeance n'est pas le meilleur remède, loin de là, mais à cet instant, ça me semble être la seule solution. Il ne m'a même pas répondu, en plus. Ça aurait été trop beau. J'expire profondément et bruyamment, voilà que la rage revient. Si lui ne se manifeste plus, Apolline prend le relais avec un bref message :

`> On sort, ce soir. Il faudra que tu rappliques à un moment donné.`

Je passe une main dans mes folles boucles rousses et bute sur un nœud. Elle a raison, je ne peux pas les fuir éternellement, au contraire. Fuir ceux qui ne m'ont jamais trahie constitue une grossière erreur. Ils sont ma joie au quotidien. Si je vais mal, c'est auprès d'eux que je peux guérir. Je m'en veux tellement de les négliger. Nous étions tellement bien hier soir, tous ensemble.

Je rassemble mes affaires et tache au passage le tee-shirt de l'imposteur. Je m'en moque pas mal, j'aimerais le souiller autant qu'il m'a souillée. Je fourre à la va-vite mon matériel dans mon sac, il est temps de rentrer. Mine de rien, je suis restée quelques petites heures sur cette plage. Mes jambes me portent à peine lorsque je me redresse, et mon sac me paraît peser une tonne sur mon épaule. Je jette un dernier coup d'œil à la mer et me détourne pour reprendre la route de la maison. C'est là, à ce moment précis, que ça me saute aux yeux, impossible de le rater. Non loin de moi, près de l'endroit où j'étais assise, sur les galets, à la vue de tous, un polaroïd est posé. Je n'en crois pas mes yeux. J'avance avec précaution et finis par distinguer autre chose dessous : une feuille pliée en deux. Mes doigts tremblants se saisissent du tout, je suis estomaquée. Sans surprise, le polaroïd me représente, encore une fois. Sur celui-là, lèvres entrouvertes, j'affiche une expression stupéfaite alors qu'une main est posée sur ma joue. Tendre et affectueux, un pouce semble la caresser. C'est là que je comprends, c'est là que la réalité me saisit. Cette bouche sur la photo avec une fine cicatrice, cette tache de rousseur plus grosse que les autres à l'arc de Cupidon. Ce n'était pas une autre fille sur la photo qu'il m'a envoyeé ! Non ! C'était moi !

Folle de rage et de tristesse, j'ai regardé trop vite et ne me suis pas reconnue. Je redresse vivement la tête. Il était derrière moi ! Il était là, et absolument pas avec une autre, comme il me l'a laissée penser. C'était encore un de ses petits jeux ! Il savait que je démarrerais au quart de tour face à cette pique, après notre accrochage de la nuit dernière, et ça a tellement bien marché. Il commence à me connaître parfaitement. Mais une question me taraude : pourquoi ne pas aller jusqu'au bout de sa provocation avec une vraie fille ? Voulait-il me blesser en retouchant cette photo, sans pour autant me trahir ? Quelle est la signification de cette mystification ? Cherche-t-il à me montrer qu'il est incapable de se détourner de moi pour une autre ? Je pivote sur moi-même, à sa recherche.

Évidemment, je ne saurais dire s'il est là, parmi la foule. Mon regard accroche chaque visage avant de se baisser sur la feuille qui accompagne la photo. Je la déplie et découvre un dessin. Un merveilleux dessin finement exécuté. Les traits sont propres et professionnels, ils forment un ensemble qui me représente. Penchée sur la feuille, je m'observe dessinée. C'est du délire. Un petit mot accompagne le tout :

« Tu es la plus belle des muses. Voilà ce qui nous lie : la jalousie. Tu as malheureusement bien trop de moi. »

Un rire nerveux franchit mes lèvres. Je ne comprends plus rien. Je me suis trompée de A à Z. J'examine encore une fois les alentours, complètement secouée. L'ascenseur émotionnel est trop puissant. Il ne m'a pas trahie… mais il m'a blessée. Même dans sa douceur et sa bonté, il persiste à me manipuler. Je suis épuisée, mentalement exténuée.

Il faut que toute cette histoire cesse, parce que lui aussi a bien trop de moi. Il faut que je m'arrête avant qu'il n'obtienne plus que je n'ai à offrir.

CHAPITRE 26

— Voilà, tu as tout de même meilleure mine.

Après avoir appliqué du blush sur mes pommettes, Apolline admire son œuvre en me tenant par le menton. Elle me force gentiment à pivoter la tête et m'offre un petit sourire satisfait.

— Tu es magnifique, on ne voit presque plus tes poches sous les yeux.

Elle range son pinceau tandis que je secoue la tête.

— Sache que, là, je te laisse tranquille, me menace-t-elle gentiment. Mais tu ne pourras pas échapper au débriefing. Il va falloir que tu parles sérieusement de ce qui t'arrive. Je ne te laisserai pas dans cet état.

Un voile de tristesse passe dans ses yeux. Je glisse ma main dans la sienne.

— C'est promis.

Ma réponse la rassérène. Le coin de ses lèvres se redresse dans un pâle sourire.

Elle se détourne ensuite pour choisir une de ses tenues qu'elle a étalées sur son lit. Ce soir, nous sortons nous changer les idées et profiter de ces moments où nous sommes tous ensemble. J'ai revêtu la plus belle des robes que j'ai emportées. Je compte bien briller après cette journée catastrophique. Je veux jouer, moi aussi, et oublier les blessures qu'il m'a infligées. Si je peux le piquer au passage, ça me procurera une grande satisfaction. J'espère de tout cœur qu'il sera là pour me voir. Ce serait la cerise sur le gâteau.

— C'est pas mal, ça, non ?

Elle me montre un body en dentelle noire ainsi qu'un tailleur blanc immaculé.

— Avec les cheveux plaqués en arrière, ce sera canon, juge-t-elle.

— Carrément, je confirme.

— Les filles, vous n'auriez pas vu ma deuxième boucle d'oreille ?

Victoria surgit, le corps moulé dans une petite robe crème, les cheveux relevés en un chignon dont quelques mèches folles s'échappent.

— Elle traîne sur le lavabo de ma salle de bains, je lui indique.

Elle disparaît aussi vite qu'elle est apparue alors qu'Apolline se change et exécute minutieusement sa coiffure à l'aide d'huile capillaire.

Toute la fine équipe est prête après de longues heures de préparation. C'est toute une affaire d'État. Antoine a revêtu son plus beau polo et a, pour une fois, coiffé sa tignasse blonde en un petit chignon. Il est resplendissant.

— Vraiment, je me sens l'homme le plus chanceux du monde, trois belles filles pour moi seul ! ricane-t-il.

Je me pends théâtralement à son cou tandis qu'il passe un bras autour de ma taille. Je fais mine de l'embrasser et lui susurre :

— Mais il faudra bien que vous choisissiez, mon prince.

Il porte une main à son cœur, comme si une flèche l'avait atteint.

— Jamais. Je choisis le polyamour.

— Déjà prise ! clame Victoria.

— Ça, on a compris, raille Apolline.

Victoria lui assène un petit coup de coude amical dans les côtes.

— Câlin collectif, mes beautés ! clame Antoine en tendant les bras.

On s'y loge volontiers. Je me sens affreusement bien, pour la première fois depuis hier. Adieu les manipulations, et bonjour l'amour vrai.

— Allez, on va être en retard.

Nous nous engageons dans les rues animées de Nice alors que la nuit est déjà tombée. Les lampadaires éclairent tant bien que mal, même si nous rayonnons bien plus.

— Je rêve d'un cocktail ! lancé-je.

Apolline exécute des pas de danse à quelques mètres de nous.

— Et moi, je refuse de partir d'ici, je veux arrêter la fac, se plaint Vic.

Antoine pouffe lorsque Apolline trébuche sur ses hauts talons. Elle se rattrape de justesse au bras d'un passant, qui lui lance un drôle de regard. Elle chuchote un petit « pardon » alors que celui-ci a déjà repris sa route. Je lève le nez vers les étoiles, on les voit à peine avec tous ces éclairages, mais l'immensité de la voûte céleste me donne le tournis et me fait sourire bêtement. Dans quelques jours, nous rentrerons chez nous, et tout sera fini.

Bientôt, nous nous engouffrons dans une ruelle en suivant le GPS de Victoria. Nous tombons rapidement sur un bar à la façade rouge et pimpante. La terrasse est elle-même pleine de clients, attablés ou debout. Nous pénétrons à l'intérieur où une forte musique résonne. Le lieu n'est pas très grand et est bondé.

Nous repérons Adam, Owen et les autres, accoudés au bar, en train de commander. Je fais la bise à chacun d'eux en entendant la voix de ma mère irlandaise, qui a en horreur cette manie française. J'embrasse aussi mon ancien binôme de la tequila paf, qui a toujours autant le visage fermé. Fort agréable. Vient alors le tour de quelqu'un que je ne m'attendais pas à voir : Léo. C'est vrai que je l'avais un peu oublié avec toutes ces histoires. Ses traits se crispent lorsqu'il se retrouve nez à nez avec moi, il a l'air tout aussi surpris.

Un sourire forcé s'étend sur mes lèvres. Sans doute, d'après Antoine, m'en veut-il de ne pas l'avoir recontacté. J'ai su qu'il n'était pas mon inconnu, alors je l'ai mis de côté. C'est cruel, mais au fond, c'est bien fait pour lui. Pourtant, je ne devrais pas oublier qu'il détient une part de ce mystère qui me hante. Dans l'obscurité, des ombres dansent sur son visage, des ombres qui m'empêchent de distinguer au premier abord ses ecchymoses et autres blessures. J'ouvre des yeux ronds en découvrant l'énorme bleu sur sa joue et la plaie sur son arcade. Il recule d'un pas, le visage déformé par la colère.

— Qu'est-ce qui s'est passé ? je m'enquiers.

Il me détaille des pieds à la tête avec dédain.

— Bon courage avec lui ! crache-t-il. Et surtout, ne m'approche plus.

Ses paroles me frappent de plein fouet. L'instant d'après, il me bouscule pour s'éloigner précipitamment de moi, me fuyant comme la peste. Il sait. J'en étais sûre. C'est *lui* qui lui a causé ces blessures ? Parce que je l'ai embrassé ? Ça confirme mon opinion, quelque chose ne tourne pas rond chez ce mec. Je suis tentée de rattraper Léo mais il a déjà disparu parmi la foule. Je voudrais le supplier de me donner des informations. Vu la haine qu'il *lui* porte, ça ne risque pas d'être si difficile que ça, mais je n'ai pas du tout aimé ce ton condescendant qu'il a pris avec moi. Ce n'est pas ma faute s'il a fini dans cet état, c'est lui qui nous a dupés, *lui* comme moi. Il a joué, il a perdu. Au fond, je ressens un léger sentiment de satisfaction, il a été puni pour le mal qu'il m'a fait – même si ce n'est certes pas la bonne manière.

Il faut d'abord que je me tempère, que je boive un verre et, après, j'aviserai. J'espère aussi qu'il voudra bien s'ouvrir à moi lorsque je viendrai à lui…

— Cal, qu'est-ce que tu veux boire ?

Victoria glisse son bras sous le mien et me tire vers le bar. Je détourne les yeux de la direction par où Léo s'est enfui pour les poser sur la carte qu'elle me montre. Je la parcours rapidement alors qu'un serveur attend patiemment que je me décide.

— Euh… un Sex on the Beach, s'il vous plaît.

Il récupère sa carte avant de se pencher au-dessus du bar.

— La plage n'est pas loin, vous savez.

Ma bouche s'ouvre de surprise tandis que Victoria siffle à mes côtés. Qu'est-ce qu'il vient de dire ? Il m'adresse un petit sourire en s'apprêtant déjà à préparer mon cocktail. Son sourire est craquant. Même si je reconnais que sa technique de drague était un peu osée, il dégage un charme fou avec ses cheveux bruns rebelles.

— Ça a le mérite d'être direct, au moins, rigole Vic.

Il hausse les épaules en me coulant de nouveau un petit regard.

— Il faut savoir saisir les occasions lorsqu'une belle fille se présente.

Je souris niaisement en détaillant chacun de ses mouvements. Il est habile, si bien qu'en moins de temps qu'il n'en faut pour le dire, mon cocktail est prêt.

— Eh bien, je suis charmée.

Je lui souris en retour pour le remercier avant de tremper mes lèvres dans ma boisson.

Cette soirée commence vraiment bien, ce petit jeu de séduction me plaît, c'est facile et agréable, très loin de ce qu'on m'a promis jusqu'ici.

— Apo ! Apo ! Apo !

Je me tourne vers les acclamations. Devant mon amie, une rangée de cinq shooters est étalée. Elle replace les mèches de cheveux qui s'échappent de sa coiffure et remonte ses manches. Elle commence fort. Je remarque qu'Antoine aussi a cinq petits verres devant lui, c'est donc une course. Je dégaine tant bien que mal mon téléphone portable, prête à immortaliser ce moment à tout jamais. L'objectif se pose sur eux au moment où ils commencent à enquiller les premiers verres. Antoine a une légère avance. Il renverse encore une fois sa tête en arrière et avale goulûment son dernier shooter, signant ainsi sa victoire. Apolline le suit de près, puis secoue la tête en grimaçant. Je finis à mon tour mon verre d'une traite, sans vraiment le savourer, et l'acclame. Nous faisons à nous seuls plus de bruit que tout le reste de la clientèle de ce bar, et c'est délicieusement agréable.

— Je vais vomir ! crie Apolline en nous rejoignant.

— La soirée vient à peine de commencer, ricane Victoria à son oreille.

Apo s'évente de sa main parfaitement manucurée.

— On va danser ? jubile Victoria.

On hoche la tête comme un seul homme après avoir échangé un regard complice, et nous voilà bientôt sur la piste de danse. Le rythme est bon, et la musique vraiment entraînante. Il est facile de se laisser aller et de danser comme si personne ne nous observait. Je garde mon téléphone en main, me maudissant de ne pas avoir pris de petit sac. Les filles sautillent sur place alors que je me dandine en envoyant valser mes cheveux dans tous les sens. Ça me fait du bien, je me sens vivante et pétillante, tout ce que je n'étais pas cet après-midi.

— C'est notre chanson !

Apolline bondit alors que les premières notes de *Traitor* commencent à s'élever depuis les haut-parleurs.

« *Brown guilty eyes and little white lies. Yeah, I played dumb but I always knew…* »

Apolline nous attrape par les poignets. Une fois le refrain arrivé, elle danse à nous donner le tournis. Nous hurlons, près de nous casser la voix :

— « *It took you two weeks to go off and date her. Guess you didn't cheat but you're still a traitor.* »

Je ressens la souffrance dans ces paroles, et l'exprimer à pleine voix me fait un bien phénoménal. Mes épaules s'allègent tandis que le nœud dans mon estomac se desserre. Je passe mes doigts dans mes cheveux et les soulève en me dandinant.

Lorsqu'une main se pose soudain sur mes reins, je sursaute. Je me retrouve nez à nez avec le barman. Tenant un plateau vide, il m'adresse un énorme sourire. Puis, il se penche à mon oreille et crie :

— Est-ce que madame désire autre chose ?

Il hausse les sourcils en détaillant avidement les contours de mon visage. Il me plaît beaucoup, c'est pourquoi je rentre dans son jeu. Je n'ai rien à perdre, de toute façon. Je me mordille la lèvre inférieure en posant une main sur son épaule.

— Madame aimerait beaucoup que tu danses avec moi.

Il rit, visiblement ravi de ma réponse.

— Je suis censé travailler, lance-t-il, peu convaincant.

— Le client est roi, non ?

Il cale le plateau sous son bras et hausse les épaules.

— Ça, je ne sais pas, mais je veux bien dire que tu es ma reine, ce soir.

Mon sourire s'agrandit, j'aurais presque les chevilles qui enflent. C'est plaisant d'être désirée. Sans lâcher mon téléphone je passe mes bras autour de son cou, et lui me tient dans ses bras, tout contre lui. Nos visages sont à quelques centimètres seulement l'un de l'autre, il me suffirait de me pencher pour l'embrasser. Ses yeux sont foncés, et son nez pointu, il est vraiment beau. Je n'arrête pas de sourire alors que nous dansons un peu gauchement. Mes doigts caressent aventureusement sa nuque de temps en temps, et je le vois me regarder de plus en plus intensément. Une de ses mains remonte le long de mon dos afin de me coller encore plus à lui. Je ne le repousse pas et me retrouve tout contre son torse.

— C'est rare de croiser d'aussi jolies femmes ici, me complimente-t-il encore.

Je cache mon nez dans son cou en agrippant ses épaules. Il me tient toujours fermement contre lui, et je me délecte de cet instant. Il est encore meilleur qu'un Sex on the Beach bien préparé. Je réaffirme ma prise sur mon téléphone alors que mon autre main glisse sur la nuque de ce beau jeune homme. Or, c'est ce moment-là que mon mobile choisit pour troubler la fête. Par-dessus son épaule, je vois l'écran s'allumer et un message apparaître :

> Éloigne-toi tout de suite de lui.

Tu joues avec mes nerfs.

CHAPITRE 27

J'ai un mouvement de recul qui me détache du barman. Je relis plusieurs fois ce message aux allures menaçantes. Il est ici ? Ça ne m'étonne pas vraiment, et c'est ce que j'espérais. Parfait !

> Alors, comme ça, tu me vois ?

Je jette un petit coup d'œil à la ronde en pianotant sur mon téléphone portable, bien moins proche de mon cavalier qu'il y a quelques secondes.

— Tout va bien ? me demande celui-ci en constatant l'espace que j'ai mis entre nous.

Je cligne des yeux pour revenir sur terre. Il me regarde, un sourcil en l'air, alors que sa main caresse mon dos.

— Oui, pardon. Un ami qui… On s'en fiche, tranché-je.

Je balaye l'air de ma main avant de passer de nouveau les bras autour de son cou. L'inconnu répond :

> Bien sûr, je ne regarderais ailleurs pour rien au monde.

Un petit sourire étire mes lèvres, il va pouvoir voir ce qu'il a fait de moi. À force de jouer avec le feu, il va se brûler les doigts, et j'aimerais le lui faire comprendre. Il n'est pas à moi, et je ne suis pas à lui, les règles ont été posées. Je pianote discrètement par-dessus l'épaule du barman :

`> Alors, admire.`

J'envoie mon message avant de me pencher à son oreille et de le questionner :

— Comment t'appelles-tu ?

— Édouard.

Charmant. Très *Twilight*, j'adore. Je caresse sa nuque du bout des doigts alors que je sais désormais que nous sommes observés, mais d'où ? Je tente d'intercepter le moindre regard, la moindre figure contrariée, mais rien.

— Il va falloir que je retourne travailler, me glisse Édouard, déçu.

Il s'écarte à contrecœur, sans me lâcher pour autant, son plateau menaçant de lui échapper à tout moment. Je lui prends la main avec une irrépressible envie de l'embrasser. Du moins, j'ai plutôt envie que l'autre me voie l'embrasser et enrage. Cette seule pensée me fait jubiler. Mes doigts caressent sa joue mal rasée, il doit avoir quelques années de plus que moi. Dans un autre contexte, j'aurais réellement apprécié sa compagnie et je ne l'aurais pas fréquenté par vengeance. Mais là, c'est différent. Je m'approche de lui, brisant le peu de distance entre nous. Je ne sais pas ce que je fais, je perds tout contrôle. Mon nez effleure le sien, nos lèvres n'ont jamais été aussi proches. Je retiens ma respiration alors que je sens son souffle caresser ma bouche. J'incline la tête et ferme les yeux, ses bras se referment autour de moi et m'emprisonnent. Dans quelques secondes, je goûterai à ses lèvres fines. Dans quelques secondes, je…

Mon téléphone se met à vibrer violemment dans ma main. Il semble vouloir s'en échapper pour me faire retrouver mes esprits. C'est *lui*, bien évidemment. C'est audacieux de m'appeler dans un endroit clos et restreint. C'est facile de repérer les gens au téléphone. Pire, si je l'entends bien, je saurai qu'il est parti s'isoler. Il faut que je décroche. J'ai cette horrible envie de planter là Édouard afin de décrocher. Je dois dire que je meurs d'envie d'entendre l'inconnu sortir de ses gonds. Je veux entendre le mal que ce petit jeu lui fait. Peut-être même a-t-il quitté cet endroit tant cette vision lui était insupportable.

Je me détache précipitamment d'Édouard, le déboussolant complètement.

— Excuse-moi, je dois prendre cet appel.

Je lui montre l'écran de mon téléphone et disparais sans demander mon reste. Je joue des coudes pour tenter de trouver un endroit moins bruyant. Je vois Édouard immobile au milieu de la piste me détailler avec un regard plein d'incompréhension. Je suis désolée, je ne suis pas aussi forte psychologiquement que je le pensais. Je ne peux pas lutter contre cet appel, je dois répondre.

— Tu n'es pas décidé à me laisser tranquille, dis-moi, l'agressé-je immédiatement.

Il a tellement de pouvoir sur moi que je sens encore ce foutu sentiment au fond de ma poitrine me dicter mes actes. Je suis le pantin de mon propre cœur.

— Je suis dans ce bar, lâche-t-il.

Le bruit n'est pas aussi fort près de lui, ça résonne presque. Est-il parti aux toilettes pour mieux se faire entendre ?

— Ça, je l'avais compris.

— Tu as dix minutes pour me trouver avant que je parte.

Un fou rire nerveux m'échappe. Pardon ? C'est une blague, j'espère ! Il se moque de moi. Il veut encore une fois que je lui coure après. Son ego est touché, alors il a besoin de se sentir désiré ? Tout ça pour quoi ? Pour que je me plante encore une fois et qu'on me laisse mariner ? Il ne se dévoilera jamais. Je l'ai compris.

— Je ne crois pas, non. Je suis fatiguée de jouer.

— Ce n'est plus un jeu, Pyrrha. Trouve-moi, et je ne te mentirai pas, je reconnaîtrai que c'est moi. Si tu me trouves, si tu réalises ce dernier effort, notre relation prendra un autre tournant, et je serai à toi.

Je me fige sur place, les jambes en coton. Sérieusement ? Tout prendra alors fin ? Il m'agite sous le nez ce que je désire le plus.

— Je ne te crois pas.

— Je te le jure sur tout ce que j'ai de plus cher.

— Et si je n'y arrive pas ?

Dix minutes, c'est court avec le monde qu'il y a. En plus, avec lui, les paroles ont un double sens. Il promet de ne pas mentir, mais il manie toujours à merveille les mots. Il est rusé, il peut me passer de la pommade tout en affûtant sa lame.

— Le jeu se poursuivra mais passera à la vitesse supérieure.

— Pourquoi ? je l'interroge du tac au tac.

— Bientôt, tu partiras.

Mon sang pulse ardemment dans mes veines. J'ai le tournis.

— À toi de jouer, Pyrrha…

— Je ne peux pas, je le coupe.

Ma gorge est serrée, j'ai horriblement peur. Je ne peux pas continuer à me perdre inlassablement dans cette spirale infernale. Il faut que je le repousse, que je tourne la page.

— Pourquoi ? Fais un dernier petit effort, insiste-t-il.

— Je ne peux plus. Tout ce que tu as causé jusqu'ici, ce n'est que de la tristesse. Il faut qu'on arrête.

Je jette un coup d'œil autour de moi, complètement déboussolée.

— Pyrrha, il tonne, fais-moi confiance ! Si tu joues le jeu, je te promets que tu ne le regretteras pas.

Je secoue la tête.

— Il faut que tu me laisses partir.

Je tente tout en lui parlant de repérer l'accès aux toilettes. Peut-être, si je me déplace en le maintenant à l'autre bout du fil, pourrais-je le surprendre. Le surprendre pour clôturer le tout et partir. Il faut que je me préserve.

— C'est hors de question ! hurle-t-il. Tu as dix minutes, pas une de plus. Bonne chance.

Sur ce, il raccroche précipitamment, me laissant encore et toujours patauger dans la vase.

Pour qui se prend-il ? Je lui ai donné beaucoup trop de pouvoir sur moi. Il faut que ça s'achève avant que je devienne folle.

Dix minutes. C'est alors que mon corps passe sur pilote automatique. Je n'ai pas beaucoup de temps. Hors de question qu'il me file une nouvelle fois entre les doigts ! Le but est tout proche. Je n'ai qu'une envie : lui rire au nez, lui prouver que je suis aussi forte que lui et lui dire en face que c'est terminé. Pour ce faire, il faut que je le trouve. Que je sois plus habile que lui. Je l'entendais clairement. Les toilettes, il est forcément là-bas. Je les repère enfin, tout près. Se dévoilera-t-il vraiment si je le démasque ? Je ne peux qu'une fois encore lui faire confiance. Mais à quoi je joue ? Comment tout a pu basculer aussi vite ?

Je me faufile du mieux que je peux vers le néon qui indique l'entrée des toilettes. Sans surprise, il y a une queue démentielle. Je ne vais tout de même pas demander à tous les hommes que je croise s'ils sont mon inconnu. *Mon ?* Je débloque complètement, cette histoire me bouffe jusqu'à la moelle et gangrène mon cœur. Comme si ce n'était pas déjà assez difficile, aucun n'est sur son téléphone. Mes yeux glissent sur chacun de ces visages, aucun ne ravive quoi que ce soit en moi. C'est comme chercher une aiguille dans une botte de foin. On me jette des regards en coin. Ils ne comprennent pas pourquoi je les observe aussi bizarrement. Je dois vraiment faire peur. Il faut que je réfléchisse.

Léo !

C'est le seul qui peut m'aider. C'est la clef du mystère. Je retourne, pleine d'espoir, vers la salle. Je ne suis pas assez grande pour dominer cette foule et repérer mes amis. Aussi, je me hisse sur la pointe des pieds et me tords presque le cou en la sondant. Je repère finalement la longue tignasse scintillante d'Apolline. Ni une ni deux, un compte à rebours au-dessus de la tête, je me précipite vers notre petit groupe, toujours non loin du bar, là où Édouard s'active de nouveau à servir les clients. Par chance, Léo a retrouvé le groupe.

Je manque de glisser alors que je me fraye un chemin. Une fois à leur hauteur, je bouscule un peu brusquement Apo, qui se tient juste devant lui, prête à s'emparer d'un nouveau cocktail. L'air sombre, il semble bien en retrait de nos amis, pensif presque.

— Qui t'a fait ça ? je l'agresse.

Il ne sursaute pas, même s'il ne m'a pas vue arriver. Le regard qu'il me coule alors me glace le sang. Si, avant, ses yeux étaient charmants, maintenant, ils me lancent des éclairs. Il se redresse, tous les muscles de son corps sont tendus.

— Je croyais qu'on n'avait plus rien à se dire.

J'observe plus longuement ses blessures avant de les pointer du doigt.

— Toi, si, apparemment, insisté-je.

Une grimace déforme sa bouche. Il se fait menaçant lorsqu'il crache :

— Je ne veux plus rien avoir à faire avec vos histoires.

Ses yeux glissent derrière moi, trahissant son angoisse. A-t-il peur de lui ?

— Tu es mon seul espoir de savoir qui il est.

Un étrange sourire étire ses lèvres, un sourire cruel.

— Tu es bien naïve. Je ne sais pas ce qu'il t'a promis, mais sache qu'il a et aura toujours trois longueurs d'avance sur toi. Et moi, je ne veux plus entendre parler de lui. Débrouille-toi.

Sur ce, il me donne un coup d'épaule pour m'écarter de son chemin et s'éloigner. Je commence de plus en plus à détester les énigmes.

— Hé ! je lui crie.

Mais il est déjà trop loin pour m'entendre. Je regarde mon seul espoir se fondre dans la foule. Je n'aime pas du tout ce ton condescendant et son insinuation. Je ne suis pas une chose, encore moins la *sienne.* « Vos histoires ». Je n'ai rien demandé, moi.

Je serre les dents à m'en faire mal. Il faut que je réfléchisse plus vite ! Le temps file à toute allure, et le sablier se vide inexorablement.

Réfléchis, réfléchis, réfléchis…

Je pianote rageusement sur le comptoir, la musique forte ne m'aide en rien à réfléchir. Pourtant, c'est en fixant les phalanges de mes doigts qui s'agitent qu'une petite lumière s'allume.

Ses mains ! Si Léo est amoché, la main qui a frappé doit l'être tout autant. Elle doit porter des ecchymoses, des éraflures. Je tape fièrement sur le bar. Voilà ma stratégie. Je n'ai plus une minute à perdre.

Je sais pertinemment que je vais passer pour une folle furieuse à sonder les mains des hommes de cette boîte, mais après tout… Le ridicule ne tue pas. Je n'ai pas d'autre choix.

Je m'élance précipitamment. Encore une fois, la tâche ne risque pas d'être facile. Il y a autant d'hommes que de femmes, et ça doit se compter par dizaines au mètre carré – non, j'exagère à peine. Je jette un coup d'œil à mes amis ainsi qu'à tous les garçons de notre petite troupe. Une de mes premières théories est qu'il côtoie quelqu'un de chez nous. Or, là, aucune tête que je ne connais pas ne se cache parmi nous, encore moi quelqu'un d'inconnu qui aurait été aussi présent sur le yacht. Je baisse les yeux sur les mains des garçons. Quelle connerie ! Je perds du temps pour rien. Aucun ne porte de meurtrissures. Il ne me reste plus qu'à tenter ma chance vers les autres consommateurs en espérant que l'un d'eux me revienne en mémoire. J'ai comme l'horrible sentiment qu'il n'est déjà plus là.

Je me retourne tout de même, la poitrine comprimée par la peur. Aborder de nouvelles personnes m'angoisse, je n'ai jamais fait ça. C'est plutôt les gens qui viennent à moi, comme au lycée, où Victoria m'a choisie dans son équipe en sport, ou alors à la fac, où Apo s'est assise à côté de moi et m'a demandé une feuille. Aussi, je ne sais pas comment m'y prendre pour parler aux gens mais peut-être que je n'ai pas à le faire, je n'ai qu'à examiner leur main discrètement.

Ma main reste alors en suspend au-dessus de l'épaule du premier homme avant de retomber le long de mon corps. Je vais passer pour une folle c'est sûr mais je ne peux pas faire demi-tour.

Il a le dos large, il ne me fait pas face, alors je me tords le cou pour observer ses phalanges.

J'ai le cœur au bord des lèvres, mes yeux tombent sur ses mains assez facilement en fin de compte, par chance, il tient un verre.

Ses mains sont grandes et fines et complètement immaculées, pas une seule trace de blessure.

Je ravale ma frustration alors que mon sang bat dans mes oreilles.

Je déglutis difficilement en tournant les talons.

Tic, tac, tic, tac...

La foule est trop dense sur la piste de danse. Serait-il du genre à danser ? Je ne sais pas, mais à ce moment-là, ça m'étonnerait. Non, il doit plutôt être dans son coin, dans l'ombre, en train de m'observer galérer, peut-être même en sirotant un petit verre. Je ne l'imagine pas du tout se déhancher en ne contrôlant pas la situation. Je décide alors de m'attaquer à la périphérie. Je repère sans trop de mal une nouvelle cible, de profil : petit, svelte, blond, mais surtout... les mains dans les poches. Oh, merde. Lui je n'ai pas le choix, je dois l'accoster.

Je me tords les doigts en m'approchant de lui. Je lui tapote l'épaule. Il tourne la tête vers moi avec un peu le même air que l'autre, mais en moins suspicieux. Il semble plus jovial, un peu comme si son passe-temps favori était de rencontrer du monde.

— Hé ! me salue-t-il.

Je tente un petit sourire crispé alors que le compte à rebours se poursuit dans ma tête. Je perds du temps avec ma timidité.

— Tu es ? insiste-t-il tandis que je reste plantée là.

Si je n'ai jamais eu de cran, je dois à tout prix feindre maintenant le contraire. Si je ne me décoince pas, je n'arriverai à rien. Je me jette à l'eau en sentant un pic d'adrénaline se répandre dans tout mon corps.

— Je peux ?

Il fronce les sourcils, comme l'autre. Je n'attends pas sa réponse, ça prendrait trop de temps. Je veille à ne faire aucun geste déplacé et enroule mes doigts autour de ses poignets. Je tire doucement. Il affiche un petit sourire amusé. Une chose est sûre, soit il est, contrairement à moi, très ouvert à tout nouveau contact, soit il a déjà pas mal de grammes dans le sang. Qui laisse une inconnue poser ses sales pattes sur soi ? OK, je suis très mal placée pour parler.

Il me laisse retirer les mains de ses poches, et je peux alors les observer. Aucune trace non plus. Je les relâche précipitamment et bredouille :

— Désolée, je me suis trompée…

Il ouvre la bouche pour ajouter quelque chose, mais je me détourne encore une fois bien vite.

— Qu'est-ce que tu fous ?

Une main se pose sur mon épaule. Je fais volte-face en envoyant valser mes cheveux dans le visage de mon interlocuteur.

— Adam, constaté-je.

Un sourcil en l'air, il pose son autre main sur mon autre épaule.

— Est-ce que tout va bien ? m'interroge-t-il.

— Il faut que tu m'aides.

J'ai bien conscience d'avoir l'air tout droit sortie d'une autre réalité. Toute seule, je ne m'en sortirai jamais.

— T'as l'air bizarre, Cal.

— Je dois vérifier les mains de tous les hommes qui sont dans ce bar.

Ses yeux s'arrondissent de stupeur.

— Pardon ?

— J'ai vraiment besoin de toi, aide-moi, je t'expliquerai tout après. Je te le promets.

— Les mains ? Mais qu'est-ce que tu me dis ? Je ne comprends pas.

Je plante mes yeux dans les siens, à bout de patience. Le temps me manque cruellement.

— Adam, fais-moi confiance. Dès que tu vois quelqu'un avec les mains abîmées, style restes de bagarre, tu viens me voir.

Ses yeux effectuent des allers-retours entre moi et notre groupe non loin, avant qu'il s'avoue vaincu :

— OK, mais tu as intérêt à tout m'expliquer. C'est bien parce que c'est toi !

Pour ponctuer sa phrase, il tapote ma joue. Je le gratifie d'un sourire. Il va falloir que je trouve une histoire crédible pour me justifier.

Il me tourne le dos, se mettant en quête, lui aussi, du fameux inconnu, sans le savoir. Je fais de même et me lance, m'adressant successivement à plusieurs hommes sans hésiter. Tous ont les mains aussi propres et douces que celles des bébés. Aucune trace, aucun vestige de coups. Et l'aiguille de la montre ne s'arrête pas. Il ne me reste que peu de minutes. D'échec en échec, la colère enfle en moi. Léo avait raison, il a toujours trois longueurs d'avance.

Je suis persuadée qu'il avait prévu que je ne le trouverais pas. Quelle conne ! J'ai envie de hurler de rage, de me griffer la peau jusqu'à ce que toute ma haine s'échappe enfin. Et pour ne rien arranger, mon téléphone que j'ai glissé dans mon soutien-gorge sonne, comme pour me narguer.

— Je n'aurais jamais pu te trouver, c'est ça ?! Tu n'es même plus là ! Quand est-ce que tu vas cesser de jouer avec moi, bordel ?

Je hurle dans le combiné alors que je ne suis même pas sûre qu'il m'entende avec tout ce bruit. Mais je réalise que c'est plutôt moi qui l'entends horriblement mal. Et pour cause, derrière lui, la même musique retentit bruyamment. Il est ici. Les larmes commencent à piquer au coin de mes yeux. Ce n'est pas possible. Mon cœur est à deux doigts de lâcher. Je n'en peux plus.

— Retiens bien une chose, Calypso, je ne te mentirai jamais. Je suis ici et, maintenant, je m'en vais. Quelque chose t'attend sur le canapé du carré VIP. Tu ne te fais pas assez confiance.

Et il raccroche aussitôt. Le carré VIP ? Pourquoi je n'y ai pas pensé ? La vérité, c'est que je l'ai effleuré du coin de l'œil, mais jamais je n'aurais osé y mettre les pieds. Je ne suis pas assez téméraire. Jamais je n'aurais osé m'y aventurer.

C'est un cauchemar, un putain de cauchemar dont je n'arrive pas à me réveiller.

Je passe les mains dans mes cheveux rageusement et tire dessus. La haine commence à prendre le pas sur l'amour, la ligne fine est en train de vibrer et moi, je vacille entre les deux.

Le pire, c'est lorsque je rentre dans la lumière du carré VIP, qui est désert. Sur un coussin de velours, comme une provocation, est posé un polaroïd. Je n'ai plus de patience, si bien que celui-ci, je ne prends pas le temps de le regarder. Je le froisse en pestant.

Trois longueurs d'avance. Et moi toujours à la traîne. Je balance la photo roulée en boule dans un coin de l'espace.

Il faut que je reprenne le contrôle. Je dois le prendre à son propre piège, sinon, je suis perdue.

— Une ligne de shots ! j'ordonne à Édouard, derrière son bar, en tapotant le comptoir.

Apolline me rejoint, ainsi que Vic.

— Vic, tu peux aller chercher Adam et lui dire que c'est bon ?

— Ça va, toi ? me demande Apo.

Les shots arrivent sans attendre, et j'en engloutis un cul sec.

— Parfaitement bien.

Je veux juste noyer mes pensées et m'abrutir pour oublier à quel point on me marche dessus. Demain, j'établirai une stratégie. C'est moi qui le pousserai dans ses retranchements. La fin est proche. Il doit se préparer à un échec et mat.

CHAPITRE 28

Je fixe mon téléphone sans vraiment le voir. Les coudes plantés sur mes genoux, je le malmène.

— Tu es sûre que tu ne veux pas un cachet ? T'as une sale tête.

Apo, habillée d'un large sweat, me tend du paracétamol ainsi qu'un verre d'eau. Je secoue la tête.

— Ça va, merci.

Voilà un gros mensonge. Mon crâne me fait souffrir, une barre de métal semble s'être logée dedans. Hier soir, j'ai noyé tous mes sentiments les plus noirs dans l'alcool. On m'a raconté qu'il a fallu me traîner hors du bar que je refusais de quitter et mes amis m'ont quasiment porté jusqu'à l'appartement. Spoiler : je n'ai pas conclu avec Édouard.

Ce matin, la gueule de bois n'efface pas ma colère. Dans deux jours, nous partons. Il ne me reste que peu de temps pour mettre mon plan à exécution. Je vais le coincer la main dans le sac.

`> Encore une fois, tu m'as eue, hier soir.`

J'envoie mon message et m'écroule sur le canapé.

— On dirait une épave, Cal, gronde Apo en se servant une tasse de café noir fumant.

— Je m'en moque, je grommelle dans un coussin.

Mon téléphone me signale un message – je n'en peux plus de cette fissure sur l'écran.

> J'en suis, moi aussi, déçu.

— Non, mais je rêve ! je m'insurge.

Moqueur, en plus ? Insolent ?!

— Qu'est-ce qu'il t'arrive ?

Tandis que trois paires d'yeux se fixent sur moi, je les rassure :

— Rien.

J'ai les nerfs en pelote, et je ne desserre pas les dents, si bien que ma mâchoire me fait atrocement mal.

> Déçu ? Tu ne me facilites jamais la tâche.
Tu ne fais que me rabaisser, encore et encore.
Je lâche l'affaire. Définitivement.
Ne me contacte plus, je bloque ce numéro.

Je me mords l'intérieur de la joue en envoyant ce message radical. C'est là que le plan se met en marche. On va voir si je suis capable de bluffer. On va voir s'il est aussi fort qu'il le laisse croire.

> Je ne te rabaisse pas, tu le fais toute seule. Moi, je me contente de te pousser. Si tu n'as pas réussi, c'est que ce n'était pas encore le moment. Arrête de douter de toi, Calypso. Mais, soit, tu es libre de quitter la partie.

C'est tout ? Je reçois son message comme un seau d'eau glacée en pleine face. Je peux aisément imaginer un ton moralisateur qui ne me plaît pas du tout. Avec lui, j'ai l'impression d'être une gamine qui a constamment besoin d'en apprendre plus sur elle-même. Ça contraste étonnamment avec l'image de femme désirable qu'il se tue à me prêter. Pourtant, ce qui me blesse le plus, c'est sa nonchalance face à mon rejet. Ce n'est pas ce que j'avais prévu pour mon plan. En outre, je suis extrêmement déçue qu'il renonce à moi aussi facilement. Qu'est-ce que je m'étais imaginé ? Qu'il me retiendrait ?

`> Cependant, accepte un dernier rendez-vous.`

Bingo !

Une flamme se ravive en moi, féroce et ardente. L'espoir ressurgit. À vrai dire, j'ai bien peur qu'il n'ait jamais disparu. Il ne baisse pas les bras, il n'est pas prêt à renoncer à moi ! Je le savais.

Je suis ridicule de me réjouir pour un homme que je désire autant que je le hais. Il aurait mieux valu qu'il me jette comme une vieille chaussette. Peut-être la page aurait-elle été plus facile à tourner. Au lieu de ça, et pour ma plus grande satisfaction, mon plan se met en marche.

`> OK. Mais j'impose mes conditions.`

`> Dans la limite du possible, Pyrrha.`

J'esquisse un petit sourire. J'aime de plus en plus ce petit surnom. Je glisse une mèche de cheveux derrière mon oreille puis ajoute mon point final.

`> Je veux que nous soyons seuls. Débrouille-toi avec ça.`

Comme ça, pas de nouvelles entourloupes, je maîtrise la situation.

`> C'est d'accord. Je t'enverrai les modalités. À bientôt. :)`

Les modalités ? J'ai l'impression que nous venons de passer un vulgaire contrat.

Quoi qu'il en soit, c'est ce qu'il fait. Il tient parole, plus tard, alors que je profite une nouvelle fois des rayons du soleil et de la mer en ce merveilleux après-midi.

> Kingdom. 23 h. Viens seule,
> et n'emporte rien qui pourrait t'encombrer.

Les pieds dans l'eau, je mets mes mains en visière et vérifie l'adresse sur Internet. Très vite, le lieu apparaît sous mes yeux. C'est une boîte de nuit à quelques minutes d'ici. On dirait bien que notre histoire – si tant est qu'elle existe – trouve sans cesse refuge dans les temples de la vie nocturne. Ça veut tout dire, rien n'est sérieux.

> Je voulais qu'on soit seuls.

Sa réponse ne se fait pas attendre.

> Tu y tiens, dis donc.
> Je pensais que tu me faisais confiance.

Lui faire confiance ? Est-ce toujours le cas ? J'ai tellement été roulée dans la farine.

Moi aussi, je compte le trahir. Nous serons ainsi quittes.

> Je te fais confiance.

Une dernière fois.

J'observe les vagues, particulièrement agitées aujourd'hui. Dans quelques jours, la bulle éclatera, tout ne sera plus qu'un souvenir… je crois. Combien de temps avant d'oublier tout ceci ? Avant de *l*'oublier ? Combien de temps pour que cette plaie se referme ?

***

Je me prépare sans grande hâte, quoique avec une pointe d'excitation au creux de l'âme. Ce soir, je compte bien le démasquer. Or, si tout se passe comme je l'ai prévu, son petit manège prendra fin, et je saurai qui il est à la fin de la soirée.

J'achève de boucler la lanière de mes talons autour de mes chevilles et réajuste les bretelles de ma robe pour que le décolleté ne soit pas trop plongeant. Je place les folles boucles de mes cheveux sur mes épaules. Il n'y a pas à dire, je suis sublime. La malice et l'espièglerie me vont à ravir, dommage que je n'aie pas eu cette ambition dès le départ. Le radeau est devenu navire, on dirait.

— Tu sors ?

J'applique une épaisse couche de gloss sur mes lèvres alors qu'Apolline s'adosse à l'embrasure de la porte.

— Je ne vais pas rentrer tard, annoncé-je.

Elle croise les bras sur sa poitrine et me couve d'un regard maternel.

— Tu ne veux pas que je t'accompagne ? Juste au cas où...

Après nos messages de cet après-midi, j'ai pris mon courage à deux mains pour tout raconter à mon amie, dans les moindres détails. Je ne l'ai jamais vue aussi ébahie. Ses yeux se sont arrondis en deux grosses billes, et j'ai bien cru que sa mâchoire allait se décrocher. Elle a eu du mal à encaisser le fait qu'elle n'ait rien capté alors que tout se passait sous ses yeux. Aussi, après avoir approuvé mon choix de renverser la situation, elle est devenue super protectrice.

— Ça ira, je t'assure.

— C'est toi qui le dis... Qui sait ce qu'il te réserve, cette fois. Je persiste à penser que je n'aurais jamais dû te pousser vers lui.

— Ce qui est fait est fait, dis-je en haussant les épaules.

Faire machine arrière est impossible. Alors, comme toujours, je vais de l'avant en choisissant les meilleures options.

— Tu m'appelles s'il y a quoi que ce soit.

Je plaque mes mains sur le haut de ses bras et les frictionne.

— Promis.

Je file alors aussi rapidement que possible, l'empêchant de me retenir ici par la peau des fesses – elle en serait capable. J'abandonne la chaleur réconfortante de l'appartement pour me glisser dans la nuit. Seule, je parcours les rues, terriblement nerveuse. Et si j'échouais ? Et si les sentiments étaient plus forts et que je me transformais à nouveau en guimauve ? C'est ce que je redoute le plus.

J'arrive bien trop vite au lieu de rendez-vous. J'aurais voulu traîner, quitte à arriver en retard. Peine perdue, me voilà à bon port. Le parking est bondé. D'autres voitures affluent encore, devant trouver des places ailleurs. Je remonte l'allée vers l'entrée de la boîte, où une petite queue se forme. Je me tords les mains en rejoignant la file. Je me poste derrière un couple qui glousse doucement. Une forte musique entraînante s'échappe chaque fois que la porte s'ouvre. Je ne sais pas du tout à quoi m'attendre. Bien qu'il m'ait demandé de lui faire confiance, tout ce monde ne me dit rien qui vaille.

— Vous êtes Calypso ?

Une main s'abat sur mon bras sans délicatesse. Je sursaute et me retrouve nez à nez avec deux colosses aussi larges que des armoires à glace et aussi grands que The Rock. Je me mets à trembler comme une feuille alors que, autour de moi, les regards me fixent, intrigués. Que me veulent ces hercules ? Comment connaissent-ils mon prénom ?

— Il nous a bien dit une rousse, hein, s'enquiert le premier à son acolyte.

— Êtes-vous Calypso ? tente à son tour le second.

Je hoche difficilement la tête, pas certaine de bien faire.

— Suivez-nous. Il vous attend.

Il ? Mon *il* ? Mais d'où il sort pour s'être mis dans la poche ces deux molosses qui semblent être des agents de sécurité de la boîte ? Je me détache de la file d'attente pour me joindre à eux. Nous passons devant tout le monde. Qu'est-ce qu'il me réserve ? Et surtout, qui est-il pour réquisitionner le personnel pour ses petites manigances ?

Un des vigiles pousse la porte de sa lourde main et, instantanément, la musique agresse mes oreilles. Une chose est sûre, elle est bien moins douce que celle du bar d'hier soir. Je grimace alors qu'il m'invite à entrer. Nous passons devant le vestiaire et le guichet. Personne ne nous arrête, c'est comme si tout le monde était au courant de ce qui va se passer.

— Par ici.

J'ai à peine le temps de jeter un coup d'œil au bar complètement envahi de monde qu'on me tire déjà vers une porte où un gros panneau sens interdit est plaqué.

— Je ne sais pas si… je commence.

— On va vous bander les yeux et vous amener près de lui, me coupe-t-on.

Je sens la peur me gagner. Qu'est-ce que c'est que ce délire ? Je les dévisage tour à tour en essayant de deviner s'ils sont sérieux.

— Me bander les yeux ? je répète.

C'est une blague ? Je suis au milieu de nulle part, dans un endroit que je ne connais pas, sans personne pour m'aider, et ils veulent me bander les yeux ? Apo serait folle de panique si elle savait dans quelle situation je me trouve.

— Ce sont les consignes.

— Et si je ne suis pas d'accord ?

Un des vigiles esquisse un rapide mouvement vers la porte derrière moi.

— Alors, vous partez.

Et louper cette occasion en or ?

« *Fais-moi confiance.* »

Il ne m'a fait aucun mal jusqu'à présent. Je dois me fier à lui. *Une dernière fois.*

— D'accord, cédé-je.

Un des agents sort de sa poche un foulard noir en satin et se place derrière moi afin de le placer sur mes yeux et le nouer derrière ma tête. Je prends une profonde inspiration alors qu'on me prive de la vue. Me voilà dans le noir complet.

— On va te conduire à lui, maintenant.

Les yeux bandés, toujours dans l'incapacité de le voir. C'est ça, son plan. Seul, mais pas vraiment, pour garder la possibilité de fuir, visible, mais pas dans les faits. Il maîtrise à merveille son petit cirque. L'un des colosses me prend de nouveau par le bras tandis que mes sens toujours actifs s'aiguisent. Le trajet semble durer une éternité. J'avance à petits pas, m'attendant à trébucher à tout instant.

Après plusieurs longues minutes de parcours, j'entends une porte s'ouvrir, et on me pousse gentiment vers elle. On me lâche enfin, puis la porte se referme dans un bruit sourd. Instantanément, le bruit de la boîte ne devient plus qu'un son lointain. Je suis seule dans une pièce totalement isolée. Mon sang bat dans mes tempes alors que la peur me retourne l'estomac et me noue la gorge. Super, je ne pourrai même pas crier si je suis en danger.

— Bonjour, Calypso.

Cette voix ! Je sursaute en pivotant sur moi-même. Je ne vois absolument rien, mais je parviens à situer la source de cette tonalité éraillée que je connais si bien. *Sa* voix.

— Pourquoi j'ai les yeux bandés ?

Il bouge, il se rapproche de moi – je l'entends, même si ses pas sont furtifs. Il essaye de me rendre dingue.

— Pour ne pas me voir, bien sûr !

Évidemment, ça, je le savais déjà.

Je le sens tout près de moi, peut-être même à quelques centimètres. Et si je tendais la main ? Je le fais. Je tends les doigts dans le vide, à la recherche de sa peau et ils atteignent un textile. Son torse ? Je les remonte doucement alors qu'une main douce et grande se pose sur la mienne.

— Il n'y a pas plus beau que de se voir sans se voir. Voilà notre dernier rendez-vous. Tu n'as pas besoin de me voir pour me découvrir.

Son pouce caresse la paume de ma main avec douceur.

— Pourquoi ne pas te montrer tout simplement ?

Il émet un petit rire clair.

— Tu sais très bien que je n'aime pas quand c'est trop facile.

— Alors, je ne te verrai jamais ?

Sa main presse la mienne et l'écarte de son torse, le repose ensuite un peu plus haut, sur de la peau douce. Au toucher, je sens qu'il s'agit d'une joue. Il se frotte contre ma paume.

— Mais tu me vois, il murmure.

Il lâche ma main qui, elle, continue de découvrir son visage. Il est rasé de près, sa joue est chaude et sa peau extrêmement lisse. Je la caresse du bout des doigts. Je n'ai jamais été aussi proche de lui depuis la soirée dont je ne me souviens de rien. D'étranges sensations remontent en moi, elles parcourent mon échine et enrobent mon cœur. J'ai l'impression de flotter sur un petit nuage. Ma main a trouvé sa place, elle est exactement au bon endroit. Mes doigts glissent sur sa pommette alors qu'une douce chaleur se diffuse en moi. Il est là, juste sous mes yeux aveugles. Je suis médusée, si bien que je mets sur pause mon plan.

Il prend alors de nouveau ma main et la descend pour que le bout de mes doigts effleure ses lèvres. Je découvre alors la forme de sa bouche, j'en trace le contour en retenant mon souffle. Ce qui est en train de se passer est surréaliste. J'ai un profond sentiment de déjà-vu. Une vague bouleverse mon cœur. Bien que je ne puisse pas le voir, j'ai l'impression de le connaître par cœur. Je suis facilement le tracé de sa lèvre inférieure, plus pleine que celle du haut. Et là, cette petite fossette au coin, je la connais aussi. Sa bouche s'ouvre alors, et je le sens mordiller mon index. Je pousse un petit cri étouffé alors qu'il rit encore.

— Je suis tout à toi, Calypso, murmure-t-il tout bas.

« Rien qu'à moi », je ne peux m'empêcher de penser intérieurement.

— Je peux ?

Il me demande l'autorisation de, lui aussi, poser sa main sur moi. Je hoche la tête sans vraiment être convaincue que c'est la bonne chose à faire. Je ne suis pas censée tomber aussi facilement dans ses bras, balayer aussi vite mon plan. Je suis supposée résister et, pourtant, je ne suis, comme redouté, qu'une guimauve qui fond au soleil. Mais pour le moment j'ai envie de savourer cet instant. Sa main, bien plus grande que la mienne, glisse dans mes cheveux. Ses doigts se mêlent à mes boucles folles. Il les entortille, joue avec, et le souffle me manque. Je l'ai tant rêvé… Je m'étais imaginé cette même douceur dont il fait preuve, ce même respect. Mes jambes me supportent à peine, mais si je m'écroule, je sais qu'il me rattrapera facilement. Je n'ai plus peur. Sa main, dans un mouvement caressant, vient ensuite jusqu'à ma joue et, l'espace d'un instant, nous ne bougeons plus. Il est sans doute perdu dans ma contemplation alors que je ne peux faire de même. Mon cœur bat furieusement, comme s'il voulait s'échapper pour rejoindre le sien.

Son doigt glisse le long de mon bras avec lenteur tandis que je pousse un petit soupir. J'ouvre la bouche pour parler, mais il intervient :

— Ne dis rien. Les seuls mots nécessaires sont ceux pour me demander d'arrêter parce que tu ne veux plus. Sinon, nous n'avons pas besoin des mots.

Encore et toujours ses paroles de miel, qui m'enveloppent et me clouent le bec. Son doigt continue et arrive sur mon poignet, là où mes nombreuses cicatrices nacrées reposent. Il me le tourne, elles lui sont désormais visibles. Le souffle me manque alors qu'il les caresse, une par une, comme pour les faire disparaître, non ! comme pour les sublimer. Elles sont une partie de moi, une partie de mon histoire, que j'ai osé lui confier. Il n'est pas là pour les retirer, loin de là. Elles ne disparaîtront jamais, et c'est peut-être mieux ainsi.

— Si tu pouvais te voir comme je te vois. Tu es sublime.

Le voir, lui, c'est tout ce que je désire. Or, il me suffirait de soulever ce bandeau pour me le révéler. Pourtant, je suis clouée sur place, électrisée par la beauté de cet instant magique suspendu dans le temps. Son doigt remonte ensuite tout le long de mon bras et vient caresser mes clavicules. Un soupir quitte ses lèvres. Je prends un malin plaisir à l'entendre ressentir tout ce que je ressens comme un écho. Ma main aussi s'active et remonte vers ses cheveux. Je les découvre alors, eux aussi. Épais, ils retombent sur son visage en petites mèches. Je les caresse avant de les agripper délicatement. Une tension en moi commence à gonfler à mesure que son doigt trace le contour de mon corps en y laissant un sillon de feu. Si je suis privée de ma vue, mon toucher est fort sensible. Je me consume littéralement sur place.

— Embrasse-moi.

Je suis aussi surprise que lui par les mots qui quittent ma bouche en une langoureuse complainte. Ces mots sortent tout droit de mes tripes et m'ont traversée sans que je puisse les contrôler. J'ai terriblement envie de poser ma bouche sur la sienne. Il est si proche, j'ai attendu tellement de temps. Je sais que c'est tout ce que je désire depuis l'instant où j'ai connu son existence. Après avoir été une obsession, il est devenu un besoin. Je le veux, sans entourloupe. Pourtant, la main toujours dans ses cheveux, je le sens secouer lentement la tête.

— Je ne peux pas.

— Pourquoi ? je geins.

Sa main se pose sur ma joue, puis descend pour me relever délicatement le menton.

— J'ai bien trop peur de ne pas savoir m'écarter ensuite. Et il m'est impossible de m'attacher plus que je ne le suis déjà à toi, Pyrrha.

J'ai un mouvement de recul. Encore et toujours des barrières. Son cœur est équipé d'une lourde armure, et je perds patience à force d'essayer de la percer. Pourquoi ne me laisse-t-il pas glisser au travers ? Je sais que je pourrais illuminer chacune des secondes qu'il passerait avec moi. J'aimerais lui montrer à quel point ce que j'ai à lui proposer est beau. Simple, mais tellement doux. Or, je crains que ce ne soit pas de moi qu'il ait peur, en réalité… mais de lui-même.

— S'il te plaît, je m'entends quémander. Rien qu'un, tu verras que ce ne sera pas si…

Visiblement, je suis parvenue à briser ses défenses. Je n'ai pas le temps de finir ma phrase qu'il fond sur moi, tel un faucon sur sa proie. Ses lèvres se posent sur les miennes en une fraction de seconde. Il abandonne toute forme de résistance, à ma plus grande surprise. Il est beaucoup plus grand que moi, si bien que je me hisse sur la pointe des pieds en essayant de l'attirer toujours plus près de moi. Sa bouche sur la mienne s'agite, et quelque chose en moi explose en un feu d'artifice de toutes les couleurs. Mes mains se glissent dans son dos. Même si sa carrure est plus large que je ne me l'étais imaginée, il semble bien moins massif et corpulent que les colosses qui m'ont conduite ici. Je presse mon corps contre le sien, tandis que mes lèvres s'entrouvrent. Le bout de sa langue se fraye un chemin et caresse mes lèvres avec douceur et chaleur. Je m'accroche à lui, les jambes en coton. J'en ai tellement rêvé… J'ai du mal à croire que c'est réel.

Je soupire contre ses lèvres alors que des milliers de papillons volent en moi. Je malmène sa bouche jusqu'à être à bout de souffle. Nos corps réagissent parfaitement aux sensations que nous nous procurons, c'est comme une évidence. Deux octaves, une même mélodie. Ses mains maintiennent fermement mes joues, me gardant tout contre lui. Les émotions qui éclatent dans ma poitrine sont tellement fortes que je sens les larmes monter en moi. Je suis avide de lui et de ces fragments d'éternité qu'il m'offre. Je voudrais que ça dure toujours. C'est pourquoi je suis déçue lorsqu'il s'écarte de moi après plusieurs minutes de baiser passionné. C'est la première fois que je l'embrasse, et c'est… magique. Il n'y a pas d'autre mot. C'est totalement différent de ce à quoi j'ai eu droit avec Léo. Là, je les sens, les sentiments et les souvenirs toujours enfouis qui me cajolent. Ils sont bien présents, grandement responsables des étincelles qui crépitent en moi.

Il recule d'un pas, mes mains retombent sur sa taille. Je pousse un petit grognement de frustration, n'appréciant pas du tout ce vide qu'il laisse encore une fois. Mes lèvres brûlantes en réclament davantage. Il se remet alors à caresser ma joue, comme pour m'apaiser.

— Je ne peux pas t'en donner trop.

Son ton change, il n'est plus malicieux, mais presque las. Lui aussi semble épuisé par les limites qu'il se fixe, je sens qu'il n'en faudrait pas beaucoup de ma part pour les faire éclater. En ai-je envie ? Bien sûr. Toutefois, pour m'embarquer dans quoi ? Je l'ignore, mais si ça doit s'accompagner d'autant de bien-être et de sensations fortes, je signe immédiatement. Suis-je folle ? Je ne me suis jamais sentie aussi vivante qu'à cet instant.

— Calypso… murmure-t-il.

Mon cœur se serre alors que je m'agrippe à lui. Un frisson me parcourt lorsque ma peau entre en contact avec la sienne. Je refuse qu'il parte cette fois, pas après cette étreinte. Je viens de signer ma fin en lui cédant une parcelle de mon âme et de mon cœur. S'il part maintenant, je sais que je suis perdue.

— Tu n'as pas à avoir peur, je tente.

La panique doit s'entendre dans ma voix. Même si je passe pour une pauvre fille désespérée, je suis prête à tout pour le garder à mes côtés. Sa main trouve à nouveau la mienne et la presse avec tendresse. Comment chacun de ses gestes peut-il être aussi doux ? Il porte mes doigts à ses lèvres et les embrasse lentement. Un à un, il les imprègne de son essence. Ma tête tourne, sous mes paupières, des milliers d'étoiles dansent dans la pénombre. J'ai l'impression que je vais m'évanouir. Il finit par poser ma main sur son cœur, à en juger par les battements que je devine sous ma paume.

— Tu sens ? me demande-t-il.

Boum, boum... Boum, boum...

Son cœur bat avec frénésie. Je retiens ma respiration en essayant de suivre le rythme.

— Il bat rapidement, je murmure.

— Malheureusement. Et je ne peux pas me permettre de te donner plus. J'ai déjà échoué.

Il caresse mes cheveux.

— Tu vas partir, ma douce Calypso, et oublier ce qui s'est passé entre nous. Nous n'aurons pas plus. C'était incroyablement beau, mais j'ai déjà enfreint mes propres règles.

— Comment ? je m'étrangle.

Il saisit mon visage entre ses larges mains tandis que je tente de m'en dégager. Il m'en demande beaucoup trop !

— Calypso. S'il te plaît... commence-t-il.

— Je ne rentrerai pas chez moi pour oublier sagement ce qui s'est passé ! Pour qui me prends-tu ? Je n'ai pas d'expérience en matière de relations, mais je ne te ferai jamais de mal ! Tu as commencé, c'est trop tard !

Ses mains se resserrent autour de mon visage, et je sens son front se coller au mien.

— Pyrrha, arrête, murmure-t-il, les dents serrées.

Je glisse mes doigts dans ses cheveux pour les tirer.

— Pourquoi j'ai l'impression que tu me dis adieu ?

Il secoue la tête alors que j'entends un soupir se coincer dans sa gorge. Un soupir ? À moins que ce ne soit un sanglot…

— Tu pleures ?

Sans attendre sa réponse, je passe une main sur sa joue pour, effectivement, y découvrir des larmes.

— Pourquoi est-ce que tu pleures ?

Mon cœur se brise. Il renifle avant de se détacher et – j'imagine – d'essuyer ses joues.

— Je suis tellement faible, putain ! grogne-t-il, plus pour lui-même que pour moi.

— Tu n'as pas le droit de dire ça ! je riposte vivement. Tu n'as pas le droit de me dire adieu alors que tu ressens la même chose que moi.

Nos sentiments sont réciproques, je ne peux que le croire, et ça me brise l'âme. Je pourrais tout lui donner, si seulement il acceptait de me donner un peu de lui.

— Je ne t'apporterai rien de bon. J'ai joué avec toi ! gronde-t-il. J'ai certes perdu à mon propre jeu, mais ça te montre à quel point je suis tordu.

Je tends les bras pour essayer de le toucher, et je parviens à m'accrocher à lui.

— Ne me dis pas adieu ! je menace.

Il recouvre ma main avant de rompre une nouvelle fois la distance entre nous. Une de ses mains attrape fermement ma nuque tandis que l'autre trouve sa place dans mon dos. Ses lèvres s'écrasent sur les miennes, sans délicatesse. Je pourrais rugir de plaisir. Il caresse mon dos tout en me maintenant en place, bien que je n'aie nullement envie de partir. Sur ses lèvres, je goûte le sel de ses larmes, la seule preuve de son amour. Il faut que je le retienne. Les événements prennent une tournure bien trop tragique, il faut que je lui montre à quel point je suis tombée follement et diaboliquement amoureuse de cet étrange personnage que je n'ai jamais vu. Ma main passe sous son tee-shirt et entre en contact avec sa peau brûlante. Il ne m'arrête pas, même lorsqu'elle frôle son ventre. Son corps sculptural se révèle sous mes doigts en se couvrant de chair de poule. Il grogne en m'attirant plus près de lui. Sa bouche dévie sur mon cou et embrasse la peau fine sous mon lobe. Il la mordille, m'arrachant un petit gémissement. Puis, il glisse sa main sous l'étoffe de ma robe. Seulement… Il s'arrête une nouvelle fois. Tout contre mes lèvres, il prononce les mots maudits :

— Adieu, Calypso.

Il s'écarte précipitamment de moi, comme s'il avait anticipé ce que j'allais faire.

Je retire mon bandeau à toute vitesse alors que, au même instant, la porte par laquelle je suis entrée se claque derrière moi. Je n'ai pas eu le temps de le voir, de distinguer ne serait-ce que sa silhouette…

Je suis seule dans cette pièce sobrement décorée. Un tableau sur le mur achève soudain de m'anéantir. C'est une représentation du tableau de Jean-Baptiste Camille Corot, *Orphée ramenant Eurydice des Enfers*. Il ne peut être là que pour me narguer. *Il* savait. *Il* me connaît, ainsi que ma détermination. Car, comme le veut la légende, lorsque Orphée n'a pas pu s'empêcher de regarder sa bien-aimée, il l'a perdue à tout jamais. Et moi, je viens de perdre celui qui faisait battre follement mon cœur ces derniers jours. Comme Orphée, je me retrouve seule, avec le poids de ma curiosité sur les épaules. La pièce semble rétrécir autour de moi maintenant que je réalise enfin. Je sais que cela ne servirait à rien de lui courir après. Il a prévu son coup, comme d'habitude. *Trois longueurs d'avance.*

Un petit rire nerveux m'échappe. Je n'ai même plus la force de pleurer. Il est parti, après m'avoir laissée apercevoir son cœur sous cette couche de ronces et goûter ses lèvres interdites. Parti définitivement, avec un simple adieu.

Je m'écroule alors, une main devant la bouche, incapable de prononcer le moindre son. C'est fini. Je suis finie, larguée avec mon pauvre cœur en miettes. Ça fait atrocement mal.

« *J'ai joué avec toi.* »

Je ne pourrais dire mieux. Je devrais le détester pour tout ça, le haïr d'avoir fait de moi sa chose. Pourtant, ses larmes étaient vraies, ses baisers aussi. Je sens encore ses lèvres chaudes sur les miennes. L'ai-je rêvé ?

Je le tenais tout contre moi… Je n'ai pas été assez rapide.

Peut-être a-t-il raison, le destin en a décidé autrement pour ne pas me causer plus de peine. Peut-être ne me conviendrait-il pas. Comment pourrais-je le savoir ? Je n'ai jamais été amoureuse auparavant. Mais si c'est lui la bonne personne, le destin est cruel.

— Mademoiselle ?

La porte s'ouvre, et je sursaute, portée par un semblant d'espoir… Mais non, ce n'est que l'un des deux colosses qui m'ont guidée jusqu'ici. Il me faudra une éternité pour tourner la page, il m'a trop marquée. Même si c'est le premier homme que j'aime, il le faut… Je sais que c'est le mieux à faire, le mieux pour m'éviter encore d'innombrables heures chez ma psychologue, mais comment oublier ce qui s'apparente à mon premier amour ?

Est-ce que ça fait toujours aussi mal, l'amour ?

L'homme pose un regard inquiet sur moi, assise et recroquevillée à terre.

L'oublier…

Et oublier cet été chaotique, ignorer les séquelles qu'il laissera ? Nous n'étions pas faits pour être ensemble. Quand on aime, on ne souhaite qu'être avec l'autre, non ? C'est ça, l'amour sain.

Les adieux sont faits, l'amour est clos. Échec et mat pour Calypso.

CHAPITRE 29

« *Tout, il faudrait tout oublier* », chante Angèle.

— On joue, mais là, j'ai trop joué… je murmure en fermant les yeux.

Ma petite chambre de location ne m'a jamais paru si accueillante. Je reste immobile sur mon lit, les écouteurs plantés dans mes oreilles, la musique noyant ma tristesse pour tenter de me la faire oublier. Un trou béant s'est creusé dans ma poitrine quand j'ai vraiment réalisé que tout était fini. Mais je ne pleure plus, même si la douleur persiste. Une partie de moi veut se résigner et immédiatement oublier pour que ça fasse moins mal. Pourtant, le tee-shirt est toujours là, posé sur ma chaise, ainsi que les polaroïds entassés. Seule la rose a changé, se fanant à mesure que mes désillusions grandissaient. Elle connaissait déjà l'issue fatale, celle que j'ai voulu ignorer. Au fond, c'est comme regarder encore et encore un film tragique. Oui, le *Titanic* finira toujours par couler, malgré nos espoirs, tout autant que Freddie Mercury mourra.

Je n'arrête pas de me repasser en boucle cet instant que nous avons partagé. Je me demande presque si je l'ai rêvé. Et si j'avais soulevé ce bandeau avant ? Je l'aurais pris de court, il n'aurait pas eu le temps de s'enfuir définitivement. Non. Je sais pertinemment qu'il m'aurait devancée. Comment ? Je ne sais pas, mais il aurait réussi. Il réussit toujours.

Lorsque Victoria apparaît dans mon champ de vision, je ne daigne pas lever la tête ni ouvrir les yeux, au contraire. Je sais qu'Apo lui a tout raconté, je n'ai rien à ajouter. Hier, quand elles m'ont récupérée après que le vigile m'a commandé un Uber, j'étais une loque, je tenais à peine debout.

Victoria fouille dans mon armoire, à la recherche de quelques affaires qu'elle y avait mises. Nous partons demain matin à l'aube, et elle commence déjà à préparer sa valise. Je devrais peut-être en faire autant, ça me remettrait les pieds sur terre. Demain, je retrouverai mes parents, mon chez-moi. Ma petite routine d'étudiante arrivera bien vite aussi. Tout ça semble tellement lointain, j'ai l'impression d'avoir vécu un rêve éveillé qui s'est changé en cauchemar. La chute est terrible. Je ne connais même pas son nom, seulement le goût de sa bouche et la tonalité de sa voix. Rien de plus. Il restera un souvenir, le fantôme de cet été.

Victoria s'active. À travers la musique, je l'entends. Elle me considère, étalée de tout mon long sur le lit, les membres écartés. Il me reste tellement de choses à faire avant mon départ. Je devais peindre une aquarelle de l'église pour ma mère, rapporter un magnet moche pour mon frigo. Je n'ai rien fait de tout ça, bien trop happée par lui. La réalité m'a complètement échappé, et ces vacances sont passées en un claquement de doigts.

Je contemple tristement l'écran fissuré de mon téléphone portable. Cette fois, il ne m'enverra plus de message. Cette fois, il disparaît pour de bon. Je ne peux m'empêcher d'ouvrir notre conversation et de faire défiler nos échanges. Je n'arrive pas à me résigner. Je ne veux pas que cette rencontre magique s'arrête là. Même si, pour le garder, il faut que je souffre… Je divague, je délire. Personne ne rêve d'une relation qui a aussi mal commencé. Les choses auraient pu être tellement différentes s'il s'était dévoilé dès le départ. Désormais, il est perdu dans cette ville, il est monsieur Tout-le-monde alors qu'il est loin d'être n'importe qui à mes yeux. Et moi… Moi, je vais partir. Et peut-être même ne reviendrai-je jamais à Nice.

Dans une tentative désespérée, je me surprends à lui écrire un message. Quelques mots qui, j'espère, l'atteindront. Peut-être aura-t-il pitié de moi.

`> Je ne pars que demain. Change d'avis…`

Je sais que j'ai l'air d'une pauvre fille énamourée qui quémande encore et toujours sa présence, mais je ne peux m'en empêcher. Après tout, c'est ce que je suis, une triste jeune femme follement éprise.

C'est comme si mon cœur s'allégeait d'un poids lorsque le message part. Au moins, j'aurai tout tenté. La décision lui appartient.

Je tressaille lorsque je reçois une réponse. Non, je ne rêve pas, il m'a véritablement répondu. Je me redresse à la hâte, folle d'espoir. Néanmoins, je chute de plusieurs étages lorsque je lis son message :

`> Et moi, je suis déjà parti.`

Une phrase, six mots qui me broient littéralement. Ma poitrine se serre. C'est un des pires messages qu'il m'ait envoyés. Le choc est terrible. Je n'ai pensé à aucun moment qu'il pouvait ne pas vivre ici. Pour moi, c'était une évidence, lui qui semblait connaître ces lieux sur le bout des doigts.

Un autre message s'affiche ensuite :

`> Je t'ai laissé une dernière chose dans ta boîte aux lettres. Je te conseille d'aller voir.`

Je bondis sur mes pieds. Je relis plusieurs fois ce message avant d'abandonner mon téléphone sur le lit et de sortir de ma chambre en trombe. Je ne sais pas trop pourquoi je continue de faire ce qu'il me dit, mais mes pas me mènent tout seuls vers cette boîte aux lettres. Après tout, le cœur a ses raisons que la raison ignore, n'est-ce pas ? Ma détermination disparaît complètement une fois que je suis dans le hall de la résidence. Je me mords l'intérieur de la joue, plus trop sûre de vouloir savoir ce que contient la boîte aux lettres. Derrière moi, un petit couple passe main dans la main. Je le salue d'un signe de tête, et leur passage achève de me convaincre. J'insère la petite clef dans la serrure, la tourne et ouvre enfin. J'ai l'impression que la boîte aux lettres est vide, au premier abord. Je me tords le cou pour finalement découvrir, retourné tout au fond, un nouveau polaroïd. Je suis carrément déçue et n'ose pas le toucher. Je me connais déjà suffisamment, je n'ai pas besoin d'un autre cliché de moi-même. Voilà tout ce qu'il me laisse ? L'image de moi heureuse ? C'est terriblement mesquin.

Je me décide finalement à le prendre, l'esprit morne. Mais, lorsque je le retourne, je découvre que je ne suis pas la seule visible dessus. Un jeune homme me serre contre lui tout en tenant l'appareil à bout de bras, et il me regarde avec des yeux si doux que ça me crève le cœur. Un petit sourire étire ses lèvres alors qu'une fossette est visible en leur coin. Ses cheveux bruns lui retombent sur les yeux en de folles mèches rebelles et là, autour de son cou, comme pour me confirmer que je ne me trompe pas, un petit collier de perles nacrées est attaché. Mes doigts tremblent, je ne respire plus. *C'est lui !*

Le « dieu grec » qui plaisait tant à Apolline ! L'ami d'Antoine ! Mon binôme boudeur de la tequila paf ! C'était lui !

Les bras m'en tombent. Je ne peux m'empêcher de retenir un petit cri, mélange de surprise et de douleur. Comment est-ce possible ? Il était si près, tout le temps. *Justement…* Quoi de mieux pour placer ses pions ? Je le regarde et une douce chaleur se diffuse en moi. Pendant tout ce temps, il était sous mon nez ? Je n'ai rien vu ! Absolument rien ! Il est vrai qu'il restait toujours en retrait, je n'ai même jamais entendu le son de sa voix. Je pensais même qu'il ne m'appréciait pas ! C'était lui… Une douleur sourde enfle en moi et me prend aux tripes. Celui que je cherchais tout ce temps était celui auquel je ne daignais même pas prêter attention. Et maintenant ? Où est-il ? Il faut que je le trouve ! Comment Antoine n'a-t-il pu rien déceler ? C'est son ami d'enfance. Antoine m'a menée à Léo en pensant identifier sa voix sur l'enregistrement. Et il était si étrange ces derniers temps, au point que je m'en suis inquiétée. Une théorie qui ne me plaît pas du tout creuse son chemin dans mon esprit. Il savait ! Ce n'est pas possible autrement.

Je ferme à la va-vite la boîte aux lettres et grimpe les marches en tenant fermement le polaroïd, de peur qu'il disparaisse, lui aussi. Je n'en reviens pas ! Antoine ne m'a jamais adressé une parole de réconfort, alors que j'endurais mille maux pour découvrir qui était cet inconnu. *Pour ne pas se trahir.* Comment Antoine a-t-il pu tout manigancer alors que je l'avais toujours à l'œil ? Et ce soir-là sur le yacht, lorsque Antoine nous a mis en binôme pour le jeu, lui et moi, par quel exploit ce garçon n'a-t-il pas flanché ? Il est vrai qu'il s'était attardé plus que de raison sur mon cou, mais jamais je n'aurais pensé que c'était lui !

Je deviens folle alors que tout se mêle dans ma tête et que je tente furieusement d'assembler les pièces du puzzle. Je rentre en trombe dans l'appartement en criant :

— Où est Antoine ?

Je ne l'ai pas vu depuis hier soir. Or, il faut à tout prix que je le trouve. Lui aura les réponses !

Victoria fronce les sourcils alors qu'Apo interrompt son ménage dans le salon.

— Où. Est. Antoine ? je répète en détachant chaque mot pour être sûre de bien me faire entendre.

— Il a pris ma voiture pour aller à l'appart des garçons. Pourquoi ? me répond Vic, complètement perdue.

Je brandis le polaroïd devant leurs yeux.

— C'était lui. Depuis le début. C'était ce gars.

C'est un étrange sentiment que d'enfin poser un visage sur *lui.* Curieusement, il ressemble beaucoup à ce que je m'étais imaginé. Et je n'ai jamais fait de rapprochement… Que suis-je bête ! Je m'en veux terriblement de ne pas avoir été assez lucide.

— Et Antoine savait ! j'ajoute.

Apolline m'arrache la photo des mains pour la détailler.

— Impossible.

Elle ouvre de grands yeux.

— Je comprends mieux pourquoi il m'a repoussée !

Ça la fait sourire, mais pas moi. Il n'est pas encore temps pour moi de me repasser tous les événements en tête. Je reprends précipitamment la photo venant achever la collection, pareille à un dernier adieu, et leur lance :

— Je reviens au plus vite !

CHAPITRE 30

Je crois bien que c'est la première fois que je me déteste autant pour mon mauvais sens de l'orientation. D'ordinaire, je m'égare, et c'est marrant, puisque ça me permet de découvrir de nouveaux endroits. Mais aujourd'hui, ça ne me fait plus du tout rire. Je me perds plusieurs fois dans les rues à cause de mon esprit enragé, au point que j'aimerais hurler sur chaque passant qui me détaille étrangement. Je n'ai même pas pris mon téléphone pour me servir du GPS.

J'arrive finalement tant bien que mal en me rappelant les indications de Victoria. Je trouve enfin l'immeuble à la façade jaune qu'elle m'a décrit. Au fond de moi, j'espère sincèrement qu'il n'est pas parti et qu'Antoine pourra m'aider. C'est tout ce qui m'importe. Le retrouver.

Heureusement que le portillon de leur résidence est cassé. Je peux entrer sans code et monter les marches qui me séparent de mon menteur d'ami. Troisième étage, appartement 34, m'a dit Vic.

Je cours dans le couloir et tambourine sans aucune retenue à la porte d'entrée.

— Antoine ! je hurle, la porte restant fermée.

Enfin, il y a un petit bruit de clef qui tourne dans la serrure, puis Adam apparaît en caleçon dans l'entrebâillement.

— Où est Antoine ? je lance à brûle-pourpoint.

Il grimace face à mon ton peu amical avant de se gratter la tête. Il met trop de temps pour moi, alors je le pousse gentiment et me permets d'entrer.

— Antoine ! j'appelle.

Je rentre dans le salon, juste en face de l'entrée. Il est dans la cuisine, ouverte sur la pièce, assis au bar, en train de remuer son café. Owen derrière lui, de dos, semble lui parler avec un air grave.

— Tu savais ! je l'accuse.

Malgré le boucan que je fais en l'appelant depuis un moment, il ne réagit pas. Sans doute s'attendait-il à ma visite. Je lui colle le polaroïd sous le nez alors qu'il me regarde avec de petits yeux fatigués.

— Où est-il ? je le questionne.

Pitié, pitié, pitié...

Il repousse la photo, comme si sa vue lui était insupportable.

— Parti, il lâche simplement.

Ma mâchoire est à deux doigts de se décrocher tant je suis abasourdie par sa nonchalance.

— Où ?! je rugis.

Il hausse les épaules, las.

— Tu n'arriveras pas à le rattraper, Cal. Il est parti il y a un petit moment déjà.

C'est la goutte de trop. Épuisée, dévastée, lessivée, je lui frappe le bras pour qu'il réagisse enfin. Ne voit-il pas à quel point je suis à bout ?

— Arrête de te moquer de moi ! je crie en sentant un sanglot monter dans ma gorge.

Il soupire profondément avant d'attraper mes poignets pour que je cesse de m'acharner sur lui.

— Arrête, Calypso ! Il est parti, OK ? Gab est parti ! répète-t-il plus fort.

Un courant électrique parcourt mon corps, et je me fige. Gab ?

— Gabriel, je murmure comme une évidence.

Antoine hoche la tête alors que la révélation de son prénom me frappe. Gabriel, il s'appelle Gabriel ! Enfoui tout au fond de ma mémoire, ce nom fait surface et vient tout bousculer. Je le connaissais, il était juste là, caché, attendant sagement dans les abysses de mes souvenirs.

Je me retiens au comptoir lorsque je vacille.

— Cal, ça va ?

Antoine passe un bras autour de ma taille. Le cadenas saute, libérant peu à peu les souvenirs que je pensais perdus à cause de l'alcool. Un torrent déferle en moi tandis que le déroulé de cette fameuse soirée commence à s'offrir à moi.

— *Qu'est-ce que c'est ? C'est à toi ?*

Je désigne du doigt l'objet massif que tient Gabriel alors que nous prenons l'air sur le petit balcon de ma chambre.

— *Un Polaroïd. J'adore prendre en photo tout ce qui est beau, me répond-il.*

Ma tête tourne légèrement, et mes paupières sont lourdes. J'ai arrêté de compter les verres que j'engloutissais. Je m'appuie au garde-corps pour prendre une grande inspiration.

— *La beauté, c'est subjectif, je lâche.*

Du coin de l'œil, je le vois acquiescer d'un signe de tête.

— *C'est vrai. On peut la remettre en doute. Mais tu sais ce qui ne peut pas l'être ?*

Je lui signifie que je l'ignore tandis que mon regard se pose tout en bas de l'immeuble – on est si haut que j'en ai le vertige.

— La tienne.

Je fronce les sourcils, surprise. Il a vraiment dit ça ? Je me tourne vers lui pendant qu'il trafique son appareil. J'ai rêvé ?

— Je peux te prendre en photo ?

Il mime le geste alors que je reste estomaquée.

— Tu viens vraiment de me complimenter ?

— En effet. On ne te l'a jamais dit ?

Je m'esclaffe peu gracieusement, ce qui me déclenche une migraine.

— Si. Mes parents, quand j'avais dix ans, pour ma communion peut-être.

Je lui arrache un petit rire qui creuse encore plus ses fossettes. Un compliment venant tout droit de ce dieu grec, j'avoue que je trouve ça hallucinant !

— Tes cheveux sont incroyables, on dirait du feu, tes taches de rousseur sont des constellations qui ont mille histoires à raconter, et tes yeux ils sont si clairs qu'on a envie de s'y noyer.

Je pique un fard et me mets immédiatement à fixer le bout de mes pieds.

— Là, tu exagères.

Ses compliments me vont droit au cœur, telles les flèches de l'amour. Cupidon m'aurait-il tirée dessus ? Si ce n'est pas le cas, pourquoi je me sens aussi bien et apaisée ? Avec lui, la discussion est fluide et facile. Il complète mes phrases comme s'il devinait ce que j'allais dire. Notre conversation n'est ponctuée d'aucun blanc et ça, pour ma nature timide, c'est incroyable.

— Pyrrha, murmure-t-il.

Je hausse un sourcil en dégageant mes cheveux de mes épaules.

— Ça veut dire « la rousse », ou alors la mortelle qui a repeuplé la terre après le Déluge, selon la légende.

— C'est joli.

— Ne bouge pas.

Je n'ai pas le temps de faire quoi que ce soit que Gabriel pointe son objectif sur moi et me prend en photo. Quelques secondes après, un cliché sort. Je souris bêtement alors qu'il l'observe, plutôt satisfait.

— Le premier d'une longue série, se marre-t-il.

— Cal ? Calypso ? Tu n'as vraiment pas l'air bien, là.

Antoine m'appelle, mais sa voix me parvient à peine.

Gabriel.

J'ai l'impression qu'on me transperce. J'ai d'autant plus mal maintenant qu'il est parti que je me rappelle tout, ces moments et, pire, ces sensations. Sa douceur, son sourire, son rire. Ses gestes si tendres. Le puzzle commence à prendre forme. Je laisse échapper un petit cri de douleur alors qu'Owen s'affole.

— Tu me fais peur, Cal, chuchote-t-il. Antoine, qu'est-ce qui se passe ?

J'empêche celui-ci de répondre en pressant son bras de toutes mes forces.

— Quand est-ce qu'il est parti, et où ?

Je suis prête à aller le chercher au bout du monde s'il le faut, mais je dois absolument le voir.

— Son train partait il y a une heure, il me semble.

Non !

Je passe les mains dans mes cheveux et me les arrache presque tant je suis dépassée par la situation. Je suis à deux doigts de m'évanouir, si bien que je ne remarque pas qu'Owen se met à fouiller dans son téléphone.

— Il y a des grèves, m'apprend-il. Peut-être son train a-t-il été supprimé aussi.

Comme une furie alors que mes entrailles se serrent, je plante mes yeux dans ceux d'Antoine et, d'une voix que je ne me connais pas, je lui ordonne :

— Emmène-moi à la gare. Et vite !

CHAPITRE 31

Gabriel

Je n'avais pas prévu de tomber nez à nez avec cette déesse aux cheveux de feu. Bêtement, dans une piètre entrée en scène, elle m'a remarqué. Comme un idiot, je renverse le contenu de mon verre sur ses pieds. Géniale, la première impression…

Heureusement, elle n'a pas l'air fâchée, bien au contraire. Ses grands yeux surpris brillent de mille feux tandis qu'elle essaye de comprendre ce qui se passe. Putain, c'est possible d'être aussi belle ? Son petit nez se plisse. Je me confonds en excuses et m'accroupis pour réparer mes dégâts.

— Oh ! C'est… c'est inutile, bafouille-t-elle. Il n'y a aucun mal.

Je lui dis d'attendre, et file pour chercher de l'essuie-tout. Je reviens et nettoie, l'alcool collant avant de lui faire face de nouveau. Je suis ébranlé par son regard azur. Quelle étrange combinaison, cheveux roux et yeux bleus, c'est à se damner. Elle me sourit poliment.

— Du coup, je n'ai plus rien à boire, constaté-je.

Je la vois ricaner en disant quelque chose que je n'entends pas. Je suis bien trop focalisé sur le ballet qu'offrent ses lèvres lorsqu'elle parle. Tout comme le reste de son corps, elles sont pâles, dans le plus faible des tons roses, avec une petite touche vive au centre, comme si elle venait de se les mordiller. Mais qui est donc ce spécimen ?

— Tu t'appelles ? je l'interroge.

Il faut que je sache qui elle est. Une créature pareille n'est pas censée exister dans la vraie vie – me voilà béni des dieux.

— Calypso.

Sa petite main se tend vers moi. Je rêve de la saisir pour la poser sur ma nuque, par où elle me maintiendrait pendant que je l'embrasse. Au lieu de ça, je me contente d'un petit rire sec, avant de lui répondre en pressant sa main :

— Gabriel. Enchanté.

Me prend alors une certaine folie qui me pousse à l'attirer à moi. J'ai l'impression que mon esprit ne m'appartient plus, je n'ai pas beaucoup bu, pourtant, mais me voilà plongé dans une étrange fascination.

— Seulement, chez moi, on se fait la bise.

Mais qu'est-ce qu'il me prend ?

Aussitôt, j'approche mes lèvres de sa joue. Le contact de sa peau avec la mienne me procure une étrange sensation, des milliers de petits chocs électriques se dispersent sur ma peau alors que nous nous embrassons. Malgré l'air pesant et écrasant, elle sent comme un matin de printemps, quand la rosée s'est déposée sur toutes les fleurs.

Et il s'avère, bien plus tard, qu'elle est aussi extraordinaire qu'elle en a l'air. Elle me regarde avec intérêt alors que je lui montre mon Polaroïd. Si elle savait à quel point j'ai envie de capturer sa beauté et sa sagesse, bien qu'elle tienne à peine debout à cause de l'alcool. J'aimerais lui poser tant de questions, tout savoir d'elle. Mais si elle ne me trouvait pas aussi intéressant, une fois l'euphorie de la soirée passée ? J'aimerais la photographier sous tous les angles. Or, elle me laisse faire une bonne partie de la soirée, se prêtant au jeu avec un grand sourire.

C'est facile avec elle, je n'ai pas à faire semblant. Pourquoi Antoine ne m'a-t-il jamais parlé d'elle ? Comment n'ai-je pas eu vent de son existence ? Si je l'avais connue plus tôt, quand je n'étais pas encore bousillé, peut-être aurais-je pu lui promettre la lune. Mais là… qu'ai-je à lui offrir ? Rien de beau et théâtral. Seulement un cœur et une âme fichue. Elle ne mérite pas ça, elle ne mérite pas que je l'abîme, et pourtant… Je suis incapable de me détacher d'elle durant toute cette soirée. Il faut dire qu'elle ne me facilite pas les choses non plus. Cette manie qu'elle a de se mordre la lèvre inférieure pour s'empêcher de glousser… Elle va me rendre fou.

Qu'est-ce que je suis en train de faire ? Si je n'étais pas venu à cette soirée, je n'aurais jamais croisé son regard. Je me mêle difficilement aux autres. Peut-être même ne l'aurais-je pas vue des vacances. Ça aurait certainement été mieux, car à cet instant précis, alors que d'une main je la fais tournoyer sur elle-même, je sais que je suis foutu. Je le sens au fond de mes tripes, ce qui se passe entre elle et moi n'est pas normal. C'est au-delà de l'alchimie. Comment nos deux êtres peuvent-ils autant s'apprécier ? C'est impensable. Ça ne m'était jamais arrivé, malgré les nombreuses filles que j'ai côtoyées. Jamais je ne me suis senti aussi coupable qu'à cet instant. Je sais que je devrais m'éloigner maintenant, prendre mes jambes à mon cou pour me protéger, et surtout la préserver, mais je ne peux pas. Son regard hypnotique me cloue sur place, et elle pourrait me demander n'importe quoi, je le lui offrirais.

Si seulement je ne l'avais pas rencontrée… Je ne ressentirais pas à cet instant cette douce flamme qui réchauffe mon cœur gelé. Elle est si belle, si intéressante. Je pourrais l'entendre parler pendant des heures en l'écoutant réellement. J'ai tellement de choses à apprendre d'elle, et j'ai tellement de choses à lui montrer. Nous vibrons sur la même longueur d'onde, et je flippe autant que je jubile.

Elle ne se souviendra sans doute pas de moi demain matin… À en juger par le nombre de verres qu'elle s'enfile, c'est probablement ce qu'elle veut. Peut-être que je ne lui plais pas tant que ça. Qu'elle est juste polie. Je ne l'espère pas. J'aimerais qu'elle sente aussi ce moment spécial et cette fusion entre nous. Mais je ne dois pas me faire d'illusions.

À quoi bon ?

Il faut que, demain, elle m'ait oublié. Il faut que l'alcool joue en ma faveur et lui efface la mémoire. Je ne peux pas rester près d'elle. Je suis mauvais, là où elle est si douce. Je ne ferais que laisser de vilaines marques sur sa peau laiteuse.

Calypso… Cheveux de feu… Déesse de mon âme.

Est-ce un coup de foudre ? Ça existe vraiment ? L'amour ne se crée-t-il pas de jour en jour ? Peut-il arriver en un claquement de doigts ? En un regard ?

Gab, tu délires !

Je tente de mettre mes pensées sur pause afin de ne pas déraper et précipiter les choses. Si je l'embrasse, j'aurai passé un cap que je ne souhaite pas franchir. Vaut mieux qu'elle pense à moi – si elle se souvient de moi – avec nostalgie plutôt qu'avec amertume. Calypso me facilite grandement la tâche car, après avoir dansé à n'en plus pouvoir et avoir ri à s'en faire mal au bide, son teint change et de petits spasmes secouent son corps.

— Je ne me sens pas bien !

Elle disparaît alors précipitamment. Je la suis, hors de question que je la laisse seule. Je la retrouve dans la salle de bains, courbée sur les toilettes. Je grimace face à ce triste spectacle. Elle ne remarque pas tout de suite ma présence. Ce n'est que lorsque je tire tous les tiroirs pour trouver de quoi la rafraîchir qu'elle sursaute.

— Gabriel… murmure-t-elle.

— Je suis là, la rassuré-je.

Je trouve enfin une serviette que j'humecte sous le robinet et m'accroupis près d'elle pour lui tamponner le visage. Je prends soin d'elle avec douceur, relevant ses cheveux lorsqu'une nausée la saisit encore. J'ai envie de la serrer dans mes bras pour la bercer. Au lieu de ça, je me contiens et lui montre comment bien respirer. Je crois que la fête est finie pour elle, il est temps qu'elle tire sa révérence, bien que ça me froisse le cœur. Je dois lui dire adieu… Ou peut-être au revoir ?

Une idée fleurit dans mon esprit alors que je l'aide à se brosser les dents, parce que, tremblante, elle parvient à peine à tenir la brosse à dents entre ses doigts.

— Je crois que tu devrais aller te coucher, lui conseillé-je.

Elle approuve d'un hochement de tête. Je l'accompagne jusqu'à sa chambre, où elle s'allonge sur le lit. Je pourrais me mettre près d'elle quelques instants, juste pour lui caresser les cheveux et la rassurer. Non, c'est une très mauvaise idée. Je vais la laisser là. Elle va dormir et moi, je partirai.

— Tu devrais te déshabiller.

Je n'ai pas envie que mes paroles paraissent déplacées, mais ça m'étonnerait qu'elle puisse bien dormir dans cette petite robe qui moule son corps. Elle grogne un « oui », et je grimace. Je vais devoir le faire moi-même. Son armoire derrière moi est vide, elle n'a pas encore défait sa valise, qui traîne sur le sol. Je ne vois qu'une chose qui pourrait être un tant soit peu décent et confortable. Je passe mon tee-shirt au-dessus de ma tête. J'espère que personne ne va rentrer à ce moment-là, je n'ai pas envie que mes actes soient mal interprétés. Je lui ôte sa robe et lui enfile par-dessus ses sous-vêtements mon tee-shirt, qui retombe bien plus bas que sur moi. Elle semble flotter dedans. Puis, je la recouche en ajustant la couverture sur elle. Ma main ne peut s'empêcher de glisser dans ses cheveux bouclés.

Calypso. Je vais devoir partir, et je sais que je partirai changé. Ce soir, quelque chose s'est passé, quelque chose d'inexplicable qui me fait grimacer rien qu'à l'idée d'être dans une autre pièce que toi.

Mais je n'ai pas le choix…

À moins que…

Je réfléchis à toute allure en contemplant son visage paisible.

Je pourrais rester auprès d'elle sans vraiment l'être. Si demain, elle ne se souvient pas de moi, ce sera ma chance. Je pourrai lui montrer mon obsession pour elle sans vraiment me dévoiler. Ainsi, je nous protégerai. Menteur… Je ME protégerai. Elle, je ne ferai que la faire souffrir si elle s'attache. Il ne faut pas qu'elle s'attache. Elle ne doit jamais savoir qui je suis. Ainsi, peut-être me sentirai-je un peu moins coupable si elle a le cœur brisé. Encore une…

Pour être à ses côtés, je dois accepter l'idée de lui faire du mal. Ça a toujours été comme ça, de toute façon. J'ai toujours fait du mal, et on m'a toujours rejeté. Avec elle, ce sera différent. Je l'aimerai de loin.

Mais comment m'y prendre ?

Une idée carrément dingue me vient en tête : un jeu de piste ! De cette manière, c'est elle qui décidera si elle veut jouer et, donc, me connaître par la même occasion. Ainsi, si elle en souffre, elle ne pourra s'en prendre qu'à elle-même et moi, je me dédouanerai. C'est horriblement cruel, je le sais. Mais je n'ai pas le choix.

Il faut que je tente le coup. Si elle me prend pour un fou, l'histoire sera réglée et je lâcherai l'affaire. Si elle décide de jouer, je ne répondrai plus de rien. Je devrai cependant poser des règles, pour elle comme pour moi. C'est ici que ma folie commence, à la condition qu'elle ne se souvienne pas de moi demain. Sinon je ne tenterai rien et ne prendrai pas le risque de la charmer à visage découvert.

Mon plan semble parfait. Je sais qu'elle peut relever ce défi. J'ose l'espérer.

C'est un pari risqué, et je suis aussi terrifié qu'impatient. Mais pour que ce plan se déroule comme prévu, il va falloir que je sois très fort. D'abord, il me faut un complice, quelqu'un de proche d'elle, qui la connaît aussi bien qu'il me connaît…

Ça m'apparaît comme une évidence. Antoine ! Lui seul pourra m'aider. Ensuite, il faut que j'achète un téléphone prépayé afin de communiquer avec elle. Pour le reste, j'improviserai.

Mon cœur fait d'énormes bonds dans ma poitrine alors que, paisiblement endormie, elle ne se doute pas de la terrible décision que je viens de prendre. Je caresse une dernière fois sa joue, et je l'entends murmurer :

— Seras-tu là, demain ?

Je ne l'espère pas, du moins pas totalement. Je serai près de toi, mais jamais entièrement.

— Peut-être, je lui chuchote.

Je l'abandonne alors qu'elle sombre un peu plus dans le sommeil, là où elle est en sécurité.

Je sors de sa chambre, torse nu, en réfléchissant encore à mon plan.

— Qu'est-ce que tu fous à poil ?

Quand on parle du loup…

Antoine est là, dans le couloir, et me regarde d'un air soupçonneux.

— Tu n'étais pas avec Calypso ? demande-t-il.

Je hoche la tête avant de comprendre que les apparences sont trompeuses.

— Elle a vomi toutes ses tripes, je l'ai mise au lit et lui ai prêté mon tee-shirt pour qu'elle dorme avec.

Il semble comprendre.

— Il faut que je te parle ! je m'exclame en posant une main sur son bras. C'est important.

Je le vois hausser un sourcil.

— Je t'écoute.

Un petit sourire étire mes lèvres alors que j'entends de nouveau dans mon esprit le rire clair de Calypso. Je suis déterminé et je vais mêler Antoine dès à présent à mon plan.

C'est ici que tout va commencer.

CHAPITRE 32

Jamais Antoine ne m'a paru conduire aussi lentement, lui qui d'habitude slalome imprudemment entre les voitures avec impatience. Là, j'ai l'impression qu'il roule à deux à l'heure.

Owen reste calme, à l'arrière, alors que je ronge nerveusement mon ongle du pouce et que mon cœur bat à toute vitesse. Je sais que je m'emballe pour rien. Il se peut que son train soit déjà parti et lui déjà loin. Je sais que je dois me préparer à être déçue, mais je ne peux me résigner à ne pas tenter ma chance. Pourquoi n'ai-je pas compris plus tôt ? J'ai embrassé son cou, j'ai même râlé sur son attitude froide, j'ai poussé Apo vers lui. Il est vrai que j'avais remarqué cette aura énigmatique qui se dégageait de lui. Il ne parlait pas, restait toujours dans son coin avec un regard perdu dans le vide. Pourquoi mes souvenirs ne décident de se débloquer que maintenant ? C'est aussi pathétique qu'une tragédie grecque. Or, manque de bol, je m'appelle Calypso.

J'ai été leurrée, il a été très fort. Rien ne l'a trahi. Depuis tout ce temps, je l'ai touché, mes yeux ont glissé sur son corps, sans savoir que l'homme de mes songes, c'était lui.

— Accélère, Antoine.

— On y est presque.

Je ne réponds pas, bien trop focalisée sur le paysage qui défile. J'ai du mal à digérer qu'Antoine m'ait manipulée. Je ne comprends pas pourquoi il ne m'a rien dit et a aidé Gabriel en cachette. Il a bien vu dans quel état ça me mettait. Comment a-t-il pu se montrer aussi insensible, lui, mon ami ?

— C'est là ! s'exclame soudain Owen.

En effet, au détour d'une rue, un immense bâtiment se dresse, surmonté d'une horloge.

— Gare-toi là, au dépose-minute.

Je désigne du doigt une place qui vient de se libérer.

C'est une chance ! Les grèves ont pas mal désorganisé le trafic et l'endroit est noir de monde. À peine Antoine coupe-t-il le moteur que, déjà, je saute de la voiture en claquant la portière. Je prends une grande goulée d'air, c'est le moment de vérité. J'ai l'impression qu'à tout moment je peux m'évanouir tant mon cœur est affolé. Que faire s'il n'est pas là ?

Je préfère chasser cette pensée de mon esprit, ça ne sert à rien de me torturer plus. Je secoue mes mains pour essayer de me détendre alors même que je sonde le parvis de la gare. Je passe en revue tous les visages à portée de mon regard. Je scanne chaque jeune homme aux cheveux bruns indisciplinés. Je ne le vois pas. Une bouffée de chaleur monte, je sens la crise de panique serrer ma gorge. Pas maintenant. Je m'assure d'avoir bien examiné les gens sur le parvis, avant de me diriger à toutes jambes vers l'entrée. Une petite brise agréable me rafraîchit et éteint le feu sur mes joues en même temps qu'elle fait voleter le bas de ma robe. C'est une bien trop belle journée pour se faire briser le cœur.

J'entre en trombe dans la gare et me retrouve parmi la masse de voyageurs. Les gens sont regroupés, les têtes relevées vers les panneaux d'affichage qui indiquent les trains supprimés et les nouveaux horaires. Je lève aussi les yeux afin de trouver le sien. Heureusement qu'Antoine m'a dit quel train il prenait.

Si, j'ai compris une chose, il n'aime pas la foule. Ce n'est pas là que je vais le trouver. Je me dirige vers les quais, là où l'air est plus respirable. C'est mon dernier espoir, mon ultime chance. Il y a un peu moins de monde, mais ça reste assez encombré. Je dois examiner les gens, un par un, avec la plus grande indiscrétion du monde. Peut-être est-ce lui, sous cette casquette ? Non. Et lui là, de dos, la taille correspondrait ? Non plus. Et puis soudain, je le vois. Reconnaissable entre tous, une main dans la poche, l'autre accroché à la bandoulière de son sac sur l'épaule.

Mon cœur semble s'arrêter à cet instant. Je n'ai qu'une envie : fondre en sanglots. Mes jambes sont près de me lâcher. Je rassemble mes dernières forces pour courir vers lui. Je me moque pas mal d'avoir l'air d'une folle. Que les gens me regardent, je m'en fiche !

Mon sang bat fort contre mes tempes. Je le vois pivoter vers ce bruit de pas précipités qui semblent se diriger vers lui. Il n'a pas le temps de réagir que je me jette dans ses bras. Quelque chose explose en moi alors que je passe mes mains autour de son cou pour m'agripper à lui. C'est là que les larmes coulent, que la pression diminue et que je me liquéfie en lâchant un profond soupir. Il est là, il n'est pas parti.

— Gabriel… je murmure tout en me serrant contre lui.

Sa surprise est immense. Il lui faut un moment pour comprendre ce qui se passe, mais finalement, sans poser de questions, il referme ses bras autour de moi avec force et puissance. Il me rend mon étreinte, et je sais que, à cet instant, je n'ai jamais été aussi heureuse de toute ma vie.

— Gabriel, je répète.

Maintenant que je connais son prénom, j'aimerais le répéter encore et encore. Je sanglote dans son cou alors que mes larmes vont couler sur les perles de son collier.

— Calypso, chuchote-t-il.

J'enfouis un peu plus mon nez dans son cou. Il est bel et bien là. Je le serre enfin dans mes bras, après tous ces jours, après toute cette attente. Je n'arrive pas à réaliser. Je sens une de ses mains se glisser dans mes cheveux alors que l'autre me repousse gentiment. Il pose son front contre le mien.

— Tu ne devrais pas être là.

Je vois qu'il grimace, que cette phrase lui fait du mal. C'est étrange de voir son corps agir et sa bouche prononcer ces mots, lui qui m'agaçait par son attitude glaciale. Je suis extrêmement déroutée, mais cette douceur lui va bien. J'attrape son visage et le force à me regarder. Ses yeux gris se plantent dans les miens. Qu'ils sont beaux ! Il est las, épuisé, triste. J'essuie rapidement mes larmes avant de lui offrir un pâle sourire.

— Mais je suis là.

Je caresse sa pommette du pouce lentement.

— J'avais dit à Antoine de ne pas t'amener ici si tu allais le trouver.

— Antoine… Il trahit tout le monde, je réponds avec un goût amer en bouche.

Il hausse les sourcils en me ramenant dans ses bras.

— Ne lui en veux pas. Il m'en devait une.

Je secoue la tête mais laisse passer. Ce n'est pas Antoine qui m'intéresse, en ce moment. J'ai tellement de choses à lui dire…

— Alors, c'était toi, ce mystérieux inconnu, je ris à travers les larmes qui recommencent à couler. Qui l'aurait cru ?

Il hoche la tête avec un petit sourire en coin. Il n'a jamais été aussi beau. J'aimerais l'embrasser, le toucher jusqu'à en être rassasiée.

— Ne refais plus jamais ça, je le réprimande gentiment.

Je prends une longue inspiration. Peut-être que notre histoire ne fait que commencer. Pourtant, son sourire s'affaisse, et il murmure :

— Je n'en aurai plus l'occasion, de toute manière.

Il fuit mon regard alors que moi, je ne perds pas une miette du sien. Je n'ai jamais fait attention aux petits détails de son visage. Il me faudrait encore mille ans pour tous les découvrir. Il ne peut pas s'enfuir, pas maintenant.

— Qu'est-ce que tu veux dire ?

Je ne veux pas entendre ces mots que je le soupçonne de vouloir prononcer.

— Je pars, Calypso.

Une ombre de tristesse passe dans ses yeux clairs. J'entends mon âme se déchirer.

— C'est impossible, je murmure. Regarde, on est tous les deux, ensemble reunis.

Cette fois, je pose mes deux mains à plat sur ses joues et le force gentiment à me regarder. Je découvre alors des yeux scintillants qui me saisissent d'effroi.

— Ce n'est pas ce que je souhaitais.

Sa voix se brise en prononçant cette phrase. Je suis, abasourdie par la violence de ces mots. Il ne voulait pas de moi ? Je m'écarte précipitamment de lui, comme s'il venait de me brûler et que son contact m'était insupportable. Il me retient par la main.

— Je ne voulais pas rendre les choses plus difficiles, explique-t-il. Toi, sur ce quai, pour conclure ce jeu de cette manière, c'est la pire chose que je pouvais imaginer.

Je ne comprends pas. Il peut faire le choix de rester, il peut me choisir, moi. Pourquoi persiste-t-il à vouloir partir loin de moi ? Nous avons tellement de temps à rattraper. Les vacances ne sont pas finies, peut-être pourrais-je prolonger mon séjour ici avec lui. On ne compterait plus les heures ni les jours, on ne se soucierait plus de rien, à part de nos cœurs qui battent à l'unisson et de comment nous allons peindre notre amour. Uniquement nous, lui et moi.

— Tu n'es pas obligé de partir.

Je ne sais pas comment le convaincre que j'ai besoin de lui et que de le voir s'en aller signera ma perte. Il soupire.

— Si… Je suis obligé.

Son expression change alors. Ses deux mains attrapent mes poignets, qu'il serre avec douceur. Ses yeux se plantent dans les miens, et j'y lis le même désespoir que le mien.

— Je te l'avais dit, je pars lorsque ça devient trop dangereux. Tu es trop dangereuse pour moi, et je le suis tout autant pour toi.

Il n'essaye pas de me blesser, ses mots sont prononcés avec le plus de douceur possible, comme s'il parlait à une gamine. Les sourcils froncés, il a l'air de souffrir de ses paroles. Alors, pourquoi les dit-il ? Ça signifie quoi « trop dangereux » ? Il n'a pas à avoir peur ! Je suis aussi inoffensive qu'un agneau.

— Pourquoi ?

Je suis tellement désespérée que c'est sorti comme un cri.

Ses doigts caressent l'intérieur de mes poignets alors que je le vois passer la langue sur ses lèvres rapidement. Les yeux qu'il pose ensuite sur moi n'ont plus rien à voir avec ceux que je connais. Désormais, j'y lis un profond amour, une tendresse infinie et une lueur qui pétille.

— Pourquoi ? Parce que je me suis pris à mon propre jeu, Pyrrha.

Il sourit faiblement avant de porter ma main à ses lèvres pour embrasser ma paume. Je retiens ma respiration. J'en voudrais encore et encore. Je me consume pour lui…

— Je me suis délicieusement fait avoir, poursuit-il. En voulant jouer, c'est moi qui me suis perdu. J'ai trouvé celle dont j'ai toujours rêvé.

Avec un soupir, il pose ma main sur mon torse. Sa voix devient grave, éraillée – telle que je l'ai entendue auparavant :

— Je connais la sonorité de ton rire par cœur.

Il grimace de douleur.

Je peux l'entendre où que je sois, loin de toi. Je sais reconnaître à la courbe de tes lèvres ce qui se passe en toi. Je pourrais admirer secrètement pendant des heures entières les reflets de feu dans tes cheveux et ta peau si pâle… Elle se teinte de rouge lorsque tu es gênée. Juste là.

Son index vient se poser sur ma joue et tracer le contour de ma pommette. Je ferme les yeux en assimilant toutes ses paroles.

— Calypso, je suis tombé dans mon propre piège. Je serais même capable de te dire à quelle fréquence bat ton cœur, car, c'est facile, quand tu es avec moi, il bat aussi vite que le mien. Ce premier soir, j'ai su que je n'allais pas ressortir indemne de notre rencontre. Sur le yacht, tu m'as définitivement damné quand tes lèvres se sont posées sur mon cou. C'est là que j'ai compris. J'ai enfin compris que ce que je ressentais était plus que de l'obsession. Je suis tombé amoureux de toi sans même m'en rendre compte.

Toutes ces révélations que je n'attendais pas me laissent muette, je ne les avais même jamais imaginées. Elles sont si brutes, pures et poétiques, que je crois rêver. C'est la première fois que l'on me parle de cette façon, que je sens cet amour et cette tendresse si palpables. C'est à cet instant précis que j'achève, moi aussi, de tomber amoureuse de lui. Toute la tristesse de ces derniers jours disparaît en une fraction de seconde alors que mes yeux me piquent. À ce moment-là, l'amour finit de s'insinuer sous ma peau. Il conclut des jours d'espérance. Je n'aurais pu rêver mieux. Même dans mes rêves, ses mots n'étaient pas aussi beaux. Je ne pourrai jamais le surpasser. La seule manière que j'ai de lui montrer que ce qui le traverse me traverse également, c'est les gestes. Je me hisse sur la pointe des pieds et, en retenant mon souffle, je pose mes lèvres sur les siennes, pour la première fois à visage découvert. Je l'embrasse tout en sachant enfin qui il est, quel visage possède celui qui a volé mon cœur. Je le revois sur le bateau, le corps offert au soleil. Il ne m'a jamais paru aussi divin qu'à ce moment-là. Vulnérable et resplendissant.

Mes lèvres lui transmettent le flot d'émotions qui me parcourt. En mordillant sa lèvre inférieure, je lui montre à quel point j'étais impatiente de le rencontrer, de voir mon amour passer de l'ombre à la lumière. S'il pouvait lire dans mon cœur, il verrait à quel point je suis inondée de sentiments incontrôlables. Il me rend ce baiser avec la même passion, avec le même désespoir. Je vois à travers cette étreinte qu'il n'a jamais été aussi sincère. Mon cœur explose en un million de petites bulles qui me montent à la tête. J'encercle ce corps pour le retenir. C'est tout ce dont j'ai besoin, tout ce que je souhaiterai éternellement. La chaleur de son corps et la passion de ses baisers. Enfin, toute cette peine de ces derniers jours, tout ce jeu du chat et de la souris prennent un sens. Je ne le vois plus d'un œil si noir, je recommencerais mille fois jusqu'à cette même issue. Je ne lui en veux plus. Toute la haine a disparu, il n'y a que l'amour. Cet amour qui s'est glissé sous ma peau alors que je ne le cherchais même pas. Cet amour qui m'a surprise, cet être qui m'a marquée pour toujours.

Je suis à bout de souffle lorsque je m'écarte un peu de lui. Bien que mes lèvres soient rougies et gonflées, j'en voudrais encore et encore. Le temps semble s'être arrêté. Les gens autour ont disparu, il n'existe plus que nous. Je suis pleine d'espoir après ce baiser, il a dû sentir à quel point nous sommes liés.

Mais quand il ouvre la bouche, l'air déchiré, ce ne sont pas les mots que je veux entendre qui sortent :

— Je t'aime tant…

Je le vois lutter contre ses émotions. Après un raclement de gorge, il reprend :

— Et c'est pour ça… que tu dois me laisser partir.

Je m'apprête à le supplier, quand il pose ses doigts sur ma bouche pour me faire taire.

— Tu dois me laisser partir, répète-t-il. Au fond, on se connaît à peine, tu ne sais rien de moi ni de ma noirceur. Je ne suis pas bon pour toi, Calypso. Comment pourrais-je t'aimer comme il faut si je ne m'aime pas moi-même ? Il y a quelque temps, ma vie a été chamboulée. Ça a tout remis en question. Tu es la seule chose vraie que j'aie croisée depuis, mais je ne ferais que t'abîmer.

Alors, tu me détesterais, et je ne serais qu'un horrible souvenir. Ce n'est pas ce que je veux. Je ne peux pas être avec toi.

C'est une nouvelle douche froide. Ce sont les montagnes russes dans ma tête, l'ascenseur émotionnel pour mon cœur. C'est trop pour moi. Aussi, la colère se glisse petit à petit dans mes émotions. Je retire ses doigts devant ma bouche et m'indigne :

— Pourquoi avoir fait tout ça, alors ?

Il pose sa main sur ma nuque, qu'il serre doucement. Je le vois soupirer tout en regardant derrière mon épaule.

— J'ai été égoïste. Tu vois ? Je ne pense qu'à moi. Je ne te ferai que du mal.

Je secoue la tête, refusant d'entendre ce qu'il me chante.

— Comment peux-tu prédire un avenir dont tu ignores tout ? Comment peux-tu savoir, si tu ne nous laisses pas la moindre chance ? Je sais que tu ne me feras rien !

— Si, laisse-t-il tomber. Et c'est déjà le cas.

Il se pince l'arête du nez en luttant encore et encore.

— Je ne connais pas le futur, c'est certain, mais je sais que tu ne me connais pas. Tout comme moi, je ne sais pas qui je suis.

Comment ça ? Bien sûr qu'il sait qui il est ! Comment ne le pourrait-il pas ?

— Toi, tu sais ce que tu vaux. Ces derniers jours, je t'ai vue évoluer et changer, en bien. Tu as beaucoup appris de toi, mais moi ? Qui suis-je ? Le connard de service égoïste ? Je veux être bien plus que ça.

Il a raison. En essayant de le découvrir, lui, je me suis découverte, moi, en entier. Je me suis trouvé une force que je ne me connaissais plus, j'ai découvert que je pouvais contrôler mes sentiments sans recourir à l'aide d'un psy pour m'aider à poser des mots dessus, j'ai vaincu ma timidité à de nombreuses reprises pour lui. J'ai affronté mes démons et regardé mon corps avec ses cicatrices. Il a raison. Je sais un peu plus qui je suis et de quoi je suis capable, surtout par amour.

— Ne me retiens pas, Calypso. Comme Ulysse, je dois rentrer, notre temps est écoulé.

Sa main vient se poser sur ma joue alors qu'il plonge ses yeux désolés dans les miens. Non ! Je dois le retenir ! Il le faut.

— J'ai besoin de toi, insisté-je. Je t'aime.

Ses yeux s'ouvrent. J'ai allumé quelque chose en lui. Il m'offre un petit baiser avant de murmurer contre mes lèvres :

— Je serai là, dans tes pensées. Retiens que cet amour est réciproque et que ce n'est pas à cause de toi que je pars. Justement, c'est parce que l'amour est trop fort. Tu es la bonne personne, mais le timing n'est pas le bon. J'aurais aimé que les choses soient différentes, crois-moi.

J'ai perdu la tête en tombant amoureuse de lui sans même savoir qui il était. J'ai été inconsciente, et voilà que je souffre encore. J'ai l'impression de mourir à petit feu alors que chacun de ses mots me fait comprendre que mes tentatives sont vaines. Il va bel et bien partir, sans moi. Il va partir et devenir un souvenir. Tel est son souhait.

— Tu es lâche ! je m'étrangle tandis que la panique me gagne. Tu ne peux pas refuser de prendre une rose parce qu'elle a des épines, Gabriel. C'est ce qui fait sa beauté, tout comme les difficultés et le risque font tout l'attrait de l'amour. Je te pensais plus téméraire.

Je relève le menton pour éviter de lui montrer que, au fond de moi, c'est le chaos.

— Ne me regarde pas comme ça, me supplie-t-il. Ces yeux, je ne veux pas les voir.

Pourtant, je ne peux pas le détailler autrement qu'avec de la déception.

— Je ne suis pas téméraire quand il s'agit de toi, se défend-il. Comment pourrais-je l'être quand il est question de ta sécurité ? Tu finiras par me détester.

Je parviens difficilement à maîtriser les tremblements de ma lèvre inférieure.

— Je te détesterai si tu pars.

Je sais que je l'atteins en plein cœur lorsque je le vois poser un regard de panique sur moi. Il se reprend bien vite :

— Peut-être, mais au moins, tu ne garderas que des bons souvenirs.

Des bons souvenirs ? Je ne retiendrai que cette semaine d'épuisement à courir après celui qui me rejette désormais.

— Ne pars pas. Je ne te le pardonnerai pas.

Il m'attire de nouveau dans ses bras, contre sa poitrine. Une de ses mains vient glisser mes cheveux derrière mon oreille pendant qu'il me murmure tout bas :

— Si, tu me le pardonneras. Quand tu seras heureuse dans ta vie parce que j'aurai dégagé le plancher.

Je secoue vigoureusement la tête alors que mes bras s'agrippent à ses épaules.

— Non, je ne te le pardonnerai pas.

Ça y est, je sanglote. Je suis venue, pleine d'espoir, comme à chaque fois, et dans cette épreuve finale, il écrase encore une fois mes attentes sous son talon. Pourquoi aurait-il agi différemment cette fois-ci ? Il s'est toujours comporté ainsi avec moi !

— Peut-être, dans une autre vie, nous retrouverons-nous, murmure-t-il. Peut-être partagerons-nous un amour moins idéalisé et moins foudroyant.

Je mouille son tee-shirt de mes larmes. Je ne m'arrête plus de pleurer. Il va tirer sa révérence, et je ne peux rien y faire. Sa décision est prise.

— C'est dans cette vie que je te veux.

Il glisse, lui aussi, sa tête au creux de mon cou, s'obligeant à se courber.

— Je le sais, mon amour.

Au-dessus de nos têtes, alors que nous sommes enlacés, une annonce retentit dans les haut-parleurs et me fait sursauter. Elle annonce l'entrée d'un train en gare.

« Éloignez-vous des bordures du quai… »

Je sens Gabriel relâcher sa prise sur moi.

— C'est mon train.

Je tente de le retenir contre moi, mais il se dégage délicatement.

— J'ai une dernière chose pour toi.

Il fouille dans son sac alors que, déjà, les voyageurs s'avancent, prêts à monter dans le train à l'approche. Il sort son appareil Polaroïd, que je reconnais.

— Viens là.

Il glisse un bras autour de ma taille et m'attire à lui. Il scelle nos lèvres alors que je savoure une ultime fois leur goût sauvage et leur forme idéale. Un petit clic retentit. Je n'ai pas envie de m'écarter de lui. Je meurs d'envie de partir avec lui.

— Tiens.

Je tourne lentement la tête sans le lâcher. Mes yeux sont embués de larmes. Je découvre ce dernier polaroïd de notre dernier baiser. Lorsque le train arrive à quai, il me glisse le cliché entre les doigts.

— Ne m'oublie pas, me supplie-t-il en ramassant son sac et en plaçant la bandoulière sur son épaule.

Comment le pourrais-je ? Avant lui, je ne connaissais pas l'amour. Il est le premier à qui j'ai confié mon cœur. Est-ce ce que l'on appelle un premier amour ? Si c'est le cas, ça fait horriblement mal. Il se penche pour m'embrasser sur le front. Il m'est de plus en plus difficile de ne pas m'écrouler tant j'ai mal. Je retiens ma respiration alors que ses lèvres me quittent. Je tente de le retenir par le bras, mais il se dégage en secouant la tête, faisant bouger les petites mèches retombant sur son front. J'observe alors son corps aux muscles tendus se diriger vers la porte de la voiture. Il s'y engouffre sans un regard en arrière. Je couvre ma bouche en étouffant mes pleurs bruyants. Je serre la photo contre moi en priant pour qu'il se retourne – j'en crèverais, sinon.

Et il le fait. Il s'arrête dans l'encadrement de la porte, pivote et, m'offrant un pâle sourire, m'assène le coup de grâce :

— J'ai été heureux de te connaître. Sincèrement. Tu es la plus belle personne que j'aie rencontrée. Je t'aime, ne l'oublie pas, je t'aimerai toujours.

Puis il disparaît avec tous ses mystères dans ce maudit train. Je ne le vois même pas à travers les vitres. Il s'évapore comme il l'a toujours fait, comme s'il n'avait jamais existé. Heureusement que la photo est là pour me prouver que je n'ai rien inventé, que je ne suis pas folle.

Une alarme stridente retentit alors que le train démarre. Il n'y a plus grand monde sur le quai et heureusement, car c'est là que je décide de déverser ma tristesse. Je regarde le train s'éloigner, emportant avec lui l'homme que j'aime pour toujours.

« *Imeacht gan teacht ort*[1] », je murmure entre deux sanglots.

Finalement, un ange peut être le plus cruel des démons, n'est-ce pas, Gabriel ?

1. « Puisses-tu partir sans jamais te retourner » (proverbe gaélique).

ÉPILOGUE

Gabriel

Je n'ai pas voulu qu'elle me voie pleurer. Je ne souhaitais pas lui montrer à quel point je n'ai jamais été aussi peu sûr d'une décision. J'ai abandonné la femme que j'aime sur ce maudit quai sans aucun moyen de faire marche arrière. Je l'ai convaincue d'une réalité dont je ne suis même pas convaincu. Je sais que c'est mieux pour elle comme pour moi. Je l'aime trop pour risquer de l'abîmer. J'ai vraiment été le pire des égoïstes. Le pire des enfoirés. Ce n'est pas cette image que je veux qu'elle ait de moi. Bien au contraire. J'aimerais pouvoir partager son quotidien, la couvrir de cadeaux, passer des journées au lit juste pour compter ses taches de rousseur, mêler mon corps au sien, je suis sûr que ce serait mieux que tout ce que je peux imaginer. Pourquoi suis-je tombé amoureux si facilement ? Pourquoi elle ? Pourquoi suis-je incapable de faire tout ce dont je rêve ? Ce n'est pas juste.

Et si nos âmes sont sœurs, c'est l'amour de ma vie que je laisse derrière moi. Je sais que je ne ressentirai plus jamais ça. Tout sera fade, comparé à elle. Je passe de l'eau sur mon visage dans ces toilettes de train minuscules, et mes yeux rougis trahissent ma peine. Dès que je lui ai dit adieu, pour la dernière fois, j'ai foncé aux toilettes pour laisser couler ces larmes que je me refusais tant. Son visage désespéré était gravé dans mon esprit et mes larmes redoublaient. Je suis vraiment détraqué ! C'est moi qui ai voulu tout ça. L'hubris était grande, et ma Némésis beaucoup trop sévère. Dès que je ferme les yeux, je la vois encore et encore. Dès que le silence se fait, je l'entends. Je m'asperge de nouveau le visage pour faire disparaître son image qui me hante. Ça ne me mènera à rien, il faut que je sois aussi désinvolte que d'habitude. Je dois tourner la page, et vite.

Je m'observe dans le petit miroir. Des mèches trempées me collent aux tempes. Dans quelques heures, je retrouverai mon chez-moi. Là, une autre bataille m'attend. Il faut que je sache qui je suis. Alors, je pourrai l'aimer. Alors, je serai libre. Tant que mes questions n'auront pas de réponses, je ne serai qu'une ombre dans cette vie de mensonges. Je n'aurai rien à offrir.

Je passe une main dans mes cheveux et les secoue, faisant tomber de multiples gouttelettes sur le sol. Je les replace ensuite en arrière et récupère mon sac. Pleurer ne sert à rien. Je sors finalement de ces toilettes après de longues minutes pour trouver une place. Pitié, pourvu que je sois sans voisin !

J'en trouve une parfaite. Je pose mes affaires sur le siège d'à côté et m'y effondre lourdement. Il fait une chaleur pas possible dans ce train. Je tire sur le col de mon tee-shirt, il me serre beaucoup trop, tout à coup. Le tissu, sur mon épaule, est encore humide des pleurs de Calypso. Je chasse vite cette pensée de mon esprit. Finie, la douleur, il y en a déjà trop chez moi. Je me tortille sur mon siège pour tenter d'attraper le téléphone qui m'a servi d'arme du crime. Il ne me sert plus à rien, désormais. Je peux l'éteindre définitivement. Je serre les dents en l'allumant tout de même. J'espère qu'elle ne m'a pas envoyé de message, ça me briserait le cœur.

Elle ne l'a pas fait, heureusement. Je suis plus soulagé que déçu. Dans quel état doit-elle être actuellement ? Je sais qu'Antoine prendra soin d'elle, Owen et les gars aussi. Elle est bien entourée, je ne devrais pas m'inquiéter pour elle. Je me masse les tempes, tout va tellement vite dans mon crâne, les pensées fusent à mille à l'heure. Je pense à Owen et sa copine qui se sont fiancés. À force d'avoir ce bonheur sous les yeux, Calypso va se dire qu'elle n'y a pas droit, alors que c'est faux ! Elle le mérite plus que quiconque. Elle a accompli un énorme travail sur elle durant ces quelques jours. Si j'ai au moins réussi quelque chose, c'est améliorer son estime d'elle-même. Que va-t-il en être, maintenant ?

Elle est forte, elle n'a pas besoin d'un homme pour s'élever, et surtout pas de moi. Elle s'est toujours battue et a toujours gagné. J'espère juste qu'elle ne m'oubliera pas trop vite... J'espère avoir marqué son esprit comme elle a marqué le mien.

Je pose le téléphone sur ma cuisse en soupirant. Je meurs d'envie de m'en griller une. Pourquoi ce train ne va-t-il pas plus vite ?

Je sors mon carnet de mon sac et fouille dans mon bazar, à la recherche d'un stylo. Je ne peux pas me résigner à balancer ce téléphone sans conserver le numéro de Calypso. Il ne me servira probablement jamais, mais je préfère l'avoir avec moi, juste au cas où. C'est avec nostalgie que je trace les chiffres en grosses lettres. Comment se fait-il que je le connaisse par cœur ? Tout ce qui se rapporte à elle est gravé en moi. Je l'ai dans la peau, cette fille, jusqu'à la moelle. Je range mon désordre avant de réinitialiser le téléphone et de le glisser sous le siège. Peut-être pourra-t-il servir à quelqu'un qui en a plus besoin que moi. D'après mes calculs, j'ai payé suffisamment pour qu'il y ait du crédit.

Je me cale un peu mieux dans le siège et pose mon menton dans ma paume en me collant contre la vitre. J'aurais tellement aimé qu'elle ne vienne pas à la gare. Si seulement Antoine avait tenu sa langue ! Mais c'était prévisible… Je me suis tiré une balle dans le pied tout seul. Antoine a eu beaucoup de mal à accepter ma proposition, au départ. Il ne voulait pas agir dans le dos de Calypso… Mais il me devait un service depuis que j'ai accepté de rompre à sa place avec sa petite amie de l'été dernier. Le deal n'est pas très équitable, en effet, mais dans tous les cas, la finalité est la même : une fille souffre. Il expliquera à Calypso qu'il m'était redevable et qu'il n'a jamais voulu la rendre malheureuse. Comment n'a-t-il jamais pu tomber amoureux d'une fille comme Calypso ? Que je l'envie de la côtoyer au quotidien ! Je croise les bras sur ma poitrine et ferme les yeux. Le trajet va être très long si je ne m'arrête pas de penser. Je ferais mieux de dormir. Peut-être mes rêves seront-ils plus doux que la réalité et dénués d'ardentes crinières.

Petit à petit, mes pensées noires sont chassées. Je me suis tellement torturé l'esprit ces derniers temps que je suis épuisé. Sans oublier ma séance de sport de ce matin pour m'empêcher de revenir sur ma décision. Tous les moyens sont bons pour ne pas réfléchir mais, là, c'est mon corps et mon esprit qui en pâtissent. Je sombre dans un sommeil léger, bercé par la voix automatique qui annonce les arrêts.

Je sors de ma léthargie moins de trois heures plus tard, en arrivant à Aix-en-Provence. C'est là que mon autre épreuve commence. Je ne lui ai pas reparlé depuis mon départ et notre dispute, durant laquelle j'ai appris la vérité. J'ai ignoré chacun de ses messages soigneusement, mais elle est ici.

Je m'arme de mon sac, l'air sombre, la mâchoire serrée. Évidemment, elle est sur le quai, belle comme le jour, un grand sourire sur le visage alors qu'elle me cherche du regard. Au fond de ma poitrine, mon cœur se contracte à sa vue. C'est fou, cette haine qui prend le pas sur l'amour. Je prends une longue inspiration avant d'affronter cette menteuse. Je serre fort la bandoulière de mon sac en avançant à pas lents.

— Gabbi !

Ça y est, elle m'a repéré. Mâchoires crispées, je m'approche d'elle.

— Mon grand ! Tu m'as tellement manqué.

Elle me prend dans ses bras, mais je ne réagis pas. Son parfum au patchouli m'agresse les narines. Son chignon mal exécuté me caresse le menton. Je la laisse faire, le regard dans le vague. Elle m'enlace si fort qu'on dirait que l'on ne s'est pas vus depuis trois mois. Si elle savait que ce n'est pas elle que j'ai envie d'étreindre, si elle savait que c'est à cause d'elle que j'ai abandonné la femme que j'aime là-bas. Si elle savait que tout est sa faute, si elle percevait la haine que je lui voue, elle ne m'accueillerait pas ainsi. Une unique larme coule sur ma joue alors qu'elle plante ses doigts dans mon dos en me susurrant à quel point elle avait hâte que je rentre à la maison. C'est à ce moment précis que je me fais une promesse. Silencieusement, je parle à Calypso pour lui jurer :

Dès que j'en aurai fini avec ce merdier, je viendrai te retrouver. Je t'en donne ma parole. Ce n'était pas un adieu, seulement un au revoir.

À suivre…

REMERCIEMENTS

C'est la première fois que j'écris des remerciements à la fin d'un roman. Non pas par égoïsme et narcissisme, comme si j'étais la seule à avoir bossé auparavant sur mes textes, non, loin de là. C'est plutôt que les remerciements nécessitent de se mettre à nu et de parler à cœur ouvert aux personnes qui nous ont été précieuses. Et cela met ma timidité à rude épreuve.

La jeune fille dans sa chambre à la lumière tamisée qui laisse refroidir son thé sur la table de chevet a-t-elle vraiment fait tout cela ? Ses doigts viennent-ils de taper toutes ces lignes alors même que son esprit vole déjà vers un futur partiel ?

Comme vous, j'ai l'impression d'être à la place du lecteur et d'achever ma lecture en m'attendant à lire les remerciements. Oui mais là, c'est à moi de les écrire.

À moi de poser maladroitement des mots et des noms sur toutes les personnes qui ont rendu possible, ce roman et surtout ce rêve incroyable qui me transporte.

Après tout, la question la plus importante est : Qui m'a permis de faire tout cela ? La liste est immense. Je suis persuadée qu'un livre, un roman, une histoire, ce n'est pas qu'un auteur. Ce serait bien trop vulgariser que de dire cela. Un roman c'est une aventure qui se mène à plusieurs. Plusieurs esprits qui se connectent et ne font qu'un.

Cher lecteur, pardonne-moi pour ces remerciements un peu gauches qui sont pourtant écrits avec tous les moindres recoins de mon cœur et de mon âme et que j'accompagne de toute ma gratitude.

Merci à Hlab tout d'abord pour m'avoir tendu la main. Merci à eux qui ont répondu à l'appel silencieux de mon cœur qui ne rêvait que de cela. J'ai cinq livres, cinq histoires à rattraper en termes de remerciements, alors je commencerais par Antonine Appriou, qui a sûrement dû être surprise lorsque j'ai répondu à son message à plus d'une heure du matin lorsqu'elle m'a annoncé que Hlab m'avait choisie. Merci ensuite à Zélie qui a repris le flambeau avec brio. Merci aussi à toute l'équipe, mes correctrices (je vous promets que je vais faire des efforts sur l'orthographe !) et Chloé aussi qui a beaucoup travaillé avec moi sur *Maux d'amour*.

Je me dois aussi de remercier l'équipe d'Hachette Romans, Isabel, Cécile, Mélanie, Apolline et tant d'autres. Toute cette équipe formidable qui a tout fait pour que je me sente à la maison avec elle.

C'est au tour des copains maintenant. Les copains ? Quel mot faible et vulgaire pour décrire ces rencontres qui me poussent jusqu'au sommet.

Je me dois de commencer par Laurène Reussard. Il y a quelques années, je découvrais Wattpad et notamment *Dans la tête d'une garce.* Je crois que je ne le lui ai jamais dit, mais c'est un peu grâce à elle que je me suis lancée.

Il y a eu aussi Océane Ghanem, Nolwenn Gautier, Eugenie Dielens, Maxandre Chamarre, A.J Twice, Celia Samba, Lyla Mars, Jessie et tant d'autres qui, par leurs mots, leurs réactions, leurs conseils et leur soutien, n'ont même pas conscience du bien qu'ils m'ont apporté. Tant de belles personnes que la Terre a la chance de porter.

Puis, il y a eu Célia Bernard Marchand, une simple rencontre à la dédicace de Victor Dixen qui a tout changé. Elle m'a aidée à mener à bien *Maux d'amour*. Ensuite, Montaine Machu s'est jointe à la course et, là, je dois dire que mon équipe est bien au complet.

Je me rends compte qu'il me manque encore tant de monde que je souhaiterais combler de louanges. Mes parents, premièrement, eux qui ont fait naître ce goût de l'écriture (pardon pour les histoires bizarres que j'ai écrites. Des formes géométriques qui parlent ? Une petite fille se faisant capturer la nuit par des fleurs géantes ? Moi, j'ai écrit ça ? Je vois pas…) et de la lecture (promis, maman, j'arrête d'acheter des livres en pagaille).

Merci aussi à ma famille et mes proches tout autant qu'ils sont. Oui, Sophie, tu vas avoir une ligne dans ces remerciements. À mes amis, aussi, qui m'ont toujours permis de garder la tête sur les épaules. Oui, Myriam, je vais continuer à écrire des romans d'amour, Manon, j'espère que tu as apprécié ta petite référence et, Nana, bienvenue dans l'aventure folle de ma vie...

Merci aussi à mon chéri qui sans même s'en rendre compte, avec une seule rose, a fait vivre toute une histoire.

Et enfin, le meilleur pour la fin. Et je ne dis pas ça parce que c'est une vieille expression, non. Je dis ça parce que c'est vrai, dans un roman les meilleures choses arrivent toujours à la fin. C'est là que les papillons s'envolent... Ou chutent de trois étages lorsque l'on finit un roman de Marie-Charlotte François... Moi sadique ?

Comme je disais, le meilleur pour la fin : VOUS.

N'est-ce pas vous qui m'avez tendu la main au départ ? N'est-ce pas vous qui faites vivre mes livres ? Un roman sans ses lecteurs n'est rien. C'est vous les plus beaux protagonistes de cette histoire dingue.

Merci mille fois, merci du fond du cœur, merci de toute mon âme tordue d'autrice, merci pour l'amour que vous me portez.

Finalement, c'était moins ardu que je l'aurais imaginé, la porte de mon cœur est grande ouverte et je n'ai pas le sentiment d'avoir été impudique.

J'ai encore tant de choses à dire, mais il semblerait que comme dans la vraie vie je parle trop. Ma mère me dirait : « Marie, ralentis le débit. » Alors je rouspéterais et elle s'amuserait à m'interrompre pour placer des virgules et des points à voix haute afin de ponctuer mes phrases.

Alors (virgule) c'est là que je vais m'arrêter (virgule) avant de ne plus pouvoir vous lâcher (point).

Big Up aussi à toutes les femmes, hommes et individus ayant une chevelure de feu, vous êtes beaux, qu'importe ce que les autres essayent de vous faire croire.

Merci aussi à Tom Hiddleston (Coucou Jen). Oui, parce que, avant d'écrire *Friends* sur Wattpad, j'écrivais des Fanfictions sur lui et Nekfeu. Ne cherchez pas, vous ne trouverez jamais ça sur la plateforme.

Avec tout mon amour
— M.

« Pour l'éditeur, le principe est d'utiliser des papiers composés de fibres naturelles, renouvelables, recyclables et fabriquées à partir de bois issus de forêts qui adoptent un système d'aménagement durable. En outre, l'éditeur attend de ses fournisseurs de papier qu'ils s'inscrivent dans une démarche de certification environnementale reconnue. »

Composition et mise en pages : Nord Compo

PAPIER À BASE DE FIBRES CERTIFIÉES

hachette s'engage pour l'environnement en réduisant l'empreinte carbone de ses livres. Celle de cet exemplaire est de : 400 g éq. CO_2 Rendez-vous sur www.hachette-durable.fr

Achevé d'imprimer en France par Brodard et Taupin
Dépôt légal première publication : juillet 2023
61.7318.2 – ISBN : 978-2-01-722137-1
Dépôt légal : juin 2023
N° d' impression : 3053037